光文社文庫

本格推理小説集

人を呑む家

鮎川哲也「三番館」全集 第3巻

鮎川哲也

光 文 社

目次

塔の女

1

渋谷の道玄坂(どうげんざか)上に建つタワー東京は、芝公園(しばこうえん)の東京タワーを意識して造られたのだという噂だが、高さでは四メートル余り低いものの、標高を加算することによってライバルをぐんと抜くことができた。それがタワー東京の自慢なのであった。

タワー東京も東京タワーと同様に、地上からかなりの高さまでエレベーターがつうじていて、その最上階は展望台として五十人の観光客を収容することができた。東西南北それぞれの方角に向けて五基ずつの望遠鏡を設置してあるが、日中は客が長い行列をつくって自分の番を待つ有様だった。南を覗くと羽田(はねだ)沖越しに木更津(きさらづ)あたりまで見える。西側のレンズからは武蔵野(むさしの)の彼方(かなた)に高尾山(たかおさん)が望めた。

展望台には土産物屋をかねた軽食堂がある。眺望を堪能した客はこの店でプラスチック製の塔の模型や絵入りの便箋(びんせん)を買い、さらにひどく値段のたかいことで評判の食堂によって、かるい食事をして帰る。メニューはサンドイッチにライスカレーとスパゲティ程度だが、東京の「いちばん高い店」でめしを喰ったというのが彼等の誇りになるのであった。この店も日中はかなり繁昌している。

入場券の販売は午後の八時でうち切りとなる。真っ暗な高尾山を眺めても仕様がないから、夜の客がむらがるのはもっぱら東側の望遠鏡であった。銀座と東京湾の夜景が若い客のあいだで人気がある。しかし当然のことだが日中に比べれば客足は大幅に減ってしまい、殊に雨の夜ともなると食堂に入る客はほとんどいない。晴天の日でも、夜間はまず四十食売れればよいほうであった。

事件は、五月の連休がおわったあとの、連日の人出が嘘のように減ったある夜、塔上で起きた。八時十五分前頃にエレベーターで昇って来た客が、その問題を提起した人物であった。

入場券売り場の窓口は午後八時で閉ざされることになっている。が、展望台の食堂では、そこに客が一人でもいる限り店をあけておかねばならぬ規則になっていた。食堂のマスターにしてみればそこはプロだ、ひと目見れば土産物を買う客か買わない客か、サンドイッチを喰うか喰わないかが勘で判断できる。だが規則は規則だから、その客が望遠鏡を覗くことにも飽きてエレベーターで帰っていくまでは、営業をつづけていなくてはならなかった。

エレベーターで昇って来たその客は中肉中背で、グリーンのツーピースを着ている。ぎりぎりのときになって嫌なやつがやって来たと思ったものだから、ふたりのウエイトレスは言い合わせたようにそちらを見た。右手にボストンバッグみたいな鞄をさげている。色ははっきり判らないが大きなトンボめがねをかけ、口紅を濃くぬっている。エレベーターを出て左右を見廻した拍子に、よくとおった鼻筋が目についた。ウエイトレスのなかの一人はかねがね隆鼻術を受けたいと考えていたので、それがいっそう印象に残った。

見物客はまず望遠鏡を覗いてから食堂にやって来るのが普通である。ところが、その夜の客に限ってそうはしなかった。

食堂の入口から少しはなれた場所に、展望台からさらに塔の頂上につうじる螺旋階段が伸びている。日中、ときたま若い学生などが若さにまかせて挑戦したりするが、彼等にしても仲間がいなくては気後れがするのだろうか、単独行というケースはほとんどなかった。

「あら、見て見て見て、あのひと階段を上がっていくわ」

「女のくせにすごいわね。あたしだってあんな勇気はないな」

と、肥ったウエイトレスが呆れ顔でいった。ひと月ほど前になるが、帰宅する途中を暴漢に襲われた彼女は、相手のみぞおちをひと突きして、このふらちな大学生を悶絶させたことがあった。

「彼女、まさか自殺する気じゃないでしょうね」

「死にたいものは死なせてやればいいのよ」

肥った女は突き放すような言い方をした。デートの約束のある彼女は約束の時刻におくれることを気にして、じりじりとしていた。鋼鉄製のタラップを昇っていく固い靴音が聞えていたが、それは次第に小さくなり、ほどなく消えていった。ふたりは口をつぐむと、テーブルの上でナプキンを折りだした。マスターは先程からコップを磨きつづけている。そしてときどき天井の電灯にかざして見ては、磨き工合をたしかめるのであった。

「あたし心配だわ」

瘠せて顎のしゃくれたウエイトレスが手の動きをとめた。彼女はナプキンを折りたたみながら、終始視線をタラップのほうに預けたままだった。

相棒の肥ったウエイトレスもまた、壁の時計とタラップのほうを交互に眺めていた。胸中のいら立たしさを表わすように、ともするとナプキンの折り目は乱れ気味になる。

「それにしても遅いわね。まだ飛び降りる決心がつかないのかしら……」

肥ったウエイトレスが相手を小馬鹿にしたような、冷酷な口調でそういったときは、早くも十分以上が過ぎようとしていた。ナプキンはとうにたたみ終り、ふたりとも手持ち無沙汰の恰好だった。

地上からエレベーターが昇って来たのはちょうどその頃であった。扉が開いて、五、六人の男たちが視界のなかにあらわれた。

「まただわ」

「いやになるわね。八時を過ぎるというのにまだ入場券を売っているのかしら」

「こっちが迷惑だわよ、ねえ」

ふたりともふくれっ面になっている。

新来の客たちはおそろいの白いズボンに白い上衣を身につけていた。顔立までは判らぬにせよ、二十歳代であることは間違いない。そのなかにただひとり四十年輩の男がまじっていて、彼だけは普通の背広姿である。眼鏡をかけているのもこの男だけであり、そして夜目にも白く見えるパナマ帽をちょっと斜めに曲げて、小粋にかぶっているのもこの男だけであった。あかりの下に立った姿を見ると、えんじ色のネクタイを締め、胸に水色のハンカチをのぞかせている。年輩からみて彼が一同のリーダーであるらしい。

食堂があいていることに目をとめた彼は、仲間になにか一言命じておいて螺旋階段の前をとおり、店の扉を押した。ふたりの青年がついて来る。残った若者は揃って展望台のほうに消えていった。

入って来た三人は居合わせたウエイトレスとマスターに向けて、思い思いに質問をした。訊ねる内容は似たりよったりで、十分ほど前に若い女を見かけなかったか、エレベーターを降りると急ぎ足で螺旋階段をのぼっていったはずだが、というものだった。

「見たわよ、あたし」

と、肥ったウエイトレスはぶっきら棒に答えた。

「自殺するんじゃないかと思って心配していたのよ」

ついでに調子のいいこともつけ加えた。彼女に問いかけたのは目元のすずしいノーブルな感じの男で、ほんの一瞬ではあったがこのウエイトレスは胸のなかで、もしこの男に求愛されたら「彼」を振ってもいいなと思った。

「手になにか持っていたでしょう」

「そういえば思い出したわ。スーツケースの小さいの……、そうだわ。ボストンバッグみたいなものをさげていたわよ」

「じゃ、やっぱり彼女に違いない。そのひと、降りて来ましたか」

返事をするかわりに首を振ってみせた。

「スタスタと階段を上がっていったもんだから、自殺する気じゃないかと話し合っていたわけよ」

「いや、自殺のおそれはないんです。陽気なたちだし、死ななければならないような事情はなに一つないんだから。あの人はぼく等のメンバーでね、息抜きのドライヴをして塔の下まで来たときに、仲間と賭(かけ)をしたんですよ、七分以内に塔のてっぺんへ昇って降りて来てみせるって」

若者がそこまで話したとき、マスターと語り合っていた背広の男が用はすんだというふうに声をかけ、三人は小走りに出ていった。そしてエレベーターの前にたむろしていた仲間に声をかけると、揃って螺旋階段のタラップを昇っていった。

肥ったウエイトレスは、そっと溜息をついた。

「ねえねえ、いまの人たち、トロム&ボーンズのメンバーよ。胸に縫い取りがしてあったもの」

「あら、あたし気がつかなかった」

肥った女はまだ夢を追っているような焦点のさだまらぬ眼で相手をみた。

「なんなのよ、トロム&ボーンズというのは」

「あたしもよく知らないけどさ、そういう名のバンドがあったじゃない？　そうだ、なんでもかまわないからサインしてもらわなくちゃ」

瘠せた女はポケットから小さな手帳を取りだすと、きれいなページを開いてテーブルの上に伏せた。降りて来たら誰彼かまわず体当りをして、強引にサインをねだるつもりであった。

彼等が降りて来たのはものの二分とたたぬ頃である。マネジャーと思われる年輩の男はテーブルの角にぶつかったのも気づかぬ様子で、マスターに声をかけた。

「すみません、守衛室に電話をしておいてくれませんか。知り合いの女性が落ちたらしいんです。姿が見えない」

「柵があるはずですが」

「避雷針に登って、そこから投身したらしいのですよ」

「そりゃ大変だ」

マスターはあたふたと受話器を取り上げた。

痩せたウエイトレスは外に出て、エレベーターの前にたむろしている若者に声をかけてはサインをねだった。快く応じるものもいる。しかしなかには「いまはそんなことしていられないんだよ」と、固い表情でにべもなく拒絶するものもいた。

エレベーターの扉が開いた。若者たちが乗り込んだところへ、パナマ帽のリーダーがあたふたと駆けつけた。すぐに扉が閉じられた。ウエイトレスは針でエレベーターの動きを追っていたが、彼等が地上に着いたのを知るとくるりと後ろを向いて、食堂へ走って来た。

「わあ、三人のサインをもらっちゃった」

息をはずませ、瞳をかがやかしている。彼女はトロム&ボーンズのメンバーの一人が投身したという話を聞いても、まるで気にかけていないように見えた。

2

トロム&ボーンズの仲間がエレベーターから出ると、一階ホールの中央に立っていた制服制帽の守衛が大きな歩幅で近寄って来た。五十代半ばの年頃で鬢（びん）のあたりはほとんど白くなっているが、身のこなしがいかにも敏捷（びんしょう）そうであった。眼つきが鋭くて態度にどこか横柄なところがある。定年で退職した刑事ではないか、というのが若者たちが共通して抱いた第一印象だった。つまり、あまり好感の持てない男なのだ。

つい十分ばかり前には、用もない若い男女がこのホールのなかでお喋りをしたりコーラを飲んだりポップコーンを音をたてて齧ったりしていたのに、いまは人っ子ひとりいない。多分エレベーターが降りてくるあいだに、この守衛が蹴ちらしてしまったのだろう。

「落ちたのは誰?」

質問の調子からして、刑事の訊問を彷彿させるものがある。

「われわれのメンバーのひとりで、バーバラ・浅野といいます。これはもちろん芸名ですけど。わたしはマネジャーの原というものです」

マネジャーというのがいろいろと気をつかう職業であるせいか、守衛よりも年下である筈なのに少しふけて見える。昔の軍人のように背筋を伸ばし、それでいて誰に対しても腰がひくかった。

「そばにいたのは誰です」

「誰もいません。七分以内に塔のてっぺんに昇って帰って来れるかどうかという賭をやりまして、できるというほうに賭けたのは浅野君ひとりだったんです。勝気な性格ですから、自分が挑戦するといってエレベーターで上がっていきました」

守衛は仁王立ちになり、腕を組んで聞いている。この高い塔から落ちた以上、どんな石頭でも即死するに決っていた。いまさら慌てたところでどうにもならぬことを、守衛はよく承知しているに違いない。

「ひとりで昇ったのだとすると、てっぺんまでいかずに、展望台あたりで引き返したことも考えられませんか。そっと降りて来て先に帰ってしまったのではないですか」

「いえ、その点はわれわれも考えまして、それなりの手段を講じました。ところが十五分過ぎても帰って来ない。少々時間がかかり過ぎるのではないかということで、誰からともなく様子を見にいこうという話になりました。女ひとりを塔の頂上にいかせたことに対して、みんなが不安感を抱いていたからです。階段から足を踏みはずすかもしれないし、痴漢におそわれるかもしれない。そこで揃って昇ってみることにしたのです」

「…………」

「食堂のウエイトレスさんが、螺旋階段を上がっていくバーバラ君の後ろ姿を目撃していました。ですが、昇ったきりで誰も降りては来なかったという。そこでわれわれがてっぺんにいってみますと、ご存知でしょうがあそこは捕鯨船の見張り台みたいになっています。その鉄製の床の上にこのボストンバッグが置いてあるきりで、彼女の姿は見えません。口々に呼んでみましたが、返事なしです。こうなると考えられるのは避雷針をよじのぼって手を辷らせたか、投身したかの二つなんです」

「しかし避雷針にのぼるとは――」

「いや、冒険好きで男まさりのところがありましたから、一概に否定することもできかねます。映画のキング・コングじゃないのですから、そうした大胆な真似をするはずはないと思いますけど……」

「自殺説はどうです」

守衛は仁王立ちの姿勢を崩そうとはしなかった。腕も組んだままである。

「それがいちばん尤もらしい説なんですが、彼女の性格を考えますと、ちょっと納得できないのです。いま申したとおり男まさりなたちですから、どんな逆境でも乗り越える強靭な精神力を持っています。それに加えて楽天家でもありますし……」

「しかし勝気であればあるほど、心の悩みは誰にも打ち明けないものです。わたしは自殺ではないかと思うんだがな」

いいながら守衛は歩き出していた。ほかの連中は黙りこくって後につづく。

「ちょっと。誤って転落したにしろ投身したにしろ、遺体は無残な姿になっているはずです、若いひとたちはここで待っていたほうがいいんじゃないかな」

外に出ようとするところで足を止めると、守衛は後ろをむいてそう忠告してくれた。眼つきが鋭いくせに、心のなかには人間らしい優しさを持っているのかもしれない。

「わたしは慣れているから平気だが」

「そんなに自殺志願者が多いのですか」

「いや、ここではこれが最初です。しかし、むかし警察にいた時分にね」

この一言で、彼がやはり刑事であったことが知れた。

「邪魔でなかったらご一緒させて下さい」

メンバーのひとりがおずおずとした口調で申し入れると、あとの連中もそれにならった。こうして全員がタワーの外に出た。

タワー東京の入口は南側に面している。そこはつい先程まで車を乗り入れた若者たちで賑わっていた場所だから、人間が落ちてきたら大騒ぎになっていたはずである。が、現実にそうした事態が発生していないことから考えて、バーバラ・浅野が墜落したのはタワーの側面か背後の公算が大きい。先頭に立った守衛は大型の懐中電灯でざっと南側を見て廻ると、時計の針とは逆に、東のほうに進んでいった。こちら側はジュースやタバコの自動販売機と電話ボックスが並んでいて、その先は砂利道をへだてて灌木の植え込みになっており、塀の向う側は国道246号線である。

「塔を建てるときに何回か実験をしたそうだがね、体重四十キロの人体が落ちるのは塔を中心にして二十メートル以内という数字がでている。強風の場合は話がべつです」

今夜はほぼ無風の状態だから、その実験が正しければ塀の内側に落ちたはずだ。が、入念に捜して廻ったにもかかわらずバーバラの屍体はおろか、猫の屍骸一つ発見することはできなかった。

北側と南側は無料駐車場になっていて、若者が追い払われたいま車はほとんどなく、停車しているのはブルーバードとアルトの二台きりであった。これはトロム&ボーンズのメンバーが乗り入れたものである。

車のない駐車場はプレイヤーのいないテニスコートに似ていた。少なくとも、ひと眼見渡しただけで屍体のないことが判る、といった意味でよく似ていた。守衛は懐中電灯をつけて隅々まで調べ上げたばかりでなく、円筒型をした網製の屑籠（くずかご）や木製のベンチの下まで照らしてみた。だが、結果はおなじことであった。屍体はどこにもない。

「きみ等はふざけているんじゃないのか。わたしをからかおうとしているのだろう？　違うか！」

いきなり守衛が怒りだした。それが何の予告も前ぶれもなしに、顔の筋肉をひきつらせて甲高い声をだしたものだから、ついて来た連中は気を呑まれたように顔を見合わせるきりで、すぐには返事をするものもいない。

ややあってマネジャーが唇をひとなめして、穏やかな声で相手をなだめた。

「そんなことはない、そんなことはないです。現に……」

途中で言葉を切ると、口のなかで小さく叫んで塀際に植え込まれたドウダンツツジのほうを指さした。居合わせたすべてのものがいっせいに指の先に目をむけた。守衛が大きな歩幅で歩いていって小腰をかがめて拾い上げた。それがグリーンの上衣であることは、水銀灯の光でも充分に判った。

守衛は古着屋のおやじのような慣れた手つきで上衣を裏返しにすると、ネームを確認しようとした。

「B・浅野としてある」

「彼女のものです。今日はグリーンの上衣にグリーンのスカートをはいていましたから」

「左胸に貝のブローチがついている」

「そうです、ピンクの宝貝です。彼女の身の上になにかがあったことは、これで判るではないですか」

「それにしても妙だな。上衣だけ落ちて、本体がどこにも発見されないというのは」

「ひょっとすると弾みがついて、塀の外側にとびだしたんじゃないですか」

「でなければ途中にひっかかっているのかもしれない。いずれにしても、警察に知らせる必要がある。迷惑だろうが、あんたたちもすぐには帰れませんよ」

「止むを得んでしょう」

と、マネジャーは肩をすくめた。若者たちは一貫して無言だった。

3

肥った弁護士がわたしのオフィスにやって来たのは、事件が発生した日から数えて六日目のことであった。しばらく見ぬ間に彼は一段と福々しくなった。

「肥ったようだな」

と、わたしが正直な感想をのべたら、彼は途端に不機嫌な顔をした。こんなデブでもやはり見てくれが気になるというのだろうか。

「どうです、断食道場にでも入ったら？　出て来るときは見違えるようにスマートになると思うんだが」

「ひと事だと思って呑気なことをいうな。きみだって一日断酒してみろよ、発狂するかバカになるかのどっちかだろう」

バカになるとは大きなお世話だが、なにしろわたしはこの男のお陰で喰っているようなものだから、聞き流すことにした。サラリーマンはなんとかの一つ覚えみたいに宮仕えがつらいという。しかし一城のあるじであるわたしだって、同じようなことを考える場合もあるのだ。泣きごとをいわないだけだった。

「ま、つっ立っていないで坐ったらどうかね」

「坐ったらどうだというが、イスがないじゃないか」

弁護士はますます不機嫌になった。うっかりしたことに客用のイスは粗大ゴミとして昨日捨ててしまったのだ。仕方なくわたしは立ってイスを譲ると、自分はテーブルの端に腰をのせた。

「新聞やテレビで知っているだろうが、タワー東京のてっぺんで消えた女の子のことだがね、あれのマネジャーから事件の調査を依頼されているんだ。あっちは素人のせいか、弁護士の事務所へ持ち込めばどうにかなるものと思っているらしい。ところがわたしには、これを断わり切れぬ事情があってね」

「判った、粋筋かなにかでしょう。そのマネジャーの年増の姐さんかなにかと。イヒ、隅におけないなあ」

この水ぶくれみたいな弁護士にそんな艶っぽい話があるわけもない。だからこれはわたしの精一杯の社交辞令であった。

「冗談にせよそんなことをいってはいかん。家内の耳に入ってみろ、わたしはその夜のうちに締め殺されてしまうじゃないか」

とはいったものの、満月みたいな顔をニタリとさせて満更でもなさそうである。

「で、その話というのは？」

「きみ、イスぐらい買ったらどうかね。そんなアンバランスな恰好で腰かけていられると、いつ引っくり返るんじゃないかと思って落ち着いて話もできん。古道具屋へいけば千円ぐらいで上等なやつが手に入ると思うよ」

「いま金欠病の末期というやつでね。千円のイスが買えないんだ。ま、その話というやつを伺おうじゃないですか」

わたしは立ち上がってそういった。

弁護士の話は新聞記事を多少複雑にしたような内容で、べつに目新しいものはなかった。

「しかし、なぜ警察に委せておかないのかね？」

「そんなことはきみが百も承知じゃないか。警察ってとこは屍体がないと動きゃしない。加えて彼等は現実的な問題でなくては手に負えないんだよ。妙齢の美女が空中で消えてしまったなんてお伽噺は、大の苦手なんだ」

「だって人間がいなくなったことは事実じゃないか」

「だからさ、警察の人間は常識的な考え方しかできないんだ。わたしは知らないが、あのグループは近頃急速に人気を失ってきたんだそうだ。昨今はテレビにも出ないし、ドサ廻り専門といった有様だ。したがってこの辺でふたたびスポットライトを浴びたい。そのためには事件を起すのが手っとり早い方法だ。とまあ、当局はこんなふうに勘ぐっているわけだ」

「じゃ女はどうやって消えたんだね？」

「彼等の大好きな常識的な解釈ってやつによるならば、軽業師みたいにロープにぶらさがるとか、人々の目をかすめて階段を降りるとかして、大急ぎで成田空港へ駆けつけて、他人の名前で申請したパスポートかなにかでバンコクあたりへ飛んでいったんじゃないか、とね。尤も、出入国管理事務所で調べてもらった結果、この線の疑惑は消えたようだ」

要するにいかにして消えたか解らない。解っていたらお前の事務所なんかに来るわけがないじゃないか。弁護士は居直ったような言い方をした。

「もう一つ訊きたいんだが、彼女がボストンバッグを抱えて螺旋階段を昇ったというのはどうしたわけだい？　それとも最近はそんなものが女性のアクセサリーになっているのかね」

「その点はわたしも妙に思った。で、マネジャーに質問してみたんだが、あれは彼の持ち物なんだ。つねに車のトランクに入れてあって、なかに出演契約の用紙だとか蝶ネクタイのスペアだとかが入っているんだそうだ。ところがあの晩、七分以内で塔のてっぺんまで往復できるかどうかという賭をやったとき、グループのあいだから異論がでてね。バーバラが途中まで往って、戻って来たのでは困る、というんだな」

尤もな反論だ、とわたしは思った。

「そこでみなが頭をひねった結果、彼女が頂上をきわめた証拠として何かを残してくる必要があるということになった。しかし彼女は、その辺の悪餓鬼みたいに落書き用のスプレーも持っていないわけだ。そのときマネジャーがひょいと思いついて、自分の鞄をさしだしたというんだな。これなら置いて来ても風に飛ばされることはないし、公共建築物に落書きをしなくてもすむからね」

「なるほど」

「彼女が降りて来た後で、若いメンバーに頼んでてっぺんまで取りにいかせるつもりだったんだそうだ、入場券の発売窓口が閉まらないうちにね。それが八時ギリギリまで待っても降りて来ないのでこいつはおかしいということになった」

「ボストンバッグはどうなったんだい？」

「これは螺旋階段を上がったところで発見された。わたしは高いところは昇れぬことになっとるから現場を見たわけではないんだが、てっぺんの鋼鉄の床に投げ出されたような恰好で置いてあったというんだ」

彼もまたわたしと同様に高い所は苦手なのである。わたしは高所恐怖症だが、弁護士の場合は息切れがするためだ。

「中味は無事だったのかい？」

「いや、書類その他は前もってマネジャーが抜いておいたそうだ。つまり彼女はからっぽの鞄を持って上がっていったことになる」

弁護士は思い出したようにベルトの扇子を引き抜くと、ばさッと怪鳥の羽ばたきみたいな音をたてて開き、赤くほてった顔をあおぎ始めた。武者修行の豪傑が箱根の山中で一服した、とでもいった恰好である。

「今年の夏はクーラーを備えることだな」

「先立つものがなくてね」

「少し貯蓄をしたらどうだ。わたしだってその程度の報酬は払っているはずだ。耳にタコができているだろうが、早いところ身をかためたほうがいい。少なくともあちらの方面の出費は押えられるからな」

「いずれそのうちにね」

わたしには金輪際かみさんを貰う気なんてない。一度でこりごりしている。

「結婚なんてものには汐刻がある。中古おやじになって泣きついて来たって、わたしは知らないよ」

嫌味ったらしくいうと、夏までにはぜひともクーラーを買うんだなと念を押してから帰っていった。わたしは弁護士の体温でなまあたたかくなっているイスに、待っていたように腰をおろした。

音楽なんてものにおよそ興味も関心もないわたしだったが、ちょっとした事情があってトロム&ボーンズの知識は持っていた。ふたりのトロンボーン吹きが仲間を糾合して旗揚げしたのが十年前。そしていま話題になっているバーバラ・浅野がメンバーに加わったのが七、八年前のことになる。このバーバラが参加したことで楽団は旗幟を鮮明にした。いままでのどっちつかずの色彩を一擲して、戦前にはやったコンチネンタルタンゴや、独仏の映画主題歌を演奏するようにした。というのも、バーバラがドイツ語とフランス語ができたからである。英語で歌う芸能人はこれまでもいた。だが、独仏両国語につうじたポピュラー歌手は前例がない。バーバラは《巴里祭》や《巴里の屋根の下》などの知られた歌は勿論のこと、戦前の主なフランス映画《商船テナシティ》《巴里・伯林》《ミモザ館》等々の主題歌をうたう一方では、ドイツ映画の《会議は踊る》《ワルツ合戦》《狂乱のモンテカルロ》《ガソリンボーイ三人組》ほかを正確な発音でうたいまくった。それ等の歌は若者には珍しがられ、そして戦前のオールドボーイたちには懐しがられた。

世間のひとが飽きっぽいのかポピュラー音楽が飽きられる宿命を持っているのか知らないが、この人気バンドの演奏も四年たち五年たつうちにマンネリだといわれ始め、二、三の雑誌がそのことを指摘すると忽ち全国的に客ばなれ現象が起きた。視聴率のさがったことを理由にブラウン管から追われる。ステージのお座敷からも声がかからなくなる。そしていまは二流キャバレーで歌わせてもらったり地方公演に出たりして、どうやら喰いつないでいる状態だった。したがって、女性歌手が消えた事件をトロム&ボーンズの人気挽回策だとみなした当局の解釈も、頷けないことはなかった。当人があとになってノコノコ現われて来た場合に、世間の嗤いものとなるのはこのシンガーではなくて、警察のほうだからである。

4

わたしのフォルクスワーゲンは近頃ますます工合がわるくなった。エンジンをかけても素直に動こうとはしない。いったん車から降りて、脇腹のあたりを思いきり蹴とばしてやると、その拍子で始動するといった按配だ。だが、だからといって廃車にして新規に車を買う気は起らなかった。女房とは気性が合わなかったかわりに、このポンコツ車とはめっぽう仲がいい。ときどき、この車が女房であったら円満な結婚生活が送れただろうに、などと思うこともある。

わたしは神経が太いほうだから、あの弁護士に皮肉をいわれようが嫌味をいわれようがちっとも気にならない。しかし、彼が出ていった後で愛車を駆ってドライヴすると、一段と気分が爽快になることも事実であった。そうしたときは、妻をめとらば才たけて……というわたしの愛唱歌がつい口をついてでてくる。だからこの日も、弁護士が帰っていくや否や愛車に乗り込んだのは、わたしが仕事熱心であるというより、車を走らせてさわやかな気分を味わいたかったからに違いない。途中で交通が渋滞しても、それがちっとも苦にならないところをみると、象の足みたいに太いといわれるわたしの神経も、弁護士の毒気にはちょっとばかり当てられていたのかもしれない。

出かける前にプロダクションに電話を入れておいたので、トロム&ボーンズの面々と赤坂のマンションで会えることになっていた。

「三時から五時までのあいだに、スポーツ新聞と週刊誌のひとに会わなくちゃならんのです。インタビューの時間は厳守して下さいよ」

この三、四日はマスコミの取材が多くてかなわないとプロダクションの社員はこぼしてみせたが、その実うれしさを隠し切れぬ様子がみえみえだった。

マンション一階の彼等の部屋は防音装置が完璧にできているので、主として練習所として使っているが、早発ちの前夜とか全員が酔っ払って運転ができなくなったときなどには、キャンバスベッドを持ち出して泊ることもできる。隣りがマネジャーの住居だから、なにかにつけて便利なのだそうだ。

プロダクションで教えられたとおり、わたしはまずマネジャーのドアを叩き、その案内で練習所に入った。若者たちは思い思いの服装で楽器を鳴らしていた。どれも中背で細身である。

簡単な紹介がすむとマネジャーが口を切った。彼は筋肉質というか無駄肉のないキビキビとした態度をしており、鼻が高くて髭の剃りあとの濃い、みるからに頼りになりそうな男だった。それに比べて楽器をいじくる連中は若いくせになんとなく陰気で、顔色もすぐれない。尤も、中心的な存在であった紅一点が抜けてしまい、いまなお行方さえさだかではないのだから、晴れやかな笑顔を見せろというほうが無理というものだろう。

「災いを転じてなんとやらといいますが、久し振りでテレビ出演の依頼もありまして、どうやらわたしも忙しくなりそうです」

「浅野さんの後釜(あとがま)はどうするんです？」

「当分のあいだはあけておきます。なんだかわたしは、いまにも彼女がひょっこり戻って来るような気がしてならないのですよ。ですからそれまではベースの桜木(さくらぎ)君にピンチヒッターを買ってもらいます。彼、カウンターテナーでしてね、それに裏声で歌うのも上手ですから浅野君の代役は充分につとまるんです。いうなればトロム&ボーンズの玉三郎(たまさぶろう)というところで」

マネジャーはこの洒落が気に入ったとみえ声をたてて笑った。あとの連中はお義理に笑ったきりである。

しかし玉三郎といったのはあながち冗談ではなくて、桜木謙一郎(けんいちろう)は歌舞伎役者を思わせるようにどことなく線のほそい感じのする好男子だった。

「マネジャーはあんなことをいってくれるけど、ぼくはバーバラさんと違ってドイツ語もフランス語もできないし、困っているんです。みんなは特訓を受ければすぐに覚えられるさ、なんて軽くいうんですが……」

わたしも日本語以外はからきし駄目な男だから、楽譜を手にした玉三郎の困惑する気持もよく解る。

「探偵さん、お願いですからバーバラの所在をつきとめて下さい。彼女がいないと桜木君は神経がまいってしまう。ただでさえデリケートなんですから」

丸顔のトロンボーン奏者が訴えた。年がら年中ラッパを吹いていると頬っぺたの筋肉が発達して、福々しい顔になるのだろう。

「彼はね、根っからの悲観主義者なんですよ。あのときだって真先に騒ぎ出したのがこの男だったんです」

瘠せて顔色のわるいキーボード奏者が口をはさんだ。

「苦労性の彼が騒ぎたてたものだからわれわれにも不安感が伝染して、様子を見にいこうということになったわけです。彼、気が小さいんですよ」

ギターを手にした男が口をはさんだ。

「べつに苦労性でも悲観論者でもないけど、あの場合はどういうわけか不安で不安でたまらなかったんです」

桜木は真顔で弁解した。

あとのメンバーは脚をなげだしたり立ったまま腕組みをしたり、それぞれのポーズで話を聞いていたが、口を開くものはいなかった。脚といえば彼等はそろって脚が長く、だが、ヒョロリとしているせいであろうか、どことなくひ弱な印象を受けた。

わたしはバーバラ・浅野という女性の性格や交友関係その他、思いつく限りのことを質問し、執拗に返事を求めたが、格別参考になるような収穫はなかった。写真を見せてもらったところから判断すると、いかにもあくの強そうな個性的な感じの美人で、メンバーの話から多分に彼女が見栄っぱりで派手好みの、自己顕示欲のきわめて強い性格の持主であることが判った程度である。

「これは参考までに訊くんだけど、仲間内で、彼女をめぐるトラブルなんてなかった？」

「いや、うちのバンドに限ってそんなことはないです。トラブルがあるとすぐ演奏面にでますから、わたしもきびしく監督していました」

　マネジャーは眼鏡をはずしてレンズのくもりをハンカチで拭きながら顔を上げた。近眼の男が裸眼になると、どうしたわけか途端に間が抜けた顔になるものだ。このマネジャーも例外ではなかったので、わたしは気の毒になってそっと視線をはずした。タフだといわれるわたしだけれど、その程度のやさしさ、思いやりの心は持っているのである。

「きみ等は、バーバラくんがどうやって姿を消したと思う？」

　唇のうすい男が右手を上げた。左手にはバイオリンを持っているから、楽団ただひとりのバイオリニストということになるのだろう。

「笑っちゃいやだぜ」

　彼はあらかじめ仲間に釘をさした。

「ちょっと奇想天外な考え方だけど、宇宙人がさらっていったんじゃないですか」

　あとの連中が忍び笑いをしている。

「天狗(てんぐ)にさらわれるとか神隠しなんてことが昔から伝えられているでしょう？　火のない処(ところ)にけむりは立たないっていうじゃないですか」

「どういう理由でさらうんだ？　火星人がバーバラにひと目惚れしたのかい？」

「そんなことは宇宙人に質問してくれ。おれが答えられるわけはない」

　バイオリン弾きは気分をそこねたとみえ、つっけんどんに答えた。

わたしは小一時間かけて各人に訊ねてみた。判ったのは彼等がそろってバーバラを愛し、その歌唱力を高く評価していたことと、彼女がいなくなった空虚感と虚脱感とで少なからずショックを受けていることだった。ただマネジャーひとりが楽天的で、探偵さんには悪いがそのうちに帰って来るに違いないといい、明るく笑ってみせた。しかし彼が呑気に振舞っているのは表面だけで、メンバーを元気づけるためにわざと朗かそうによそおっているのかもしれなかった。

週刊誌のインタビュアーが訪ねて来たのをしおに、わたしは再び愛車に乗ると、渋谷の道玄坂へ向った。坂をのぼりながら、一体どんなところから道玄という名がつけられたのだろうかと考えていた。いままで何十度も上り下りしていながら、ついぞ頭にうかんだことのない疑問である。名前が多分に坊さんくさいから、道玄という高僧がこの坂の途中で行き倒れにでもなったのではないか、というのがわたしの結論だった。そうした結論がでたとき、わたしの愛車はタワー東京の駐車場に入り込んだ。

刑事時代のわたしは先輩のデカたちに「現場百遍」ということをいやというほど叩き込まれた。読書百遍意おのずから通ずといったことが中国の古典にあるそうだが、現場百遍も似たようなものだった。何度も何度も現場に立ってみると、見落していた何かに気づいて、それが事件の解決につながるという意味である。ともかく今日はその第一回目なのだ。しっかりとこの眼で見てやろうと思う。

5

　事件の夜の守衛はわたしが神楽坂署の刑事だったことを知ると、忽ち打ちとけた態度になり、守衛室に連れ込んで進んでいろんな話を聞かせてくれた。白壁で囲まれた殺風景な小部屋のなかの唯一のアクセサリーは、壁にかけられた彼の通勤服だけというわびしさだった。

「なに、わたしは暇だから遠慮しなさんな。滅多にわたしが顔をだすようなトラブルなんて起らないんだ、ゆっくりしていきなさい」

　彼はそう前置きをして事件のことを語ったが、熱心に喋ってくれたにもかかわらず、べつに参考になるようなことはなかった。不思議な事件だ、あり得べからざる事件だ。しきりにそういって小首をかしげていた。

「これはわたしの考えなんですが、楽団員がそろってエレベーターで昇っていくのとすれ違いに、飛び降りたのではないですか。たまたま地上に、もうひとり楽団の関係者が残っていた。勿論女は即死でしょうが、それを目撃した彼は咄嗟に楽団のスキャンダルになることを怖れて、屍骸を自分の車に乗せてどこかへ走っていった。この人物のことは彼等が口をつぐんでいる限り、うかんでこないんです」

　守衛は一瞬するどい刑事の目になってわたしを見詰めた。

「バーバラ・浅野が自殺したとなると楽団のイメージダウンにつながることは解ります。いまの話はなかなか合理的な解釈だとは思うんだが、その説には弱点がふたつあります。彼女が飛び降りたとすると、着地の際に大きな音がすること。もうひとつは、出血の痕が残ることです。ところがそのような音もしなかったし血痕もなかった。それははっきりと断言できるのですな。わたしだってサツのめしを喰ったことがあるんだから、そうした事実があれば見逃すはずがないです」

ベテランの元刑事は確信あり気にそう答えた。

つづいてわたしはエレベーターで展望台に昇ることにした。東京タワーよりも高いというキャッチフレーズが若者の心をくすぐるのだろうか、エレベーターは満員で、くたびれかけた中年男はわたしひとりだけだった。彼等は誰も彼も屈託なさそうに、明るい表情で語り陽気に笑い合っていた。ひとりの女が消えていなくなった事件など、とうの昔に忘れ去っているように見えた。だが高所恐怖症のわたしは元気がなかった。たぶん、顔色も蒼ざめていたことだろう。これから展望台に昇ることを思うと、背中につめたい汗がにじんでくる。

展望台までかなりの時間がかかる。タフであることを何よりの自慢にしているわたしが饐えたような若者の体臭に辟易して、いまにも気絶するんじゃないかと思ったときに、エレベーターはようやく地上二百六十メートルの展望台に到着した。外の空気がべら棒にうまかった。

すでに展望台にはかなりの人出がある。エレベーターから出た若者たちの大半は望遠鏡のほうへ行ってしまい、喰い気の旺盛な二、三人の女が食堂に入っていった。わたしは螺旋階段の下に立ってしばらくその様子を観察してから、食堂の扉をあけた。

やがて午後の四時になろうという中途半端な時刻のせいだろうか、意外に客の姿は少なく、あらかたのテーブルはあいている。わたしは柄にもなくプディングを注文しておいてから、それを持って来た瘠せたウエイトレスに、ちょっと話を聞かせてくれといって千円札をにぎらせた。近頃はものを訊ねようとする場合、ウエイトレスのような接客業者ばかりでなく、髭を生やした有名人のなかにも、ただでは喋ってくれないような人が出てきた。まあ、そのほうがサバサバしていて質問しやすいかもしれない。

千円札のせいだろうか、彼女はよく話をしてくれた。

「あの女のひと、エレベーターで昇って来たときからなんとなく変な感じだったわ。あの暗い塔に、たった一人で上がっていくんだもの。あたしたちね、それを見た瞬間から自殺する気だなってピンときたの。死ぬ気になっていれば怖いものなんてないじゃん」

「そうじゃん」

と、わたしは相槌を打った。若者を相手にするときは、こちらも若いつもりになるのがコツなのだ。

「後で賭だってことを知ったんだけど、賭となれば話はべつよ。七分以内で往復できるっていうほうに賭けたのは彼女ひとりじゃん、負けたら大金を払わなくちゃならないし、勝てば逆にわんさか儲かるもんね」

「どうだろう、七分で往復できるのかね？」

「警察の実験では九分かかったんですってさ。だからあたし、思ったよりも時間を喰ったことに絶望して投身したんじゃないかと思うの。やっぱり自殺説なのよ、あたし」

「自殺したとすると、屍体はどうなったんだい？」

「それが判ったら新聞社に売り込んで、そのお金で夕ヒチへいくわよ。でもね、人間が消えちゃうなんて信じられないな」

「上衣がほうり出されてたことを考えると、誰かに暴力を加えられたのではないかね」

わたしが宇宙人誘拐説を持ち出しかかると、終りまでいわせずに、けたたましく高笑いをした。

「あんたバカねえ、そんなことを信じてるの。世の中に宇宙人がいるとしたらさあ、真先に日本銀行が襲撃されるはずじゃん」

一日のうちに二度もバカ呼ばわりをされたのは臍の緒を切って以来はじめてのことである。が、彼女のいうことにも一理はある。わたしがもし宇宙人だったらやはり日銀を襲って、光線銃で大金庫に穴をあけるに違いない。私立探偵など即日廃業だ。

だが残念ながらわたしは宇宙人ではなかった。私立探偵という労多くして実入りの少ない仕事をつづけていかなくてはならない。

「うちのマスターは男のくせに臆病なのよ。いままで居残りしていたのに、あのことがあって以来、あたしたちがエレベーターに乗ろうとすると、おれも一緒に帰るなんていうの。あたしもひとりでエレベーターに乗ってると急に怖ろしくなることがあるわ。だから帰るときは必ず誰かと乗ることにしてるのよ」

「彼女もかい？」

盆を小脇に抱えてつっ立っている肥ったウエイトレスのほうを顎でしゃくった。

「あのひとは違うの、豪傑なんだから。痴漢に襲われたとき逆に相手をやっつけて、全治五日間の傷を負わせたくらいだもの、世の中にこわいものなんていないらしいわ」

「税務署ってものがあるんだけどな」

わたしは笑っていった。肥ったその子もマスターも噂されているとは知らず、ウエイトレスはツンとすましているし、マスターのほうは蝶ネクタイに指先を触れて、形をととのえている。卓上の銀色の砂糖壺を見ていると、彼等の動きは振り向かなくてもよく判るのである。

その後でマスターと肥ったウエイトレスからも話を訊いた。が、つまるところ何一つとして得るものはなかった。

外に出たわたしは覚悟をきめて螺旋階段を昇ってみることにした。通せんぼをした恰好でロープが張られ、通行禁止の札がさがっている。しかしわたしは守衛から許可をもらっていたから、札を無視して昇り始めた。なるべく下を見ないようにして……。

この階段はもともとが避雷針の修理などをするために設けられたもので、見物人が昇り降りするのが目的ではない。そのせいか幅もせまく、わたしは螺旋状に昇りつづけたものだから頂上に着いたときには目が廻り、心臓がドラムみたいに音をたてて鳴っていた。床には幅十センチぐらいの鉄板が並べてあるきりで、鉄板と鉄板のあいだは一センチほど透いている。鞄が投げ出されていた位置には、白墨でかこんだ線が引いてあった。そこに立って地上を見おろすと引き込まれるような気がして、思わず手すりを摑んだ。下にいたときは風がなかったのにここではかなり強く吹いており、ズボンは必死になってわたしの脛にまつわりつこうとしていた。

周囲にめぐらされた鉄柵は丈が高く、誤って転落するという事故は完全に防げそうだった。しかし自殺志願者が、床から天へ向って伸びている鉄棒をよじ登れば、投身することは必ずしも不可能ではなさそうだった。わたしの調査が進んだのはそこまでで、それから先のことは何一つ判らなかった。一片のヒントすら得ることができなかった。

6

わたしには、いささか苦しまぎれではあったにせよ、もう一つの解釈が残っていた。しかしこれは一介の私立探偵がチェックして歩くよりも、正確な情報をつかむためにはその筋をとおして調べてもらったほうがいい。そう考えて、渋谷のタワー東京から新装成った警視庁へ向った。といってもじかに乗りつけるわけにはいかないから、近所のしるこ屋で元同僚のデカ長と会おうという寸法であった。

向うさんが指定したのは珍しく喫茶店であったので、わたしは少しばかり意外に思いながら、近くの駐車場に愛車を停めて、ちょっと離れた店まで歩いていった。電話では喫茶店だといっていたが、入ってみるとそれは古風な造りの珈琲(コーヒー)を専門に飲ませる気取った店だった。店先にぶらさがった木彫りの看板には、そのものずばりの『珈琲館』としるされている。

テーブルが六つばかりの小さな店であった。そしてあらかたの席がふさがっていた。客は大半が近くの会社の女子社員らしきものばかり。そのなかの一つに、デカ長が苦味(くみ)チンキとセンブリを一緒になめましたという顔つきで坐(すわ)っている。いうなれば黒一点。

「や、待たせたな」

「ああ」

灰皿を見ると吸い殻が一本もないから、彼もいま来たばかりに違いなかった。彼がなぜ不機嫌なのか、その理由はウエイトレスが注文をとりに来たときに判った。

「珈琲」

「おれもだ」

「おや、いつから珈琲党になったんだい?」

彼の好みはしるこ一辺倒であって、珈琲なんぞには眼もくれなかったはずである。

「誰が珈琲など飲むものか。いつもの店はいま改装工事をしてやがる。べつのしるこ屋に入るには地下鉄に乗らなくちゃならんのだ。そんなバカな話ってあるかよ」

これで不機嫌なわけが判った。

「ま、機嫌をなおせよ。このつぎに来るときはおれの車に乗って、愛宕山(あたごやま)の下のうまいしるこ屋へ遠征しよう。これはきみを喜ばせる情報なんだが、新橋には餅のかわりに粟(あわ)餅を入れた店がある。これがまた意外に旨(うま)くてね」

途端に彼の目が、サンタクロースから贈り物をもらった子供のように輝き始めた。まったくの話、他愛(たあい)のない男だ。それにしてもこの鬼をもひしぐデカ長がどういうわけで甘い物に目がないのだろう。ありふれたたとえだけれど先祖にタチの悪いやつがいて、饅頭屋をしめ殺したタタリでもあるのかもしれない。

どうやら機嫌はなおったらしいというのに、運ばれた珈琲には手をつけなかった。わたしはブラックのままで飲む。べつに気取ったからではなく、砂糖というやつがどうも苦手なのだ。

「タワー東京で女が消えた話を知ってるか」

「うむ。所轄署では一応の調査はしたが、たちの悪い冗談として処理されたようだな」

　デカ長はそういうと、コップの水に砂糖壺のグラニュー糖を思い切りぶち込んで、珈琲スプーンでかきまぜてからひと息で飲みほしてしまった。まことに豪快な飲みっぷりである。その後でペロリと舌をだして唇についた砂糖水をなめるところなど、呑ん兵衛の仕草そっくりであった。

「おれはね、あれが洒落や冗談ではないという立場から調べているんだ。いろいろ検討をした結果、最後に残った可能性というのがヘリに吊り上げられるというやつだ。その点についても調べはすんでいるのかね？」

「さあ、渋谷署には親しい刑事はいないし、ちょっと訊きにくいから、直接ヘリの会社に当ってみよう。簡単に判ると思うよ、しかしね」

　と、彼は砂糖水のコップを名残り惜しそうに眺めた。蟻じゃあるまいし、屈強の男が砂糖に未練をのこすとは何事か。

「しかしだね、賭をする気になったのはドライヴ中のことなんだろ？　あたしは七分間でのぼってみせるわといった会話があって実験したわけだから、ヘリの会社に連絡をとったりする時間はなかったろうし、仮りに電話をしたとしてもヘリが飛んで来るだけの余裕はなかっただろう。向うだって夜勤の飛行士が当直しているわけでもないだろうから、電話で要請されたって、そう簡単に引き受けるとは思えないね」

　まったくそれはデカ長のいうとおりだった。が、正直なことをいうとわたしは最初からヘリコプターがバーバラを連れ去ったなどとはこれっぽっちも考えたことはない。ただ確認だけはとっておきたかったのである。

じつをいうとわたしは、肥った弁護士から話を聞いたその瞬間に、『三番館』のバーテンに協力してもらうことを考えていた。こうしたへんてこな事件がわたしの手に負えないことは、最初から解っていたのだ。しかしその前に、一応はあらゆる可能性をチェックしておく必要があった。『三番館』へいってバーテンから質問され、それはその……と口ごもるようなみっともない真似はしたくない。わたしにも、そのくらいのプライドはある。

わたしが数寄屋橋（いまはもう痕跡すらないが）からほど遠くない『三番館』へ向ったのは、その翌日の夕方のことになる。当日の午前中にデカ長から電話があって、ヘリコプターをチャーターした客はひとりもなかった旨の連絡が入っていた。これで、後顧の憂いなく出陣できる態勢がととのったことになる。

力士だったら一人乗るのがやっとという小型エレベーターで最上階に昇る。このところ無沙汰がつづき、その間にここも店内改装がされたと聞いていたのだが、エレベーターのなかの一輪差しも廊下の絨毯も入口のカーテンも、すべてが以前のままである。仮りに百年後にやって来たとしても、ドアのノブからグラスの形にいたるまで、すべて同じものを使用しているに違いない。わたしがいつ訪ねていっても落着いた気分になれるのは、ある意味では保守的な考え方をするオーナーの、こうした営業方針にあるのだと思う。それに加えてバーテンや顔馴染みの常連がかもしだす温か味のある雰囲気……。

「おや、お珍しい。近頃ちっともお見えにならないので、皆様とお噂申し上げていたのでございますよ」

達磨の髭を剃ったらこんな顔になるんじゃないかと思うバーテンが、柔和な表情で笑いかけた。彼が達磨と違うところはこの笑顔にある。

「近頃ちょっと多忙つづきでね」

と、わたしは見えを張った。世間が不景気になると旦那連中も浮気ができなくなる。その結果として亭主の素行調査の依頼も激減する。私立探偵の収入は減り、ひいては二本の晩酌を一本にせざるを得ないような事態になるわけだ。わたしが多忙なはずがないのである。

バーのなかはひっそりとしている。会社の退社時刻は五時だから、それまでは誰にも邪魔されることなしに、バーテンに話を聴いてもらえるのだ。

「その事件は新聞で注意して読んでおりました。でも、あなたが調査なさっておいでだとはちっとも存じませんで……」

わたしの話に終りまでじっと耳を傾けていたバーテンは、その間中コップを磨く手を止めなかった。彼にいわせると、そうしているほうが精神が集中するというのである。そして話が終ってしまってから、やおら疑問の点を問い直してくるのがいつものことであった。

バーのなかは、ここが銀座に近い都心だとは思えぬほど静かだ。今日はまだホステスも出勤していないとみえ、彼女たちの声も聞えない。

「一つ二つお訊ねしてもよろしゅうございますか」

「いいとも」

「タワー東京の庭に落ちていたのは上衣だけなのでございましょうか。ハンドバッグとか――」

「いや、上衣だけだ。ハンドバッグは仲間に預けて、ボストンバッグを抱えて昇っていったんだそうだ」

バーテンは一瞬いぶかしげな表情をうかべた。

「どうかしたのかい?」

「いえ。大きな鞄を持って上がるよりも、自分のハンドバッグを置いてくればいいではないか、と思ったものですから」

「その点はわたしも気がついてマネジャーに質問してみた。それによるとバーバラのハンドバッグはグッチの上物でね。命よりも大切にしていたんだとさ」

「なるほど。ではもう一つ。あの夜、ドライヴに出かける前は全員がステージに立っていたのでしょうか」

「いや、マンションで練習をしていたそうだ。疲れたので気分転換のために二台の車に分乗して出発した、といっていた。メンバーはマネジャーを入れて十人になる」

わたしはなぜバーテンがそのような質問をするのか、真意をはかりかねた。彼のことだから確たる狙いがあるのは間違いないが……。

「解りましてございます。但しあくまで想像の域をでませんのですが……」

数分間の沈黙のあとでバーテンはゆっくりと語りだした。わたしは身を固くして一言一句たりとも聞きもらすまいとする。

「……まず、あなたが面会なさったときのメンバーが、怒りっぽかったり、冴えない顔色をしていたということから、わたしは、彼等が阿片とか大麻とかシンナーとか、いうところの麻薬を常用していたのではないかと想像いたします。それもかなり強烈な種類のものを……。事件のあった日も、みんなで大麻タバコかなにか吸っていたのでございましょう。その結果、バーバラさんの容態が急におかしくなって、男たちがうろたえているうちに息を引きとってしまった、と、わたくしそう仮定いたしました」

「ふむ」

「人気が低迷気味のバンドにとりましてこれが公表されますと、死活にかかわる大問題となります。といって、いつまでも隠しおおせるものでもございません。三人寄れば文殊の知恵と申しますが、みんなでアイディアを出し合っているうちに、ああしたお芝居を思いついたものと存じます。あるいは頭のよさそうなマネジャーひとりが考えたことかも知れませんね。怪談仕立にしますと警察も手を引きましょうし、それが話題となって人気が復活することも考えられますので。そこでバーバラさんの屍体をほったらかして、タワー東京へ向ったことになります」

「なるほど」

「練習の際はてんでんばらばらの服装をしているはずの彼等が、タワー東京に現われたときは全員がマーク入りのブレザーを着ていた。ここに謎を解くカギがありますので。ところで桜木さんはカウンターテナーだということでしたが、これはテノールのなかでも一段とたかい音程がでる特殊な声帯の持主ということになっております」

「ふむ」

「つまりわたくしが申し上げたいのは、おしろいを塗ってバーバラさんに化けられるのは、あのグループのなかで桜木さんだけだということでして。バーバラさんに化けているときに、運わるく第三者から話しかけられたといたしましょう。そうした場合に女性の声で答えられるのはカウンターテナーだけでございます」

「なるほど」

「賭の話はもちろん嘘でございましょうね。要は女装して来た桜木さんを塔に昇らせる口実となればよろしいので」

「ふむ、ふむ……」

わたしはただもう相槌を打つだけである。

「塔を昇りつめた桜木さんは大急ぎで化粧をおとし服をぬぎ、そしてケースを開けてブレザーを取り出します。わたくしは、ボストンバッグを持たせた理由はここにあると存じますので。ハンドバッグは小さすぎて、着替えの服を詰めるわけには参りません」

「それもそうだな」

「さて、男に還元した桜木さんはいま申しましたとおり、バーバラさんのスカートや靴をボストンバッグに入れますと、用意がととのった合図に上衣を落しました。上衣の合図を見まして下に待機していた仲間は、早速行動に移りました。マネジャーを先頭に螺旋階段の頂上まで昇りますと、そこに待っていた桜木さんを加えてふたたび展望台に降りて来ます。メンバーはみな同じブレザーを着ておりますので、九人が十人にふえても気づくものはいませんし

「ちょ、ちょっと待ってよ。ご高説に水をさすようで申しわけないけど、女装した桜木が先に昇っていったというのはどうかな。だって彼は地上にいたのだよ。女が塔に昇っていった後で、仲間と一緒に下からエレベーターで上がって来たんだぜ。バーバラの身を案じて、騒ぎだした張本人が桜木なんだから。これはメンバーから直接聞いたことなんだ」

わたしは、マンションの練習所で彼等と会ったときのことを思いうかべた。悲観論だとか苦労性だとか、冷やかすような発言をしたトロンボーン吹きとギタリスト。気が小さいといわれてムキになって反論していた桜木。だからわたしは、桜木がてっきり「下界」にいたも

のとばかり思い込んでいた。いや、思い込まされていたのである。

「はあ、それがあなたを錯覚させた旨いところで」

わたしは、チンピラ風情（ふぜい）にカモにされたことを思うと猛烈に腹が立ってきた。胸中おだやかではなく、出されたカクテルを味わいもせずにひと息で呑んでしまった。

「それにしてもあのマネジャーめ、なんで外部に調査を依頼したんだろう。バカな男だ」

「世間に対して、一応は心配しているポーズをとる必要があったのでございましょう。それにしましてもバーバラさんの遺体はどこに隠してあるのでしょうか。このままでは仏さまも浮かばれますまいに……」

バーテンはいつになく滅入るような口調でいうと、すぐに平素の彼にもどって、わたしのために手早く二杯目のカクテルをこしらえてくれた。淡い緑色をした、冷たいギムレットを。

停電にご注意

1

「あら困った、どうしましょう、ブレスレットが失くなってるわ」

女がいつになく早口でいった。

「その辺に落ちているんじゃないか。探してみろよ」

「だといいんだけど。ネジがこわれかけていたのよ。修理させておけばよかった」

ふたりは坐っている周囲の芝生を、手でまさぐった。この広い植物公園のなかの、特に灯りのささない地点をえらんだのが仇（あだ）となって、視覚はほとんど役に立たない。女は困った困ったを連発し、しまいには泣き声になっていた。

彼女は二十八歳の人妻で、半年ばかり前から都心の会社の会計課で働いている。女子商業高校でみっちり叩き込まれたからソロバンと簿記は得意中の得意であり、仲間うちの評判もいい。四十歳になる男は同じ会計課の課長補佐をしている。女の作成した書類に珍しく小数点が一桁まちがっていて、それを事前に発見してくれたのをきっかけに、おとなの交際が始まった。

いつもはホテルを利用しているのに、ふとした気まぐれで夜の公園に行くことを主張したのは、女のほうであった。手さぐりで芝の上をなでながら、ホテルにすればよかったとしきりに愚痴をこぼしていた。

十分ちかく探しまわったにもかかわらず、ブレスレットは見つからなかった。

「いい加減にあきらめたらどうだい」

男は投げやりの調子で声をかけた。

「そういっちゃ悪いが、どうせメッキの安物なんだろ。それにさ、腕時計ならともかく、ブレスレットなんて有ったって無くたって困るわけはない。あきらめろよ」

「安物じゃなくて本物の金なのよ。それに、主人が婚約したときの記念に贈ってくれたものなの。いずれ気がつくでしょうし、そうなったらわたし言い訳ができないわ」

「じゃデパートかどこかへ行って同じ物を買えばいいだろう？　半額はおれが出してやるよ」

「そんなことで解決がつくのなら騒ぎゃしないわよ。主人が特別に注文して作らせたブレスレットなんだもの、同じデザインの物は二つとないのよ」

「そいつはまずいなあ」

一応そうはいったものの、男の口調には実感がこもっていなかった。かりそめの情事の相手にすぎないこの女が、ブレスレットがもとで夫婦喧嘩が始まろうが、浮気がばれて離婚されようが知ったことではなかった。元来がよろめきだの情事だのの楽しさは、家庭崩壊の危険性を賭けたところにスリルがあり、味があるものではないか。

「もう少し範囲をひろげてみよう。おれは前のほうを当たるから、きみは後ろのほうを探せよ」

「そうするわ」

「なにしろきみは盛大に手足をバタつかせるからな、とんでもない方角へ飛んでいったことも考えられる」

男が冷やかすようにいい、女は黙って何も答えなかった。気のきいたやりとりをする気分的余裕はない。

夏場は賑わったこの公園も、九月に入ると急に人出が減ってしまう。いま聞こえてくるのは遠くを走る環状線の国電の警笛と、近くのくさむらで啼く虫の声ばかりであった。誰にも気兼ねなく、四つん這いになって探すことができる。

「こんなことになるんだったら、もっと明るい場所にすればよかったわね」

向うをむいたままで女がまた愚痴をこぼした。

彼女が反射的に悲鳴をあげたのは五分ちかくたった頃だった。元来が小柄で声の高いたちだが、それが音程を三度ぐらい上げて叫んだのだから、男はしゃぶったばかりのキャラメルを思わず飲み込んでしまった。角ばった飴が喉をとおりぬけてゆき、食道のあたりがヒリヒリと痛んだ。

「どうした！」

しかめた顔を女のほうに向けた。口調が詰問するようになっている。それに対して女は、ただ「来て、来て、来て……」と答えるばかりだった。

「落着けよ、どうしたというんだ」

「ひとが寝ているのよ。わたしたち覗かれちゃったんだわ。恥ずかしい……」

覗き屋がいたとは迂濶だった。男は恥じらいよりも怒りを感じて血が頭に逆流した。事と次第では一発ぶちかましてやろう。そう考えて大股で近づいていった。女がどんな表情をしているか判らないが、少し離れたところで棒立ちになったまま息をのんでいるようだった。

「どこだ？」

「植え込みのうしろ……」

男は返事もせずに灌木の茂みに近寄っていった。一段と暗い木の陰にじっと瞳をこらしていると、ほの白いものが浮び上がってくる。眼がなれるにつれて、人間であることが朧気ながら判ってきた。上半身が白っぽく、下半身は闇に呑まれてはっきりとしない。

「おい」

そう声をかけて脚のあたりを蹴った。乱暴なやり方だが、腹が立っているので自制することができない。立ち上がって来たら叩きのめすつもりで、両脚を開き膝をかるく曲げて、応戦のポーズをとっていた。

だがどうしたことか、相手はまるで死んだように黙りこくっている。そういえば蹴ったときの反応が妙であった。材木かなにかのように固くて……。

短気者の課長補佐は、このときはじめて事態がただならぬことを悟って、唇をふるわせて立ちつくしていた。

「どうしたの……？」

「……死んでいるらしい」

女はまた小さく悲鳴を上げた。

「こわい……」

男も脚がふるえていた。だがいまぶざまな恰好をすれば、たちまち彼女に軽蔑されるに違いない。ここは一つ、男性らしく堂々と胸を張って行動することが必要だった。

「何も見なかったことにするんだ」

「でも、死んでる人を発見した以上、黙っているわけにはいかないわ。誰かに知らせなくちゃ……」

「おいおい、そんなことしたらわれわれの秘密がばれてしまうじゃないか、とんでもない」

「でも、もし殺人だったら一刻をあらそうのよ。明日になれば発見されるでしょうけど、そのあいだに犯人が逃亡するってこともあるじゃない」

いつになく女は強硬に自説を主張した。

「殺人？……」

男が反問した。彼はいまのいままで、心臓の発作でも起して死んだものだろう、と漠然とそう考えていた。殺人だって？　勇気をだしてもう一度近寄った。そういわれてみると、上半身の左胸あたりがいやに黒っぽい。なおも眼を接近させると、なにやら細い棒切れのようなものが突き刺っているようである。

「きみがいうとおり殺人らしいぞ。心臓にナイフが突き立っている！」

女はギャッといった叫びを上げ、満足に立っていることができなくてヘナヘナと芝生の上に坐り込んでしまった。

「困ったことになったぞ……」

考えをまとめようとして、男はしばらく口をつぐんでいた。女は歯を小刻みにガチガチといわせながら、放心したように黙り込んでいる。

「警察にとどけようというきみの主張は正しい。だがね、発見者を疑えというのが捜査の鉄則であることも事実なんだ。ぼくらはとことんまで調べられるだろう。いまもいったように、そうなったらわれわれの秘密の情事が明るみに出てしまう。新聞が書きたて週刊誌が書きたてる。テレビのワイドショウか何かに顔写真がだされて、互いの恥を天下にさらすことになるんだ」

「……」

「そうなりゃきみは離婚だ。手切れ金をビタ一文もらえずに、叩き出される。勿論、スキャンダルの中心人物であるおれも会社をやめなくてはならない。それでもいいのか」

「……でも、気がすまないのよ。あのとき通報しておけばよかったって後悔するのは、わたし嫌いなの」

女が心細い声で答えた。

くどくどしたやりとりが屍体の前で交わされていたが、結局、帰る途中にターミナルの公衆電話で知らせようということになった。

「一一〇番するのは危険だ。彼らはプロなんだから、下手にやると住所氏名まで訊き出されてしまう。その点、安全なのは公園の管理事務所だ」

男は腕時計の蒼白い数字をみた。

「まだ八時だ。少なくとも九時頃までは起きているだろうからな」

広大な花壇をへだてて、はるか彼方にオフィスの灯りが望める。男女はうなずき合ってから、互いの腰に手をまわして現場を立ち去っていった。

2

管理事務所に男の声で電話が入ったのは九時を四、五分すぎた頃だった。三人いる職員がタバコをふかしながら、テレビニュースを見ていたときである。

受話器をとったのはいちばん若い職員であった。電話は、彼が問い返そうとしたときに、あとは勝手にやれとでもいうふうに切られた。

声の調子がかなり切迫している。いたずら電話だとは思えなかった。彼はもうひとりの職員とともに、騙されたつもりで出かけることにした。花時計の北のローズマリイの陰と聞いただけで、位置はつかめている。この公園でローズマリイが植え込んであるのは他にはないからだ。

「しかし素人衆がよくまあローズマリイの名を知っていたもんだな」

「有名な植物ですから。それに、あちらの映画女優の芸名にもあるし……」

「有名なことは事実だが、実体を知ってるものはとても少ないんだ。いつだったか日比谷公園で入園者のアンケートをとってみたら……」

中年の職員はそこで数字を引き合いにだそうとしたが、度忘れしていて思いつくことができない。

「要するにさ、西洋の詩歌にでてくるナイチンゲールのことは誰でも知っているんだが、図鑑でこの鳥の姿を見たものはほんのひと握りの人間だろうし、まして声を聞いたものはわが国に千人いるかいないかというところだろう。ローズマリイにしても同じことだと思うがね」

公園内で変死体がでたという例はいままでに一度も耳にしたことがない。首吊りさえなかったのである。だから屍体が転がっていると聞かされては冷静たり得ない。黙っているのがこわかった。何か話題をみつけて喋ってさえいれば、その瞬間だけは恐怖感を忘れることができる。

彼らは近所のビヤホールの生ビールが水っぽいことや、出前の中華そばが塩からすぎることや、来年に迫った開園二十周年記念の企画のことなどを、前後の脈絡もなしに話し合った。いよいよ花時計のそばまで来たときに、どちらからともなく歩みを止め、深呼吸をして気を鎮めた。

「ローズマリイはこの辺だったな」

見当をつけた一画に懐中電灯の光をなげた。

ローズマリイは二十本ちかく植えられている。その真ん中あたりの枝をすかして、かすかに白い物が見えた。その途端、ギョクンと心臓がちぢみ上がった。

「あれだ、早くケリをつけてしまおう」

もう、こうなると破れかぶれだ。懐中電灯を握りしめ、ずかずかと現場へ向かった。

男は面長で髪をオールバックにしていた。死んでいるから蒼いのか、生きていた時分から蒼白いのかは判らないが、色白で鼻筋がとおり、齢の頃は四十半ばにみえる好男子だった。白い手編みのセーターを着ている。グレーのズボンと黒い革の短靴のあいだから、模様入りのソックスが覗いている。

はじめは自殺かと思った。男の顔はそれほど穏やかなものに見えた。だが懐中電灯の光が左胸に突き立っているナイフを照らし出したとき、まぎれもなく他殺であることを直感した。ふたりはトイレの近くにある赤電話で管理事務所を呼び出すと、そこから一一〇番させた。

「やれやれ、これでおれ達の仕事はすんだ」

「先輩は度胸があるんですね。ぼくは眠られそうにない。いま見た物が目の前にちらついて……」

「おれだって同じさ。眠れなきゃ眠くなるまで将棋でも指していればいい」

いやな役目を果したせいか、彼は先程とは別人のように落着いていた。

二人が被害者のことをくわしく知ったのは、翌日の夕刊によってであった。宿直明けの日だったから早目に事務所をでて、どちらも自宅でくつろぎながらその記事を読んだ。

男の身許は、所持していた身分証明書で簡単にわれた。代々木に本部がある新興宗教儒老会の教化部長をつとめる小野村精十郎（おのむらせいじゅうろう）、四十八歳。細面のノーブルな顔つきの美男子で、宗教人のくせにお洒落なたちだったために、ときには十歳ぐらい若く見えることもあったという。独身で、渋谷の代官山の高級マンションに住んでいた。収入もかなりとっていただろうから、文字どおりの独身貴族だったのであろう。殺された当時もあわい黄色がかった白のセーター（胸の部分に黒い毛糸で幾何学模様が入っている）にダークグレイのウールのズボン、それに一本かるく十万円はするだろうといわれる鰐革のベルトといった、ひどく凝った服装をしていた。バンドが高価だったのは、金にサファイアをはめ込んだバックルがついていたせいである。ズボンはキチンとプレスされており、セーターはその日おろしたばかりと思える新品だった。

屍体が職員に発見されたのは九月十日の午後九時四十分頃であったが、殺されたのは十日の正午前後と推測された。勿論、一時間程度の誤差はある。犯行地点は公園の入口にきわめて近く、たいていの入園者は前方にみえる花壇や池に気をとられて、左右をじっくり眺めるゆとりがない。ローズマリイの植え込みは、そうした一種の死角ともいえる区画にあった。しかも塀の外はバス通りだから、バイクの爆音にでも合わせて刺せば、たとえ被害者が悲鳴をあげても救けを求めても、気づかれる心配はなかった。

サファイアをはめ込んだバックルが無事だったように、ズボンの四つのポケットに分散して入れてあった九万八千円也の紙幣もそのままになっている。

そうしたことから、金目の物を目当てにした犯行という見方は否定され、夕刊では、怨恨説が有力だとしてある。

　発見者のひとりである若い職員は、ひと風呂あびた後の浴衣姿で畳の上にあぐらをかき、サラミソーセージを肴に黒ビールを呑みながら、記事のつづきを熱心に読んでいた。

　凶器は果物ナイフ。柄は木製でマホガニー色に染められている。新品もしくは新品同様の品物であった。刃はクロームめっきがしてあって、さして鋭利なものとはいえなかったが、突き立てるときは格好の凶器となった。

　現場が芝生であるため足跡その他の痕跡はない。留め金のはずれた金製の華奢なブレスレットがどうしたわけかローズマリイの枝にひっかかっている。

　もう一つ捜査員の注目を浴びたのは、屍体のすぐ横にある一トンはありそうな置き石の側面に、いわゆるダイイング・メッセージと思われる血で縦に書いた文字が残されていたことだった。記されているのは片仮名で「キヨ」の二字にすぎない。小野村精十郎の左手の第二指が血まみれになっていることを見ると、胸の血を指にひたして犯人の名を告発しようとしたものと考えられる。刺された小野村が死力をふりしぼって横を向いた位置に、その文字はしるされていた。

　一方、それがダイイング・メッセージだという見方には懐疑的で、犯人が目くらましのため故意に書き残したのではないか、という慎重論をとなえる少数派もいる。フルネームを記さず曖昧な二字だけ書いたのは、捜査を混乱させるのが目的なのだと断定する者もいた。

各紙は言い合わせたように、凶器の果物ナイフは町の食器店で販売しているありふれたしろものだったから、この面から買い主を絞っていくことは難しそうであったが、ブレスレットのほうはかなり上等な品なので、買い手をつきとめるのは容易だろうとしてあった。

新聞記者のインタビューに応じているのは儒老会の宣伝部長で、被害者とは逆に醜男である。ヘビイスモーカーだとみえ、新聞写真でもテレビニュースでも、タバコを手から離していなかった。歯が黒い。

「小野村君はいい男でした」

くり返し彼はそう述懐していた。

ビール瓶がからになるまで、若い職員は幾度もその記事を読んだ。発見者として名前が載っているのが何となくくすぐったいようであり、中学や小学校時代の友達のうち何人がこの記事に気づいてくれるだろうか、と思った。と同時に、発見者ふたりを並べて写真にとっておきながら、それがどこにも掲載されていないことに軽い失望を感じていた。

3

たいていの人間は夏場になると食欲が減退して、夏痩せするものだが、この弁護士に限って常識は通用しないらしく、一段と目方がふえたようだった。わたしのオフィスでもそろそろ扇風機をしまい込もうかと思っているのに、この肥満漢は相変わらず扇子で大きな顔をあおぎながら、暑い暑いを連発していた。

「一体全体いつになったらクーラーを入れる気かね？」

彼は高圧的な調子でいった。この弁護士によると、わたしの仕事に対して見合うだけの報酬は払っているのだから、クーラーの三つや四つは設置できるはずだ、ということになる。だがわたしにはわたしで、いろいろと出費がある。女房が出ていって万年独身となったわたしには、そちらの方面の欲望を充たすための女性も必要だし、自炊をしているとつい炊事が面倒になって外食をすることにもなる。女というものは金がかかる生き物だが、レストランで喰う食事というのも、これはこれで結構かねがかかるものなのである。わたしがめしを喰うレストランは何も一流の店ではなくて、ドライバーが安直に立ち寄って食事をするようなファミリーレストランなのだから、決して贅沢をしているわけでもないのに、しがない私立探偵の労働の報酬として受け取ったかねはあっという間に出ていってしまう。それに加えてあの税務署というやつが控えているのだ。年中ピーピーしているわたしにクーラーなんぞ買えてたまるものか。

「そんなに暑けりゃ氷枕でもぶらさげて歩いたらどうなんですか」

わたしはやけっぱちで皮肉をいった。内心、われながら冴えない皮肉だと思った。これも夏負けでスタミナを消耗したせいに違いない。

肥った法律家はふてぶてしい顔でわたしをひと睨みすると、フンと鼻を鳴らしたきりである。そして真白なハンカチをとりだしてイスのほこりを払ってから、やっこらしょとでもいうふうに大きなお尻をのせた。

「一週間ばかり前に、千駄ヶ谷の植物公園のくさむらで、新興宗教の教化部長が殺された事件を知っているだろう?」

「テレビで見た。ひととおりのことは聞いているがね」

わたしがたまたまあの事件を知っていたのは、夜中に腹が減ってたまらなくなり、石焼芋を買ったところ、芋を包んでくれた新聞紙にその記事がでていたからである。わたしのオフィスは新宿の裏通りに面しているので、真夜中でも焼き芋屋がとおるのだ。それ以来、テレビニュースなどを注意して見ていた。

「じつはそれに関連して調査をたのみたいと思う。質問はあるかね」

「出し抜けにそう訊かれても思いつけないが、儒老会ってのは何だね?」

元来が無神論者だから、宗教だの教義だのといった七面倒くさいものには一切関心がない。だが、仕事ともなれば多少の知識を仕入れておく必要があった。

「いまの教祖の伊東丹斎(いとうたんさい)という男が中野に土地を買って、五年前に創設した宗教法人なんだ。副教祖にあたるものを部長と称しているが、部長はふたりしかいない。殺された小野村精十郎は教化部長の地位にあった。この男がきみとは違って美男子でね、だもんだから婦人会員の信任がすこぶる厚い」

　何もわたしに比較しなくともいいじゃないか、と思った。この肥満漢だって脂ぎったあから顔の、相当な醜男なんだから。

「さてその儒老会だが、要するに儒教と道教のさわりを集めてミックスしたような、ありがたい宗教なんだそうだ。この現世では夫婦という夫婦は互いによろめいている、金属バットを振り上げるドラ息子がいる、学校では教師がぶん撲られる、きみの大好きなピンク雑誌は花盛り、といったふうに、あらゆるものが狂いっぱなしだ。早く歯止めをかけないと、やがてとんでもない反動がくるのではないか。教祖はそれを心配したんだな。そのためには中国の古い教えをあらためて認識する必要がある。それが出発点だ」

「ピンク雑誌が取り締まりの対象となるのは絶対反対だけどさ、あとはおおむね賛成だね」

と、わたしは正直に答えた。われわれが単性生殖の生物なら話はべつだが、両性にわかれている以上、男が女に興味を抱くのは理の当然というものだ。ピンク雑誌を読んでどこが悪い。

「質問はそれだけかね？」

　そういわれてわれわれに返った。

「事件のあったのはいつだい？」

「九月十日の正午前後といわれている。まあ、一時間や二時間の幅を持たせるのが常識だろうな」

「犯人の名前が書き残されていたそうだが、あれはどうなったんだい？」

「問題はそれだ」

法の番犬がにがい顔になった。美男子がこうした表情をすると、苦み走ったいい男といわれるのだけれど、それが醜男だと何をやってもさまにならない。

「片仮名でキヨと書いてあったことはきみも知っているだろう。ところが儒老会の元会員で、事情があって退会したわたしの友人の娘が、山之内京子というんだ。ほかにも理由があって、捜査本部は彼女をマークしている。それに加えて彼女は小物を集めるのが趣味でね、ペンダントだのブレスレットを眺めては悦にいっていた。現場に遺棄された金のブレスレットもそのなかの一つではないかというわけだ」

「その説はいささか牽強付会ですな。ブレスレットの一つや二つは、どんな女だって持っているだろうからね。ところであんたはいま、ほかにも疑ぐられるに足る理由があるといったけど、それは何だい？」

「動機らしきものがあるんだ。わたしは動機になるとは見ておらんが、本部にしてみると有力な動機と考えている。だから彼女を参考人として取調べたり、尾行をつけたりするわけだがね」

肥った弁護士は肉のついたぶ厚い手で顎をなで、ちょっと考え込む表情になった。

「じつは彼女に縁談があってね、相手の青年も将来性のあるいい若者なんだ。もしその話がご破算になると、二度とこうした良縁はあるまいといわれている。だからここだけの話ということにして貰いたいのだが、彼女には、儒老会の会員だった時分に殺された小野村精十郎に熱をあげ、揚句の果てに捨てられたといういきさつがある。それが原因でなかばノイローゼになると、退会したというわけだ」

「ガイシャは色男だったらしいから、若い女性が熱をあげたのも無理はないな」

新聞にでた顔写真を、わたしは微かに記憶していた。美男子というよりもノッペリとした感じで、昔の東京人はこうした種類のご面相を称して「オヒラの長芋」といったものである。もっとも、その意味するところは解らない。

「いや、単に美男子というだけではなくて、話に聞くラスプーチンのように、女をたぶらかす術にたけていたらしい。教化部に配属された信者はいずれもみめ麗わしき妙齢の美女ばかりなんだけど、小野村精十郎はこの信徒達を、きみ好みの表現をするなら『総なめ』にしておったそうだ。なにしろこの小野村プーチンが杏色のうるんだような瞳でジーッと見詰めると、それだけで女どもは催眠状態に陥ってしまう。山之内京子が彼に夢中になったからといって、それを非難するわけにはゆくまい。仮りにきみが女だったら、もっともっとすごいことをしたろうからな」

「想像だけで断定的なことをいわれては困る」

と、わたしは一応抗議したけれど、本当のことをいうと反対するだけの根拠はなかった。異性好きのわたしがもし女に生まれていたら、高橋お伝ぐらいのことはやるんじゃないかと思うことがある。

「飽きがくるとポイと捨てる。おかわりはわんさといるのだから、いってみれば女なんてティッシュペーパーみたいなものだったろう。捨てられた女性のなかには京子さんみたいに心の傷をいやすすべがなくて退会するのもいたし、もう一度寵を受けようと思って根気よくゴマすってるやつもいる。わたしもこのくらいの調査はやっておるんだよ」

怠けているわけではないことを強調した。

「女達のなかには、いくらサービスにつとめてもなびいてくれぬ場合に、可愛さ余ってという気持になるのもいることだろう。だから仮りに山之内京子が小野村に殺意を抱いたというなら、同じように動機を持つ女が十数名はいる筈だ。ところが名簿を手に入れて調べた結果、キヨに該当する名前の女は、教化部のなかでは山之内京子をのぞくとひとりもいないのだ」

弁護士はここでふと気づいたようにポケットのハンカチを引っ張りだして、おでこの汗を拭こうとしたが、先程のイスのほこりを払ったときに汚してしまったことを知ると、いまいましそうにわたしを睨みつけた。

「いつもいうことだが、掃除ぐらいしたらどうだ。いってみればきみだって客商売だ、いつ間違って依頼人が飛びこんで来るか知れたもんじゃない」

「あんたもなんだぜ、汚いオフィスだと知っているならハンカチは最低二枚ぐらい用意してくることだな」

わたしは負けず嫌いだ。一発なぐられたら二発のお返しをするたちである。

「京子嬢がシロだとすると、あのいたずら書きは犯人が当局を誤った方向へみちびくためにやったのかね？」

「さもなければ、京子さんに罪を転嫁するためにしたことだろう。そうだとするならば、犯人が儒老会内部の人間であることは間違いないな。京子さんとラスプーチンとのいきさつを知っていた人物だ」

その意見にはわたしも同感だった。そこでわたしは、至極当然な質問をした。

「内部の人間にキヨのつくやつがいるのかね？」

「いる」

と、肥った男が頷いた。

「男性ではまず宣伝部長の清川進。これは殺された小野村より一つ年長の四十九歳だ。いっておくが部長というのは教祖のつぎにくる高い地位なんだ。教祖にもしものことがあれば、部長職のうちのひとりが昇格して後を継ぐことになっている。もう一ついっておかねばならないのは、儒老会の部長はふたりしかいないということだ、つまり小野村と清川とは強力なライバル同士になる」

「ふむ。動機満々ってとこだな」

「日本語を乱すようなことはいうな」

弁護士は悪戯っ児をにらむような目つきをした。

「もうひとりは久松稀代。これは現教化部次長、つまり小野村直属の親衛隊のひとりなんだけど、やはりティッシュペーパーみたいに使い捨てされた経験がある。参考までにいっておくけど、この人がきみ好みの凄艶な美女なんだ。小股が切れ上がった姐御肌というか、場合によっては、啖呵の一つも切るんじゃないかという、ゾクリと震えがくるような女でね」

　わたしをけしかけるようにいう。そんなのを信じてノコノコ出かけていこうものなら、口紅をぬったプロレスラーみたいなやつだったというのがオチだから、弁護士のいうことは信用できないのだ。

　わたしは黙ってバットに火をつけた。

「これは参考になるかどうか知らんがね、先頃の会議の席上では清川と稀代が口論をおっぱじめた。原因は清川部長のふかすタバコの煙で、稀代がクレームをつけた。会議のあいだぐらいは我慢したらどうだというんだが、相手がせせら笑ったというんで稀代が怒り出した。彼女は禁煙主義者だというからね。教祖にかわってその場をとりなしたのが小野村教化部長だったそうだ」

「あんたのいうとおり、あまり参考になりそうな話ではないね」

遠慮のない返事をして、話題を変えた。

「当局が彼らをシロと断定した理由はなんだ？」

「そう、聞いてもらいたいのはそこなんだ。彼らにはどれもアリバイがあるんだよ。否定することのできない、明々白々なアリバイがね」

汗のにじんだ大きな顔をわたしの耳によせると、この肥った法律家は金庫破りの相談でもするときのように、声を殺して囁いた。

4

「事件のおきた日に、その場に居合わせた大学生がとったものだ」

といって弁護士がさし出したのは、四つ切りに伸ばされた白黒の写真であった。場所が喫茶店の内部であることは一見しただけで判る。ほとんど満席で、テーブルのあいだに盆を持ったウェイトレスが立っている。

客は圧倒的に男性が多かった。なかには和服姿がふたり。そのなかのひとりはこちらを向いて、時代おくれのカンカン帽を頭にのせている六十年輩の男で、まじめな表情をうかべて珈琲を飲もうとしているところだった。着物は単衣（ひとえ）のかすり。もうひとりは女性でこれからクラス会にでも出席しようというのだろうか、胸高に帯をしめているが、わたしは男だからその着物がどれだけ高価なしろものであるのか、さっぱり見当がつかなかった。

まだ九月の初旬だから当然だけれど、男の客の大半は半袖シャツ姿で、なかのひとりは左胸のポケットからハンカチを覗かせている。店の主人は右手に布巾を持ってせっせとコップに磨きをかけていた。

わたしの目をひいたのは写真の真ん中あたりにうつっている中年男だった。わたしなんかとは反対に、見るからに非力な体つきだ。線の細いフレームの近眼鏡をかけているせいか、ちょっとキザっぽい印象も受けた。だが、わたしの気をひいたのはそんなことではなかった。

「おや、こいつは小野村じゃないか」

たしかにそれは小野村だった。ストローを突っ込んだコップを前にして、白い歯をのぞかせて愉しそうに談笑している。こうして見ても、彼が美男子であることはよく理解できた。平凡なたとえだけれど、文字どおりハキダメの鶴といった印象を受ける。鼻筋がとおり、大きな目は優しく慈愛に充ちている、といった感じだ。屍体で発見されたときと同様に、白っぽいセーターを着ている。

「少なくとも彼は、この喫茶店を出るときまではまだ元気でいたんだよ。もう一つ、壁の時計を見てくれ」

時計の存在はいわれるまでもなく気づいていた。ウェイトレスが持つ盆にさえぎられて上半分しか写っていない。けれども、針が一時一分過ぎをさしていることはハッキリと読める。

「つまるところ午後一時までは無事に生存していたことになる。この喫茶店は大久保駅前の『シャルム』というんだが、ここから千駄ヶ谷の現場へ車で直行したと仮定しても、まず二十分はかかる。したがって殺されたのは、早くて一時二十分という数字がでてくるんだ」

数字を苦手とするわたしだけれど、その程度のことなら呑み込める。

「ところが捜査本部の調べによると、宣伝部長の清川進は正午発の〝ひかり〟で岡山へ向かっているんだ。彼は演説が得意でね、この日も岡山の公民館で人生論をぶつことになっていた」

「証人は？」

「取りまき連中のほかに、列車の車掌や乗客たちだ。これはまず疑う余地がないものとされている」

「じゃ、久松稀代のほうはどうなんだ？」

「この日は遅番だそうで、正午に出勤してから翌日の正午までずっと本部につめていた。これは沢山の仲間が証言しているから信じていい。ここんとこ歯の治療を受けているもんだから、事件当日も午後ちょっと出かけて、近所の歯科医院の固くて窮屈なイスに坐って、歯を削られていた。これはカルテにも記入されているし、先生や看護婦さんの記憶にも残っている。順番を待っていた他の患者たちの証言もあるそうだ」

「信用していいのかい？」

「ああ。これは余談だけど、女ってやつはわれわれ男性に比べると神経がはるかに鈍くできてるんだそうだね。治療イスの上でジタバタするのは男性に決っているって話だ」

わたしもどちらかというと派手に悲鳴をあげるほうだった。

「女は長生きするはずだよ」

恐妻家のこの弁護士は、どうやら女性全体に敵意を抱いているようだった。

「するとナニかね？　この写真をとったのが午後の一時であることを証明するのは、壁にかかっている丸い時計だけなのかね？」

「ははあ、きみが何を考えとるかピーンときたよ。この写真はネガをひっくり返して焼いたんじゃないかと、そういいたいんだろう？」

「まあそうだ。裏返して焼いたとするならば、シャッターを切ったのは十一時一分前ということになるからな」

「ところが残念なことに否定材料が二つあるんだ。一つは消極的なもの、そしてもう一つは積極的なものなんだがね」

肥った男は意地悪そうに反論した。とりようによっては、わたしの考えをぶち壊すのが楽しくてならぬようにさえ思った。

客の中には両手を上げて欠伸(あくび)しているのや、ポカンとしたまぬけづらで天井を見上げているのもいないわけではない。しかし大半のものがタバコをふかしたり珈琲をのんだり紅茶カップをかきまぜたりしていた。マスターはマスターでコップを布で磨いている。まるで三番館のバーテンのように。そして当然のことながら、ポカンとした男とか欠伸している男たちを除外した全員が、右手を用いているのであった。

「第一に、ネガを反転して焼いたとすれば、写っているお客の全員が左ギッチョでなくてはならない。左ききが揃っていたから、反転して焼いた場合に右ききばかりということになる。だが、たまたま来合わせた客の全員が左ギッチョだなんて、そんな偶然があると主張するのかい？　それともきみは、全員が左ききで、この店が彼らの全国大会の会場でもあったという気かね？」

弁護士の口調にはわたしを小馬鹿にしたようなニュアンスがあった。

「その大学生はどういうつもりでシャッターを切ったのかね？　左ぎっちょに特殊な興味を抱いていたとでもいうのだろうか」

「そう左ききにこだわるな」

と弁護士はゆったりとした口調でたしなめた。

「直接その大学生に訊くことだな」

「そうしよう」

わたしは素直に応じた。

「さて第二の否定材料は、たまたまその頃に、つまり当日の午後一時頃に、ある私立探偵がこの店でお茶を飲んでいた。大学生が写真をとる現場を、彼が目撃しているんだよ」

「少々都合がよすぎはしないかね、その話」

「そりゃ違う」

と、肥った法律家は首を横にふった。振ったつもりなのだろうが、動作が大儀そうで緩慢なものだから、首が横にゆれたというのが正直な表現になる。

「探偵氏はとある旦那の依頼で、よろめき女房の尾行をしていた。その人妻が『シャルム』へ入っていったものだから、彼も気づかれぬように入っていくと、離れた席で監視していたわけだ。すると十分もたたぬうちにやって来た男が、彼女とおなじテーブルについて、いかにも親し気に話し始めた。色男の登場だ。探偵は証拠写真をとろうとしてカメラをいじくり廻しているうちに、たまたま誰か他のやつがシャッターを切ったらしく、フラッシュが光った。結論を先にいってしまうと、そのときの写真がこれだったたんだ」

「それが午後の一時一分だったというわけか」

「そう。探偵は反射的に自分の腕時計をみたのだそうだ。あとで事件が新聞に報道されたのを読んで、その私立探偵が本部に出頭したんだ。つまり協力したというわけさ。その筋のご機嫌をとっておけば損はしないからね」

「おれはそんな卑屈なまねはしないぜ。念のためにいっておくが」

わたしはちょっと皮肉っぽく言葉をはさんだが、弁護士はそれを無視して先をつづけた。

「その瞬間にひとりの男が立ち上がって、はげしい調子で写した男に抗議をした。無断でシャッターを切るとは怪しからん、ネガをよこせといきまいている。大した見幕でね、あわや摑み合いの喧嘩になりそうだった。そこへマスターや周囲の客が分け入ったものだからどうやらおさまったんだが、よく見ると文句をつけたのは逢引をしている色男のほうだったそうだ。人間、やはり俯仰して天地に愧じないように生きたいもんだね。いや、これは皮肉じゃないよ。もし皮肉に聞こえたら、それはきみのヒガミというもんだ」

「調査料を水増し請求したこともないし、独身だから誰をラブホテルに連れ込もうが自由だし、天地に愧じるようなことはしていないね」

「そりゃ結構、だがきみも早いとこ身を固めたらどうかね？　嫁にいきたがっている女は掃くほどいるが、だからといってのんびりしていると自分が爺さまになってしまう。そうなると若い子は見向きもしなくなるよ。人間は汐刻が肝心だ」

「ああ、考えとくよ。おれだって木石じゃないんだから、いずれは嫁さんをもらうつもりだ。そのときは別嬪を世話してくれよ」

　いつも聞き慣れた説教だから、わたしも馬耳東風とあしらってやる。

「例の密会男女にとってみれば写真をとられたら致命的だからな、ヒステリックになるのも当然だが、こんな危険な場所に長居は無用だとばかり、二人はそそくさと出ていってしまった。探偵もすぐに後を追って出たから、話はそれでおしまいということになった」

「で、もう一度確認しておくが、午後一時という時刻に間違いないのか」

彼はまた優雅に大きな顔をゆさゆさささせた。

「本職の刑事が徹底的に調べた。こうした店にはよくあるように常連客がいてね、そのうちの一人か二人がうまい工合に珈琲を飲んでいたんだ。常連だから『シャルム』のマスターも住所や名前は知っていた。そこで刑事はこのマスターや常連客に尋ねて廻ったんだが、すべての者が一様に一時であったことを認めている。あの写真をとった男もときどきお茶を飲みに来る大学生だったので、マスターも顔を知っていたんだ。そうしたわけで刑事が写した大学生を尋ねていって、この記念すべき写真を提供してもらったのだよ」

「ふむ。するとこのカンカン帽のお爺さんは何者だね？」

そんなことといってるくせに、この弁護士は去年までカンカン帽を愛用していたのである。われわれから考えると、むぎわらで編んだこの帽子は固くてかぶっていても不安定で風にとばされやすく心もとなさそうに見えるのだけれど、その頃当人に訊いてみたところによると軽くて空気の流通がよくてはなはだ快適なものだという話だった。

彼がカンカン帽をこの夏からかぶらなかったのは、壊れてしまったからである。オフィスのイスに大きなお尻をどさりとのせ、あッと気づいて立ち上がったときにはリボンのついた不思議なセンベイになっていたという。

「いまどきこんな帽子をかぶった人間が東京にいるもんかね。大学生の伯父さんなのだそうだ。九州から上京した」

5

山之内京子の疑惑を晴らすには、誰がやったのかをつきとめなくてはならない。彼女が犯人扱いされているのではないにせよ、いまのような灰色の状態では破談にもなりかねなかった。

肥った弁護士は、ほかの調査は投げうってこちらに専念してもらいたい、そのかわりに特別手当てをはずむ、といってくれた。わたしは彼の請いを容れ、目下手がけている事件が三件あるがそれ等は後廻しにすること、あんたとおれの仲だから特別料金を払うなんて水くさいことはいわぬように、などと答えた。しかしこれはわたしの見栄がいわせたのであり、実状は調査中の事件なぞ一件もなかったし、したがって懐中不如意であったから、この機会に少しでもたくさん稼がなければならなかった。弁護士が馬鹿正直にわたしのいったことを本気にして報酬をはずんでくれなかったら、わが探偵社は破産してしまい、わたしはめしを喰うこともできなくなる。すぐさま仕事にとりかかる必要があった。

わたしはまずルーペをとりだして写真を眺めた。何よりも先に時計の針を見、ついでマスターやウェイトレス、客達の姿、恰好、表情、紅茶を飲んでいるか珈琲を飲んでいるかといったことまで、じっくりと見ていった。

肝心の時計の針は間違いなく一時一分をさしている。だが、これは時刻を示す数字を省略した時計なのだ。反転して焼いても怪しまれることはないのである。そしてこれが十一時一分前に写されたのだとすれば、疑似犯人の清川宣伝部長は殺人のあとで〝ひかり〟に乗ったことになり、また一方の久松稀代は小野村を殺した後で、何事もなかったように本部に出勤し歯科医院に顔をだした、ということも可能になってくる。彼らがアリバイと称しているものは、一文の価値もなくなってしまう。

問題は、写真をとったのが九月十日午後一時一分であることを確認した客たちの証言であった。利害に無関係の常連客の発言は信憑性がたかく、そうなると反転現像という誰でも思いつくような仮説は成立しにくいことになる。

ともかく店を尋ねてマスターの話を聞き、ついで「決定的写真」を撮影した大学生に会おうと考えた。

わたしの愛車はフォルクスワーゲンである。走っているうちにとめ金がはずれて、エンジンカバーがぱくんと口を開けそうな古い車だ。貧乏探偵だから新車を買い替えるゆとりのないことも事実だけれど、それよりも、気の合った古女房みたいにいとおしくて、捨てる気にならないのである。

オフィスのある新宿の裏通りから国電の大久保駅までは、国電でいえば一駅区間だから、エンストさえ起きなければわたしの車でも十分とはかからない。

初秋のドライブは、空気の汚れた都会を飛ばしていても、やはり快適だった。そして思ったとおり十分とはかからぬうちに大久保駅についた。駅前に五軒ある喫茶店のうちで『シャルム』は、白壁が汚れて灰色になっており、青磁色の屋根瓦が一枚剝がれている有様で、フランス語の店名とは違ってひどく泥くさい構えであった。

ドア全体がオレンジ色の合成樹脂みたいなものでできており、半透明なくせに瞳をこらしても内部が覗けないようになっている。そのドアを開けると、写真で見覚えのあるテーブルやボックス席が目に入った。あのときは殆ど満席だったのに今日は空いたテーブルが幾つかある。わたしは入口に近いイスに坐るとミルクセーキを注文した。ウェイトレスもマスターも写真どおりの顔をしていて、わたしのくどい質問に対して嫌な表情もみせずに答えてくれた。

「なんといいましてもお客さんのひとりが血相を変えて喰ってかかったものですから、余計に印象に残ってるんです。はじめてのお客さんでしたが、ああ気が短くてはね、二度と来ていただきたくないですな」

世間ではちょっとしたことですぐカーッとなる男がいるものだ。刑事時代の同僚にも似たようなのがいて、わたしも何度か喧嘩を売られたことがある。その男については、不愉快な記憶しか残っていない。だがこの場合は少し事情が違う。密会しているところをいきなり近距離から写されたのだから慌てたのは当然だ。疑心暗鬼を生じて、狼狽が憤怒となり瞬間的に爆発したのも無理のないところかもしれない。

「どうも察するところ午さがりの情事といった男女でしたから、咄嗟に証拠写真を撮られたものと思い違いをしたのでしょうが、でもね、あのときの女の人はカメラに背中を向けていたんです。だから仮りに私立探偵が狙い射ちをしたのだと仮定しても、肝心の女が誰であるかは判らない。つまり証拠写真としては落第なんですよ。あの人もそう考えたのか、感情が鎮まると女をせきたてて、そそくさと出てゆきました」

「写したほうは私立探偵ではなかった……？」

「探偵さんがいたことは後で知りました。あのときは全然気がつかなくて。……写したのは近所の法学部の学生さんです。カメラ好きというかカメラマニアというか、カメラ雑誌を二冊も購読している人です」

わたしは適当に相槌を打ちながらメモをとった。

「なかなか上手で、この子の見合い写真もその学生さんがとってくれたんです。実物よりよく写ってるせいか、たちまち縁談がまとまって……。いまごろあんたの旦那、われ誤てり！　なんて後悔してるんじゃないの」

からかわれたウェイトレスは天井を向いて豪快に笑った。小柄で片っぽの頰ぺたにエクボがあって、ちょっと魅力的な女だ。しかも性格が陽気ときている。ほんとうのところ彼女の旦那は、いい女を貰ったとホクホクしているに違いなかった。

　その学生がアルバイトから戻って来るまでまだ時間があると聞かされて、わたしはもう一人の常連客を尋ねることにした。ところがこの人妻はセミプロのパチンコマニアで、居場所は判ったのだが眼の色をかえてタマをはじいており、わたしが何を訊いても耳に入らぬ有様だった。その興奮状態がおさまってタマをピースに替えるまで、わたしは三時間半も待たなくてはならなかった。

「そうだわよ、時刻は一時ちょっとすぎ。喧嘩が始まったときはほんとにびっくりしちゃって。みんな呆気にとられていたわ」

　彼女から訊きだしたのはただそれだけだった。

　時刻が遅くなったのでカメラマニアの学生氏に会うのは翌日ということにして、オフィスの近くの銭湯で汗を流すと、駅ビルの屋上のビヤガーデンで季節はずれの生ビールを呑んだ。客のいるテーブルは二、三卓だけ。ピンク色の提灯のなかには電球がきれて灯のともらないのが幾つかある。わたしはそこで冷凍のエダ豆を肴に、時間をかけて大ジョッキをからにした。今日の惨憺(さんたん)たる成績で少なからず意気消沈していたわたしは、景気づけのつもりで立ち寄ったのだったが、ものわびしいビヤガーデンの光景を眺めているうちに、いっそう気が滅入ってしまった。ここへ来たことを、わたしは後悔していた。

6

その大学生と対面したのは翌日の正午前であった。彼はおそい朝めしをすませ、これから大学へいくところで、アパートの上り框のところにはブックバンドでたばねた教科書と、洗濯したての靴下が重ねてあった。わたしは短時間で打ち切るからと前置きして、写真をテーマに話を聞いた。

学生は例の写真を手に、わたしと応対した。

「これは爺ちゃんをとったんです。あの晩のブルートレインで帰るので、記念にと思って写したんです。そしたら急にでかい声をだした男がいて、びっくりしました」

親類に送ろうと思って四つ切りで五枚焼いた。刑事たちが来たとき、そのうちの一枚を提供したのだといった。

「まだ郵送する前だからよかったんです」

「ところで捜査本部の一部の刑事たちは、あれがネガを裏返して焼いたのではないかといっているんですがね」

もしネガを紛失したとでも答えたら、この男のいうことは信用できかねる、と思っていたところが彼は、わたしが考えていたとおりの返事をしたのである。

「ネガはないのですよ。あのネガの二、三齣前に、二カ月ばかり前に逗子の海で友人たちをとったものがあったんですが、彼らがそれを欲しいというんです。ぼくが焼いたり引き伸ばしたりすると余分なかねがかかりますからね、自分たちで適当にやれといって爺ちゃんの写った部分を切りはずさずに、そのままポストに入れたんです。用が済んだら返してくれといって。ところが、それが届かないという連絡があって、はじめて途中で行方不明になったことが判ったんです」

「そいつはまずいな」

「なぜまずいのか解らないですけど、写した本人がまともな写真だといってるんですから、信じてもらいたいですね。それに、これが裏焼きでないことは、人物を見れば納得できるんじゃないでしょうか」

学生が指摘したのはバーテンが右手でコップを磨いていること、ウェイトレスが左手で盆を持っていること、客たちが右手で珈琲なり紅茶なりを飲んでいること、等々だった。しかしそれは、彼に指摘されるまでもないことなのだ。いや、単に利き腕ばかりではなくて、服装だってそうだ、彼のいう「爺ちゃん」にしても着物の胸は左側が前になっているし、カンカン帽のリボンも左側で結ばれている。少し離れたテーブルの夫婦づれとおぼしき夫人の衿を見ても、同じことがいえた。

もしこの写真がネガを反転して焼いたものであるならば、彼の祖父も、夫婦者の奥さんのほうも、着物をあらかじめ左前に（右衿を前に出すこと）着ていなければならない。互いに何の関係もない彼らが、一体誰に頼まれて衿を左前に合わせることをするだろうか。さらに、半袖シャツを着用した客を見ると、胸のポケットはどれも左側についている。が、この写真が裏返しに焼付けられたとするならば、彼らが着ていたシャツのポケットは右胸についていなくてはならない筈だ。特注したならともかく、市販のシャツにそうしたものはあるわけがないのである。左利きの全国大会といったのは弁護士の思いつきの冗談であり、ここに写っている半袖シャツ姿の人々は、たまたまその日その時刻に、偶然に『シャルム』でお茶を飲んだに過ぎない。彼らが何かの気まぐれでポケットが反対側についたシャツを注文し、この日に限って何かの気まぐれでその変ったシャツを着用し、そして何かの気まぐれで同じ時刻に『シャルム』にやって来る、などという偶然が起り得るとは考えられない。となると、この写真が十一時一分前に撮影され、それを反転して焼いたという考えが成立するわけがないのであった。残念ではあったが、わたしはこの仮説を思い切りよく捨てるほかはないと判断した。しかし考えるところあって、余分の一枚を借りることにし、いやがる彼をやっと説き伏した。わたしは借用書を書いた上に一万円也をふんだくられて、やっと写真を手にすることができた。

「じゃ学校へ行って下さい。遅刻させてはわるい」

「どうも」

彼はそう答えると、まだ稚さが残る丸顔をニコリとさせた。笑うと細い目がさらに細くなり、しわのなかに埋没してしまいそうだった。

彼がネガを送ったその友人という男は、アルバイト先の店でドーナツを揚げていた。そこは学生街の真っ只中にあるせいか、あるいはちょうど昼食時のせいか知らないが大層繁盛していた。わたしは店の裏口のところでほんの二、三分だが立ち話をして、ネガの件を突っ込んで訊いてみたが、あらたな収穫はなかった。

わたしは少なからずがっかりした。そして気分転換のために、夕方になるのを待って数寄屋橋近くにあるバー『三番館』へ顔をだすことにした。いくら安上がりだとはいえ、昨夜のように陰気なビヤガーデンは真っ平だ。それに反してこちらは上品でリラックスすることができて、その上にツケが利く。財政がピンチのとき利用するのにもって来いのバーなのだ。

だがわたしは、ただ呑むのが目的で『三番館』を訪れるわけではない。例によってバーテンに事件の一切を聞かせ、あわよくば彼に事件の真相を解明してもらうつもりでいた。亭主を尾行して浮気の現場を写したり、テープに音をとったりするような仕事は単独でできるのだが、弁護士から持ち込まれる殺人事件なんぞとなると、とてもじゃないがわたしの手には負えない。そんなときわたしは、なんとかいう名探偵の灰色の脳細胞に比べて、自分の脳が銭湯でかかとをこするときにのみ役に立つ、あの軽石みたいな気がするのである。かかとをこするときはこれに勝る物はないのだけれど、使い途はただそれだけの、つまるところが能なしで……。自分の才能の限界を知っている点、わたしは賢明なのかとも思うが、ともかくこうした場合は躊躇なく数寄屋橋のその会員制のバーを訪れて、知恵者であるバーテンの知恵を借りることにしている。

勿論、弁護士はそんなことはちっとも知らない。だから、わたしが独力で謎を解決したものと信じ込んでいる。大体が肥った男は鈍感ということになっているが、そのせいかあの法律家も、頭からわたしの脳細胞を買いかぶっているのであった。まあ、少々良心が痛まぬこともなかったけれど、たび重なるにつれて何とも感じぬようになり、今日にいたっている。

『三番館』はいまもいったように会員制のバーであり、当然のことだがメンバーは紳士ばかりだ。いちばんガラの悪いのはかく申すわたしだけれど、わたしは会員とバーテンとこの店の雰囲気が大好きだから、除名処分などを受けぬようにせいぜい気をつかっている。一張羅の服を着るのもそのためだし、オンボロ車を乗りつけるのはいかにもみっともないので、近頃はもっぱら国電を利用することにしていた。

その日、わたしは写真を鞄に入れて、少し早目にバーを訪れた。いつものことだが、知恵を借用しているところは他人に目撃されたくないから、誰もいないときを狙って出かけるのだ。

予想どおりバーの内部には客の姿がなく、『シャルム』のマスターがそうであったように、ここのバーテンもしきりにグラスを磨いていた。ふたりいるホステスもまだ出勤していないとみえ、物音一つ聞こえなかった。いつものことだが、騒音のはげしい外界から隔絶されたこの酒場に入ると、平凡な表現ながら別世界に到着したような気がする。そしてそこに、名探偵のバーテンがいるのであった。

「おや、お久し振りですね。夏負けでもなさっているのかと――」

「いや。鬼の霍乱（かくらん）ってことをよくいうけど、一度その霍乱というやつを味わってみたいと思ってるんだ」

どうもわたしは強がりをいう癖があるらしく、肩を張ってそう答えた。客商売であるからには当り前のことであろうが、バーテンは決して逆らわない。このときも眼で笑って、黙って頷いていた。

「ギムレットにいたしましょうか」

「バイオレットフィーズにしてくれないか」

われながら殊勝だと思うのだけれど、事件を抱えているときはあまり呑まぬことにしている。したがってバーテンも、女子供しか呑まないこのカクテルをわたしが注文すると、ハハア難事件で手こずっているなと察してくれるようになっていた。

「なにか難しい事件でも……？」

予期していたとおり、カクテルをつくりながらそう訊いてきた。わたしはガツガツした気持をぐっと押し殺して、大様（おおよう）にかまえると「まあね」と答えた。そしてすみれ色の液体をひと口呑むと、もう我慢ができかねて、あとは一瀉千里に事件のあらましをまくしたてたのである。

　バーテンは聞き上手だ。熱心に耳をかたむけ、適当なところで相槌を打ち、そして思い出したようにグラスを磨き始める。いまになって思い当たったのだが、このバーテンはかつてただの一度も訊き返したことがなかった。それだけ身を入れてわたしの話を聞いてくれるのだし、また記憶力がいいのだろう。この頭がつるつるとしてヒゲの濃いバーテンがじっと目をつむっているところを見ると、わたしはいつも達磨大師を連想する。悟りを開こうと面壁していたときの達磨も、たぶんこんな顔だったのだろう。

　つぎに、彼はわたしが持参した写真にじっくりと眺め入った。途中でワイングラスに水を注ぐとそれを凸レンズのかわりにして、丹念に観察をつづけた。こうして五分間経過。ホステスたちはまだやって来ない。バーの内部は物音一つしなかった。

「……データ不足でございますね」

　と、彼は小首をかしげた。

「わたくしは宣伝部長の清川進と、小野村に捨てられた久松稀代、このふたりのうちのどちらかがやったものと存じます。宣伝部長のほうは次期教祖の地位を狙って、強力なライバルを消す必要がございますし、稀代のほうには捨てられた恨みがございます。勝気でプライドのたかい女性にとって、これは耐えられない屈辱でございましょうから……」

「そうだろうな」

「現場に記されていたキヨという字は、目くらましなどではなくて、被害者が必死の思いで書き残したメッセージだと存じます」

「するとナニか？　清川か稀代が犯人だとすると、彼らのアリバイはどうなるのかね？」

「それは簡単な話でございますよ、写真を裏返しに焼いて、午前十一時を午後一時に見せかけただけの話でして……」

「だってきみ、居合わせた客がみな証言しているんだぜ。大学生がシャッターを切ったのは午後一時のことだったと。それともきみ、全員を買収して偽証させたとでもいうのかね？」

「まあ落ちついて下さいまし。わたくしが注目いたしましたのは、このカンカン帽のおじいさんと、少し後ろのほうにこちらを向いて坐っている中年の婦人でございまして。どちらも着物でございますね。ですからネガを裏焼きにする場合にそなえて、前以って左前に着て来ればよろしいわけで……。もっともおじいさんは、更にカンカン帽を半回転させて、リボンが右側にくるようにしておかなくてはなりませんのですが……」

わたしは短く頷いて、バイオレットフィーズをひと息で呑み干した。レモンの香りがやさしく鼻粘膜をなでる。

「この写真の目標はおじいさんではなく、点景人物の、つまりその他大勢の脇役のなかにいる小野村氏でございますね。なにしろ午後の一時まで生存していたことを示す証拠写真ですから、肝心の当人が写っていないことには意味がございませんので……。といたしますと、殺された小野村氏にも、逆焼きしてもそれと判らない服装をさせなくてはなりません」

「そりゃそうだ」

バーテンは手早く二杯目のカクテルをつくった。辛口のカクテルは下手だといわれているが、甘口となるとなかなかいい物をつくる。

7

「その点、この白っぽいセーターは理想的なものでございますね。胸のところのデザインも左右がシンメトリックに編まれておりますから」

「当日、彼にそのセーターを着せるのが重大な問題だってことは理解できるけど、そんなにうまい口実があるかな」

「いえ、ルーペで覗かれるとお判りですが、このセーターはアイルランドのアラン島の漁師のおかみさん達の手編みで、フィッシャーマンと称する大変に丈夫で高価なしろものでございます。日本にも輸入されておりますが、一般のオフィスガールには高嶺(たかね)の花といった品でして。余計なことでございますけど、この模様はいわば紋章みたいなもので、漁師のおかみさんは主人が海で遭難したときに、セーターの図柄で自分の夫かどうかを識別いたしますそうで……」

　こういうことになると、バーテンは博識だ。

「そりゃ気の毒な話だな」

「はい。アラン島のことで思い出しましたが、戦前にロバート・フラハーティ監督がつくった『アラン』という映画は非常な評判だったそうで。わたくしはテレビで見ましたのですけれど」

　わたしは見ていない。わたしが見るのは、ここだけの話だがポルノ映画ばかりなのだ。

「そうしたこともございますですから、日本でもちょっと服装に関心のある人でしたら、フイッシャーマンのことはよく知っておいでになります。この極上品をプレゼントされれば、お洒落な男ならよろこんで着用いたすかと存じます」

「了解。先に進んでくれないか」

　バーテンは一礼した。

「つぎは小野村氏の前においてある飲み物でございます。ストローを突っ込んだガラスのコップにご注意いただきたいのでして。これも、一見したところでは何でもないようでございますけど、犯人の悪知恵が作用しているので……。紅茶茶碗や珈琲カップですと、把っ手の向きによって、左手で飲んだのか右手で飲んだのか、判ってしまいます。そうかと申しまして、小野村氏に対して左手で飲むよう指示するわけにも参りません。これはわたしの想像ですけれど、この店のミルクセーキの味は飛びきり上等だとかアイス珈琲は極上の味がするとか、適当の口実をもうけましてコップ入りの飲み物を注文させたのでございましょう。つまるところ、くどいようですが当人の前に把っ手のないコップがおかれていますと、右手で飲んだか左手で飲んだか区別がつきませんようなわけで……」

コップのことは彼の説明を聞くまでは気がつかなかったのである。

「わたくし思いますのに、この計画のそもそものはじまりは、小野村氏が髪をオールバックにしていた点にあるものと存じます。七三に分けていましたのでは、反転して焼いた場合に誤魔化しようがございませんから」

「なるほど！」

「さて、つぎにこの時計の文字盤をご覧いただきたいのでして。数字が書いてない時計ですから、裏返しに焼いても気づかれる心配はございませんけど、問題は下のほうに記入されている製造会社名でございます。逆焼きにすればたちまち馬脚をあらわします。でございますから、もし逆焼きしたというわたくしの説が正しければ、犯人はここで何か手を打っていなくてはなりませんわけで……」

わたしは黙々として頭をたてに振った。いうまでもないことだけれど、ウェイトレスが提げ持った盆によって、時計の下半分はカバーされているのである。

バーテンが逆焼きを立証してくれたのはありがたかった。が、わたしにはわたしなりの面子がある。一応は反論しないことには恰好がつかないではないか。

「バーテンさんの説は大変参考になるけれども、マスターが左手でグラスを磨いていた、お客の全員が左手で珈琲をかきまぜていたというのは信じられないなあ。さっきもいったように、全員を買収したなんて不可能だと思うがな」

「おっしゃるとおりで。買収したってなかには口を割る者はいることでしょうから、信用できるわけもございません。無条件で信頼できるのは、ここに写っております全員が儒老会の信徒である場合しか想定できませんので。それもアンチ小野村派の……」

「するとナニかい、あの『シャルム』のマスターも信者なのかね」

「ウェイトレスもさようで。そうでなくては話が成立いたしませんから」

わたしはちょっと沈黙すると、大急ぎで頭のなかを整理した。だがなにぶんにも軽石状の脳細胞だから、そうオイソレとは回転してくれないのである。

「つまりこんなことかね、彼らは午前十一時前に三々五々と『シャルム』に集まって来た。そのなかの誰かが小野村氏を言葉たくみに誘い出して、カメラに向かって坐らせた。やがて撮影一分前になると、途端に全員が左利きのように振舞った……」

「はい。店に入ったとたんに、なかにいるのが清川派の会員ばかりであるのを知りますと、小野村氏は警戒するに違いありません。ですから前以って、清川の芳ばしからざる行跡に気づいた一部の会員が反旗をひるがえして小野村派に宗旨変えをした、ついては会ってくれないかとでもいって、小野村氏を騙したのでございましょうね。いまおっしゃいましたように、シャッターを切る段になって全員が左手にカップを持ったといたしましても、さり気なくやりますと、小野村氏に気づかれることもなかったろうと存じます」

「すると、あの写真は午後の一時に撮影したものだといっている大学生ね、あいつは嘘をついたことになるな」

「はい、さようで。多分、あの学生も儒老会の信徒でございましょう。と同時に、清川の信頼あついアンチ小野村派のメンバーであると存じます」

そのときのわたしは憮然とした表情をうかべていたに違いない。プロの探偵であるわたしの前でヌケヌケとホラを吹きやがって、あの野郎。

「バーテンも信徒であればウェイトレスも信徒、あの常連客の大学生も信徒、それも反小野村派でございます。とにかく、さまざまな好条件がそろっているものですから、あそこで撮影会を開催したものでございましょうね」

「儒老会なんて新興宗教のあることは今度はじめて聞いたんだが、結構信者がいるもんだな」

わたしは言葉を切ると、頭のなかにうかんだ疑問がはっきりとした形になるのを待っていた。こうした場合バーテンはこちらの様子を敏感にみてとって、向うから話しかけるようなまねは決してしない。

わたしが理解した限りでは、話はこういうことになる。あの日の午前十一時に、清川一派が『シャルム』に集合した。そこに招いた反対派の小野村を中心に写真をとり、それが午後の一時の撮影であったように見せかける。したがって、午後一時まで健在だった小野村が殺されたのは一時以降であるということになる。その結果、清川は東京をはるか離れた新幹線の上にいたというアリバイが生じる一方、久松稀代もまた午後は本部に奉仕していたアリバイができ上がるわけである。

そこまで考えてきたわたしは、ふと一つの疑問に思いついた。

「バーテンさん、なにも大勢の信者に動員令をかけるような面倒なことをしなくとも、例えば午前十一時に集まって、時計の針を二時間すすめておく。その前で写真をとればいいと思うがね」

「はい、わたくしも同じことを考えました。それにつきましてはこう考えておりますので」

達磨に似たこのバーテンは落着き払って答えた。

「針を進ませておいてシャッターを切ったのではないかという設問を予想して、何か明白な反証を用意していたに相違ございません。その一つが、あの探偵さんではないかと存じますので。『シャルム』では清川派の連中が午前十一時に演じたお芝居と全くおなじことを、午後の一時にやろうとしております。そこに、近頃はやりのひるさがりの情事の色男とヒロインとが手を取り合って入って参ったわけですが、いうまでもなく彼らも会員でございますね。

また、探偵さんの事務所を訪ねて、よろめいている妻の尾行を依頼した気の毒な旦那さんというのも、やはり会員でございましょう。それを真に受けて本気で尾行したり証拠写真をとろうと努力したのが、あの探偵さんだったということになります」

「同業者だから肩を持つわけじゃないけど、仕事のないときにああいった依頼を受ければ、二つ返事で引き受けるかもしれないな」

間抜けな探偵だなどといわぬところがわたしの奥床(おくゆか)しさなのだ。

「色男役も会員で、シャッターを切った大学生も会員だとすると、おれの顔が写されたといって喧嘩をふっかけたのは慣れ合いの芝居だったのかな?」

「はい、そのとおりで。わたくしは、あのときのカメラにはフィルムが入っていなかったのではないかと考えております。とにかく写真は午前中にとった一枚があればよろしいのでして、余分の写真がなにかの手違いで人手にわたったりしますと致命的な失敗につながります。そうした危険な写真は存在しないのが最良の策でございますから」

「了解。すると何だな、彼らにしてみるとあの探偵には莫大な存在価値があったことになるね?」

「はい」

「だけど彼だって生身の人間だ、いつ何処で車にはねられて死んでしまうか知れたものじゃない。そんな場合にはどうする気だったのかな?」

「はい、でございますから、その点にも意を用いたことと存じます」

二人のホステスが出勤して来た。バーテンに挨拶をし、わたしにも愛想のいい声をかけてくれた。しかし彼女たちはわれわれの会話がなにを意味しているかを充分に承知していたから、すぐにテーブル席のほうにいくと、卓上の花瓶にいま持って来た花をいけて廻った。わたしは心おきなく質問をつづけることができる。

「つまりこう考えましたら如何でございましょう。『シャルム』にも常連のお客さんはいるわけでございますから、当日も何人かの常連が珈琲かなにかを飲みに入って来たものと存じます。まあマスターにすれば、彼らの姓ぐらいは知っているでしょうし、場合によっては職業も性格も、飲み物の好みも承知していたものと存じます。時刻を決めずに、気の向いたときにフラリとやって来るフリのお客さんもいる一方では、勤めの帰りに必ず寄っていくという人もおりますでしょう。つまりバーテンにしてみますと、何時頃がこの店のピークであるかということも、誰さんと誰さんは何時頃に現われるといったことも、充分に承知していたに違いございません。でございますから、いまおっしゃいましたようにあの探偵さんが不測の事故で死んでしまうという事態の発生にそなえまして、これらの常連客を補欠として利用したことは、まず間違いないものと存じます」

「補欠ねえ」

「はい。あの探偵さんが車に轢かれるようなぼーっとしたお方には思えませんですが、万一にそなえて補欠を用意するといたしますと、まず一、二名は欲しいところで」

「そうねえ、運のわるいときは悪いことがつづくというから、補欠の一人が食中毒で死んじまうこともあるだろう。最低ふたりは用意しておかないとね」

「はい。実際には何名の常連があらわれたか存じませんが。場合によってはひとりも来なかったかもしれませんですねえ」

わたしは大きく頷いておいて、思いついた疑問を即座に口にした。ちょっとでも時間がたつとすぐに忘れてしまいそうだからだ。

「都合よく女の常連がひとりでやって来たとする。そして写真のまんなか辺りに坐ったとしてみる。ところが午前中にとった写真には彼女は入っていないのだから、万一あのスナップが目に触れた場合、これは妙だわ、ということにならないかな」

「はい、でございますから、大学生のカメラには写らないような、いわば特等席を用意しておいたに違いございません。と申しましても特別な席ではなくて、要するにカメラのフレームからはみ出すような位置にあるテーブルでございますね。大学生はその席を除外するように心がけてカメラを構えればよろしいわけで。もしこの女性客が問題の午前十一時にとった写真を見せられたといたしましても、自分が坐ったテーブルそのものも写っておりませんのですから、おかしい、妙だ、変だぞと思うようなことはなかったに違いございません」

わたしは黙ってこっくりをした。

「しかし女ってものはよく気がつく生物だし、一方あの探偵はプロだからね、自分たちが珈琲を飲んでいたときフィッシャーマンのセーターを着た男なんていなかったぞと言い出したら大変だな」

「おそらく似たようなセーターを、小野村氏に似たような会員に着せて、同じ席に坐らせておいたかもしれませんですね」

バーテンは笑顔でそう答えた。

「セーターで思い出しましたが、半袖シャツを着ていた人たちは、全員が右胸にポケットのついたものを特別にあつらえたことになります。といっておおっぴらに注文すれば人目をひいて怪しまれることにもなりかねません。まして、全員がまとめて発注すれば、なおさら目立ちましょう。けれども、儒老会ならばそれが可能でございます。信者の数もたくさんおりますですから、なかにはシャツの生地を扱うひともいれば仕立屋さんもいるものと存じます」

「なるほどね」

と、わたしは頷いた。

後日譚だが、ふと思いついてNHKに電話をかけてみた。NHKというと大半の人は放送局を思いうかべるだろうが、NHKを名乗ったのは日本版画協会のほうが早い。が、わたしがダイアルしたのはそのどちらでもなくて、日本左利き協会とかいう団体だった。現在デパートなんかで見かける左ギッチョ専用のハサミ、ドビン、電話器などはこの協会の提案によって製作された。そんな噂を耳にしたからだった。このときわたしが質問したのは左利きの人のために右胸ポケットのついたシャツは発売されているのか、ということだった。だが現実にそうしたシャツはつくられていないそうである。左利きの人にとってポケットが左胸についていようが右胸についていようが、格別不便は感じないというのがその理由であった。まあ、そんなものかもしれない。

わたしが四杯目のバイオレットフィーズをからにしたとき、廊下でエレベーターの扉の開く音が聞こえてきた。二番乗りの会員は誰だろうか。わたしはわくわくして待っている。デカ上がりの私立探偵だから、どうしようもないがさつな人間であることは自分自身が認めているのだが、妻子のないわたしは、ここの会員やホステスと気取りもてらいもないアットホームな会話をするのが何よりの楽しみであった。そして何よりも、ここには頭の切れるバーテンがいる。わたしが幸福という文字の真の意味を理解するのは、ここでカクテルを呑んでいるときであった。

8

わたしのオフィスの電話が鳴ったのは、翌日の正午過ぎのことだった。昨夜のわたしは

「幸福」に酔い痴れてつい呑み過ぎてしまい、無理に出勤したものの、二日酔いのさなかにいた。皮膚の上を蟻が這っただけでも頭にひびいてズキズキするという状態である。バイオレットフィーズなどという色のついた甘い酒は、もっぱら女学生クラスがなめるものだと小馬鹿にしていたのが悪かった。調子にのって四十杯五十杯とグラスを重ねると、結局はこうなるということをわたしはいまにして悟った。

電話のベルが鳴った瞬間、頭蓋骨がはじけるのではないかと思った。

男はミタ・ゴローという大学生だと名乗り、いま『シャルム』にいる、マスターからあなたの名刺を見せてもらって電話をかけているのだ、と語った。背後から食器の音やウェイトレスの声が聞こえてくるので、彼が店内の電話を利用していることが判る。

「取り引きをしたいんです。ぼく、『シャルム』の常連で、あのとき珈琲を飲んでいたんです」

いきなり意外なことを言い出した。瞬間的にわたしは、補欠がいるのではないかというバーテンの発言を思いうかべた。バーテンとの対話のなかで、わたしは補欠を女ということにして話をすすめていたのだが、本物のそれは男性なのであった。

「冬休みにスキーに行きたいんだけど、バイトの収入だけでは服装をととのえることができないんです。だからこの情報を十万円で買ってもらいたいんです」

「情報って、どんな内容？」

「あの私立探偵の発言を新聞で読んだんですけど、あれは間違っているんです。その証拠を、ぼく握っているんです。といっても、物的証拠ではないですが……」

「十万円って金額はちょっとした大金だからな、もう少しはっきりしたことを聞かせてくれないとね」

「これ以上は喋れませんよ。情報をただ取りされることにもなりかねないんだから。もう少しほのめかせば、この店のトイレである重大な会話を聞いてしまった、ということです」

わたしはちょっと考え込んだ。わたしは年がら年中金銭的なピンチに立たされているわけだが、このときは郵便貯金もゼロにちかかった。十万円などというかねを用意することができないのである。

学生はわたしの胸中を見ぬいたのか、向うから話しかけてきた。

「ぼくのアパートの所在地と電話番号を教えておきますから、連絡して下さい。日中はちょっと学校に行かなくちゃならないので……」

ちょっと学校へ行くだって？　わたしは心のなかで聞き咎めた。

「夜は十時まで起きています。おかねは小切手なんかじゃなくて、一万円紙幣にして下さい。千円札はやめて下さい。数えるのに時間がかかるから」

ミタ・ゴローはすっかりその気になっているらしく、心なしか声が生き生きとして聞こえた。

電話を切ったわたしはつぎに弁護士の事務所にダイヤルを回して、いまの話を伝え十万円を用立ててくれるよう頼んだ。

「たかが十万円だろ、その程度のかねを立て替えることができないのか」

あいかわらず皮肉をいいやがる。

「もっと報酬をアップしてくれなくちゃ身動きがとれない。あんたは嫁さんを貰えとすすめてくれるけど、こんな収入じゃ、女房を養うのは不可能だね」

と、わたしは嫌味をいった。こうやって通話しているときも、二日酔いの頭は、関西弁を借用すれば「ド突かれるように」痛んだ。もうこれは頭痛なんてしろものではなく、肉体的な拷問であった。わたしは深酒したことを幾度（いくたび）となく後悔した。

夕方になるまで、頭に氷枕をあてて横になっていた。泡沫探偵のありがたさを痛感したのは、あれ以来ただの一度も電話が鳴らないことだった。弁護士が持ち込んで来る事件をのぞけば、わたしのオフィスを尋ねる依頼者は、十日にひとりぐらいしかいないのである。

洗面をすませ洗ったばかりの半袖シャツに着替えてから、麻布広尾町（あざぶひろおちょう）にある弁護士のオフィスを訪れて、十万円也を受け取った。その、手の切れるような新しい札を見たときわたしは、われわれがあと数時間で別れなくてはならぬ運命を哀しんだ。ひとたび別れてしまえば、わたしは数学嫌いだから正確な答を出そうとは夢にも思わぬけれど、再会する確率はゼロにちかい。

「そう深刻な顔をするなよ。きみらしくもない。それよりどうだ、景気づけに一杯やっていかんかね？」

彼は、わたしをズキリとさせるようなことをいった。以前にも来たことはあるけれど、室内の贅沢な調度は何度見てもただ唸らされるばかりだ。エアコンディションもほどよく効いていて、この弁護士がわたしの部屋に来た途端に血圧が上昇するのは当然だという気がした。

レストランに連れてゆかれ、わたしはすすめられた酒を謝絶した。酒を遠慮したのは二日酔いだったからだが、弁護士はそれを違って解釈したらしく、

「えらい、感心だ、慎重運転をするに越したことはない、『呑んだら乗るな、乗るなら呑むな、食事のあとは歯をみがけ』というじゃないか」

とほめてくれた。彼はグラス一杯の食前酒で忽ち酔ったようであり、大きな図体にもかかわらず、酒に弱いということを、このとき始めて知ったのだった。

酒は辞退したものの夕食は鱈腹馳走になって、七時半を少し廻った頃に別れた。

「よろしく頼む。事件のカタがついたら上等の酒を呑んでもっと旨い料理を食おう」

この恐妻家の弁護士は喰べることが最大の楽しみなのかも知れない。そう考えると、怒りっぽくて皮肉屋で年中汗ばかりかいている肥った法律家が急に気の毒に思えてきた。わたしの愛唱歌に鉄幹作の「妻をめとらば才たけて」というのがある。だが、このビヤ樽の化け物みたいな弁護士を眺めていると、わたしにとっての理想的な女房像は才たけた女であるより

も、まず優しい女であることが第一だ、と思うようになった。

「気をつけて運転してくれよ」

別れぎわに彼はそう声をかけた。

車に乗る前に、大久保のミタ・ゴローに電話を入れると、はずんだ声で待っているからすぐ来てくれという応答があり、わたしは三、四十分で到着できるだろうと告げて、アパートの所在を再確認した。

目的地に着いたのは八時十分になろうとする頃であった。学生ふぜいが入居するにはいささか立派すぎるコンクリートの二階建てである。廊下には部分的にはすり切れているものの、赤いカーペットが敷かれてあり、北側は大きな窓になっていて、部屋が南を向いて並んでいた。わたしは二階215号室の前に立って、緑色に塗られた鋼鉄のドアを叩いた。

ミタ・ゴローが見田伍朗であることを、名札をみてはじめて知った。だが、十万円の餌に釣られて飛び出してくる筈の彼は、何度ノックしても返事をしない。反射的にノブを握ったら、何の抵抗もなく回転した。施錠されていないところを見ると、近所の酒屋に缶ビールでも買いに行ったんだな、と思った。酒呑みの連想はどうしてもアルコールのことになる。

留守中に入るわけにはいかないから扉を閉めて廊下で待つのがエチケットというものだけれど、わたしは反射的に内側へ押してしまった。洋風にしつらえた八畳ほどの広さの床の上に、二十代の若者が大の字になって倒れていた。真赤な半袖のポロシャツを着ている。眼鏡は少しはなれたテーブルの脚元に転がっていた。綺麗好きな性格とみえ、室内はキチンと整頓されている。

十数年むかし、わたしはデカだった。こうした場合にとるべき措置はよく心得ていたから ただちに一一〇番すべきところだが、自分の抱えているヤマの証人が殺されているのである、傍観しているわけにはいかない。

見田伍朗と思われるこの男の胸には、深々とペンナイフが突き刺さり、彼の右手がしっかりと柄を握りしめている。十万円を楽しみにしていたこの男が自殺するとは思えないから、犯人の擬装とみて間違いなかろう。

壁を背に布張りのソファーがおいてあり、その前にテーブルがひとつ。それと直角に交差する壁にはテレビと大型の本箱とが並んでいる。その本箱に目を近づけてみると、上段はすべて漫画本だったが中段はフランスの翻訳小説で占められ、彼が仏文を専攻していることが知れた。下段は日本の小説ばかりで、右の端に箱入りの四六判の日記が一冊あった。

こうした場合、事件が発生してから今日にいたるページに何がしるされているか、それが事件を解くカギになるのではないかと考えるのは当然だ。わたしは指紋がつかぬよう注意して手にとると、箱から引きぬいた。余程無造作に突っ込んだとみえ、日記はさかさまに入っていた。電灯の下に立って、事件当日の九月十日から今日までの十日間にわたる記事に丹念に目をとおしてみたが、書いてあるのはクラスや喫茶店の女の子の噂と、誰それにかねを貸したという記述ばかりで、結局はなんの役にも立たなかった。

その後で、いかにもいま事件を発見したという思い入れで一一〇番した。第一発見者を疑えというのは捜査の常道だから、わたしは夜おそくまでかなりきびしい訊問を受けた。若僧に取調べられるのは、元刑事のわたしとしては決して愉快なことではなかった。加えて忘れていた二日酔いの頭痛がまたわたしを苦しめた。刑事たちは私立探偵という職業をなかば仇敵視し、同時に軽蔑のまなこで見ているらしかった。

9

二日酔いがなおると性懲(しょうこ)りもせず『三番館』に顔をだしたのは、会員たちとくつろいで談笑したいと思ったからでもあるが、同時に、昨夜の事件をバーテンに報告して、あわよくばヒントを得たいと考えたためだった。

夕食をすませて行ったので、もうかなりの会員が集まっていた。良識の持ち主である会員たちは女と金銭と政治の話をタブーにしているので、雰囲気はつねに上品なものである。

頃合いをみてバーテンに近づいた。

「少しお疲れのようにお見受けいたしますが」

「二日酔いでひどい目にあった。今夜はミネラルウォーターを頼む」

わたしは冷えた液体を喉に流し込んだ。

「大学生が殺されましたですね」

珍らしく彼のほうから話しかけてきた。

「彼には用心するように警告しておくべきだった。『シャルム』からわたしに電話をすればバーテンが聞いていたろうし、すぐに儒老会にご注進したことだろう。そうなると犯人が学生の口を封じるのは予想できることだからね。それにしても彼は何を語るつもりだったんだろう、トイレで何を聞いたというのだろう」

「はあ、あの日のあの時点で店内にいたのは信徒ばかりでしたから、トイレで顔を合わせたのも信者同士でございましょう。全員が仲間同士ですからつい油断をしたとしても無理はございません。『午前と午後におなじことをやるのはしんどいなあ』といったのかもしれませんし、これはわたしの勝手な空想でございますけど、あのカメラ係の大学生と、喧嘩をふきかける役の色男が挨拶でもかわしていたのかもしれませんです」

「あり得ることだな」

色男はいうまでもなく大学生と喧嘩をやる役である。が、私立探偵の前で再度おなじことをやるのは午後のことなのであった。

「早速でございますが、見田事件のくわしいお話をお聞かせねがえませんでしょうか」

「いいとも」

わたしが昨夜の事件をかいつまんで話して聞かせると、彼は熱心に相槌を打つ一方で、棚のグラスを手にとってせっせと磨き始めた。

「質問が一つございます。あなたが尋ねられた直前に、大久保一帯に停電があったのではないでしょうか」

話が終わるのを待って、バーテンはそう訊ねた。

「その話は聞いてないが、それが重要なことなのかい？」

「はい、犯人が清川進か久松稀代かを決定する、重要なポイントになりますので……」

わたしはわけが解らぬまま、すぐ管理人の部屋にダイアルをまわして停電のことを訊ねた。

「あんたのいうとおりだ。八時から十分ばかり、つまり事件があった頃にあの辺が停電している」

「お使いだてして申しわけございません。お陰でどちらが犯人か判りましてございます」

毎度のことだから驚きはしなかったが、彼がどうして結論に到達したか、それが不思議でならなかった。

「わたくし、整頓好きの被害者が日記をさかさまにしていたことに引っかかりました。見田伍朗さんがやったにしては不自然ではないか、と思ったのでございます。としますとそれは犯人がしたことではないか。あなた同様に、犯人も日記の内容に関心があった筈でございますからね」

「そこまではよく解る」

わたしは水を飲んだ。興奮してきたせいか、妙に喉がかわく。

「殺人のあとで日記を読みます。読み終わってほっとした犯人は、日記をさかさまに箱に突っ込んで、書棚に返しました。犯人としましては、自分が日記の内容に興味を持つ人間であることを、絶対に悟られたくはなかった筈です。したがいまして日記に触れたことは内証にしておきたかったものと存じます。それなのに、箱にさかさまに入れるような愚を犯しましたのは、犯人が急に視力を失ったか、停電によって室内が真暗になったのかのふたつしか考えられません」

「なるほど！」

「ところで、タバコ好きの人間は、こうした場合に反射的にライターをとりだして、その灯りで日記の上下を確かめます。ですが喫煙の習慣のない者にとってライターは常備品ではございません。先日うかがったお話では清川進はヘビイスモーカーだということでございました。けれど、久松稀代は女でございますから、多分タバコはやらないのではないでしょうか……」

「そう、彼女は吸わないんだ！」

あの肥った弁護士が語ったことを、反射的に思い出していた。ヘビイスモーカーの清川と、禁煙主義者の稀代が会議の席で喧嘩していたという一件である。

　わたしはふと、あの喧嘩はなれ合いだったのかもしれない、と考えた。口論して以来、ことごとに清川とは対立するようになった。清川は二代目教祖の器ではない、といったことをいって小野村を持ち上げ、公園に誘い出したのではなかったか。女好きの小野村だから、「旧交をあたためる」チャンス到来とばかり、ノコノコとついていった……。

　わたしはハッとわれに還った。

「いよォ、やったア！」

　わたしは会員に聞こえぬようセーブした声を上げた。

「ありがとうバーテンさん。祝杯だ、ギムレットを呑もうじゃないか！」

棄てられた男

1

茜荘(あかねそう)と名づけられたその建物は一応ロッジということになっているが、もしこれが海辺に建っていたなら民宿と呼ばれたに違いない。客室は二階にあり、廊下をはさんで両側に四部屋が並んでいるから、合わせて八室という小さな規模である。昨今は新幹線が開通したおかげで便利になった。だがそれまでは、常連が冬場のスキーと夏季の避暑にやって来るきりで、気候のいい春と秋とはほとんど泊る客がなかったという。

持主は、五年前までは東京で名を知られた出版社で新書の編集をやっていた元村和彦(もとむらかずひこ)といい、三年後に迫った停年を待たずに退社すると退職金と預貯金をはたいてここに土地を買い家をたてた。

この頃、編集者の間では信州あるいは房総の海辺でロッジを経営することが一種のあこがれとなっていて、決断力のある者が実行に踏み切ったといわれている。したがって元村が思い切りよくジャーナリストとしての生活から足を洗って転身したことは、決して突飛な行動ではなかったのである。

当初の予定より少し延びて、竣工なったのが秋に入ってからであった。東京から出かけていった彼がロッジの前に立ったとき、それは秋の夕陽をあびて赤く染められていた。その瞬間元村は、建物を茜荘と命名することに決めた。ロッジの外側は白樺の丸太でできているから、ここに来るまでは白樺荘と名づけるつもりだったのである。しかしいまは、この名が果して適切なものであったかどうか反省することがあった。若者のなかにはこの文字を読むことができなくて、予約の電話をかけてよこしながら電話口でまごまごしている例が少なくない。そうした場合は気をきかせて、「こちらはロッジあかね荘でございますが……」と助け舟をだす。

谷崎れい子は読みたい全集本を購入するおかねが欲しくて、ここのウェイトレスになった。夏休みの休暇が終わるまでのアルバイトである。はじめ求職雑誌で求人広告をみて、ほこりっぽい東京で暮すよりもきれいな空気を胸いっぱいに吸ってみたいという単純な気持から電話をかけてみた。そのとき元村は素っ気ない調子で「美人は困るんですがねえ」といった。女のお客さんよりも美しいとやきもちを焼かれる。お客さんより上背があれば見くだしたような悪い印象を与える。

「大きからず小さからず、太からず細からず、そして十人並みの器量というのが条件です。それに車の運転ができることが必要です。なにしろ山のなかだから、いつ緊急な用事が出来(たい)するかも判らない」

出来だなんてクラシックな言葉を使う人だな。心のうちでそんなことを思いながら、条件にぴったりであることを答えた。顎が左右にはりだしていて額はおでこで、まあ眼の大きいのが唯一のとりえだと自分でも思っている。車の運転にも自信があった。去年の夏休みには九州一周旅行をやったほどである。

「それならよろしい。旅費はすぐ送ります。できるだけ早く来て下さい」

元村は急に愛想がよくなり、そう答えた。そして一日おいた次の日に簡易書留で一万円也が送られてきた。後で聞いたことだけれど、彼女が茜荘という文字をすんなり発音したものだから、この一言で元村は彼女に好感を持ったのだそうである。

その茜荘は山の斜面を背に西にむかって建てられていた。前庭は百平方メートルほどの広さがあるがただ平坦に整地されているだけで、花壇もなければ池もない。もっとも周囲の眺めが山あり谷ありですばらしかったから、自然にさからって造園する必要もないだろう。この庭の一隅が駐車場になっており、元村のワゴン車と客の車が仲よく並んでいるのがよく見られた。元村がワゴン車を選んだのは、ロッジで急病人がでた場合に寝かせたまま病院へ搬(はこ)ぶことができるからであった。彼の脳裡にあるのは客に奉仕することだけだった。

幅のひろい木の階段を踏んで厚いガラスのはまった扉を押すと、そこはかなり大きな広間で、サロンと食堂とを兼ねている。建物の外壁は白樺の丸太であったが、内部の壁にはこれも厚そうなブナの板がはられていた。ところどころに大きな節目があり、それがいかにも野趣に富んだ山荘のイメージを強調しているようであった。数少ないインテリアの一つが、両方につらなる山なみを描いた油絵の大作だった。編集者時代に親交をむすんだ画家が泊りに来て、前庭にイーゼルを据えてかき上げたのである。その絵は茜荘の名にちなんで、空も山も茜色に染められていた。

雪国だから暖房がいらないのは真夏の三カ月に限られている。北側の壁には大きな暖炉が仕切ってあって、秋から春にかけては太い丸太が惜し気もなくほうり込まれ、客はその火を囲んで談笑することになる。真冬はべつとして、晩秋や早春の頃は、丸太一本で体をあたためるのに充分であった。

燃料となる木は裏山に入って伐採（ばっさい）すればいい。暖房のための出費はゼロに等しかった。いまは夏季だけれど依然としてイスやソファーは暖炉のまわりに配置されており、宿泊客はいやがおうでもここで朝晩顔をつき合わせなくてはならない。もっともなかには社交ぎらいの者もいるだろうが、そうした人は辺りを散歩するなり、自室にこもってテレビでも見ることになる。

一階は食堂のほかに調理場と浴室がある。バスを使用したあと、つぎの客が入る前に大急ぎで浴槽を洗うのが、アルバイト学生の谷崎れい子の役目であった。といっても高原地帯で湿度がひくいから、夏場の客はほとんどがシャワーですませてしまう。したがっていまの季節の彼女の仕事は、建物の掃除と調理の手伝いが主なものになっていた。

「ここでみっちり修業すればお嫁にいっても困らないよ」

白い調理帽をかぶった元村が口癖のようにいう。いつ何処で習得したのか知らないけれど、彼の料理の腕はちょっとしたもので、自分でもときどき「鄙には希れだ」と自慢することがあった。特に近くの湖で釣った姫鱒を焼いてバターソースをかけたものは、都会ずれした客の舌をしびれさせるのが常だった。肉料理ではほかになんとかの貴婦人風というのと、なんとかのポーランド風というのが上手だそうだが、第二外国語にドイツ語をとった彼女には、フランス料理の名はどうもなじめなかった。

元村がそっと洩らしたところによると、料理をおいしく感じさせるには演出が必要であり、まず第一に清潔で真白なコックの服装、第二が栄養満点といった血色のいい笑顔、それに映画のエルキュール・ポアロそっくりの挑ね上がった口髭がものをいうのだそうだ。ただしこれはつけヒゲで、夜おそくベッドに入ってヒゲをとったとき、これでやっと一日が終ったというやすらぎを覚えるという話だった。とはいってもれい子が元村の寝室を覗いたことはなかったから、つけヒゲといったのは彼一流の冗談かもしれない。れい子は半信半疑であった。

その演出の効果だろうか、彼の料理、殊に姫鱒のバターソースかけは非常に評判がいい。

「お願い、明日は東京へ帰るのよ。思い出にもう一度鱒のお料理をたべさせて」

若い女の子のなかにはそうしたおねだりをするものもいて、すると元村は迷惑がるどころかニコニコ顔になり、一切の雑用を谷崎れい子に押しつけて釣りに出かけていく。料理のうまいのも考えものだわ、と彼女は心のなかで愚痴をこぼす。

事件が起ったときの滞在客は男女あわせて五人いた。女は一人だから紅一点ということになる。梅雨が明けたばかりでまだ蟬の声一つ聞こえない。いずれにしても夏の休暇をとるにしては少し早過ぎた。しかも彼らはグループ旅行ではなくて、各人がそれぞれ単独で同じ日の部屋の予約をしてきたのである。

「妙だわね」

そのときれい子がそうした感想をもらすと、猪頸(いくび)の元村は太い眉をピクリとさせて、「なあに偶然さ」と、こともなげに答えた。

客のことをあれこれ噂するのは、元村からきびしく注意されている。だから彼女は口にだすことはしなかったが、季節はずれにひょっこりと旅に出られることから見て、今度の客が勤め人ではなくて、自由業者ではないかと想像していた。

2

その日、一同は前後して午後の三時過ぎに到着した。しかしこれはべつに奇妙でも何でもなく、東京から来るお客はたいていこの頃にチェックインする。新幹線から降りても、ローカル支線の接続がうまくいっていない。下手するとそこで二時間半も待たなくてはならない。その待ち合わせ時間のロスを最小限度にするためには、上野駅を十時にでる急行に乗るほかはない。その結果おなじ列車から降りて改札口をぬけ、それぞれが客待ちのタクシーに乗り込むことになる。

車はつぎつぎに庭に入って停った。運転手同士は「やあ」などと声をかけ合っていたが、五人の客は五人とも無言であった。女の客と五十年輩の男性客の一人が濃いサングラスをかけている。中年の客はパナマを斜にかぶり、それが板についていた。

入口まで出迎えた元村とれい子が鞄を持ってサロンに搬び入れ、各人が思い思いの席に坐るまで無言劇がつづいた。あから顔で髪をオールバックにした、肩幅の広い三十半ばの男だけがイスを無視して立ちつづけている。彼は開けはなたれた窓から西の山の起伏を眺めながら、ときどき視線を室内に返して、細い目でほかの客達の様子をそれとなく観察しているふうだった。変った客だ、とれい子は思った。その男が樵半蔵三十七歳と知ったのは、彼女がひろげた宿帳に記入したときである。樵というのも聞き慣れない一風かわった姓だ。

突然、ソファのあたりで声が上がった。

「なあんだ、石井さんじゃないか」

「あなたこそナーンダだわ」

話の様子から判断すると二人は顔見知りのあいだであったのに、互いにサングラスをかけ黙りこくっていたものだから、眼鏡をはずすまで相手が誰であるか判らなかったらしい。

「そんなら同じ車で来ればよかった」

「ホントよ。ここに着くまであたしずーっと退屈していたの」

二人が肩を叩かぬばかりに話し合っているうちに、樵はキーを受け取るとアタッシェケースを片手に階段をのぼり始めた。

「樵さま、お夕食は五時でございます」

れい子が背中に向かって声をかけた途端に、サロンの空気が一変して緊張した重苦しいものとなった。そこに残った四人の男女がいっせいに顔を上げると、樵の背後に視線をなげつけた。そのとき四人の顔にうかんだ表情はさまざまで、嘲笑とも思われる歪んだ笑顔になるものあり、軽蔑するように鼻を鳴らすものがある一方では、明らかに脅えたように顔色を変えたものもあった。声をかけた谷崎れい子は毒気をぬかれた思いで人々のみせた反応を見つめながら、ただ唖然としてつっ立っていた。

しかし五時の夕食のテーブルについたときには、どの泊り客も先程のことはすっかり忘れてしまったかのように和気藹々(あいあい)と談笑した。

「どうかしら皆さん、この辺で自己紹介をしておいたほうがいいんじゃなくて？」

ただ一人の女性客である石井ちづ子が発言した。彼女はほとんど化粧らしい化粧もしていないのだが、目鼻立ちがくっきりとしていて、とろけるような甘い声をだす。細身でいながら胸だの腰には充分に肉がついていて、樵は辺りはばからずそのほうばかり見詰めていた。

「賛成ですな」

「じゃ言い出したあたしから。石井ちづ子、職業は女優です」

先程パナマを粋にかぶっていた男がはっとした表情をうかべた。

「ああ、女優さんね。どこかで会ったことがあると思っていたんだが、とするとスクリーンかブラウン管で対面していたわけだ。じつは何処で会ったか気になっていてね、いくら考えても思い出せないものだから、そろそろ老化現象が始まったのかと悲観してたんです。ぼくはミュージシャンの高山新作。バンドでビブラフォンを叩いています」

若白髪というのだろうか、まだ四十になったかならぬかという年輩なのに頭は真白である。角ばった顔にふちの四角い近眼鏡をかけ、赤いアロハを着ている。両手の指にそれぞれ三個の指輪をはめているせいだろうか、ワイングラスを持つ手が重たそうに見えた。

「マスター。このワインなかなかいいね。これはドイツ物だね。もしかするとモーゼル……」

面と向かっては元村さんだが、客の前ではマスターと呼ぶことになっている。れい子のそれを真似て、泊り客たちは一様にマスターと呼んでいた。

「甲州産です」

「ほう、近頃は国産にもいいものができるようになったね。長野産もかなりいけるし、北海道産のなかにも旨いのがある」

いっぱしのワイン通のようなことをミュージシャンがいった。キザな男だ、というのがれい子の受けた率直な印象である。グラスを持つたびに指輪がふれてカチカチと音をたてる。なにもああ仰々しく指輪をはめなくてもよさそうなものなのに。それともあれは結婚指輪で、その数だけ結婚離婚をくり返したとでもいうのだろうか。彼女にとって高山新作は好感のもてる客ではなかった。

「わたしは神田稲穂といってやはり役者です。わたしが高山さんの記憶に残っていなかったとするとそれは演技力の問題ではなくて、あと一カ月で五十の大台にのるという年齢であることと、わたしが男性であるせいではないか、と思うんですがね」

彼は押出しの立派な堂々たる体格の男だった。泊り客のなかでいちばん年長者であることは事実だけど、半袖シャツからでている太い二の腕をみると、腕力もまた衆にぬきんでているように思えた。だが、れい子の審美眼からすると、体に比べて肝心の首が少しお粗末にすぎた。顔が長く頬骨がとびでていて、二つの小さな眼がはなればなれについていた。こうしたご面相になると、まず脇役だろうし、貰う役柄も限定されたものになるだろう。れい子があまりテレビを見ないせいもあるけれど、彼女もまたブラウン管に映しだされた神田稲穂を見た覚えがなかった。

さて、というふうにこの役者は三人目の男をかえりみた。顔がドーラン焼けしているから、彼もまた堅気のサラリーマンなどである筈がない。宿帳に記した年齢は二十八歳。歌舞伎役者みたいに、眉が秀で大きな黒い眼が深々と澄んでおり、鼻筋がとおって赤い形のいい唇をしている。すれ違った若い女を振り返らせずにはおかぬ美貌であった。色男はかねと力のないのが相場であるが、厚い胸幅に眼をやると、この若者が内に強靭なバネのようなパワーを秘めていることは容易に推察できた。

だが、その彼がどういうわけか元気がない。ほうれん草の缶を取り上げられたポパイみたいに、打ちひしがれた姿をしている。

「正体を明かすのはあまり気が進まないのですけど、ぼくは歌手の碧川三郎です。少し過労の気味があるといわれて休養に来ました。休養といってもほんの一日か二日ですけど」

「歌手ってオペラのほうですか、それともポピュラー？」

そう反問したのは俳優の神田である。れい子はちょうど、テーブルにナイフとフォークの入った籠をおこうとして手を伸ばしたところだった。彼女の顔が碧川のそれに近い位置にあったので、この流行歌手がげッといった音をたてて息を吸うのがよく判った。それは有名なおれの名を知らないのかという怒りなのか、嘆きなのか、れい子には判断しようがない。

「ポピュラーですよ、勿論」

「そうだよな、そういう質問は碧川くんに対してちょっと失礼じゃないかと思うね。なんたってこの碧川くんは目下人気トップのロック歌手なんだから」

樵半蔵は自己紹介を省略して歌手の肩を持った。調理室のほうから香ばしいスパイスの匂いが漂ってきて我慢がならなくなったのか、籠のなかのパンを摑んでひとり口を動かしている。そしてそれが癖なのだろうか、しきりに右手で髪を後頭部へかき上げていた。おれの名が樵半蔵であることは先刻承知しているじゃないか。彼のふてくされたような肉づきのいい顔はそう語っているようだった。

ポピュラー歌手は樵の発言が聞こえなかったのか、それとも頭から無視しようとしたのか、役者のほうを見て答えた。

「あるロックバンドの専属歌手です。ロックのファンはティーンエイジャーばかりだから、あなたがぼくの名をご存知ないのも当然ですけど」

「いや悪気があって訊いたんじゃないんだ。だからそういう素直な返事がかえってくると、あなたっていい青年だなあって思っちゃう。気にしないで下さい」

調理場から声がかかったのをしおに、れい子は食卓をはなれた。満足がいく料理ができたときの習慣で、コック帽をかぶったマスターは上機嫌で片目をつぶってみせた。

「さあ運んでもらおうか。わたしも手伝うがね」

3

食事のときも食事がすんでからも、樵半蔵はまったく口をきかなかった。といって不機嫌だというわけでもないらしく、客同士の会話にこそ加わらなかったものの、ときどきまるで思い出し笑いでもするように、細い目で発言者のほうを見やりながら声もなく笑った。それも片方の唇の端だけを引きつらせるようにするので、まるで顔の半面だけが笑っている感じがした。

神田とちづ子は以前に共演したことがあるとみえてときたま仲間の役者の話をすることもあったが、全員が参加できる話題となると、テーマは当たりさわりのないものばかりに限られてしまう。それでも彼らは明るく楽しそうに談笑した。だが依然として樵はそれに加わろうとはしない。それならそれで自室に戻ってテレビでも見ていればよさそうなものなのに、階段を上がろうとはしなかった。

話が芸能人の麻薬汚染に及んで、それがひとくぎりついたとき、樵がはじめて口を開いた。

「石井ちづ子さん。ちょっとあなたに話があるんです。それも他の人に聞かれちゃまずい話でね。わたしの部屋に来てくれんですか」

一座がしーんとなった。いままで陽気に笑い合っていたことが嘘のように、誰ひとり口をきくものはいなかった。

「――冗談じゃないわ。あなたみたいな得体の知れない人とふたりっきりで部屋に入るなんて非常識な話だわよ。それともあなた、動物園のゴリラの檻にずかずか入っていく勇気があるとでもいうの？」

「だからいっているじゃないですか、第三者には聞かれてはまずい話だと。これはわたしの好意からいっているんですよ」

「おことわりします。特に夜なんてまっぴらよ」

「そう、それならいい」

樵はあっさりとあきらめたようにいい、今度は役者の神田稲穂のほうを向いた。

「じゃ最初はあんただ。あんたにしよう。小娘じゃないんだから拒否することもないだろう。だいいち、わたしの呼び出しに応じてこのロッジにやって来たそのことから見ても、わたしとの話し合いをことわるはずがない」

調理場で食器を洗い終えたれい子は、はしたないことだとは思ったが聞き耳をたてていた。それまで夕刊をひろげていたマスターも、いまはそっと新聞をたたんでテーブルの上にのせ、片方の耳をサロンの方に向けていた。

そうか、そうだったのか。心のなかでれい子はそっと頷いた。東京在住の五人の客がそろって部屋を申し込んだとき、偶然にしてはできすぎていると思ったものだが、いまやっとその謎が解けた。樵は四人の男女の弱点を握り、彼らをここに呼び寄せておいて脅しをかけようと企んだのだ。

「おどろいたね。わたしはてっきりあんたが口のきけない人じゃないかと想像していた。さもなければ日本語のできない東南アジアの人じゃないかとね。失礼ながらその人相からみて、麻薬のバイ人ではあるまいかと思っていたのですよ」

「それこそ詰まらない冗談だ。あなた達はわたしの名が樵だと知った途端、あんぐり口をあけてわたしの後ろ姿を見送っていた。その時点で、あなた達はわたしが何者で何を目的にやって来たのか知った筈だ。ヘロインのバイ人だと思ったなんてみえみえの嘘をつくなよ」

低い押えた声だが、いかにもしたたかさを思わせるようにドスがきいていた。しかし神田は一向にひるんだ様子がなく、だしぬけに立ち上がった。体が大きいせいか、力に自信があるのか、おびえた様子はさらさらない。青い半袖シャツからでている腕は太くて、そのくせ肉がしまっていて、見るからに強そうだった。手の指も節くれだっている。

「お喋りがすんだのなら二階へ行こう。不愉快な話は少しでも早く終えたいからな」

「いいとも」

樵も立ち上がって、並んで階段のほうへ向かった。こうして二人を見比べると樵のほうがひとまわり小柄である。事情を知らぬものが見たら脅されているのは樵のほうだと思ったに違いない。

二人の姿が見えなくなると、それを待っていたように高山新作が白い髪にちょっと手をあてて、口火を切った。

「いまの男の話で大体のことが判ったと思いますが、あなた方は彼にかねを絞られるために来られたようですな。かくいうぼくもそうなんです。十日ばかり前にだしぬけにフリーライターと自称する男から電話がかかりましてね、自分は樵というものだ、お前にとって公表をはばかられる文書を手に入れた、これを買い取る気はないかというのです」

ロック歌手も女優もただ黙って相槌を打ちながら、熱心に聴いている。

「あいつはハッタリが好きだから大袈裟なことをいうんですが、文書というのはぼくがあるパトロンの奥さんあてに書いた手紙でしてね、べつに問題になる内容ではないんですが、読みようによってはちょっと誤解を招くところがあるんです。樵はさわりの部分を読んで聞かせましたが、なるほど彼のような悪党に解釈させると、そういう意味にとれなくもない。で、世話になったパトロンの迷惑になってはいけませんから、買い取る約束をしたんです。そしたらこのロッジを指定しやがった。うまい鱒料理とうまいワインを賞味しながら取り引きをしよう、といいやがるんです」

彼はそれが癖のように片手でかるく髪に触れた。すると指輪にはめられた三個の宝石がキラと輝いた。

「いまごろ神田さんも懸命にやり合っているんじゃないですか」

あの役者は何をネタに絞られているのだろう、とれい子は思った。一見したところまじめそうな人柄だから、樵にゆすられるようなまねはすまいに。

「その手紙がどういう経路で樵の手に入ったのかしら」

「女中がそっと盗んだそうです。餅は餅屋というのか、ああした男は常にアンテナを張りめぐらしていますからね、忽ち商談が成立したといってました。おれもかなりの大金を払ったし数年間その商品を寝かしておいたのだから、そう安くは譲れない。そうほざいていましたね」

「ひどい男だ」

と、歌手が興奮したように声をあらげた。

「ぼくの場合も似たようなものなんです。やはり十日ぐらい前に突然電話がかかってきて……。ぼくはマネージャーだと思ったんです、仕事の打ち合わせをする予定でしたから。そしたら樵と名乗る見知らぬ男の電話でした。ぼくの場合は——」

「おっと」

手を立ててビブラフォニストが制止した。

「わたしが喋ったからといってあなたまで話すことはないんです。いずれにしてもあなたは大金を捲き上げられる立場にいる。そして石井ちづ子さん、あなたも同じことなんでしょう？」

「そうなのよ、わたしも脅かされたの。でもここに着いたときは樵が誰だか判んないでしょ、本当のことというとゆすりは高山さんじゃないかしらって思っていたの」

「いやあ参ったな。しかしぼくも同じだ。脅喝屋が女性でないことは判っていたから石井さんは除外していいと考えていた。それに碧川さんも落ち込んだみたいな様子をしていたので、あんたもオミットしていいと思ったね。本物の樵は一攫千金をゆめみて張りきっている筈なんだ」

　話がそこまで進んだとき、ちづ子が、階段を降りて来る役者に気づいた。

「あら、わりかし平静な顔をしているわ。話がついたのかしら」

　腰をうかべて手招きすると、神田はしっかりとした足取りで近づいて来て、どさりとイスに腰をおろした。

「しんどい話だ。所得税の申告のとき税務署員とはげしくやり合ったことを思い出したよ」

「ゆすられたんでしょ。わたし達みんなそのことで呼び出されたんだから」

　手短かに話をして聞かせた。

「まったく酷いやつだ。ところでいま思い出したんだが碧川さん、つぎはあなたの番です。階段を上がって左側の二番目の部屋ですよ」

「いやなことは早くすませる主義なんです、ぼくも」

　みずからを励ますつもりか、ロック歌手は決然として立ち上がると二、三歩ゆきかけて、一同をふり返った。

「さっきは気が滅入って仕様がなかったんだけど、皆さんの話を聞いているうちに元気ができてきました」

「碧川さん、できるだけ粘るんです。一円でも安くすむようにね。わたしも頑張った」

「ありがとう、ぼくも粘り勝ちに持ち込むつもりです」

こうして順ぐりに泊り客は二階へ呼ばれ、ある者は怒りのために蒼白な顔になって、またべつの者はうす笑いをうかべる余裕をみせて戻って来た。樵は二度と降りて来ない。最後に会ったちづ子の話では、これから持参したウイスキーを呑みながら好きなハードボイルドを読むといっていたという。

いやな仕事をすませてしまった後の四人は、はればれとした気持で話をつづけるかと思っていたら、そうではなくて逆に全員が沈み込んでいった。誰かが話のいとぐちを見つけて喋りだしても、あとの連中が乗ってこない。

れい子は意外に思ったが、考えてみるとそれも当然のことだった。みすみす脅喝者に大金をふんだくられたのだから胸中むしゃくしゃしているに相違なく、話がはずむ筈もないのである。

「わたし疲れているから失礼しますわ」

ちづ子がそういって立ち上がったのをきっかけに、他の男達も腰を上げた。

「おやすみなさいませ」

「ああ、おやすみ。今夜の料理はとびきりうまかったとマスターに伝えて下さい」

役者が愛想よく応じた。ちづ子は本当に疲れているとみえて、宿帳の三十一歳という齢よりも十歳ほどふけた顔をしていた。

れい子には、テーブルのパンくずを掃いたり胡椒容れなど香辛料の中味を補充したりする仕事が残されている。そのあとでシャワーを浴びてお仕着せの服を脱いだときに、はじめて一日の仕事から解放されることになるのだった。そんなことを考えながら灰皿に手を伸ばしかけた彼女は、吸殻が一本もないことに気がつき、今回の泊り客がそろって禁煙主義者であることを知った。

朝食は八時半という決まりになっている。元村とれい子はそれよりも二時間早く起きて、マスターは朝食の仕度にかかり、れい子はホールの掃除をする。チェックアウトの時刻が過ぎると二階の客室と廊下をきれいにしなくてはならない。給料がいいから文句はいえないけれど、これで夏の終わりまで体が持つだろうか。貧血症のれい子はそれが心配だった。

朝食は和風と洋風の二種類にわかれていて、前の晩に客の好みを訊いておくことになっている。和食といっても焼のりに味噌汁といった簡単なものだし、パン食はハムエッグズに紅茶つきの似たようなものだから、調理場は忙中閑ありというか、ときどき腰をおろしてテレビの朝のニュースを見る程度のことはできた。

八時を過ぎた頃から客が降りて来る。もうすっかり馴染みになってマスターやれい子に声をかける人もいる。こちらも負けぬくらい元気で陽気な明るい返事をする。

八時半の食事時刻になっても人数が揃わなかった。

「樵のやつまだ寝てやがる。二日酔いじゃないのかい」

役者の神田がズケズケといった。当然のことながら陰では呼び捨てである。

「二日酔いじゃなくて？　頭が痛くて食事どころじゃないんでしょ。あたしはまだ経験したことはないけど」

「かまわないから始めてもらいましょうよ。今夜ぼくステージがあるんです。十時過ぎの列車に乗らないと遅刻してしまう」

ロック歌手がれい子と泊り客を半々に見ながら、きつい口調でいった。彼ばかりでなく、全員が一泊の予約になっている。

れい子はお茶を注ぎ終わると壁の時計に眼をやり、「お起しして来ますわ」といいおいて階段をのぼった。廊下の窓から気持のいい風が吹きぬけている。思い出したように深呼吸をしてみた。

扉を叩き声をかけてみたが返事をしない。眠っているのかもしれない。そう思ってそっとノブを回転させると、これが手応えなくクルリとまわって扉が開いた。

まだカーテンが引いてあり、電灯がついたままになっていたが樵の姿はなかった。一瞬、洗面所にいっているものと判断したが、そうでもないらしい。ベッドに寝た様子がなかったからである。毛布も、昨日れい子がたたんで置いたままになっている。

妙だな、と思った。扉を大きく押し開けて一歩なかに入ってみた。次に彼女の眼をとらえたものは床に転がっている血まみれのウイスキーの瓶であった。アメリカ製の安物ででもあるのだろうか、形も大きさもビールの瓶にそっくりで、瞳をこらして見ると中味はからのようである。ついでれい子の注目をひいたのはスリッパだった。茶色の模造皮革の室内履きはその一つが正面の窓の下に投げだされている。そして片方はベッド際に裏返しになっていた。そこからちょっと離れたベッドの下に靴がキチンと並べておいてある。

どうやら異変があったことは間違いなさそうだ。が、れい子は慎重なたちだったから、ここで思い切り悲鳴をあげるといったことはしなかった。気を落ちつけてもう一度室内の様子をうかがい、その後で洗面所をのぞいてみて、階上には誰もいないことを確認しておいてから階下に降りた。

「呻（うな）ってたでしょう、いい気味……」

彼女がなにもいわないうちに、女優が声をかけた。

「それが」

れい子はマスターのほうに視線をむけた。

「いらっしゃらないのです。お寝みになった形跡もありません」

彼女が形跡といったのを聞いて、客の表情にちょっとした変化が生じた。いままではこの土地の高校をでた小娘、ぐらいに考えていたらしかった。

4

肥った弁護士は階段をあがるのが大の苦手だった。わたしの部屋のイスに坐ってから三分間ちかく呼吸をととのえなくてはならない。その一方で、白いハンカチでしきりにおでこや頸筋の汗をこすっている。

「……階段を昇るたびにわたしは心臓が停るのではないかと思う。いつの日にかわたしは、この建物の階段か地下鉄の階段のために殺されるんじゃないかと考えることがあるくらいだ。地下鉄のほうは利用しなきゃいいんだが、きみんとこは来ないわけにはいかんからな。それともきみはわたしを殺す気か」

呼吸がととのったと思ったら一気にまくしたてた。とたんに汗がふきだして、小さな水滴になる。

「弁護士とは思えない短絡的思考だな。あんたに死なれてはわたしがめしの喰い上げになるじゃないですか」

わたしは、イスの上の肥満した法律家のおやとい探偵である。看板を見て亭主の素行調査などを依頼しに来る客もいないわけではないが、そちらの報酬は微々たるもので、わたしが女性とつき合うときの交際費にもならぬくらいだった。この弁護士はわたしの手腕を高く評価して、それに見合うだけのペイをしてくれる。彼は、わたしのバックにいる知恵袋ともいうべきバーテンの存在を知らないから、すべての難事件はわたしが解決したものと信じて、わたしに口汚い言葉をあびせながらも好遇してくれている。そのかわり、といってはおこがましいが、打率は十割であった。いまだかつて失敗したことはない。何よりもそれが絶大な信用をはくする根拠となっていた。

「どうかね、きみ、エレベーターのついたビルに引っ越しては。きみの収入からすれば易々たるものじゃないか」

「そりゃそうですけどね、わたしはこの建物とこの部屋が好きなのですよ。しゃれたビルにオフィスを構えるなんて、がさつなわたしには似合わない。それよりもどうです、息が切れるのは肥っているせいだから、瘠せる体操でも始めては？」

「体操は好かん。わたしは小学生のときから大嫌いだった。教師の顔を思いだしただけで胸がむかつくわ」

「弁護士が感情的になってはいけないな。じゃ一日一食にしたらどうです。なんてったってカロリーの採りすぎが原因なんだから」

「やかましい、いわれなくとも分っとる！」

彼は癇癪を起し、ふきだした汗を拭いた。そして暫く沈黙して気をしずめてから、新潟の山のロッジで発生した事件の大要を語って聞かせた。

「屍体は庭のはずれで見つかったんだ。被害者は樵半蔵という小悪党で、発見されたときには靴をはいていなかった。では、はだしで庭を歩いたのかというと、そうではない。足の裏には泥一つついていない。風呂からでたばかりのようにきれいだった。つまり、誰かがかついで来て棄てたんだな」

「ふむ」

「後頭部に一撃くらった傷があったが死因は絞殺でね。頸にカーテンの紐が喰い込んでいた。殺されたのは前夜の十二時前後。後になってこの紐は樵の部屋のものであること、頭を撲った鈍器は部屋に遺留されたウイスキーの瓶であることが判明した。しかし手袋をはめてやったのか拭きとったのか、犯人の指紋は残っていない」

「手袋を用意していたとすれば計画的な犯行だな」

「そう。警察は、即日帰京したいという彼らを押しなだめて事情聴取を行った。その結果二、三の者に怪しい点が見つかったんだ」

弁護士はひと声うなってポケットから手帳をとりだした。肥っていると何をするにも窮屈で、つい呻きたくなるものらしい。

「樵の所持金をしらべてみる一方で、各人がゆすられた金額を申告させた結果、高山が支払った分だけ不足していた。問い詰めると、つまりこのビブラフォン叩きの男はつぎの朝、早目に起きて樵の部屋に忍び込むと、アタッシェケースのなかから自分のかねだけを取り戻した、というんだ」

「樵が目をさましたらどうする？」

「いや、樵が殺されているのではないかという期待があったから、早起きしたのだといっている」

「よく解らないな」

「当局もその点を突っ込んで質問した。高山もはじめは言を左右にして口を割ろうとはしなかったが、じつは夜中にトイレに行こうとしたところ、ロック歌手の碧川が樵の部屋から出てくる姿を見た。彼にとっても樵は憎みて余る仇敵だからね、そのロック歌手が半ば茫然自失の状態でふらふらと出て来るのを目撃して、もしかすると樵をグサリとやったんじゃないかと直感した。なにしろ碧川の様子がただならぬものだったからね。そう考えると眼が冴えてしまって、それきり彼は眠れなかったそうだ。そこで人々が起き出す前にこっそり様子を見にいった。予想していたように屍骸は転がっていなかったが、犯行の跡は歴然としている。で、チャンスだとばかり室内を物色して鞄に詰められている札束を発見した、とまあ、こんな次第なのだ」

「とするとそのロック歌手の碧川なにがしが犯人ですか」

弁護士は首をふった。ついでにたるんだ皮膚までが共鳴を起したようにゆれた。

「全然おぼえがないというんだ。子供の頃は寝呆ける癖があって、寝巻を着たまま表の通りを一キロ近く歩いたことがあるそうだ。少年期に入って修学旅行にいったとき、京都の旅館で大失敗をやらかしたのを最後に、その癖がピタリとおさまった。それが前夜の不愉快なやりとりが引き金となって久し振りに再発したのではないか。自分でそう説明している。刑事が高校時代の先生に会って話を聞いたところ、京都の事件は事実であることが判ったそうだ。床の間をトイレと勘違いして、盛大にやっちゃったということだがね」

「ふむ。で、怪しいのは二人だけですか」

弁護士は即答せずに、ひとしきり扇子でおでこに風を送っていた。

「きみ、クーラーを買ったらどうかね。口はばったいことをいうようだが、きみの冴えた頭に敬意を表して水準以上の報酬を払っているつもりだ。クーラーが買えないわけでもあるまい？」

「あんた年中かっかしているから暑いんじゃないですか。鎌倉か京都のお寺にこもって座禅を組んでみたらどうです」

「そんな暇人じゃない！」

と、彼は嚙みつきそうな見幕になった。

「いや、悪かった、どなったりして。いまの話に戻るけど怪しいのはもう一人いる。神田という役者だがね。刑事が部屋のガサ入れした結果、鞄のなかから血のついた半袖シャツが発見されたんだ。もっとも、そう大量ではなくて、胸のあたりになすりつけたように付着していた。調べてみるとそれが樵の血液型と一致したというわけだ」

「どんな弁明をしたんです」

「前の晩に樵に呼ばれたとき、言い争いになって相手を撲った。その際、樵が口の内側を切ったとみえて血がでた。もみ合っているうちにそれがシャツについたといっている。うまい工合におなじブルーの半袖のシャツをもう一着持って来ていたので、部屋に戻ってそれに着更えると、なに喰わぬ顔で下のサロンへ降りたというのさ。信じる信じないはべつにしてね」

「女優はなんといってるんです？」

「ブランデーを呑んで寝床に入ったものだから、朝までぐっすり眠っていたのだそうだ。部屋は隣り合っているんだが、いまいったように眠っていたから物音一つ聞こえなかった」

「さあ、どうかなあ」

弁護士は女にもてないくせにフェミニストだから、女性のいうことを頭から信用する傾向がある。わたしも女が大好きであることは人後（じんご）におちないけれど、それはあくまでセックスの対象としてであった。諸悪の根源は女にある、というのがわたしの持論だ。

「眠っていたのか目覚めていたのかはともかく、非力の女性では屍体を棄てにいくことはできないね」

「それはそうだ」

即座に同意した。自分でいうのもどうかと思うが、根は素直なたちの男なのだ。

「この事件は土地の警察が持てあましてね。県警の部長がわたしの古い友人だということもあって、内々に依頼があった。つねづねきみのことを吹聴しておいたものだから、きみに解決の緒を見つけてもらえまいかというわけだ」

「買いかぶられるのはいやだな。調査がやりにくくてね」

わたしは本音を吐いたのだが弁護士はそれを謙遜しているものと受け取って、きみのその奥床しいところが好きなんだ、などと世辞をいった。しかし彼にどうおだてられようとも、わたしにはこの事件を解決するような才能はない。わたしが得意とするのは互いの鼻が曲がるほど強烈なパンチの応酬であり、奥の手の脚力にものをいわせて敵を蹴倒すことであった。最初からわたしは、三番館のバーテンの知恵を借りるつもりでいた。

「……それにしても」

と、わたしは顔を上げて相手をみた。

「犯人はなぜ重たい屍体をかついで棄てにいったんだろう？」

「わたしに解るものか。いってみればそれがこの事件の最大の謎じゃないかね。あちらのわたしの友人もそのことで頭を悩ませているんだ」

5

少し遅れて出かけたので、三番館のテーブルには顔なじみの会員が揃っていた。葬儀屋の若旦那と農業経済が専門の大学教授が古ぼけた版画を手に、しきりに何か論じ合っている。髪のうすくなった消防署長と濃い髪にこってりとポマードをぬった銀行の支店長とが一つのソファーに並んで、それぞれが針金細工の知恵の輪をはずそうと夢中になっていた。

達磨みたいな顔つきのバーテンは相変わらず血色がよく、三樹会の中堅画家と談笑しているところだった。わたしのおんぼろオフィスにある唯一の装飾品はこの画家が贈ってくれた油絵で、そこには明るい色彩でローマの旧街道が描かれていた。わたしには絵のことは解らないし外国旅行をやる気もないし、ヨーロッパへ行くほどのゼニもない。嫌味な言い方をすれば、わたしは未知の世界への憧れをこの一枚の絵に託していた。わたしの好きな絵であり、弁護士にイヤ味をいわれた後なんぞにこれを眺めていると、いつしか気分が和（なご）んでくる。

「おや、おいでなさいまし」

と、バーテン。

「や、また難事件発生ですか」

と、画家。

わたしは挨拶をしてバイオレットフィーズを注文し、うす紫の液体の色を楽しみながら、少しずつ味わっていた。画家とバーテンの話題になっているのは、パロディストの間でモナリザの絵だけがなぜもてるのか、ということらしかった。画家と視線があうと、笑顔で頷き返しながら、わたしは黙ってカクテルを呑んでいた。

「……それじゃわたしは向うのテーブルへゆきます。ごゆっくり」

気をきかせた画家が立ち上がった。

「すみません、邪魔をしてしまって……」

心持ち頭をさげた。こういう場所に来ると、わたしは一変して紳士となる。

二杯目のバイオレットフィーズをつくって貰ってから、それをゆっくりと味わいながら茜荘の話をして聞かせた。バーテンはいつものように横を向き、斜にかまえたグラスを丁寧に磨きながら、じっと聴いていた。

途中でテーブルのほうから注文がくると、グラスを棚に伏せておいて手ぎわよくカクテルをつくる。

その晩わたしがはじめて見たのは、ドナウ河のさざなみと称する甘味の勝ったものだった。グラスのふちの外側にレモンの皮で波に似せた曲線を描いておいて、粉砂糖をまぶす。するとグラスのまわりに白い波が描かれることになる。そこに淡い空色をしたカクテルを注ぐと一丁上がりという次第だ。わたしも機会があったらバイオレットフィーズのかわりに呑んでみよう、と思った。

「ついでにもう一杯」

「かしこまりました」

バーテンはほんの一分か一分半のうちにつくってしまう。わたしはそれをじっくりと味わいながら、話のつづきを語っていった。バーテンはふたたびグラスを磨き始める。

「……なるほど、怪しい人物は役者さんとミュージシャンとロックの歌い手さんでございますか」

「そう。だが、いまいち決め手がない」

「おっしゃるとおりでございますね。ところでこちらから一つ質問をさせて頂いてよろしゅうございましょうか。つまり、この事件でなにか割り切れない点がお有りだったら、一つお聞かせいただきたいという……」

わたしはグラスを置くと、ちょっと小首をかしげた。短い沈黙がつづき、バーテンはグラスを磨き出した。

「まあ強いていえば、なぜ屍体を担ぎ出したかという点かな。屍体が部屋においてあったのでは犯人にとって都合がわるい。そこまでは解るんだけど、だからといって、重たい屍体を庭にかついでいって棄てるというのも、ご苦労な話じゃないか。なぜそんなことをやったのかというと、いくら考えても答がでない」

バーテンはいつの間にか磨くことを止めていた。

「さすがでございますね。そこに事件を解くカギがございますようで。……ところでもう一つ質問させて頂きたいのですが、脅喝という犯罪をどうお考えで？」

「最も卑劣な犯罪の一つだね。当の樵という男が殺されても同情することはないな」

わたしは吐き捨てるように答えた。犯罪に好き嫌いがあるわけもないが、特に脅喝はわたしの最も憎むべきものだった。

「それをうかがって安心いたしました。それでは犯人を指摘してお目にかけますが、弁護士さんには犯人不明というふうにご報告ねがいたいもので。わたくしもあの自称フリーライターは殺されて当然と考えております。犯人の肩を持ちたいくらいでして……」

「了解。調査に失敗したと報告しよう。今月分の収入がその分だけ減ってしまうが」

「おや、バイオレットフィーズがからになっておりますね。もう一杯いかがでしょうか」

「たのむ」

わたしは指の先でグラスを押しやった。テーブル席のほうから、ときおり愉快そうな笑い声が聞こえてくる。

あたらしいカクテルを口に含んだとき、バーテンは彼の推理を語りだした。

「わたくしも屍体を搬んだ理由をあれこれ考えてみました。ですが、やはり満足な解答がでないのでございますね。こうした場合は思考の手順を裏返しにするのがわたくしのやり方で

「……」

「裏返す？」

「はい、発想の転換でございまして。屍体を担ぎ出す理由に思いつかないときには、屍体は担ぎ出されなかったというふうに考えますので」

「？　………」

バーテンのいうことが呑み込めなかった。屍体を搬出しなかったとはどういう意味か。運び出さなかったならば、樵の屍体は二階の自室に転がっていたはずではないか。

「どうもよく解らないな」

「犯人には屍体を運び出す必要がなかった、と考えるのでございますよ」

ますます思考が混乱してくる。わたしは頭を振った。

「……そういわれてもさっぱり解らない」

「部屋には最初から屍体がなかった、そういう意味でございます。屍体がございませんので担ぎ出す必要もありません」

「ますます解らない……」

わたしは音をあげた。

「つまりでございますね、あの部屋が殺人現場でないとなりますと、樵が殺されたのは庭だったというわけで」

「バーテンさん、ズバリいってくれないか」

「はい。犯人は何とか口実をもうけまして、夜中に樵をロッジの庭に呼び出したのでございますね。もしかしますとそのときの樵は酔っていて、片手に持ったウイスキーをラッパ呑みしていたのかもしれません。あるいは犯人が樵の部屋から持ち出したのかもしれませんですね。犯人が手に瓶を持って庭に出たとしても、それがからになった瓶だったら、樵もべつに咎めることもしなかったでしょう」

「……………」

「犯人はついでに、カーテンの紐もそっと持ち出しておきます。そして庭で油断を見すまして頭を瓶で叩く。気絶したところを絞める……、とまあ、こんな段取りだったものと存じます」

「……………」

「その後で靴をぬがせますと、もう一度樵の部屋に戻りまして、ベッドの下にそろえて置いたり、血のついた瓶を床に転がしたり、さらに左右のスリッパを離れた位置に投げ出しておきます。ただそれだけのことで……」

「しかしそれだけでは犯人が解らない」

抗議するような口調になっていた。

バーテンはにこりとして頷いてみせた。

「もう少しお待ちを。ロッジの部屋が現場だとみなされている限り、担いでいった犯人は力のある男性と限定されるわけでして。その結果、かよわい女性の石井ちづ子さんは疑われずにすむということになるではございませんか」

あ、そうだったのか。そこに犯人の狙いがあったのか。立ちこめていた霧が一瞬に消えたような気がした。

バーテンは唐突にジンの瓶を手にすると、ギムレットをつくり始めた。わたしの大好きな強いカクテルだ。

「これはわたくしのおごりで……」

秋色軽井沢

1

その電話がかかってきたのは八月三日の、夕方の五時を五分ほど廻った頃だった。

仲枝（のぶえ）はマンションの部屋におなじ年頃の女友達を呼びあつめて、カクテルを呑みながらレコードを聴いているところであった。アメリカで発売されたばかりの盤をエアメールでとりよせたもので、まだ国内のレコード店にも出廻っていない。片手にかるいアルコールのグラスを持ち、思い思いの椅子に思い思いの恰好で坐ったまま、隣人の迷惑にならぬ程度にボリュームをあげて聴いていると、腸（はらわた）までがしびれてくる。

いきなり電話のベルが鳴った。

「ちょっと失礼」

仲枝はグラスをサイドテーブルにのせて、部屋を横切った。気をきかせた仲間が音量を絞ってくれた。

「仲枝？　わたしひろみ。ねえねえ、ちょっと聞いてよ」

いつになくはずんだ口調である。

「どうしたのよ、機嫌がいいじゃない」

仲枝は周囲の仲間の耳を意識して、幾分声を押え気味にした。

「わたしいつだって機嫌がいいわよ。わるいことがあって？　それよりもね、面白い賭けをしないこと？」

「どんな賭けよ」

「わたし、いま軽井沢にいるの。正確にいえば北軽井沢だけど。そうそう、来る途中に白いとんがり屋根の教会があったわよ、シックだったわ」

「わたしたちもそのうちに軽井沢へ行こうと思ってるの。でもこの夏は涼しいでしょう、だから迷ってるのよ」

「わたしはこれから帰るところよ。いま五時だわよね。すぐに東京へ向うとして、車だとどのくらいかかるか解る？」

「そうね、順調にいって四時間とちょっとかな。今日はウイークデーだからそんなに混まないでしょ」

「四時間ね。それじゃ国鉄だとどのくらいかかると思う？」

仲枝は気の合った友人たちと共同で旧軽井沢に家を借りている。車で行くこともあるけれど、どちらかというと列車を利用する場合が多かった。

「上野から軽井沢まで急行で二時間四十分かかるわ。特急だと二時間十分というとこね」

相手がどんな賭けを挑もうとするのか、仲枝には見当がつきかねた。

「わたしが軽井沢の駅にいると仮定して、運よく入ってきた特急に乗れたと仮定するわね。いま五時五分だから、ええと、上野着は……」

「一九時一五分ということになるじゃん」

「一九時一五分ね。延着しなければの話だけれど。そこで賭けの話に戻って、わたしが一九時二〇分までに、つまり七時二〇分までにあなたのマンションに到着したら五万円払うってのはどう？」

「いいわよ、その程度なら持ち合わせある。即金でポンと払ってみせるわ。だけど、どだい無理な賭けじゃない？　定刻どおり上野駅のフォームに到着したとしても、改札口をぬけるだけで五分はかかるわよ。すぐタクシーを摑まえられたところで、上野からここまで五十分はみておかなくちゃ。地下鉄って手もあるけど」

仲枝のマンションは世田谷区用賀（ようが）にある。上野から地下鉄で渋谷に出て、そこから車を飛ばせたとしても、やはり五十分程度はかかる。

「負けると解っているくせに挑戦するなんてどうかと思うな。それとも長野県からヘリをチャーターする気？」

「まさか」

と、ひろみのアルトがからからと笑った。こうした笑い方をするときの彼女は男っぽくなる、と仲枝は思った。

「五万円を稼ぐためにヘリコプターを頼んだら足が出るじゃん。そんなまねはしないわよ。あくまで正攻法でいくんだから」

五万円はもらったも同様とでもいいた気な、いかにも自信に充ちた口調である。

「でも重大な疑問があるわ。あなたがいま軽井沢にいるってことを、どう証明するつもり。東京から電話しているかもしれないじゃない」

「写真をとっておけばいいわ。近くに中学校があるのよ。その門柱のわきで写せば、動かすことのできない物的証拠になるってわけよ」

気楽なことをいってる。仲枝はそう思ってクスクスと笑った。

「あなたの考え甘いわよ、その写真が今日とったものであることをどうやって証明できて？昨日写したものかもしれないわ。あるいは一カ月前の写真かもしれない。要するに、今日と同じ服装をしていればいいんだから」

仲間たちはレコードの回転を止め、興味津々といった顔つきでこちらを見ている。それに気づいた仲枝は横を向いてちょっとウインクしてみせた。

「当然の質問だわね。それじゃこうしたらどうかしら……」

そう訊かれることを計算に入れていたかのように、ひろみは即座に応じた。仲枝はルージュの剝げた唇を気にしながら、相手の返事を待った。どう考えてもこの賭けは自分の勝ちになりそうである。一体ひろみにはどんな成算があるというのだろうか。

2

八月二十四日、下り新潟行の急行〝佐渡1号〟は定時の7時34分に上野駅のフォームをはなれた。時間が早いことと、急ぎの乗客は新幹線を利用することで、この急行列車の座席は三割方があいている。

列車が走り出して三、四分もすると、あの発車直前のあわただしい雰囲気も払拭されて、どの客も落ち着いた様子になった。気の早いものはもう弁当の紐をほどき包装紙をひらいていた。が、大半の客は走り過ぎる窓外の景色に心をうばわれている様子だった。日暮里、尾久の辺りはまだ都内であり誰にとっても見なれた町並である筈なのに、列車の窓をつうじて別な角度から眺めると、そこにはあらたな発見があり新鮮な驚きがある。

三十二、三歳の筋肉質の男が窓際に、進行方向に向って坐っていた。色白で鼻がたかく、切れながの眼と、黒々とした形のいい眉が印象的だった。好男子であることは確かだけれど、反面どこか崩れた雰囲気を持っていることも事実だった。彼は景色などには全く関心のないたちとみえ、腕を組んで、半眼にひらいた目で白い光沢のある天井をじっと見ていた。腕組みをすると紺のセビロの胸から肩にかけて大きなひだができる。それで、洋服がオーダーメイドではないことが解った。

男は少し疲れているように見えた。地方から出張したサラリーマンがともかく仕事をすませ、慣れない都会の雑踏にもまれて精も根もつき果てた、といった感じがする。左脇に、黒革のアタッシェケースをしっかりと抱え込んでいる。重要書類が入っている、とでもいうふうに。

彼が上衣のポケットからウイスキーの小瓶を取り出したのは、列車が尾久をすぎ赤羽の手前を走っている頃だった。無造作に封緘紙をはがしてキャップをはずし、瓶を口にあてると顎を少し上にむけて、喉をリズミカルに動かしながら一気に三分の一ほど呑んだ。そして思いきり鼻の孔をひろげて大きな吐息をすると、瓶を窓枠の上にのせた。

変事はその直後に発生した。男は急に悲鳴に似た叫びをあげると、ゼンマイ仕掛けの人形のようにピョコンと跳び上がり、折り曲げた指ではげしく赤いネクタイを掻きむしった。廻りの乗客は咄嗟の出来事に気を吞まれてしまい、身をかたくしてなすすべもないといった様子である。向い合った席の老人と若い女性は脅え、ただおろおろするばかりで声すらでない。

男は洗面所へでも行こうとしたのかよろけた足取りで通路に立つと、いきなり棒が倒れるように音をたてて転倒した。スラックスをはいた中年の女がまるで年端のゆかぬ少女みたいに派手な悲鳴をあげる、それをきっかけに車内は騒然となった。その頃、男はもう身動きもしなかった。新潟の市立病院の看護婦だという三十年輩の女性がかたわらにひざまずいて、落ち着いた態度で頸動脈に指をあてていたが、すぐに首をふると誰にともなく「死んでいます」と短く告げた。

事件が起きた車輛はつぎの大宮駅まで行って切り離され、乗客はあらたに接続された替りのハコに乗り移らされた。もう、それまで車内にみなぎっていた旅行気分などどこかへ吹き飛んでしまって、誰もが一様に驚愕と恐怖の表情をうかべ、なかには放心したように虚ろな眼をしたものもいた。

大宮駅は埼玉県内にあるが、変事の発生したのが都内であったために、赤羽署の刑事がやって来て、事情聴取にあたっていた。しかし限られた時間では満足のいく訊問はできかねる。そこで二人の刑事が三十分おくれで発車したその急行に乗ると、事件発生当時おなじ車輛に坐っていたすべての乗客を対象に、丹念な訊き取りをつづけた。特におなじ座席で向い合わせて坐っていた老人と若い女性は執拗な質問をあびせられたが、刑事が期待したような収穫は何一つあがらなかった。彼等は、列車が高崎駅に停まったときにフォームに降りた。

一方、大宮駅ではちょっと奇妙な発見があった。男が死ぬ直前まで大切に抱えていた鞄の錠を、捜査官は一本の針金で苦もなくひらいてみせ、立ち会いの駅長をあっといわせた。しかし駅長は、蓋が開けられたときにもう一度おどろきの声を上げなくてはならなかった。

刑事たちは職業柄たいていのことには驚くことがなかった。だから彼等は駅長のように声にはだささなかったけれど、表情が一段ときびしいものに変わった。鞄のなかに詰っていたのは読み古された週刊誌の束だったからである。

3

肥った弁護士はしきりにハンカチでおでこと頸筋の汗を拭き、その合間に暑い暑いを連発していた。冬のさなかでも汗を吹き出しているのだから、真夏の暑さはさぞこたえることだろうと、わたしは心のなかで同情していた。

珍しいことに今回は連れがあり、それも女性である。男のわたしには絹と人絹の区別もつかないが、彼女はいかにも高価そうな明るい柄の和服を着ている。

「こちらはわたしがときたま呑みに行くバーのマダムでな、氷室（ひむろ）ふみさんという。腕ききの探偵さんを紹介してくれないかと頼まれたものだから、それなら適任者がおるというわけできみを推薦したんだ。なお費用についてはさる有力な財界人がパトロンだから、出し惜しみをするようなことはない。安心して調査に精をだしてくれたまえ」

今日の彼はいつもの口やかましい底意地のわるい一面をかなぐり捨てて、一見紳士風というか、別人のように振舞っていた。室内が暑いから扇風機を買ったらどうだともいわないし、イスが固すぎてお尻にタコができるといった常套的な不平も口にしない。

「どうかね、一肌ぬぐ気はないかね？」

鳥肌がたちそうな猫なで声だ。

「ねえお願い、あたしからもお頼みします」

彼女は嫣然と笑みをうかべると、豊満な肉体をわたしにすりよせるようにした。大きな眠そうな眼と肉感的なぶ厚い唇とが、わたしの情欲をかきたてた。こんな女のためならタダでもいい、とわたしは思った。自慢じゃないがわたしも三代つづいた江戸っ子である。そして江戸っ子はゼニやカネのために働くのではない。こうした江戸っ子の気っ風については、「江戸っ子の生まれそこない金を溜め」という川柳がすべてを語っている。

わたしが承知した旨を答えると、弁護士はわたしを廊下に呼び出して、「いいか、商品に手をつけるんじゃないぞ」と釘をさしておいて、また部屋のなかに首を突っ込んだ。

「それじゃな、わたしはこれで失礼する。後は二人でじっくりと話し合いなさい」

女に言葉をかけておいて出ていった。毒舌家が一言も悪態をつかずに帰っていくのは宵越しの生ビールの味に似て、なんとも物足りない思いがする。彼の後ろ姿を見てどことなく影がうすいような感じがしたのは、いうまでもないことだがわたしの気のせいだったろう。

わたしたちはあらためてイスに向き合って坐った。氷室ふみは膝に鰐革のハンドバッグをのせ、その上に両手をそえて、ふたたび嫣然と微笑んだ。朱い唇がわれると真白い歯がこぼれた。ぼってりとした顔に形よく弓なりに眉をひいている。中国でいう蛾眉とはおそらくこんなものだろう、とわたしは思った。ふくらんだ瞼には蒼いアイシャドーがこってりと塗られている。わたしは胸のなかの煩悩と懸命に闘い、心頭を滅却しようと必死になっていた。あのデブの弁護士に注意されるまでもなく、商品に手をつけないのはわたしのモットーでもあった。

わたしはぎごちなく咳払いをした。

「話をうかがいましょうか」

「別れた夫のことなんですけど」

氷室ふみは待っていたように答えた。なるほど、前夫に未練があって、彼が再婚したかどうかを調べてくれというのだな。わたしはそう直感した。世間には、盛大な夫婦喧嘩をやって興奮のあまり翌日離婚届を出したものの、たちまち後悔して、そのままずるずると同棲生活をおくっているカップルがよくいる。ふみが別れた夫に未練があったとしても、べつに不思議はなかった。

「あたしたち、いまから十年前に新潟で知り合って結婚しました。そのあといろんなことがありまして、五年前に別れたんです。あたし上京して水商売の世界に入りました。生活の糧を得るためには、それがいちばん手っ取りばやい手段でしたもの。こうしたことが性に合っていたのでしょうね、すぐにパトロンがついて、わずか一年でお店を持てるようになれました」

「そりゃ結構で」

わたしは間のぬけた相槌をうった。

「あたしと別れたあと、彼はべつの女と二、三度同棲したり捨てられたりしていたようです。公務員だったのですけど中途でからだをこわしたとかで退職すると、それ以後はまともな勤めもしないで、すさんだ生活を送っていたらしいんです」

「なるほど」

「三週間ばかり前のことなんですの、突然電話がかかってきていま東京に来ている、三十分でいいから逢いたいといいました」

氷室ふみはバッグの口金を開けたり閉じたりしている。

「逢ったんですか」

「はい。お店が有楽町にあるものですから、駅の近くの喫茶店で逢いました。あたし、おかねの無心でもされるのじゃないかと考えていたんです。そのときは十万か二十万を渡してやるつもりでした。ところが彼はそんな話は一言もしません。新調の服を着てとても元気そうで……。約束の三十分が一時間に延びてしまって、お店に遅れそうになったのでやっと話を打ち切りました。美人になったな、などとお世辞をいったり……」

　それはお世辞なんかではなくて本音だろう。水商売の世界でみがきぬいたとでもいうのだろうか、氷室ふみの喋り方も表情の動きも、ちょっとした仕草も男心をとろけさせずにはおかない。妖艶という言葉は彼女のために用意されていたのではないか、と思った。かくいうわたしも、メロメロになる一歩手前であった。

「彼は、あたしが楽しく仕事をしていると知って、よかった、安心したと本当にうれしそうでした。あたしが彼の体調のことを訊くと、他人になった男のことは心配しなくていいんだと元気に笑っていたんです。その彼が、翌日死んでしまうなんて……」

　ふみは声をつまらせると、慌ててバッグの口金をひらいて、あわいピンク色の可愛らしいハンカチを取り出して眼にあてた。マダムのたしなみなのだろう。上等な香水のにおいがうすよごれた室内に漂った。

　美人が泣くのはおつな眺めだ。わたしはそうしたことを思いながら黙って気持がしずまるのを待っていた。わたしの別れた女房なんか亭主が財布をおとそうと風邪をひこうとただの一度も泣いたことはなかった。おれが死んでもこの女はノホホンとしているのではないか。ときどきわたしはそうしたことを空想して酒を呑んだ。そんなときに限ってダブルのウイスキーがトリップルになる。しかし味は苦かった。

「ごめんなさい。つい感情に押しながされてしまって……」

「いやいや、女性は泣いたほうがいいのです。女性らしくてね。ところで、どうして亡くなられたのですか」

「新聞でご存知でしょう？　新潟行の急行のなかで、お酒を呑んで死んだという事件……」

覚えているとも。わたしはそう答えた。大宮駅フォームの片隅で屍体をあらためた結果、栗田茂平治（くりたもへいじ）、三十二歳であることが判明した。たしか無職としてあった筈だ。

「自殺ということでしたね？」

新潟行の乗車券と運転免許証を持っていたことから同県の居住者とみなし、新潟県警に照会をした。そして彼が高利貸しの取り立てに追われていることが明らかになったため、借金を苦にした自殺ということで片がついたのである。

「そんなこと信じられるものですか。警察の調査なんていい加減なもんですわ」

一瞬、ほそい眉がキリキリと立ったような気がした。

「しかし昨今の街金業者はきびしいですからね」

わたしならどんな兇悪な債鬼（さいき）がやって来ようと、片端から張り倒してやる自信がある。が、一般の善良な市民にその真似はできまい。

「でも、あの人の場合は死ぬことないと思うの。仮りに三度目の奥さんがいたとしてもどうせ籍なんて入れてないんですから、自分だけ蒸発すればことはすむのよ。子供もいないし勤めているわけでもないし、フラッと夜逃げすればそれでＯＫだわ。地団駄踏んで頸をくくりたくなるのは高利貸しのほうよ」

朱い唇をねじ曲げるようにして、ふみはそう断定した。

「あたしと逢ったときだって朗かそうでしたわ。嘘だか本当だか知らないけど、間もなくまとまったおかねが入るんだ、って……」

「何処から入るんです？」

「そこまではいいませんでした。あたしだってやはり遠慮がありますからね、突っ込んで訊いたりしないで、聞きながしていたんですの。彼は人一倍みえっぱりなところがありましたから、虚勢をはって、ありもしない嘘をついたのかもしれませんわ」

「それじゃ何をしに上京したんです？」

「さあ……」

返事に詰ったふみはハンカチをおりたたむとバッグにしまい込んで、口金を閉じた。

「べつに訊きもしませんでしたけど。……彼のいうとおり他人になってしまうと、いまいったように遠慮があるのよ、お互いに。でもね、どうしても自殺だとは思えないんです。金蔓（かねづる）をみつけたから借金はまもなく返済できる、そしたら骨休みにハワイかどこかへ遊びに行って、帰って来たらまともな商売でも始めるんだと、うきうきした調子で喋っていたんですもの。あれは毒入りウイスキーを呑まされたに決ってますわ」

「その金蔓が何であるかは話さなかったと、こういうわけですな？」

「はい」

「よろしい、やってみましょう」

わたしは調査することを承知した。仕事をしている間はマダムの顔を拝むことができる。しかも謝礼をはずんでくれるというのだ、こんないい条件はない。

「ありがとうございます。お忙しいなかをすみません。……で、何処から手をつけられますの？」

「新潟市へ行って、栗田氏と親しい人間に会います。できればその金蔓が誰であるかをつきとめたい。自殺でないならば、金蔓当人が栗田氏を殺したかもしれないですからね。上野駅まで送って来ると、餞別（せんべつ）だといってあらかじめ毒を入れておいたウイスキーを渡したのではないか……」

ふみは黙って頷いた。眠そうな二つの眼がいまはキラキラとかがやいていた。

4

つぎの日の午後、わたしは新潟駅の新幹線のプラットフォームに降りていた。コンコースの食堂で腹ごしらえをしておいてから、駅前広場でタクシーに乗った。東京の運転手は不親切なやつが多いので、気の短いわたしは何度となく喧嘩をする。一度なんかあまり腹が立ったものだから「やい、表へ出ろ」といったら本当に車を停めて外に出たやつがいる。派手になぐり合ったあと、料金として二千円を投げあたえて、「釣りはいらねえよ」と粋がったのはよかったが、なにしろ郊外のさびしい町だったから替りのタクシーが見つからず、私鉄の駅まで三キロちかく歩かされたことがある。それにひきかえ、地方都市の運転手はじつに親切だ。

「西堀通り」

西堀通りがどんな場所なのか、わたしには皆目見当がついていなかった。知っているのは相手の名と、その人物が小さなアパートに住んでいることだけで、番地すら解っていない。

車は信濃川河口にかけられた万代橋（ばんだいばし）をわたり、しばらくメインストリートを走ってから、東京のあるデパートの支店の前で停まった。

運転手はわざわざ車を降り、

「ここが西堀通りです。昔は掘割（ほりわり）があったんですよ。流れに沿って柳がうえられていて。いまはあとかたもないですが。ここは一方通行で、車ははいれませんので失礼します」

教えられた通りを歩いて行くと、一軒の小さなアパートが目に入った。稲田（いなだ）サチという女性が住んでいるかどうかを訊いたが、いなかった。サチは、氷室ふみが東京へ行ったあと、栗田茂平治が同棲した女であった。茂平治はつづいて二人の女と同棲したり別れたりを繰り返している。だがわたしのアンテナに引っかかった女の名は稲田サチひとりだった。彼女が最新の情報を持っているとは思えなかったが、たよりになるのはこの女しかいなかった。

左手に巨大な弘法大師像が、ビルの間に見えかくれする通りを進むと、二軒目のアパートがあった。

サチは二階建てのかなりくたびれたアパートのいちばん奥の部屋に住んでいた。ドアの横に婦人用の小型の名刺が貼ってある。しかもそれが淡いピンク色をしているので、彼女の商売が何であるか、おのずと見当がつくようになっていた。

室内から、声変りがしたばかりといった感じの蒼くさい歌手の歌が聞こえてくる。ラジオかテレビを鳴らしているに違いない。

声をかけるとスリップ姿の三十前の女が出て来た。頭に黄色いターバンを巻き、紅の剝げおちた唇の端にタバコをくわえている。

「茂っちゃんが死んだってこと新聞で読んだよ。あたしびっくりしちゃった」

彼女は東京の下町女のような口調で喋った。

「自殺としてありましたね」

「可哀想にね。悩みがあったらあたしんとこへ来ればいいのによ。あたしってさ、落ち込んだ人を元気づけるのが巧いんだよ」

「栗田氏はそんなにいい人だったんですか」

話の内容から判断すると稲田サチは、別れた亭主に格別悪感情を抱いてはいないように思えた。その点は氷室ふみと同様である。

「ちょっとやくざっぽいところはあったけどさ、根は優しい人なのよね。あたしそこに魅かれたんだと思うな。でも一緒になったらすぐ体をこわしちゃって、だからあたしが働かなくてはならないわけ。働くたってパートじゃ大した収入がある筈ないじゃん。だからホステスになったの」

二の腕にとまった蚊をパチーンと叩いて殺した。蚊がわたしを刺さなかったのは、彼女のほうが色白でぶよぶよとよく肥っていて、旨そうに見えたからだろう。本当にサチは肉づきがいい女だった。腰やふとももの線を見ると、高級肉店の店先にぶらさがっている大型のハムを連想させずにはおかなかった。わたしは上等のハムも好きだけれど、ハムに似た肉感的な女も大好きなたちである。

「ホステスしているとね、お店が終ったあと、ひいきのお客さんに呑み直そうなんて誘われることがあるでしょ？」

「うん、あるある」

「ことわれば収入にひびくじゃないの。だから二度に一度はご馳走になるわよ。仕事のためだもん」

「そりゃ無理もないことだよな」

「当然、帰りは午前さまになるでしょ。すると茂っちゃんは真赤になって怒鳴るの。何処で何をしてやがったんだ、このあばずれって怒鳴るの。幾ら仕事のためだといって聞かせてもわ」

解ってくれないじゃない。そこで夫婦喧嘩が始まってさ、隣り近所にずいぶん迷惑かけたわ」

「それが原因で別れたというわけ？」

タバコの煙がしみたとみえてサチは眼をしばたたいた。

「その日も午前三時頃に帰って来てさ、また口論が始まったの、あたし浮気なんてしていない、おでん屋で呑んでいただけといったら、いきなりハンドバッグをひったくって中身を畳の上に開けたの。そのなかにパンティが入ってたもんだからいっぺんに浮気がばれちゃって……。それが決定的なパンチだったわ」

「パンツなしで帰って来たんですか」

「ノーパンだったら自分で気がつくわよ。おかしいなあと思ってスカートたくし上げてみたら、間違えてお客さんのブリーフはいていたの。言いわけのしようがないじゃない。二、三発なぐられて出ていけ！　っていわれたから家を出たの。それでおしまい。あたしってそそっかしい女なのよ」

わるかったのは自分だから、以前の亭主を決して恨んではいない。そういうと彼女はターバンをはずして涙をふき、また頭にかぶり直した。

稲田サチと二十分ちかく話していたが、予期したとおりこれという収穫はなかった。

「茂っちゃんも女運がよくないの。あたしの後でもらった奥さんともうまくいかなくて、半年ぐらいで別れたって話だわ。彼女は大阪へ行ったきり消息不明になっているって噂だけど」

「名前を覚えてる？」

「五木田花子。ちょっと変わった名だから覚えてる。そのつぎの奥さんだった人はあたしの後輩なのよ、高校時代の。茂っちゃんと一緒になることになったからって挨拶に来たとき、彼は嫉妬ぶかいのよ、浮気しちゃだめよ、半殺しにされるわよ、って脅かしといたわ」

「いい先輩を持って仕合わせだ」

と、わたしは歯が浮くようなおべんちゃらをいった。

「でもね、あたしの忠告も無駄だったらしいの。今度の事件の起きるちょっと前に別れたって話だから」

「なぜです」

「知らない」

黄色い頭をふった。

「住所氏名は解りますか」

「うん、二、三日前にしょぼんとした声で電話かけてきたの。そのとき聞いておいた」

女は立ち上がってテレビを消し、ハンドバッグのなかから、これまた桃色の表紙の手帳を取り出すと、指先をなめてページをくった。

「名前はね、漆山加代っていうの。住所はね……」

わたしはそれを自分の手帳に写すと、礼をのべて別れた。シュミーズ一枚で応対にあらわれたときはだらしのない女だと思ったものだが、根は親切なたちらしかった。

5

大通りに出たところでタクシーを拾った。東京に比べれば小さな都市ではあるにせよ、西も東も解らない旅人にとってはタクシーを頼りにするほかはない。

何処をどう走ったのだろうか、五分ほどたった頃に塀に囲まれた一風変わった形の建物が見えてきた。運転手に訊くとそれは旧税関の庁舎で、漆山加代のアパートはちょうどその真後ろにあった。

加代は、新潟市の紅灯の巷として知られた古町の小料理屋に勤めているだけあって、小またの切れ上がった小粋な女だった。わたしは、氷室ふみも稲田サチも肥っていたことから茂平治は肥満した女性が好みなのだろうと想像し、漆山加代も当然グラマーだろうと考えてやって来たのだが、予想と違って小造りで細っそりとしていた。顔も鼻も口も小さめであるのに、ただ眼だけがやけに大きい。眼玉のでかいのは美人の条件の一つだとされているけれど、何事にも程度というものがある。度を過ぎると病的な印象すら受ける。その眼は、しかし柔和だった。初対面の天下の醜男であるわたしの顔を見ても、終始にこにしていた。

だがわたしが茂平治の名を口にすると、大きな眼も小さな顔も急に翳ってきた。

「警察では栗田氏が自殺したことで一件落着としていますが、あなたはどう思いますか」

わたしたちは彼女の居間の小さなテーブルをはさんで向い合っていた。加代は小まめに動いて茶をいれ、菓子皿にのせたハラショーという名の菓子をすすめてくれた。新潟港にはソ連の貨物船が入る。市民の間でもロシヤ語を勉強するものが多いといわれている。ロシヤ名の菓子があっても異とするにたらない。

「自殺じゃありませんわ。わたし、殺されたに違いないと思います」

彼女は藤色のワンピースを着ている。腰の廻りに赤いベルトをしめているのはアクセントのつもりだろうか。しかしどう見ても趣味がよくなさそうだった。こういうタイプの女性は、和服を着ると一段と引き立って見えるに違いない。わたしは小料理屋で働く彼女の姿を覗いてみたいものだと思った。

「あの人の失意の時代が終って、人生がバラ色にかがやき始めていたところなんです。自殺なんてするわけがないでしょう」

「そうでしたな。東京に行ってある人から大金をもらって、それを元手にまっとうな商売を始めようとしていた」

「しかしですね、とかく世の中は思うようにいかないものです、当てにしていた大金が手に入らぬことになって、絶望したということは考えられませんか」

「ええ」

加代はうつむいたきり答えなかった。一、二分間が経過した頃、彼女は何事か決意したように顔を上げた。一変してきびしい表情になり、大きな眼がまともにわたしを見ている。

「わたしには殺されたのだと考える根拠があります」

「聞かせて下さい。それを知るために東京からやって来たのですから」

ちょっと恩着せがましい調子になった。自分でもこうした言い方は好きでない。

「あのときのことはよく覚えています。八月三日……、いいえ、もう午前四時を過ぎていましたから八月四日になりますけど、あの人は上田から車を運転して帰って来ました。上田の郊外の別所温泉で中学時代のクラス会があったのです。昔の先生方を囲んで思い出話をする、というのでいそいそと出かけていきました。他の皆さんは別所の旅館に一泊するんですけど、あの人は四日の午前中に新潟のホテルで誰かと会う約束をしていたものですから、泊らずに帰って来たのです」

「…………」

「泊らなかったのはあの人のほかにもう一人いました。こちらは山の分教場の先生で、授業を怠けるわけにはいきませんから、どうしても帰らなくてはならないのです。その先生も車で別所まで来たのですが、お酒を呑み過ぎて運転することができません。栗田は呑まなかったので、結局その先生を分教場まで送って行くことになりました。帰宅したのが午前四時だったのは、そうしたわけがあったからです」

「なるほど」

「わたしは同窓会のお話を聞くのを楽しみにしていました。ところが帰って来るなり、とんでもないものを見てしまった、世間には酷(ひど)いことをするやつもいるもんだ、と興奮したようにいうのです。同窓会のことなんかまるきり忘れてしまったようでした」

長野県や新潟県は八月の中旬をすぎると秋の気配を感じると聞かされていたが、この日は残暑きびしいとでもいうのだろうか、黙って坐っているだけでホンコンシャツの背まで汗ぐっしょりとなる。が、彼女の話が佳境に入った途端に、わたしは扇子の動きを止めた。いや、正確に表現するならば、無意識のうちに動きが止まった、というべきだろう。

わたしはひと膝乗り出した。

「何を見たというのですか」

加代は肩の力をぬくと声のトーンを落した。

「それが決して喋ろうとはしません。何度か訊ねてみたのですが」

「男が女に乱暴していたとでもいうのかな。そうでなければ男が山のなかに引きずり込まれて、女に乱暴されたとでもいうのですかね。近頃の女性たちは勇ましいんだから」

わたしの軽い冗談は場違いだったようだ。加代はほんのおしるしにニコリとしたが、すぐにもとのきまじめな表情に戻った。

「……そのうちに知らない人から電話がかかるようになりました。前後して、名前も聞いたことのないような人から手紙がくるようになったんです。電話の声はいつも同じ人ですし、手紙の差出人はやはり同じ人です。わたし心配になりまして、誰なのかと訊きましたが、やはり返事をはぐらかしてしまいます。でもその人と通話するときに限って声を小さくしますから、わたしに聞かれたくない話に違いありません」

「そうですな、その解釈にわたしも同感です」

「あちらからくる手紙はいつも差出人の名前だけで住所は書いてないのです。それに、ハガキが届いたことは一度もありませんから、わたしに知られては困るような内容なのだろうと思いました」

「なかなか鋭い観察です」

これはお世辞ではない。しんからそう思った。

「はい。どう考えても腑におちません。で、思い切って問いつめますと、いまに大金が入ることになっている、そうしたらまっとうな商売を始めるからきみも家庭に戻って主婦業にはげんでくれ。ぼくはインスタント物をたべるのも、独りで食事をするのも嫌になった。きみの手料理でさし向いに食事をしたい……っていいます。わたしも好きで料理屋勤めをしているわけではありませんから、二人きりの水入らずの生活ができたらどんなに素敵なことだろうと思いました」

わたしは黙って頷いてみせた。

「ではその大金が何処から手に入るというのでしょう？　そのことを追求しますと、言を左右にするというのでしょうか、のらりくらりとして決して教えてはくれません。でもそのうちに、鈍感なわたしでも、あの人が誰かを恐喝しているんじゃないかと思うようになりました。その大金というのも、相手を脅かしてせしめるに違いない、手紙や電話はその人からくるのだ、そう信じるようになりました。こうなればあの人はもう犯罪者です。わたし、自分の夫を犯罪者などにしたくありません」

「それはそうだ」

「わたしがそういって詰問しますと、あの人も渋々ながら認めました。それでも忠告を聞こうとはしません。おれの人生でこんなチャンスは二度とないのだから、眼をつぶっていてくれといいます。わたしことわりました。どうしても考えを変えてくれないなら家を出ていく、といったんです。わたしこのアパートに空室があるのを知って、二日後にあの人と別れました。籍ははじめから入っていませんから別れるのはとても簡単なことでした」

彼女は一気に喋り終えると、ちょっと疲れたとでもいうふうに肩で息をした。話してしまってほっとしたのだろうか、表情から険しさが消えていた。

「別れたきりですか」

「はい。でも何度か電話がありました。おかねが入ったらきみの気も変わるに違いない、そのときは戻ってくれ、いつまでも待っているからといって……」

なかなかうまい殺し文句だ。そのうちにおれもこの手を試みてみようか。一瞬のことだったが、わたしは愚にもつかぬことを考えた。

「上京するときに連絡がありましたか」

「ええ。うきうきした調子で、ではこれから行ってくるからな、といいました。それがあの人の声を聞いた最後になるんです。わたし、もう電話なんてかけないでちょうだい、そんな大金なんて見たくもないわ、って答えました。少しいいすぎたんじゃないかといまになって悔んでおります……」

と、加代は目を伏せた。

「いや、われわれ凡人の一生というのはね、後悔の連続みたいなものなのです。あの時点であなたがそういわれたのは当然なことでね、いうならば模範解答ですな。何も悔んだりする必要はないです」

わたしが咄嗟にそう返事すると、加代は心の負担がかるくなったとでもいうふうに、顔を上げて微笑んでみせた。

「すると、クラス会の後の、分教場の途中の山路で目撃したある事件、それをネタにゆすっていたのですか」

「そう思います。大金というのがどのくらいの額なのか、具体的なことは何一ついいませんでしたけども、わたしの感覚では五百万円以上だと思います。そのことから、山で見たのはたぶん殺人事件か何かではないかと想像しました」

徐々にではあったが、漆山加代の頭のよさがわたしにも解ってきた。

「わたし、何気ないふりをして、分教場のことを話題にしました。教え子は純朴そのものだし、そうした子供に文字を教え算数を教えて学力をつけていくのは、教育者冥利につきるんじゃないの、などといって。そして頃合いを見計らって、あなたのお友達の分教場は何処なの？　と訊ねてみました」

「…………」

「タケシ村だ、武石村と書いてそう読むのだ、といいました。わたし、後になって地図をひろげて探してみたんです。上田市から南に十キロばかり行ったとこですが、小県郡武石村……、ちゃんとでています」

「…………」

「わたし図書館へ行きました。そして新報の八月四日付以降の朝刊と夕刊に目をとおすことにしました。するとその日の夕刊に、分教場に通じる山道のわきの叢で女性の屍体が発見された、と書いてありました。発見したのは毎朝のように小型トラックに乗って伐採場へ向う森林労働者たちだそうです。わたし、もっと事情を知りたいと思ってつぎの日の朝刊をひろげてみたのです。今度はもう少しくわしい記事がでていました。被害者は東京の見田ひろみさん。友達のお話を総合しますと長野県に遊びに来ていて、前の日の夕方帰京する予定だったという話です。それが東京とは逆の方角の山のなかで、ロープか何かで頸をしめられて殺されてしまったのです。発見されたのが早かったので、犯行時間がかなりせばめられたとかで、前の日の、つまり八月三日の夕方から夜の九時までの間だと書いてありました」

「………」

「あんな山のなかへ、しかも暗い夜に歩いていくわけがありません。車にきまっています。新報にも書いてありましたとおり、恐ろしい夜の山道を走るなんて、女の神経では無理だと思います。犯人は男だと断定していいのではないでしょうか」

わたしは黙ったままでこっくりをする。

「場所と時間が一致するものですから、あの人が目撃したのがこれであることは間違いありません。わたしそう思いました」

「なるほど、完璧な推理ですな。栗田氏はたまたまそれを目撃してしまった」

「はい。助手席の先生は酔いつぶれて眠っていたのかもしれません。そうでなければ先生を分教場にとどけて、その帰り途に出会った出来事かもしれません。おれだけの秘密だといっていましたから、先生が目撃しなかったことは確かだと思っています」

その犯人が車から出て、屍体をかついで道の端の叢(くさむら)の処までいった隙に、茂平治はそっと接近して運転席の免許証を覗く。あるいは離れた処から車のナンバーを読みとってメモしておく。わたしもしばしばやることだが、陸運局へ問い合わせて、番号から逆に辿(たど)って車の持主をつきとめるのは、そう難しいことではないのである。いずれにしても犯人の正体をつきとめた彼は、相手に接触してじわじわと脅迫し、かねをせびり始める。電話の声が男だったという加代の話から判断しても、この犯人が男性であることは間違いなかろう。

「お隣りの長野県の出来事ですけれど、ひきつづいて新報も熱心に報道しました」

後で知ったことだが、大多数の新潟県人は新潟新報のことを親しみをこめて「新報」と呼ぶ。地元紙に対する愛情だろうか。

「いちばん怪しかったのは軽井沢の別荘に滞在していた男性だったのですが、アリバイが成立したとかでシロになりました。ほかに何人かの人が調べられたそうです。でも、この人たちにもアリバイが成立して、犯人ではないことがはっきりしたという話です」

「なるほど、よく解りました。わたしもこれから図書館へ行って、新聞を読むことにします。ところで最後の質問なんですが、電話をかけてきた男の声をどう思いました？」

「といいますと……？」

加代ははじめてとまどった顔つきになり、大きな眼を思い切り見ひらいた。

「訛(なま)りがあったとか、しわがれた声だったとか、口のきき方が乱暴であったとか。何でもいいから気がついたことを知りたいのです」

「訛りはなかったと思います。齢は三十代でインテリという感じを受けました。でも、いつも『栗田君はいますか』というだけで、これ以上のことは何もいいませんから、確かなことは解りません。わざと無表情な喋り方をしているみたいでした」

「その声を録音しておく、といったことはしなかったのですか」

「はい。無駄な出費はおさえるというのがあの人の生き方でしたから」

別れはしたものの、加代はまだ栗田を愛しつづけているようだった。彼女の大きな瞳を覗くと、その奥から茂平治の顔がうかび上がってくるのではないか、と思った。

6

わたしはその日の夕方ふたたび新幹線に乗って東京へ引き返した。

わたしの手には切り札が握られている。赤羽署に設置された列車毒死事件の捜査本部では、茂平治が殺された真の動機をまだ摑んでいない。わたしはこれを当局に提供して、その見返りとして見田ひろみ殺しの情報を洩して貰うつもりだった。クロと目された疑惑の人物は誰と誰であったのか。それがシロと断定された根拠はどんなものなのか、それを知りたい。捜査の主導権は長野県警にあったわけだが、といって関係者は東京の住人なのだから、東京側が手を拱いていたというわけでもないのである。

一介のデカあがりの私立探偵、それも泡沫探偵といわれる三流どころの私立探偵には限界がある。殺人事件の調査などはその最たるものであった。それはわたしにも充分に解っているのだが、できればこの手で犯人の正体をあばいて当局の鼻をあかせてやりたかった。

帰京したわたしはシャワーをあびて旅の汗をながすと、ビールを呑んでささやかな収穫を祝った。

翌日の正午すぎ、氷室ふみが目覚める頃を見計ってマンションに電話を入れ、新潟の調査結果をかいつまんで報告した。ただし栗田茂平治がほんとうに愛しているのはあんたじゃなくて漆山加代なんだよということは、口が裂けても黙っているつもりだった。それは彼女が別れた亭主に抱いているほのかな愛情をぶちこわすことになるし、同時に彼女を怒らせることにもなる。茂平治が誰に毒殺されようが知ったことじゃないわよ、などといわれて調査を打ち切られると、わたしの収入にもひびいてくる。依頼人が来なくて三度三度インスタントラーメンを煮て喰うといった生活は、もうご免だ、二度と繰り返したくはない。

「ご苦労さま。お願い、調査をつづけてちょうだい」

漆山加代のことを伏せておいたので彼女のご機嫌はうるわしかった。わたしは期待して貰いたいと胸を張り、通話を終えた。事実わたしは、このままとんとん拍子で調査が進むような楽観的な見方をしていた。やがてわたしの眼前に大きな壁が立ちはだかって、二進も三進もゆかなくなるとは思いもしなかった。

　わたしが神楽坂署でデカをやっていた頃の同僚が、いま本庁の捜査一課で部長刑事に出世している。いうところのデカ長である。この男、醜男のわたしですらあっと驚くようなひどいツラをしているが、鬼瓦みたいなのは顔だけで根は親切なたちだった。そこにつけ込んで、わたしは幾度となく彼を「利用」してきた。彼はアルコールを受けつけない体質だそうで、その反動なのだろうか甘い物には目がない。自宅の納戸にはゆであずきの缶詰が山とつまれており、暇があると缶の数をかぞえながら独りニタニタしている、という話がまことしやかに囁かれるほどだ。そのデカ長と大酒呑みのわたしとでは話が合う筈もないのに、妙にウマが合うから不思議なものだ。

「あれはよその県警のヤマでねえ」

　本庁に電話をかけると、デカ長は予期したような返事をした。

「だがガイシャは東京の人間なんだ、まるきり関係がなかったとはいわせない」

　わたしは強引にいった。そして茂平治殺しの犯人即ひろみ殺しの犯人であるということを匂わせてやると、途端に態度が一変したから現金なものだ。

　わたしは彼の提案にしたがって桜田門のそばのしるこ屋で会うことにして、その時刻を決めた。

　早目にオフィスを出たわたしだったが、フォルクスワーゲンを駐車させる場所を探していたため五分間ほど遅刻した。やっと指定された店に入っていくと、彼の前にはからになったしるこの赤い椀が三つも並んでいた。

いうまでもなくわたしは甘味には興味がない。だからしるこ屋なんかとは無縁であった。デカ長が甘党でなかったなら、わたしは生涯しるこ屋に入ることはなかっただろう。だがいざ店のなかに入って思わずにこりとしたのは、客が女性ばかりであることだった。以来わたしは、面会場所をしるこ屋に指定してくるデカ長に対して、異議をとなえたことはただの一度もない。

その日のデカ長は半袖シャツを着ていた。

わたしはあらたにしるこを二つ注文し、わたしの分も相手の前に並べてやった。デカ長は早速ひと口すってアチチと顔をしかめると、あきらめたように箸をおいて、わたしの話を聴こうといった。

「何処で仕入れたネタだ？」

「昨日、新潟まで往って調べてきた。茂平治は見田ひろみの屍体遺棄の現場を、偶然なことから目撃してしまったんだよ。そこで相手を恐喝した。沈黙の代償に大金を要求すると、そいつを受け取るために上京したんだ」

デカ長は早くしるこを喰いたくてうずうずしている。

「じつはね、殺されたあの男が大事そうに抱えていた鞄の中身が週刊誌だったんだ。それも去年かおととしの古いものばっかりでね。いまにして思うと、彼は札束が入っているものと信じ込んでいたに違いない」

「話の腰を折るようでわるいけど、さしさわりのない範囲内で、取調べを受けた連中の名前と、疑惑が晴れたわけを教えてくれないか」

わたしたちは幼児誘拐の下相談でもやっている悪党みたいに、声を殺し合って語っていた。どちらも人相兇悪だから、営利誘拐はともかくとして、よからぬ犯罪計画を練っているものと見られないでもない。

「情報といっても新聞に発表された程度のものでしかないんだが、まあ聞いてくれ。銀座から京橋にかけての裏通りには、コマーシャル映画を製作する小さな会社が沢山ある。群雄割拠というか喰うか喰われるかというか、生存競争もなかなか激しいようだ。見田ひろみもあるCM会社の社員でね。その方面の才能があるとみえて会社の知恵袋的なアイデアマンだった。待てよ、この場合はアイデアウーマンというのかね？」

「おれが英語を知ってるわけはねえだろう」

「それもそうだ」

デカ長は箸を手にすると御膳じるこの椀を持ち、冷め工合をテストするためにそっとすってみた。手が大きくて指が太いから、正に鷲づかみという感じがする。

「わるいな。情報を提供して貰った上に、しるこまでご馳走になるとはな」

デカ長は言いわけめいた口調で、自分は甘いものを喰うと頭の回転がよくなるんだ、といった。特異体質なんだな、わたしは冷やかな調子で応じた。

「あのとき休暇をとっていたのが見田ひろみと、三人の同僚だった、三人が三人とも男性だがね。最初、このなかでいちばんそれらしく思われたのが紀野盛繁という男で当年とって三十五歳。いい忘れたがひろみのほうは芳紀まさに二十八歳、かなりの美人でね、昼休みに銀座通りを散歩していると鼻下長族が例外なしに振り返ったという」

わたし自身も鼻の下の長いことでは人後におちない。何だかあてこすりをいわれたような気がしてデカ長の顔をキッと睨みつけたが、これはわたしが気を廻しすぎたようであった。彼は天下泰平とでもいった幸福そうな顔をして御膳じるこをすすっていた。

「二十八歳で芳紀とはおそれ入ったね、ハハ」

わたしは心中を見すかされまいとして、パンチを欠いた冗談をいった。

「日本人は長生きするようになったからね、当世はそれに合った物さしを使わなくてはならないのさ」

彼は箸の先端についたしるこを大きな舌でペロリとなめた。本庁一課の部長刑事ともあろうものが、あさましいことをする。

「紀野が疑われたのは当時軽井沢にある父親の別荘にいたためだ。今年の夏は涼しかったものだから、両親は東京を離れなかった。つまり彼は独りきりで休暇をすごしていたことになる。アリバイを立証するものがいない。長野の捜査本部が、これこそホンボシに間違いあるまいと張り切ったのは当然だろう」

「動機は何だ？」

「これは要請を受けて東京側が調査したのだが、彼はひろみに思召しがあってね、三度プロポーズして三度とも肘鉄砲を喰らった。それでも懲りずに四回目の求婚をしたがまた撥ねつけられた。仏の顔も三度というからな、怒り心頭に発したのではないか」

わたしは一つ頷いて同感の意を表した。

「ところでひろみの屍体が発見された場所は軽井沢からどのくらい離れているのかね？」

「ざっと二十キロだ。スピードをおとしても片道一時間とはかからない。となると、紀野が疑ぐられるのも当然だろう」

思い出したように舌を出して唇についた甘味をなめ、そして未練をたち切るとでもいうふうにハンカチで口の廻りを拭いた。

「ところが当人はこの日の午後、幸か不幸か泳ぎにいってプールサイドで滑ってね、足をいためて歩けなくなった。救急車で病院にはこばれて医師の診断を受けたんだが、足頸の捻挫で、二、三日は安静にするようにいわれた。とうてい歩けるような状態ではなかったことが解っている」

「演技じゃないのかね？」

「X線の写真もあるそうだ。足頸が紫色にはれ上がって、医者がさわると悲鳴をあげたという。専門の外科医の眼をごまかすことはできないだろう」

　そういわれたからといって、わたしは格別がっかりもしなかった。

「あとの二人は？」

「結論からいうと、そのなかの一人は海の好きな仲間と沖縄へ行って、スキンダイビングを楽しんでいたからオミットしていい」

「残る一人はどうなんだい？」

　少しいらいらしてきた。

「そう。三人目は同じセクションの左倉田隼人という男でね、ひろみのマージャン仲間だ。あまりゲームに凝りすぎるので夫婦仲がおかしくなって、細君は家を出て別居してしまった。離婚一歩手前というところだそうだ」

「なにもそこまでのめり込まなくてもよさそうなものだ」

　わたしがマージャンをやらないのは、賭け事に夢中になる性格であることを自分でよく承知しているからだった。わたしでさえその程度の分別がある。

「左倉田のマージャンはプロに近い腕前だそうだが、ここ二カ月ほどつきに見放されたように負けつづけている。ひろみに対する借金も溜りに溜ってかなりの金額になったというんだ。そのうちにつきが戻ったらひろみを返り討ちにして、借金を相殺しよう。ひろみが金銭的に大様な性格なのをいいことにして、彼はのんびりとそう考えていた。ところがここにきて雲ゆきが変わったんだ」

「…………」

「見田ひろみが海外旅行に出ることを思い立ったからなんだ。欧米各国にそれぞれ二週間ぐらい滞在してあちらのテレビのCMをじっくり観察するのが目的だったそうだ。彼女の才能も少しずつ涸れかけてきた、外国のフィルムを見て充電してこようというわけだ。しかしそれには費用が少し不足している。そこで左倉田に借金の返済を求めた。だが彼にはそのかねがない。利息をつけるとか何とかいって支払いの引き延ばしをはかったものの、ひろみの取り立ては意外にきびしかった。アイデアが枯渇しかけた彼女にとって、ことは深刻だったろうからね」

「左倉田に動機のあることは解った。では、なぜシロになったのかね？」

「彼にもアリバイがあったからさ。彼女が長野県で殺されたのは八月三日の午後五時五分から夜の九時にかけての間、ということになっている。ところが彼はその頃東京にいたという証人がいるんだ。それも一人や二人じゃない、四人も名乗り出たのだよ」

過ぎたるは何とやらで、証人が四人も揃うと、どことなく工作めいた感じを受ける。

「まさか買収したわけではないだろうね？」

「そんなかねがあるものか。彼が友達を訪ね廻ったのは、ひろみに返すかねを造るためだったんだ。友人が貸してくれるのは少額であっても、それをまとめればある程度の金額に達する。あとは家財道具を売り払って換金するつもりだったといっている」

「集まったのかい？」

「昨今は不景気だからねえ、誰もそんな余分な大金は持っていないさ。軒並みにことわられて、ああ友情もへったくれもないと嘆いたそうだが、彼等ががん首並べてアリバイの証人になってくれたときには直ちに前言を撤回したということだ」

「虫のいい男だな。しかしまあ、それほどしっかりしたアリバイが成立すればシロと断定しないわけにはいかないな」

「ああ、長野側も残念がっていたそうだ」

「ところで」

と、わたしはまじめな顔になった。気になることが一つある。

「先程きみは午後の五時五分から九時までの間だといったが、五時五分というのはまた小刻みな数字じゃないか」

「それには理由がある。それを知るためにはきみが軽井沢まで行かなくてはならない」

デカ長は、翻訳小説にでてくる探偵のような言い方をし、わたしは胃袋が消化不良を起しそうな気持になった。

7

　わたしにも人並みに小学生の時代があった。その頃、将来は博士になりたいと思っていた。専門は何であろうと、とにかく博士と名のつくものになりたかった。それが警察に奉職してデカとなり、そこをクビにされてしがない私立探偵でめしを喰おうとは想像もしないことだった。その小学生の頃に、遠足で一度だけ軽井沢に来たことがある。いまは跡形もない草軽(くさかる)鉄道に乗って喚声をあげてはしゃいでいたのだから、ずいぶん昔の話になる。

　軽井沢に向う途々、わたしはそんなことを思い出していた。悪童だった誰彼や、教育熱心だった教師の顔もよみがえってくる。わたしの記憶は列車が軽井沢に近づくにつれていよいよ鮮明になるようであった。

　軽井沢の秋は早い。駅前の喫茶店の庭にはコスモスが真盛りだった。平素はがさつな日常生活を送っている反動ででもあるのだろうか、ハイビスカスやシャボテンといった熱帯性の植物よりも、ひっそりと咲く萩やコスモスのほうが好きだ。

　旧軽井沢へ向うタクシーの窓越しに、別荘を閉じて帰り仕度をしている人々を何度か見た。レストランのなかにはとうに窓を板でおおい、釘づけにしたものもある。

　デザイナーの酒井(さかい)伸枝が友人と共同で借りているコテージは旧軽のはずれにあり、すぐ後ろは妖精か赤ずきんちゃんでも現われそうな林になっている。

車が帰ってしまうと、わたしはまず両腕をひろげて胸を張り、何度か深呼吸を繰り返した。こうした空気のいい場所に来たときだけでも、思う存分に肺の洗濯をしておきたい。

たっぷりと空気を吸ってから、三百平米はありそうな庭を横切って、握りこぶしの背中で白塗りの扉をそっと叩いた。

気位のたかい女だから電話で問い合わせたのではつっけんどんな応答をされるのがおちだ、じっくりと話を聴くためには直接訪ねていくほかはない。デカ長のそのような忠告にしたがって長野県までやって来たのだが、酒井伸枝は大柄で陽性で、わたしが会ったどの女性よりも開放的だった。デカ長の情報網はどこかで混線しているに相違ない。

「あーらいらっしゃい、電話いただいたときから楽しみにお待ちしていたのよオ」

押し売りと間違えられてドアを閉じられた経験は幾度となくある。が、のっけからこう歓迎されたのははじめてだった。いまにも両腕をひろげて抱きついてくるのじゃないか、と思ったくらいだ。

テラスに木のイスとテーブルが置いてある。テーブルの上に大きな毛虫が這っていた。まだ九月の中旬だというのにミンクの外套みたいなものを身にまとい、見るからに暑そうだ。彼女はそれを人差し指で転がして掌に受けると、「いい子ちゃん、いい子ちゃん、また遊びに来てね」といいながら庭の叢に投げすてた。わたしを含め、彼女はすべての醜い生き物に対して愛想がよいのではないか、と思った。

酒井伸枝は仕事に疲れて一服しようとしていたところだといって、よく喋った。柄の大きな女性だからというわけでもあるまいが、目も口も大きい。その目をかがやかせ白い歯をみせて、表情ゆたかに語るのを聞いていると、わたしの気持まで楽しくなってくる。

共同生活をしていた友人たちはみな東京の職場へ戻ってしまい、このところ毎日ハヤシライスばかり喰っている、自分も東京に帰って脂がのった鰻をたべたい、といったような、話の内容は毒にも薬にもならぬことばかりだった。

ホットケーキに紅茶をご馳走になった後で、ハンカチで口もとを拭いてから、わたしはおもむろに、用談に入っていった。

「そうなのよ。ひろみさんから電話がかかってきたのが五時五分だったの。あのときはまだ東京にいて、みんなを呼んで新しいレコードを聴いていたのよ。そこにひろみから電話がかかってきたわけ」

彼女は急に寒そうに肩をちぢめた。ひまわり色のサンドレスは自分のデザインでもあるのだろうか、袖がないので、陽がちょっと翳(かげ)ると膚(はだ)ざむく感じるのは当然だった。

「わたしも陽気だけどひろみさんも陽気なたちなの。あのときも電話口で朗(ほがら)かによく笑っていたわ。まさか殺されるなんて夢にも思わなかった」

視線を伏せてしんみりとした口調になった。

「……電話の内容はね、賭けをやらないかというの。いま北軽井沢にいる、時刻は五時ちょっと過ぎだ、これから東京に向うのだが、自分が七時二〇分までにマンションに到着できたら五万円払ってくれ、もし一分でも遅れたら自分が五万円払う、というものなの」

「賭け事が好きなひとだったんですか」

酒井伸枝は首をよこにふると、ひろみが好きなのはマージャンだけだと答えた。

「わたしのマンションは世田谷の用賀にあるんだけど、軽井沢から上野駅まで特急だけで二時間十分かかるのよ。スーパーマンでもない彼女が、七時二〇分までにマンションに着くなんてことできるわけないでしょ」

「北軽から軽井沢駅までどのくらい時間がかかるか知りませんが、二十分後の五時半に駅に着けたとしても、そう都合よく五時半頃に発車する特急がありますかね」

デザイナーは首をふった。ウエーブのかかった髪が肩のあたりでゆれた。

「ないのよ、それに北軽というのは遠いの、かなり離れているわ。土建会社なんか軽井沢って名をつけると売れるというわけで、群馬県に越境した処まで北軽って呼んでるくらい」

「賭けに応じたのですか」

「ええ。居合わせた友達も参加して」

「まさかヘリじゃないでしょうね？」

「わたしもそれを問題にしたの。そんな大袈裟なものじゃないって笑ってたわ」

「しかしそれだけで賭けをやるというのは危険じゃないかな。彼女が事実北軽にいる証拠があるのですか」

「わたしもその点を突っ込んで訊いてみたわよ。そしたらね、近くに中学校があるから、その門柱の横に立ってポラロイドカメラでとって貰う、その写真を持っていくから信じないわけにはいかないわよ、っていうの」

「でも、それが当日写したものであることをどうやって証明するんです？　前の日に写したものかもしれない」

「その点もぬかりなく質問したの。そしたら彼女また笑ったわ。あたしだってあなたがそれほどお人好しでないことは知ってるわ、って」

ひろみがどんな提案をしたか、わたしは大きな興味を感じた。

「それが簡単なことなの、廻りにいるお友達と相談して五、六桁か七桁の無意味な数字を決めてくれというの」

「数字をね」

「あなたの口座番号や誕生日なんて駄目よ、あたしとグルになってると疑われるから。だから出鱈目(でたらめ)の数字がいいの。五分したらまたかけるからそれまでに決めておいて……。そういって切れたわ」

「…………」

「そしたらクラシック好きの女の子が、ハイドンのあるシンフォニーの第二楽章のテーマにドドミミソソミーというのがある。それを数字に直したら、っていい出したのよ。これ名案だというわけでみんな賛成したわ」

　この数字をどうしようというのか、まだわたしには解らなかった。

「五分間たったらまたかかってきたから、ゆっくりと読み上げたのよ、113353……と」

「なるほど」

「彼女は、自分はそれを棒紅でハンカチに書いて、そのハンカチを両手にひろげて学校の前に立つ、そこをポラロイドで写せば問題ないだろう、っていうの。なかなかうまいことを考えるなってみんなも感心したものよ」

「確かに名案ですな。ところであなたのお話を聞いていると、ひろみさんはポラロイドで写して貰うということを再三繰り返したようですが」

「そうなの。貰うといった以上、同行者がそこにいたことは間違いないわよ。誰が考えてもまずそいつが犯人だわね」

　表情のないかわいた声で、彼女はそう断定した。

「結局ひろみさんは現われなかった……」

「そうよ。まさかあんな可哀想な目にあっているとは知らないから、十時頃まで待ってたわ。レコード鳴らしてキャーキャー騒いで……」

こういうと自画自賛だといわれそうだが、わたしが自ら省みて賢明だと思うのは、おのれの力量の限界を知っていることである。帰りの列車の中でわたしが考えたのは、八方ふさがりの事件を解決するためにはあのバーテンに推理して貰うのが最善の策だ、ということだった。

8

上野駅に着くといったんアパートに戻って汗を流したのち、一張羅の夏服に着替えて有楽町へ向った。そしてバーテン相手にわたしが聞いた限りのことを、手帳にしるしたメモをたよりにすべて語った。いつもの彼はわたしの話を聴きながら一心にグラスを磨く。ところがどういうわけか、この夜に限って何もしなかった。わたしのバイオレットフィズがからになるとすかさず新しいカクテルをつくってくれ、その合間にホステスを指図して、窓際のテーブルに坐った客の注文をとらせたりしていた。

彼がグラスを磨くのは心を統一して、謎を推理するためと聞かされている。とすると今夜わたしが持ち込んだこの事件は、頭をひねるまでもないきわめて単純なものということになるのだろうか。

「で、バーテンさんの見通しではいつ頃までかかる?」

奇妙なことに、このバーの会員のすべてのものがバーテンの姓も知らなければ名も知らなかった。彼が目立たない空気みたいな存在であるからかもしれない。

「さようでございますな」

達磨に似たこのバーテンは上目づかいに天井を見た。

「明日、明後日と……。たぶん三日目の午後になることと存じます。二時前後にオフィスのほうにお電話いたしますから、ぜひお待ちいただきたいと存じますが……」

「ありがとう。待ってるぜ、バーテンさん」

わたしは彼の肩を叩き、視線のあった会員の英文学の教授にかるく目礼しておいて、バーを出た。

三日目は朝からよく晴れていたが残暑がきびしく、わたしはシャツの胸を開けて扇子の風を送っていた。心待ちしていた彼からの電話は、約束した二時ジャストにかかってきた。いかにもバーテンらしい几帳面さだと思った。

「おそれ入りますが、わたしの車にお乗り願えませんでしょうか。ちょっとお目にかけたいものが……」

「いいとも、いま何処にいる？」

「はあ、オフィスの真ん前で」

受話器をテーブルにおいて窓から首を出すと、真下に赤いオースチンが停まっている。向う側のタバコ屋の前で赤電話を耳にあてた彼が、わたしのほうに手を上げて挨拶をした。

通話を切ると用意しておいた上物の夏服を着て階段を降りた。足音がはずんでいる。

わたしたちは改めて挨拶をかわした。今日は彼が先生なのだ、少なくとも三尺さがって影を踏まぬ程度の礼はつくしたい。

「帰りはそのまま『三番館』に出勤したいと存じますが……」

車にはクーラーが効いていて、生き返ったみたいだ。わたしは思わず太い吐息をした。

「……いいとも。解決したらわたしも祝盃を上げたいよ。あの薄いみどりのカクテルのことを思うと、考えただけで喉が鳴る」

他人に聞かれると柄にもないと笑われそうだが、仕事にかかっている最中のわたしは好きな酒を絶つことにしている。そうかといって、『三番館』を尋ねていながら何も呑まないでいるのは礼を失することにもなろうから、女学生好みのバイオレットフィズをなめる。それだけに、事件が解決したときに呑むギムレットの味は格別なのだ。

「行先は？」

「神奈川県でございます。先に千葉県にも参りたいのですけれど、今日は時間の関係で……」

どうもいうことがよく解らない。

車は、千駄ヶ谷インターから首都高速一号線に入った。ほどなく正面に芝浦の海が見えてくる。わたしもしばしば走る。そしてその度に思うのは、海を見ていると、それが蒼であれ灰色であれ心がなごんでくることであった。

バーテンの運転はかなり年季が入っているようだ。それに加えて、車をやさしくいたわりながら走らせていることがよく解る。わたしは彼の姓も名も知らぬくらいだから、まして家庭があるのか独り暮しなのかも知っていない。けれどももしバーテンが妻帯していれば、達磨みたいな顔つきに似ず心やさしい夫なのだろうと思った。わたしとは大違いだ。

やがて車は羽田の手前から横羽線に入った。目標は横浜ということになる。わたしがそうしたことを考えているうちに、インターチェンジを降りて横浜駅の西口に出た。しかし彼はこの駅を無視して通りすぎた。

五分も走らぬうちに交叉点に来る。そこを右折すると登り坂にかかる。坂は右に大きな曲線を描いて延びる。右手は高台の住宅地。左の崖下はかつて谷川でも流れていたのではないかと想像したくなるような低地で、ここにも住宅が建てこんでいた。

右手に白い壁の教会が見えた。四六時中排気ガスを浴びせられているのだから、なんとも気の毒である。軽井沢と違ってこちらはまだ暑さが残っているというのに、どの窓も固く閉じられている。

坂は、なおも右にゆるくカーブする。その左側の道路に面して黒い円筒形のレストランが立っていた。階上の窓際のテーブルに若い女性が坐って、われわれを見おろしながらカップに口をつけていた。

「眺望がよさそうだが、あの建物は回転するのかな」

「しないそうです」

バーテンは自分がそこへ立ち寄って確認して来たかのように、はっきりとした調子で答えた。

右手にながい塀がつづいている。覗かれては困るといいたげに隙間一つなかった。人家にしてはあまり長過ぎ、殺風景でうるおいというものが感じられない。

「正面をご覧下さいまし」

バーテンにいわれてわれわれに還った。車は道路に架けられた歩道橋に近づいていた。その側面に「北軽井沢」と大きく書かれていることに気づくと、わたしはすぐに言葉がでなかった。

橋をくぐると左手に路が岐(わか)れている。その入口の処で停車した。

「するとひろみは……?」

「はい、ここから伸枝さんに電話をかけましたので。来る途中に白いとがった屋根の教会もございましたでしょう?」

「あった、あった」

「彼女は何一つ嘘をついてはおりませんのでして。ただ伸枝さんのほうで勝手に長野県の軽井沢と思い込んだだけの話でございました。この先のインターチェンジから第三京浜を走りますと、一時間半で用賀のマンションに到着できるので。渋滞した場合を計算に入れましても、七時二十分には間に合います」

「じゃ北軽井沢中学校というのは？」

「この歩道橋をわたった処に正門がございます。わたくし昨日この辺りを歩きましたので存じておりますが、横浜市立北軽井沢中学校と書いてございました。先程のながい塀のなかは運動場で」

「なるほどね。彼女はその門の前で写真をとって貰うつもりだったんだな」

「はい。犯人は殺意を悟られないために、笑顔で協力したものと思われますね」

犯人にしてみれば、横浜でとった彼女の写真が存在していては自分の有罪を証明するようなものである。だから、犯行直後に処分してしまったことは間違いなかった。

わたしが改めてバーテンからじっくりと講義を聴いたのは、先刻見かけた円筒形のレストランでだった。入っていくと左手に赤電話があり、ひろみがここでダイアルしたことは、後でマネジャーから証言を得た。

円を描きながら螺旋階段で二階へあがる。半端な時刻だから客は少なかったが、窓際のテーブルに着くと眺望がひらけていて、夜の眺めは一段とすばらしいことだろうと思った。

「チーズケーキと珈琲はいかがでしょう？」

「わたしは珈琲のブラックにしよう。甘いものは苦手だ」

「これは失礼。わたくしとしたことが」

ウエイトレスがさがっていくと、バーテンはそれを待っていたように話し始めた。

「失礼でございますけども、軽井沢の語源をご存知では……？」

「知らないな、全然」

「わたくしは幸いにも存じておりましたので、事件のお話をうかがっていますうちにハハアと思い当りました。軽井沢はアイヌ語からきたとも、携帯用の干したごはんつぶからでたものともいわれておりますが、すんなりと呑み込めて無理のないのは、井という文字を水の意味にとりまして、水の涸れた沢とする解釈でございます。地震などで地形が変化いたしまして、沢の水がなくなるケースは何処にでもございましょう。ですから軽井沢の地名は長野県のあの避暑地だけではありませんので。おなじ長野県の小県郡にもございますし、新潟県にも栃尾市と古志郡の二個所にございます。関東では千葉県の鎌ケ谷市にもございまして、ここには一昨日行って参りました。しかし鎌ケ谷には彼女が語った白い教会はございません。そこで昨日はこちらにドライブいたしました次第で」

バーテンの博識にわたしが敵うわけがない。黙って拝聴するほかはなかった。

「この辺りには商店が見当りませんから、ひろみさんが手っ取りばやく電話をかけたのはここより他はないと考えまして、マネジャーに訊いてみますとよく覚えているということでございました。なにしろ、横浜駅から東京まで急行に乗れば三十分内で到着できますところを、二時間十分だの四時間だのと話しているのですから、記憶に残らぬ筈もないわけで。一緒にいた三十過ぎの人物、これは頬がこけて度のつよい近眼鏡をかけた、背がたかい男だったそうでございますから、あなたが当局に照会なされればすぐに解るのではないかと……」

わたしはまだ被疑者たちの顔写真を見ていないから、そういわれても見当がつきかねた。が、動機あるもののうちの一人が足頸の負傷で歩行困難であり、もう一人が沖縄で泳いでいたというアリバイが成立した以上、残る左倉田隼人が頬のこけた近眼の男でなくてはならぬ。

菓子と珈琲がとどいた。バーテンはここのチーズケーキはなかなかいい味で、などといいながら、しかしすぐには手をつけずに色と形を楽しそうに眺めている。

「わたくしもそう思っております。中学校の前で写真をとり終えてから、第三京浜を走ります。その途中のどこかで殺したものでございましょうね。そして東京の駐車場に車を停めておいて、アリバイをつくるために友人を訪ね廻ったものと存じます。その後でふたたび車を長野県へ向けて走らせますと、軽井沢の先まで行った山のなかで屍体を捨てたわけでございますが、まさか目撃者がいたとは思いもしなかったことで……」

すべては当人を取り調べれば明らかになることだ。が、それに先んじてあれこれ推理するのは、二人だけに許された楽しみだった。

「するとひろみを横浜に誘い出したのも、充分に計画を練った上でのことになる」

「同感でございますね。北軽井沢が横浜にあると知って、それを利用することを思いついたのでございましょう。長野県の軽井沢には同僚の紀野さんが毎年のように避暑に出かけます。

屍体をあちらに搬んで捨てれば、紀野さんが疑られることは間違いない、そう踏んだのでございましょう」

「ひろみは自発的に電話をしたのかな？」

これは愚問だった。左倉田はひろみが長野県下にいたように見せかけることによって、当時東京にいた自分にアリバイが成立するようたくらんだのである。彼女が仲枝に電話をかけ、賭の話をもちかけた裏面に、左倉田の意志が働いていたことは、あらためていうまでもなかった。

「さようでございましょうね。ドライブの後でおいしい夕食をご馳走になる、そしておかねを返して貰う。ひろみさんの心がはずんでいたのは当然なことでして。うきうきしている女性を操ることなんぞ簡単だったでしょう。あのハンカチに数字を書いたことにしたって、ひろみさんが咄嗟の場合に思いつけるものではございませんから」

バーテンがチーズケーキを攻略している間、わたしも黙ってブラック珈琲を呑んでいた。

「……さて、茂平治殺しのことになるが、ウイスキーは何処で手渡したのだろうか」

「わたくしは駅だろうと想像しております。上野駅はだだっ広くて複雑で、慣れない乗客は出発するフォームを見つけるのに十分や二十分はかかります。左倉田はわざと迷ったふりをして右往左往する、発車時刻は迫ってくる、茂平治さんはいよいよ上気してボーッとなります。左倉田が待っていたチャンスの到来です。茂平治さんのウイスキーと、犯人がポケットに用意して来た毒入りのウイスキーとすり替えるのは、そう難しいことではなかったろうと思いますが……」

「うむ」

「アタッシェケースも彼が用意しておいて、札束を入れて持たせてやったのでございましょうね。そして古雑誌をつめた同じ型の鞄と、どさくさにまぎれてすり替えます。相手がボーッとしているときですから、これも容易なことだったと存じますが……」

「ふむ」

何年か前に読んだ推理小説に、コインロッカーを利用してスーツケースをすり替える話があった。わたしはそれを思いうかべながら、うわの空で返事をしていた。

「犯人には一つの心配があった筈で。それはつまり、列車に乗った茂平治さんがウイスキーを呑むよりも先に、鞄を開けた場合のことでございます」

「それそれ。騙されたと知った彼は、憤慨のあまり警察にたれ込まないとも限らない」

わたしは早口で応じた。左倉田が練りに練った殺人計画のなかで、そこが唯一のウィークポイントになる。

「のるかそるかってとこだな」

「はい。ところが頭のいい男ですから、その点についてもちゃんと手を打っております」

わたしはバーテンの達磨みたいな顔を見つめたまま、しばらく黙ってあれこれ思いをめぐらせていた。一体茂平治の心をどうコントロールすれば、スーツケースを開けずにすむのだろうか。

「いえいえ、超心理学ではございませんから、そう難しく考えますと答がでませんので……」

そういわれても、わたしにはまだ見当がつかなかった。

「たのむ、タネ明しをやってくれ」

バーテンはチーズケーキを口に入れると、味わいを楽しむように、大きな目玉を細めていた。珈琲を呑み口もとを拭いてから、わたしに笑いかけた。

「簡単なことでございまして。スーツケースをすり替えたわけはゆすられた大金を取り戻すためでもございましたが、もう一つは、いま申し上げた危険性を防止するのが狙いでして……」

そういわれてもなお、わたしには理解ができかねた。

「鞄をすり替えておきますと、茂平治さんが持っている鍵では開かないことになりますので。おや工合がわるいな、家に帰ってからじっくりやってみよう、とあきらめまして、今度はウイスキーに手をかける……」

「なるほど、そういうわけか。よく計算してある」

悪知恵のはたらく左倉田のことだけある、じつによく考えていた。しかしわたしは、それを見破ったバーテンの推理の才にもシャッポをぬがされたのである。

バーテンはチーズケーキを喰べ終えていた。

「では『三番館』へ参りましょうか。今夜はわたくしに持たせて下さいまし、楽しい思いをさせていただいたお礼に、ギムレットを思う存分に呑んでいただこうと存じておりますので、はい」

「お礼をいうのはこっちだぜ、バーテンさん。それじゃこういうことにしないか、晩めしはこちらの奢りということに。ギリシャ料理とインド料理の旨い店を知ってるんだ。あんたの好きなほうにしよう」

ふと窓の下の小さな空地に眼がいった。駐車しているベンツの鼻先に、ひとむらのすすきが早くも穂をだしていた。午後の陽ざしを浴びたそれはみずみずしくかがやきながら、あるかないかの風をうけてかすかなゆれを見せていた。

横浜の軽井沢にも秋は訪れている、とわたしは思った。

ブロンズの使者

1

編集会議ではそのことで持ちきりだった。多くのものは懐疑的だったが、だからといって無関心でいられるわけもない。

クレームをつけられたF賞はこの雑誌にとってばかりでなく、会社にとっても金看板ともいうべき存在であった。設定されたのが戦争直後だから、三十年になんなんとする伝統と歴史をもっている。そのF賞に、いま、疵（きず）がつけられようとしているのだ。

A社の中間小説誌では、年に二回、読者から短篇小説の原稿を募集している。時代物であると現代物であるとを問わないが、新作であること、応募者は新人でなくてはならぬことというのが条件であった。F賞を受けたもので文壇の流行作家になっている者が幾人かいる。もちろん、なかには一篇きりで早くも息が切れてしまい、後のつづかない作家もいないわけではない。だが、おしなべてF賞の受賞者はその後の成績がよかった。文壇の登竜門と称されるゆえんである。地方在住の文筆業者のなかには、その候補に上がっただけで名士あつかいされるのもいた。なかには「F賞候補作家」という肩書をわざわざ名刺に刷り込んだ人がいる、という噂さえ聞かれた。よほど貧しい人ならばともかく、賞金の額は百万円だから問題にはならない。彼等にとって憧れの的となっているのは、授賞式の席上で手渡されるブロンズの像であった。三十年前に死去した作家F氏の胸像だ。

当選が発表されるのは六月号と十二月号ということになっている。この六月号にも、選考委員の発言の速記とともに当選作の《孤雁》が掲載された。作者は熊本県人吉市居住の松浦恒夫。これは筆名でなく本名であった。略歴をみると、三十六歳で二児の父、公務員となっている。同人誌『繊月』所属、文学修業八年としてあった。繊月という言葉の意味はわからないが、これは九州の同人誌のなかでも出色のもので、とくに、商業誌と同人誌の作品を論じた月評欄が面白いという評判である。商業誌であろうが同人誌であろうが、いいものはいいと称揚するかわりに、出来のわるい作品は歯に衣きせず一刀両断する。その斬れ味がすばらしいということで一部の人々の間で注目されていた。中央文壇とまったく関係のないものでないと、こう無遠慮にやることはできないのである。松浦恒夫が『繊月』の同人であることを知った途端に、苦々しい顔をした選者がいたが、それは彼の作品がしばしば同誌でたたかれていたからだった。

《孤雁》は、人吉の相良藩が舞台である。殉死というぎりぎりの立場に追い込まれた三人の武士が、それぞれ青、壮、老年の三つの世代を代表していた。作者はその主人公たちの心の深層にメスを入れ、彼らの胸中に渦をまいている忍従の打算、疑惑と煩悶とを適確な筆でえがいてみせた心理ドラマであった。選者の発言のなかには再三にわたって「渋いね」「渋すぎるんじゃないか」などという言葉がでてくる。それとは別に編集長も「原稿が黒いな」という感想をもらしていたそうだが、派手でないことは事実であるにしても、無駄な文章のまったくない、きりりと引きしまったいい小説であることは確かだった。女性の登場するシーンの少ないことも特色の一つであり、なにかというとベッドシーンを持ちだす昨今の小説のなかにあっては、ひときわ清潔な印象をあたえるのであった。

《孤雁》は好評だった。新聞の書評も各誌の月評も文句なしに帽子をぬいだ。F賞としては十年に一篇あるかないかの傑作だ。そう褒めるものもいる。なかに唯一人だけけなした男がいたが、これは臍曲りな批評をすることで定評のある評論家だった。いい物をみるとケチをつけずにはいられないという厄介な性格の持主なのである。彼に否定されるということは褒められたも同様だった。こうして《孤雁》は多くの批評家から圧倒的な好評をもって迎えられ、編集部も面目をほどこした。

作者は授賞式にはるばる上京して来た。しかし出席した編集者の間では、松浦恒夫の評判はあまり芳しくないようだった。彼は風采のあがらぬ陰気な男であった。晴れがましい式場の雰囲気に圧倒されていたのはむりないことだったろう。終始伏目がちのおどおどした態度をしていて、受賞の挨拶をのべたときも声が小さくなにをいっているのか解らない。

そうした様子をながめていると、その初心な物腰をほほえましく思うよりも、果して今後も秀作を書きつづけていくことができるか否か疑問に感じたという、気の早い編集部員もいた。

編集部では、ただちに五十枚の第二作を依頼しているが、その原稿はまだできていなかった。だからといって松浦が一作だけで消える人かどうかを断定するわけにはいかない。当選作があまりにも好評であったために、作者のほうがびっくりして、筆が萎縮してしまうことも往々にしてあるからだ。しかし老練な編集長はその辺の呼吸もよく心得ているようだった。いたずらに督促するようなことはせずに、気長に待つことにしていた。こうして今日の午すぎまで、作者にとっても編集部にとっても平穏な日がつづいてきたのである。

波紋は、給仕がもってきた一通の書留速達によってひき起こされた。

「差出人は宝泉寺宏といって人吉市に住んでいる人間だ」

久野編集長は封筒の裏に目をやりながらいった。まだ五十をこしたばかりだというのに髪は真白になっている。おもながの一見神経質そうな顔つきだが、しんは強かった。

「人吉ですって？　例の松浦君とおなじ町ではないですか」

次長が反問した。次長はわかい。わかくて多分に押しのつよいところがある。読者サービスを錦のみ旗にして煽情的な小説を載せたがるのは彼であり、それがこわい役人の目にとまり、警視庁によばれて叱言をくうのは編集長のほうだった。

「住んでいる場所がおなじ都会であるばかりではない。宝泉寺という人もまた『繊月』の同人なんだよ」

「それがどうしたっていうんです？」

「六月号に掲載された入選作は題名こそ《孤雁》というふうに変えられているが、内容は自分の作品だと主張しているんだ」

「すると盗作されたというわけですか」

にがにがし気に編集長は頷いた。

「いいがかりだな」

「相手にする必要はないですよ」

「今頃は得てしてこうした手合がでてくるもんだよ。この点、秋は少ないね」

陽気がよくなるにつれて精神に異常を呈するものがふえてくるといわれるが、この雑誌も当選発表がちょうど初夏に当っているものだから、ときたま変ったものが来るというのである。

「いちばん多いのは、小説の主人公のモデルは自分だと名乗るやつだな」

「しかしモデル料がほしいというのは少ないね。まず大抵のやつが無断でモデルにしたのはけしからんと怒鳴り込む」

「今度のように盗作だといって文句をつけたのは珍しいね」

「異常者では仕方ない。黙殺するることだな」

私語がつづいた。口をつぐんでいるのは苦りきった編集長だけだった。

編集長は沈黙を破った。

「それが無視するわけにはいかないのだ。宝泉寺の手紙とはべつに、『織月』の主幹からも封書がとどいたんだが、この人が宝泉寺の主張にも一理あるからよく話を聞いてもらいたいといっている」

「何者ですか、その主幹というのは」

跳ね返すように次長がいい、皆はいっせいに編集長の曲った口もとを見た。義歯の出来がよくないものだから、唇の端がひきつったように見える。

「大国茂和（おおくにしげかず）氏だよ」

「大国さん？　あの書評紙の編集長をしていた大国さんですか」

大国茂和の名は誰もが知っていた。明治生まれだけに気骨があり、その書評紙は右せず左せずつねに厳正な態度を堅持していた。書評が気にくわぬといって大きな出版社が圧力をかけてきたとき、一喝してこれを退けた話はいまでも語り草になっている。

「そうだ、その大国氏だよ。停年がくる前に退職してくにへ帰ったんだが、同人誌の編集をしているとは知らなかったな」

みじかい沈黙があった。だれもが考え込んだようだった。大国茂和のバックアップがある以上は無下に退けるわけにはいかない。それだけの根拠があるに相違ないのである。

「ぼくは授賞式のときに松浦君と話をしたが、小心で正直な人間とみたな。盗作をするとは思えない」

「しかし大国さんがそういったからには、やはり盗んだに違いないよ」

と、森和夫がいった。松浦の将来について暗い予想をした男である。第二作が遅れているのは、もともと才能がないからだ。森はそう考えた。

「どうやって盗作をしたのだろうな」

「同人誌にのったやつを引き写したのだ」

「そうではない。宝泉寺君の手紙によるとだな、そもそもの始まりは彼が《壁を敲く》という短篇を書き上げて、これを、中央の文芸評論家のもとに送って批評してもらおうと考えたことにある。その作品が否定されるようなら思い切りよく文学青年の夢をすてて家業に専念したい。そう決心したわけだ」

次長がなにかいいかけたが、編集長はその隙をあたえないで話をつづけた。

「ところがこの手紙をみても解ることだけれど、彼はものすごい悪筆でね。これでは評論家に対して礼を失するのではないかというわけで、清書をさせることにした。それを頼まれたのが松浦恒夫だ、といってるんだ」

「松浦君は筆耕をやっているのですか」

「さあ、どうかね」

編集長は白い頭をちょっとかしげた。

「公務員の給料では喰えないというのでアルバイトでそんなことをやっているのかもしれないが、松浦君に下書原稿を預けて浄書をたのんだというんだ。ところが、多忙だとか、暇がないとかいってなかなか清書をしてくれない。一方、宝泉寺君のほうも仕事が忙しくてそうそう文学にかまってはいられない。三カ月たち四カ月たった頃に同人の松浦恒夫がうちの賞に入選した。さて、どんな作品だろうと思って雑誌を買ってみると、豈はからんや自分が書いた例の創作がタイトルを変えただけでそっくりそのまま活字になっている。それが事実であるとすれば、頭にくるのも当然だな。主幹の大国氏に善後策を相談した上で、ともかく、すぐに出版社に事情を訴えてみるようにすすめられて、手紙を書いたのだという」

「おかしいですな。浄書をさせるならば自分の女房にやらせればいい」

「いや、近頃の女房はいうことをきかないからね。他人に頼んだとしてもべつに不思議はないさ。ただ、いくら同人で友達であるかもしれないが、松浦ごとき男に原稿を預けたというのは軽率だったな」

と、森はあくまで宝泉寺の主張に傾斜しているようだった。

「この宝泉寺という人はどんな経歴ですか」

「それは判らない」

「家業は何ですか。手紙のなかでしきりに家業家業とくり返しているようですが」

それも判らないと編集長は首をふった。

「ぼくは信用できないな。一切がその宝泉寺という男の創作だと思いますね」

「しかし大国さんという人が――」

「だからさ、大国氏もたぶらかされているんじゃないかな」

大勢は依然として懐疑的だった。森はまるい顔を赤らめて反撃に出ようとした。

「森君、そう興奮すんなよ。まず松浦君がなんと答えてくるか、彼の弁明を待つことだな。話はそれからだ」

次長は森の肩をたたき、そうしめくくった。編集長は不快のいろをかくそうともせずに、無愛想にうなずいて同意をあらわした。

「F賞はじまって以来の不祥事だよ。もし事実ならば、だがね」

「なに、そう悲観したものでもありませんぜ。ぼくはむしろこのチャンスをうまく利用して、うんと雑誌を売りたいと思っているんですよ」

次長はそういうと声をたてて笑った。機をみるに敏であるとともに、彼は楽天家でもあった。

2

松浦恒夫からすぐに速達で返事がきた。ハトロン紙の薄っぺらな封筒のなかに、水でうすめたようなあわい色のインクで書かれた手紙が入れてあった。

宝泉寺の主張を根拠のない言いがかりであるとして頭から否定していたが、それは編集部でも予期したことだった。編集部の意見は二つに割れていた。無視しろというものと、大国氏があありした手紙をよこしたからにはだれかを現地へ出張させ、白か黒かをはっきりさせろというものとの二派である。

決断を迫られた編集長は白い頭を自信なさそうに振った。

「きみらは知るまいが、戦前にもおなじようなケースがあったんだ。これは四国の小さな都会の自称才女だったのだが、ひょっこり短篇の原稿を送ってよこした。こいつが意外にいい出来だったものだから採用したところ、雑誌がでるとすぐに読者から投書がきてね、中央のある作家の有名な短篇をまるまる失敬したものであることが判ったんだ」

「…………」

「そこで四国に連絡をとって原稿料をとりもどすやら、東京の作家に陳謝にいくやら大騒ぎになったんだが、この事件で編集部が面目玉をつぶしたことが二つあったんだよ。一つはその作家の著名な作品を編集部がだれも読んでいなかったことだ。これはわれわれにとって恥だからね。読者から指摘されるまで知らなかったというのは不勉強を告白したようなものだった」

「…………」

「その時分うちの編集部には一つの方針があってな、雑誌に発表する以上はより完璧なものとして掲載したい。そのためには、作者には非礼かもしれないが無断で加筆訂正するということにしていた。勿論、新人や無名作家に限るんだがね」

何人かの部員が黙ってうなずいた。編集長は話をつづけた。

「ところで四国からの投稿作品なんだが、われわれはずぶの素人作家が書いたものだと思ったもんだから、無用の描写だと考えたところを二カ所ばかり削ってしまったんだ。いや、削ったばかりでなく、その部分を補筆した。これですっきりしたなどといって、当時の編集長が悦にいっていたことを覚えているがね」

「なるほど。それが二番目の失敗というわけですね」

「そうだ。そこで作者に謝りにいかなくてはならなくなったのだが、白羽の矢がたてられたのが入社したばかりのぼくだ。あのときは弱ったね。まったくの話が」

当時のことを思い出したように、編集長は額の汗をふいた。

「なにしろはじめてのことだから、何といって謝ればいいのか見当がつかない。電車のなかであれこれ口上を考えているうちに、ふた駅乗り過してしまったくらいだ。削っただけでも言いわけのできない失態なのに、こちらで勝手に書き込んでしまったんだからな」

「それで、どうなりました」

次長もこの話は初耳だったらしい。編集長の立場に同情するというよりも、なりゆきに興味を感じたようだった。

「紳士的な人だからどうということなく納（おさま）ったが、これが傲慢不遜な作家だったら大きな問題になるところだった。ま、そうした前例があるものだから、今回の問題も、ぼくとしては慎重にやったほうがいいと考えた。局長もその点に異論はない。そこでだ、だれかに人吉まで行って来てもらいたいのだが……」

出張校正をすませたばかりのときだった。これから後の十日間は月刊誌の編集部としてもっとものんびりとした気分になれるのである。

不意に森が手を上げた。

「ぼくに行かせて下さい。なに、一日あれば白黒をはっきりさせてみせますよ」

自信がありそうな口吻（くちぶり）だった。彼は積極性にとんだ性格の持主である。こうした場合ばかりでなしに、普段の編集の仕事をやっているときでも、森は先輩を先輩と思わぬような、傍若無人ともいうべき態度を見せることがあった。そのくせだれからも反感をいだかれなかったのは、血色のいい丸顔をいつもにこにことさせているせいに違いなかった。

話がまとまると、森は手帳をとりだして関係者の住所氏名をひかえ、交通公社に電話をかけて、今夜の急行の寝台を申し込んだ。幸いにキャンセルされた席があるという。森はついでせかせかした足取りででていったかと思うと、すぐにまた戻って来て、図書室から借りだした九州地図を机上にひろげた。

「小さな町だな。名物には辛子蓮根というのがある。なかなか旨いそうですよ。編集長、皆にこいつを買って来ましょう。酒によくめしの菜によしとしてある」

旅にでることを楽しんでいるようだった。こうして森はこの日のブルートレインで九州へ向かった。

翌日の正午前に森から長距離電話が入った。これから昼食をすませて松浦恒夫をたずねてみるが、必要があれば引きずっていっても宝泉寺と対決させてやるつもりだと、相変らず元気のいいことをいった。

「勇ましいね。あの若さが羨ましいよ」

初老の編集部員が冗談まじりに嘆息した。

「あっちは鮎の安いところでね。東京みたいに貴重品扱いはしないんだ。森君も食傷するほど食べてくるといいんだがな」

いまの電話で教えてやればよかった、と彼は悔んだ。現地へ行けば一年中鮎がとれるものと信じているらしかった。

森からの二度目の電話はつぎの日の午後になってかかってきた。受話器をとったのは武井(たけい)という若い部員である。

「久野さんいる？」

と、彼は編集長の名をいった。

「外出中ですよ」

「残念だな。それじゃ八時すぎになったら自宅のほうへかけるからと、そう伝えてくれないかな」

八時をすぎると電話が安くなる。話がながくなると料金はばかにならない。森はそれをいっているのだ。

「収穫は？」

「あった。下書の原稿から決定的なことが判ったんだ。後であいつをとっちめてやろうと思ってる。じゃ……」

通話はむこうから切れた。武井はゆっくりと受話器をのせた。

その夜の八時半になるのを待ちかねて、武井はアパートをでると、近所の電話ボックスに入って久野編集長宅のダイアルを廻した。

森のいう収穫とは何であるか、松浦と宝泉寺のうちだれが白でだれが黒なのか、それを一刻も早く知りたかった。気の短い彼は、のんびりと明日まで待つことができない。

久野はすぐにでた。

「なんだ、武井君か」

落胆したような声が聞こえた。

「森さんの報告はどうでしたか」

「まだなのだ。ぼくもこうやって電話のそばで待っているんだよ。呑むと時間の観念のなくなる男だから忘れているんじゃないかと思う。そのうちに気がついてかけてくるだろう」

「それじゃまた」

武井もがっかりした声になった。森が酒を呑むと時間の感覚がにぶくなるという話は、ほかからも聞いたことがある。酒癖はいいほうなので敢えてとがめだてするものはいなかったが、奥さんが泣かされるという噂だった。ひょっとすると鮎のうるかか何かを肴に、酒を呑んでいいご機嫌になっているのではないかと想像してみた。

森の報告は大いに気に懸っていたが、夜おそくなってふたたび編集長宅に電話するのもはばかられ、むりに寝床にもぐり込んだ。

翌朝武井はいつもより早目に出勤した。雑巾で机の上をふいていた給仕の女の子が、彼の長い顔をみると、おや珍しいといわぬばかりに白い歯をのぞかせた。

「目覚しが早く鳴っちまってね。昨晩、針をあわせるときに間違えたらしいんだ」

いわでものことを武井はいった。

早く出勤したところで編集長が早く来るわけでもない。それはよく解っているのだが、森の話がどうにも気になって目が覚めてしまい、それから後はいくら努力してみても眠れなかったのだ。

七人の編集員が顔をそろえたところに、編集長が出勤して来た。九時きっかりの定刻なのだが、待ちくたびれた武井にはひどく遅いような気がした。何気なくみると、眼鏡のおくの瞼が腫れているようである。森の電話に夜ふけまでつき合わされたに相違なかった。

森からの報告を知りたがっているのは武井だけではない。編集部の全員がそれを聞きたがっていた。七人の目が編集長の渋茶色の顔をみつめた。しかし彼はなにも語ろうとはしないで、茶をすすっていた。

「編集長、どうでしたか、森君の話は？」

しびれを切らした次長がたずねた。久野はようやく茶碗をおいた。

「連絡はなかった」

「おかしいですな。武井君」

と、次長がとがった目を部下に向けた。

「八時すぎに連絡するといったのだろう？」

「ええ」

「聞き違いではないのかい？」

彼は首をふって、自分の聴覚は健全だ、聞きまちがいをするわけがないと答えた。

「昨夜の八時すぎに編集長のお宅に電話で報告をする、たしかに森さんはそういいましたよ」

「妙だな」

次長はおなじことをくり返して呟いた。やがて編集員たちは思い思いに次号の原稿依頼に出かけていった。残った連中は仕事をはじめた。

九州から長距離がかかったのは正午を少しすぎた頃だった。部員は食事をとるために外出しており、部屋にいたのは編集長とアルバイトの女の子、それに武井の三人きりであった。

「人吉だ、森君からだよ」

交換手に告げられたとみえ、久野編集長は受話器を耳におしあてて、武井にそういって頷いてみせた。

通話がはじまった。途端に、編集長の顔から微笑が消え、きびしい表情にとってかわった。相槌の打ち方が部下である森に対するときとはまるきり違った、ひどくよそよそしいものになった。武井は呆気にとられてその横顔をながめていた。

一分間ほどで通話がおわった。編集長は受話器をもどそうとしたが旨(うま)くいかなくて、二、三度やりなおしていた。

「どうしたんです？」

「大変なことになった」

うわの空でそう答えると、やっと質問されたことに気がついたらしく、頸をひねって武井をみた。眸がいつになくぼうっとしていて焦点がさだまらない。

「人吉警察からの連絡だ。森君が殺されたというんだ」

思わず武井は立ち上がった。椅子が音をたてて転倒した。

3

今月はポカポカ陽気がつづいていた。

肥った弁護士がやって来たのはちょうどその時分で、暇をもて余したわたしは椅子にもたれて、大きな盃にたっぷりと酒を注ぎそこに桜の花びらをうかべ、ひと息に呑んだら風流でもあるし、さぞ酔い心地もいいことだろうなどと空想していた。

「まだ十一時をすぎたばかりだというのに、昼寝とはいいご身分だな」

と、入って来るなり嫌味をいわれた。わたしはふり返りもしなかった。

「浮き世のバカが起きて働く、というじゃないか」

わたしは皮肉で応じたつもりだったが、結果的にこれは昼寝を肯定したことになったようだ。

「睡眠不足がいかんのだ。ホテルなんかにしけ込むとつい夢中になって、ときがたつのを忘れてしまうものだ。だから早く結婚しろといってるんだよ。結婚すれば、女を見ても眼の色をかえてガツガツしなくてすむようになる。ひいては規則的な生活が送れるというものだ」

「経験者は語るというわけですか」

と、わたしは依然として机に向ったままだった。

「いつもいってるとおり自分で喰うのがやっとだというのに、女房なんて持ったら飢え死にするに決っているんだがな」

「見当違いのことをいうんじゃない。贅沢をしなければ妻子を養えるだけの報酬は払っているつもりだ」

それは弁護士のいうとおりだった。貰ったかねを貯蓄にまわさずに、呑んだり喰ったり女とホテルにいったりすることで消費してしまうわたしが悪いのだ。しかし我等人間には、それぞれ個性に合った生き方があることも事実なのである。わたしは酒をくらい女をホテルにくわえ込むのが生き甲斐なのだ。預金をふやすために偉い坊さんみたいに行ないすますことなんて、土台できない相談であった。

わたしがそういおうとして体の向きを変えたとき、弁護士の脇に長い顔をした二十四、五歳の男がいることに気がついた。

「お世話になります」

と彼はタイミングのずれた挨拶をした。

わたしはいささか慌て気味に、批難するように弁護士をみた。客がいるならいるで、さっさと紹介すればいいではないか。

「こちらは武井さんという出版社の人でな、若いけど優秀な編集者なんだ。先頃、先輩の編集員が熊本県で殺されたんだが、いまだに犯人が検挙されない。そこで、名探偵のほまれ高いきみに調査をお願いしたいと、こういうわけなのだよ」

「向うの警察が動いているんだろ？　それでも解決できない事件が、わたしの手に負えるわけはあるまい」

「いや、そうともいえない。向うは強殺（ごうさつ）一本に絞って捜査をすすめているんだが、こちらの考え方はちがう。二人の男のうちどっちかがやったことは間違いないとみている。ただ、決め手が発見できないだけなんだ。そこで現地へ飛んで、きみの眼で調べてくれるとありがたい」

飛行機と聞いたとたんにわたしの心臓は宙返りをうったような気がした。わたしはああいう物騒な乗り物は敬遠することにしているのだ。女房子供はいないから自分が死んだってどうということはない。どうってことはないんだが、要するにわたしは救い難き高所恐怖症なのだ。テレビニュースが出初め式（でぞめしき）を映しているときだ。梯子のてっぺんにいるしるしばんてんの男がアラヨッといって宙に身をのりだした瞬間、わたしは気がとおくなって椅子から床の上に転げおちた。気付け薬にチクと一杯やってどうにか我をとり戻せたからいいようなもののの、あのとき机の上にポケットウイスキーがおいてなかったなら、人事不省のまま一巻の終りを迎えたかもしれない。

「飛行機はどうもねえ」

わたしはつとめてさり気なく答えた。

「あれは早すぎてね。旅にでるときぐらいはのんびりと行きたい。駅弁なんかを喰いながら、さ」

「駅弁大好き」

と、顔の長い編集者が身をのりだした。

「駅弁の話は事件が解決したときにするとしてだ、きみ、熊本県へいってくれるね？」

「そりゃ、まあ他ならぬあんたの依頼だからいやだとはいわないけどね、江戸っ子というのは箱根から先にはいかないのがしきたりで」

わたしは東京が好きだった。この大都会の喧騒のなかで働くのが生き甲斐というものなのだ。江戸っ子が、九州弁でなくては話がつうじないような土地へいくなんて、できれば願いさげにして貰いたかった。

「案外古いことをいう男だな。この武井さんは四代つづいた江戸っ子なんだが、つい昨日北海道から戻ったばかりだぜ」

「あの、お言葉ですが先生」

と、武井がさえぎった。

「北海道は方角がちがうんですけど。箱根を越えなくとも北海道へはいけるんですけど」

「そらま、行けることはいけるだろうさ。なんてったって地球は丸いのだから」

弁護士は負け惜しみがつよいたちだった。それに、詭弁を弄して相手を説伏するのはお手のものでもあった。若い編集者は黙ってもじもじしている。

「解った。じゃ江戸っ子の誇りを捨てていって来よう。但し新幹線だ。いまもいったとおり飛行機ははやすぎていけない」

「まあ好きなようにするさ」

と、法律家はいかにも太っ腹であるような言い方をした。

「引き受けてくれたところで本題に入るが、事件のいきさつは武井君から説明してもらおう」

弁護士にうながされて大きく頷くと、駅弁の好きな編集者は今回の事件をかいつまんで語って聞かせた。さすが編集者だけあって話は明快であり、無駄なことは一口も喋らなかった。

「まだ外部には伏せてありますが、公けになったら一大事です。盛大な授賞式をやっておきながら……」

「まあね、盛大な結婚式を挙げたくせに一カ月で離婚する夫婦もいるんだから」

と、わたしは慰めた。

「で、森氏の話によると、下書から決定的なことが判明したといったんですね？」

「ええ、後で当人を難詰するといっていたんです」

「ふむ」

「現地の警察を批判する気はないんだがね、強殺一本槍というのはどうもねえ。もう少し多角的な捜査をやってくれないと、いつまでたっても埒があかない」

弁護士が口をはさんだ。

「そうだな」

「松浦、宝泉寺両君の話はどちらが正しいか解らんが、森氏をおそった犯人はこの二人のうちのどちらかだ、森氏はそいつに肉迫しすぎたために殺られたんじゃないか。編集部ではそう考えているのだよ」

わたしは同感だと答えた。

「そこでご苦労だが、きみが人吉まで行って、森氏が歩いたあとを辿ってだ、きみの眼で眺めて貰いたい。森氏とおなじ道を歩いてみれば、森氏の発見したものが何であったかということも、おのずと判ってくると思う。ひいては松浦、宝泉寺両君のどちらの主張が正しいかという問題も解決するだろうし、したがって森氏を殺した犯人の正体も明らかになる筈だ」

「ふむ」

「もう一つお願いがあるんですけれど」

と、武井が遠慮勝ちにいった。

「松浦さんに面会されたときに、事情が明らかになるまでは賞金と賞品を当方に保管しておきたいからという口上で、返してもらいたいのです。ブロンズの像ですからちょっと荷物にはなると思いますが」

重たいのは平気だ、とわたしは答えた。編集者は白い歯をみせてはにかんだように微笑した。

「松浦さんの潔白であることがはっきりすれば、うちから局長と編集長が即日出向きまして賞金とブロンズ像をお渡しした上で、今回体験した不愉快な出来事を忘れてもらうことになっています。松浦さんの名誉を恢復するために市の名士を招待して、現地で盛大なパーティを催すんです」

「そりゃ結構。しかし宝泉寺氏の作品であることがはっきりしたら、どうなるんです？」

「その場合は授賞式をやりなおすことになります。うちのF賞ばかりでなしに、すべての文学賞をつうじて前代未聞のことですけど」

「さもしい質問になりますが、式の費用もばかにはならないでしょう」

「それはそうですが、税金としてふんだくられるよりは意義があると思うんです」

出版社の腹はそんなに痛まないような口吻であった。

出張の準備といっても大したことはない。わたしは翌日の新幹線で西下することにした。

4

九州の土地を踏んだのはこのときが初めてだった。熊本をすぎ八代で肥薩線にのりかえる。そして球磨川沿いに一時間あまり溯上すると、四方をひくい山でかこまれた小さな盆地にたどりつく。それが人吉だった。うっとうしい曇り空の下に白い煙がたなびいてみえるのは、ここが温泉地だからである。

わたしはその足で警察をたずねて捜査の進行状況を訊くつもりでいた。駅前でひろった夕クシーは二、三分走ると、灰色のペンキを塗った木造の建物の前でとまった。これが東京であったならば一言のもとに乗車を拒否されるほどの短い距離だった。どこでもそうだが、田舎の運転手は親切なひとが多い。

警察署の応接室で事件を担当している那須という刑事に会った。彼は森の一件で東京からやって来たという話を耳にすると、借金取りに出会ったようないやな顔をして出て来た。

「その後はどうなっていますか」

「まだはっきりせんとですたい。近いうちに犯人ば挙げてみせるばってん、待っていてくだっせ」

那須刑事の顔は西郷隆盛を連想させた。頭の大きなところは典型的な南九州系である。眉がふとく目がぎらりと光り、クルミでも嚙みくだきそうながっしりした顎をしている。頰から顎にかけ一面に不精髭をはやしていた。あまり感じがよろしくない。

わたしは森の屍体が発見された当時の事情をたずねた。弁護士から一応は聞かされてはいたが、現場に精通した係官の説明に耳を傾けるのも無意味ではないと思ったのだ。

那須刑事は立ち上がって壁の地図を示した。人吉市街は北側を走る肥薩線と南側をながれる球磨川にはさまれた、小さな城下町だった。城趾は川をわたって向こう岸にある。

「このとおり町の南によったところを球磨川がながれとります。日本三急流の一つに数えられておるですたい」

と、刑事は自慢げに説明した。

「森さんはですな、この川の堤防の上で後頭部をなぐられて死んでおったです。殺されたのは前の晩のことですたい」

「散歩にでたという話ですね」

「散歩ではなかです。町の喫茶店で人と会うたあと、一人で旅館へもどっていくところば襲われたとですたい」

夜の現場はほとんど、人通りがないのだそうだ。

「森さんが泊っておった旅館に帰るにはですな、大通りばいくよりも、川沿いの土手を歩いていったほうが近道なのですたい。それに、夜になるとホタルも飛びますけんな」

ホタルか。胸のなかで呟いた。むかしは東京の郊外にもホタルは飛んでいたが、いまでは一匹も見かけることはできない。農薬が流れて幼虫が死んでしまうということも原因だろう。それよりも、年々歳々都市が膨張し発展してゆき、小川が埋められてしまうからだ。昨今では、とおく四国地方から集めてきたホタルを遊園地に放ち、ホタル狩りの真似事をするのがはやっている。季節になると夜の観光バスがその遊園地をコースに取り入れ、テレビニュースでも紹介するといった有様である。

「ホタルのほかにビキが鳴いとるです。あのビキの声のどこがいいのか知らんばってん、都会から来たひとは喜ぶですたい。だから森さんも、ビキの声を聴くつもりであの土手を歩いたんじゃなかろうかと、そう考えておるんですたい」

最初のうちはビキの意味が判りかねた。わたしは漠然とビキニ姿の女を心に描いていた。刑事の説明によるとビキというのはヒキ蛙のことであり、どうやら蛙一般をこの土地の言葉でビキと呼ぶらしかった。そうだとすると、声のいい蛙というのは河鹿（かじか）のことになる。

ホタルと河鹿。森が誘われてさびしい土手を歩く気になったのは無理ないことだった。犯人にとって、それは願ってもないチャンスだったろう。靴音をしのばせて尾行をつづけ、恰好の場所にさしかかったときに跳躍して襲いかかった。

「森さんは即死をとげたとですたい。あッという間もなかったでしょうな」

「財布が盗まれていたとか」

「そぎゃんです。旅費の大半は帳場にあずけてあったとですが、レジスターの話ではポケットのなかに三千円ばっか持っとったそうです。それが紛失しとるから、強盗殺人であることが判るのですたい。前科のあるやつは全部あらいつくしてしもた。現在の段階は、町の不良どもを虱つぶしに調べとるところですばい」

わたしは間をおいてから、できるだけさり気なく質問した。

「森さんは盗作事件のけじめをつけるために出張したのです。殺された原因といいますか、動機といいますか、その辺にあるような気がするのですがどうでしょう」

「あんた、小説なんか書いている連中に度胸のあるものはおらんです。犯人はチンピラですたい」

那須はあくまで自説に固執して、耳を貸そうとはしなかった。

「森さんは優秀な出版社員であったかもしれんが、刑事ではなかったけん、一日や二日ぐらいの調査で盗作したものの正体をつきとめられるわけがなかとです。正体をつきとめることができなければ、盗作した犯人が森さんを殺すちゅうこともなかでっしょう」

彼が得々としてそう主張するのを聞くと、いやそうではない、森は短時日のうちに盗作問題の真相をつかむことに成功したのだとはいい難(にく)かった。刑事の面目をふみつぶして恥をかかせたいとは思わない。わたしはついでに二作家の家を教えてくれるよう頼んだ。

「宝泉寺ちう名前は聞いたことなか。ばってん、その番地はここん処ですたいな」

市街地図の一部を、パイプの先で示した。わたしはなにぶんともよろしくといって警察署をでた。

　空は灰色にくもっていた。わたしは、小さな鞄をさげて人吉の町を歩いた。駅の近辺までくると商家が多くなり、そのなかの食料品店の前をとおりかかったとき、店先のガラスの函のなかに黄色いカマボコに似たものを見つけた。断面をみると明らかに蓮である。森が土産にするつもりでいたという辛子蓮根のことを咄嗟に思いだした。

目を近づけてみる。蓮の孔(あな)には白味噌と思われるものが詰めてあった。表面に黄色い衣がついているのは辛子粉であろうか。

酒によく、めしのお菜にいいならば、わたしも土産に買って帰りたいと考えた。

わたしが泊ることにしたのは、川向こうの河畔にある小さな古い旅館であった。

　窓をあけると目の前は球磨川の清冽なながれで、その対岸が人吉の町であった。川岸には商家の白壁の蔵がならび、廣重(ひろしげ)の版画でみかけたような眺めだった。夕食に鮎をたっぷり喰わせてくれるというのも嬉しかった。

　一服すると、ふたたび外にでた。警察があした調子では期待をかけることはできない。

弁護士からいわれたように、自分の手で盗作者の正体をあばくほかはなかろう。

　わたしはまず、被害者の立場を主張している宝泉寺宏の家をたずねてみることにした。地図を開くとそこが最も近いからである。

　大橋をわたって市内に入り、青井(あおい)神社のほうへ二百メートルばかりいったところに、教えられた番地の家があった。うす汚れた白壁の、軒の低い平屋である。その前に立って入口の柱に打ちつけられた琺瑯(ほうろう)引きの看板をみると、「球磨の宝」としてある。なんとここはこの盆地一帯で生産される球磨焼酎を蒸溜している酒屋なのだ。思わず喉が鳴った。

　女の体臭のような、焼酎独特のあまい香りがただよっている入口に立って、わたしは案内を乞うた。小暗い土間をぴたぴた踏んで、汚れた前掛(まえかけ)をしめた若い衆がでてきたが、見慣れぬわたしをみると、怪訝そうに立ち止った。

「宝泉寺さんのお宅はこちらですか」

「何かにゃア」

「宝泉寺宏さんですよ。宝泉寺……」

「うちは宝泉寺じゃなか、うちは辰見(たつみ)ですたい」

　そういわれて柱を見ると、辰見としるした表札がでている。宝泉寺というのはペンネームに違いない。

「お宅に小説を書く人はいませんか。いたらすまないが、F賞のことで東京から人が来たと伝えて下さい」

わたしのその声が聞こえたのだろう。奥のほうから白い作業衣姿の青年がでて来た。肥って顔が大きく丸い。それが宝泉寺宏であった。

「そこでは話もできんです。ぼくの部屋に来て下さい。どうぞ……」

挨拶がすむと、如才なくそういって先に立った。表からみただけでは平凡な商家としか思われなかったが、案内されてその奥行のふかいのには驚いた。土間の両側に障子をしめた部屋が五つばかり並んでいる。やがてヒマワリの伸びた裏庭にでたと思うと、そこから再び土間に入り、また左右に部屋がつらなっているのである。おそらく、初めは小さな家で出発したのが、家族がふえ資産ができ従業員の数が多くなるにしたがって裏の畑を買収し、建て増していったのだろう。よその家にケチをつける気は毛頭ないが、そこには計画性もなければ一貫性もなかった。

宝泉寺宏の部屋はそのいちばん奥まったところにあった。それから先は十アールほどのキャベツ畑になっており、一隅に豚小屋がある。焼酎のしぼり粕（かす）を始末するために飼っているのだそうだ。短毛の下から赤い肌がすけてみえたのは、焼酎の粕をくわされて酔っているせいかもしれない。羨ましいことだ。

畳に絨毯をしいた彼の部屋は洋風にしつらえられていた。豪華なステレオが置いてあるかと思うと、となりに洋酒の瓶をのせたしゃれたキャビネットが並べてある。壁によせて電気ギターが立てかけてあった。ひと頃わかい男の間で爆発的な人気のでた例のエレキという楽器だ。そして両袖のスチール製の机と回転椅子。

それだけ見ていると成り上がり者の浅薄など息子という印象を受けるのだが、それを否定するのは、反対側の大きな書棚に、ぎっしりと詰められた文学書のたぐいだった。じろじろと眺めるのは失礼だから、一瞥しただけで視線をはずしたのだが、金にあかして買い集めたと思われる豪華本も多く、その他に鷗外(おうがい)の作品が大きな場所を占めているのが目立っていた。

わたしは率直に訪問したわけを説明した。

「なんでも訊ねて下さい」

詰め合わせのチョコレートの缶をとりだすとわたしにすすめながら、彼は気さくにいった。言葉にはほとんど訛(なまり)がない。

が、話が核心に触れると、まるまると肥ったみるからに楽天的な顔がたちまち興奮したように赤くなり、多弁になった。多血質らしいのである。

「森さんが来られたときですな、ぼくは早速あの下書原稿をお見せしたのです。松浦に清書をさせた、あの下書ですよ。なんといってもあれが唯一つの証拠ですからね」

彼はものをいうたびに、色のわるい唇をなめる癖があった。その頻度は、感情が昂ぶってくるにつれ激しくなるようだった。

　宝泉寺は机のひきだしから手垢のついた原稿の束をとりだした。応募規定では四百字詰の原稿用紙となっているが、これは二百字詰だった。右肩を赤い紐で綴じ、バランスの崩れた丸味をおびた拙劣な文字で題がしるされている。特に敲という字は判読し難かった。浄書させたのは賢明というべきだろう。

「森さんは、原稿を宿に持って帰られて読むと、ぼくが真の作者であることを文句なしに認めてくれたです。松浦の《孤雁》がぼくの《壁を敲く》の盗作であることを一も二もなく承認してくれたのですよ」

「ふむ」

　わたしは人吉からかかってきたという森の電話を思いだした。下書原稿から決定的なことが判った、後であいつをとっちめてやる……といった言葉を。

「森さんはその夜ぼくに電話をくれて、編集部を代表して誤解していたことを詫びる、といいました。九州人は感激家が多いですからな、ぼくも電話で声がつまってしまって返事ができなかったものです。そして、早速近くの喫茶店で落ち合って話をしました。話といっても雑談みたいなものでしたが、そのとき森さんは袋から原稿を取り出すと、東京に持って帰って編集部の人達にみせたいから、できればしばらくの間これを貸してほしいのだが、といわれました。いやという段ではありません。ですが、もし紛失されたらぼくの潔白を証明する唯一の証拠がなくなることになります。だからそれだけは勘弁してもらいました。ま、そんなことを話し合って三十分ばかりすると、橋のたもとでお別れしたのです。ぼくが森さんの元気な姿をみたのはそれが最後です。これが見納めでした」

宝泉寺は言葉をきると、二個の茶碗をとりだしてアイスボックスの氷を入れると、出来たての焼酎をたっぷり注いですすめてくれた。

ウイスキーより旨いですよ、そういって目を細めて呑んでいる。焼酎というとそのむかし馬子や肉体労働者が呑んでいた芋くさい酒のことしか知らなかったわたしは、ひと口味わってみたいと思った。少し喉がかわいているときでもあり、平凡なたとえだが、わたしは喉から手がでるほど呑みたかった。だがわたしは、かつて酒で失敗した苦い経験があるので、以来、仕事中は呑まないことにきめていた。だらしのないわたしの生活のなかで、自分と約束したこのことだけは、何がなんでも守りとおしたいと思っていた。

「ありがとう」

と、わたしはちょっと頭をさげた。

「生憎アルコールを受けつけないたちでしてね」

宝泉寺は信じられぬといったふうに眼を丸め、がっしりとしたわたしの体をなめるように見詰めていたが、ややあってそれは残念だ、上質の肥後米を原料としているからこくのあるまろやかな味がすばらしい、芋焼酎とは格段の違いだなどと自画自賛した。芋焼酎は鹿児島の名産である。このぶんだと熊本人と鹿児島人とは仲がわるいのではないか、と思った。

「この原稿は松浦氏に清書してくれるよう依頼して、預けておいたやつですね？」

わたしは念を押した。

「はい」

「松浦氏がよく返してくれたもんですな」

証拠品を返却するのは自分の有罪を認めるのとおなじことではないか。松浦恒夫というのはそれほど馬鹿な男なのだろうか。

「そうではないです。その点はぼくの運がよかったわけですが、《孤雁》を読んだ直後に、ぼくは松浦の家をたずねて奥さんにぼくの原稿を返してくれるように申し入れたのです。おそらく松浦は破くなり焼くなりしてしまっているだろう、ぼくはそう予期していました。無駄足をふむのだろうと思っていたのですが、とにかく訪ねてみないことには話になりません」

それはそうだ、とわたしは頷いた。宝泉寺のほうはとうに赤くなっており、それでいて茶碗を伏せようとはしない。むしろ前より早いピッチで無色透明な液体をほしていた。

「運がいいことにぼくの原稿は無事だったのですよ。松浦にしても盗作したということは自分ひとりの胸に秘めておきたかったのでしょうな。そのせいか奥さんには、わたしから預った原稿のことは口をとざして一言も喋っていなかった。わたしが、半ペラの原稿用紙に書いた習作で、表紙に《壁を敲く》という題名と宝泉寺宏というペンネームが記してあるからすぐ判る筈だとのべますと、机の引き出しに入っていたといって持って来てくれました。松浦はタイトルを変更していたんですが、それがぼくにとっては幸運でした。そうでなかったら奥さんもピンときたでしょうからね。しめたッ。そう思うと、原稿を抱きしめて挨拶もそこそこに飛んで帰ったものです」

彼はまた焼酎を注いだ。もう何杯目だろうか。一リットル瓶の残りは四分の一ほどになっている。

「ちょっと失礼しますよ」

一言ことわっておいて持参した雑誌をひらき、当選作品と下書原稿とを時間をかけて比べてみた。原稿にはほとんど一枚毎に朱が入っていて、推敲（すいこう）の跡があるが、究極的には活字になったものとの間に一字一句の相違もなかった。

わたしは焼酎瓶を横目でみながら、この男のいうことが事実か否かを心のなかで検討していた。なるほど、比較した結果では句読点の打ち方一つちがっていない。しかし、だからといってこれが下書だとは断定できないではないか。雑誌に発表された作品を手本にして、書き写したものとも考えられるからだ。その後で書き込みをしたり手垢をつけたりして、本物らしくみせかけたのかもしれない……。

あの作品が松浦恒夫のものであるとしてみる。盗作されたと称する宝泉寺の主張が根も葉もない嘘であったと仮定してみる。人吉へやって来た森は、なにはともあれ宝泉寺に会って問題の下書を見せてくれるよう要求したことだろう。宝泉寺は驚き、あわてふためいた。東京からはるばる調査をしに来るとは予想もしていなかったことかもしれぬ。彼はその場をきりぬけるために、あり合わせの習作原稿を下書だと偽って封筒に入れ、封をして渡す。そして森にもこうして焼酎を振舞ってやった……。

さて、宿に帰った森は夕食をすませ、くつろいだ気持になって封筒を開いてみる。と中味はとんでもない偽物だ。森は激怒し、宝泉寺を喫茶店に呼びつけると原稿を突きつけて難詰する。宝泉寺には一言の弁解もできない。まるい顔に脂汗をうかべ、ただ平身低頭して自分の非をみとめる……。

謝罪はしたものの、宝泉寺の胸中にわかに無念な思いがこみ上げてくる。一切のいきさつが公表されてしまえば彼の名誉はまる潰れとなる。せまい町のことだから、噂は隅から隅までひろまってしまうだろう。そうなると、もう大手をふって通りを歩くこともできない。そうさせぬためには、何がなんでもあの原稿を取り戻し、真相を知る男の口をふさがなくてはならぬ。

不躾(ぶしつけ)だとは思ったがわたしは、そのような仮定の話を語って聞かせ、相手の反応を待った。が、宝泉寺は少しも怒らなかった。逆に、茶碗の焼酎がこぼれるほど体をゆすぶって機嫌よく笑った。

「なにを想像されるのもあなたの勝手ですが、そんなことはないです」

「なるほどね。ところでもう一つ。松浦氏に清書を頼んだのはどういうわけですか。あの人は、筆耕をしているのですかね？」

「そうじゃないです。あまり生活が楽でないものだから、気の毒に思ったのですよ。おなじ雑誌の同人なんだから、謝礼もうんとはずむつもりでいました。松浦は、ぼくのその好意を裏切ったのです」

宝泉寺の顔からはじめて笑いが消えた。目がすわり唇をきっと結んでいる。いつも目尻をさげて笑ってばかりいるこの男の、これが本当の顔なのかもしれないとわたしは思った。

5

郷里に引退した大国茂和は、地方紙の通信員をしていた。商店を模様がえしたという小さな建物が彼の家である。わたしが訪ねていったとき、ステテコにちぢみのシャツといった姿であぐらをかき、同人誌の割りつけをしているところだった。もう六十歳を幾つか越えているのだが、陽やけのした顔や逞しそうな腕がみるからに元気そうだった。『織月』という誌名が、人吉城の異名からとったということを、わたしはこのときに知った。

手際よく原稿をかたづけると、女房が外出中だからといって自分で茶を入れてくれた。茶は盆地をとり囲む山のなかで採れるのだという。

「東京の人達は知らんでしょうが、結構いい味がします」

しわがれた声で彼は気さくにいった。白いちぢれた髪とおなじく白い髭をもった初老のジャーナリストに、わたしはただちに親しみの感じをいだいた。

ひと口すすって茶碗をおくと、宝泉寺の下書原稿と称するものについて、わたしが感じた疑惑をのべた。

「あなたと同じ疑問をわたしも抱きました。しかしそれを判定するデータはないんです。残念ながら」

旨そうに口をとがらせて茶をのんでいる。

「文章の癖、といった点から判別がつかないでしょうか」

大国は即座に白い頭を横にふった。

「それが難しい。両君とも鷗外が好きでお互いに鷗外の影響をうけているからです。どちらも文章が似ているんですよ。話がちょっと大袈裟になりますが、たとえてみれば三重吉のある作品に漱石の影響が見受けられるようなものです。ですから今回の場合にしても、一方がああしたいいがかりをつけるには都合がよかったといえますな。もし文章のスタイルがまるきり違っていたならば、いくら図々しくてもです、今度のような無法なことはいわなかったでしょうからね」

そう語ると、ふっとひたいのあたりに翳りをみせて、今度の件はじつに困った問題だと声をくもらせた。

「二十人ばかりいる同人が二派にわかれましてね、松浦君が正しいの、宝泉寺君が正しいのと言い合っているのです。東京とちがって刺激のない田舎ですから、彼らにしてみるとこれは大きな出来事です。同人がふたり寄ると、すぐさまその話がはじまるといった有様ですよ」

下手をすると雑誌が空中分解をするおそれがある。それを心配しているのだとこの主幹は語った。

「創作上の主義主張がちがうために分裂をみるのは止むを得ませんね。ですがこんなことで仲たがいするのはつまりません」

「どちらの派が多いですか」

「それはいうまでもなく、松浦君が盗作をしたものとみなす一派ですよ。まず四分の三はそうでしょうな」

「なぜです？」

「F賞が欲しいことでは五分五分として、宝泉寺君にとって百万円などという賞金はほんのはした金でしょう。だが松浦君はちがう。雑誌の会費ですらとどこおりがちの人ですから、百万円という金は喉から手がでるほど欲しい。今回の短篇は宝泉寺君としてもかつてない出来のいい作品です、一読した松浦君は、これをF賞に投稿すれば入選するんじゃないかと思った。そうした誘惑に負けてですな、ついに自分の名で原稿を送ったのではないか……。これはわたしがいうのではありません。アンチ松浦派の考えをのべたまでですよ」

「解ってます。では、松浦氏の肩をもつ派の根拠は何ですか」

「これは宝泉寺君という人間に対する反撥ですな。その人達にいわせれば、宝泉寺君のすることなすこと一切が金持のぐうたら息子そのままだ、鼻持ちならんというわけです」

「焼酎の蒸溜ぐらいで、それほど儲かるのですか」

「ご承知のとおり昨今は焼酎ブームですから。その上あそこは果樹園もやっているし。わたしが子供の頃、あの人の祖父は荷車をひいて古着類をあきなって歩いていました。勤勉で実直でほめられ者だったのですが、これが小金をためて焼酎屋をはじめたのがそもそもの始まりなのです。郡内にも焼酎をつくっている工場はいくつかありますが、造り酒屋は揃って裕福な生活をしていますな。それだけ日本には呑ん兵エがごろごろしているわけですが……」

脱線したことに気づいたらしく、彼は話をもとにもどした。

「二代目はともかく、三代目となるとドラ息子が生まれるのは止むを得ないことです。宝泉寺君はその三代目にあたるというわけなのでしてね」

どちらかというと大国茂和自身も松浦恒夫を黒だとみているようであった。

ふいに腹にひびくような低い音がひびいた。鹿児島と宮崎の県境の上空あたりで遠雷が鳴りはじめたのだ。

6

松浦恒夫は町はずれの市営住宅に住んでいた。木端を叩きつけたような四軒つづきの棟割長屋である。どの家も申し合わせたように庭に棚をつくり、植物をからませていた。蔓の先に、おさないヘチマやヒョウタンの実が下がったりしているなかで、松浦の家の棚にだけ唐茄子の黄色い花が咲いていた。

赤茶けた六畳の間にとおされた途端に、沛然として雨が降りだした。黄色い皮膚をした細君が茶をもって挨拶にでてきた。亭主とおなじように瘠せて小柄で貧相だった。

話が当選作におよぶと松浦は世間をはばかるように顔を伏せ、こちらが耳をつきださないと聞きとれないほどの小声で、ぼそぼそと語った。こんな騒ぎをひき起こして申しわけないと思っている、森さんがあのような不幸なめに遭われたのも、元はというと自分の小説が原因なのだから、それを思うと眠れぬ夜もある。第二作の構想もなかなかまとまらぬ……。そのようなことを抑揚のとぼしい声でとぎれとぎれに語るのだった。彼はどこから見てもおよそ九州男児らしからぬ九州男児であった。陰気で気の弱そうな細君は、黙々としてそれを聞いている。

森の死を、当局とおなじようにゆきずりの強盗にやられたようにみなしている処に、わたしはつよい抵抗を感じた。事実そう思っているのかあるいはそう信じているようにみせかけているのか、松浦の生気のとぼしい表情からそれを見わけることは不可能だった。

「あの作品があなたの創作であることは事実でしょう？」

「ええ。宝泉寺は嘘ばついとります。あれほど卑劣な男だとは思いませんでした」

ややが声が大きくなった。たれ下がった髪をやたらに掻き上げ、上目づかいにわたしを見つめながら話をつづけた。

「ご覧のような貧乏暮しですから賞金もほしいし、F賞作家という名誉もほしかです。ばってん他人の作品を盗むことまでして世にでたいとは思いません。わたしは人を騙すようなねじくれた根性はもってなかですけん」

「しかし宝泉寺氏は、あなたに下書の清書をたのんだといっているのですがね」

「それは聞いています。あれが嘘ばついてるんですたい」

「奥さん。あの人がノートをとり戻しに来たという話をどう説明しますか」

わたしがそう問いかけると、細君はしなびたような黄色い顔をにわかに赤らめて、激しい調子で否定した。

「とんでもありまっせん。下書の原稿などは初めからこの世になかもんです。宝泉寺さんが創作した嘘ですたい。わたしはですな、主人が《孤雁》ば書いているのをこの目でみとります。せまい家ですけん、机をだして仕事ばしておればいやでも目に入りますけんの。主人は自分の頭からしぼりだして書いたとです。宝泉寺さんの原稿を写したなどというのは、主人の才能や人格を侮辱したものだと思うとります」

「すると、宝泉寺氏はなにが目的で世間を騙したのでしょうか。財産家だから賞金が目当てだとは思えませんがね」

「やはり名誉欲でしょう。一回きりで後がつづかなくても、賞をとれば有名になりますけん、それで目的は達せられるのではなかとですか」

わたしには宝泉寺がなぜ名声にあこがれるのか、その理由が解らなかった。同人の松浦を落とし入れてまで有名になったところで、どうなるというのだろう。焼酎の売れゆきがふえるものでもないではないか。

「そんなことではなかです。彼は目下もと市長の娘と恋愛関係にあるですが、彼女にはもうひとり東京の大学をでたという許婚者がいて、これが彼の強力なライバルになっとります。宝泉寺はかなり苦戦をつづけているという噂を聞いたことがありますばってん、そげんわけで、彼としては箔をつけたかったのではなかでしょうか。受賞すれば一夜で名士になれますし、ライバルに対して優位に立てますけんの」

心なしかその言い方に自嘲めいた淋しさが感じられた。

賞金と賞品の返還を申しでたとき、松浦恒夫はさすがにショックを受けたらしく顔色をかえた。わたしも多少は気の毒になって、武井がいったとおりのことを、つまり、もし松浦が真の作者であることが判明した場合は名誉恢復をはかるに吝かでないことを伝えてやると、ようやく気がしずまった様子だった。

「こうした特殊のケースですけん、止むを得んと思っとります。わたしも内々ではお返ししなくてはなるまいと考えておったところです」

負け惜しみかどうかは解らないが松浦はそうのべると、はるばる東京からご苦労でしたとわたしの労を犒ってくれた。そして瘠せた肩をおとして、力なく背後をふりかえり本箱に手をのばした。電灯がついていなかったので気がつかなかったが、茶色にぬられた粗末な本箱の上には、副賞のブロンズ像が大切そうにのせられていた。

ふとわたしは、浴衣の袖からのびた松浦の細い腕に目をやった。みるからに彼は非力であった。この弱々しそうな男に、森の不意をついて斃すことができるだろうかという疑問が湧いた。むしろそれは、肥って腕力がありそうな宝泉寺にふさわしい仕事ではないか。

「言いにくかことですばってん、賞金は全部つかってしまいました。一度に返金しろといわれてもこの有様ですけん、月にいくらかずつ返すことにして頂けんでっしょうか」

F氏の頭をいとおしそうに撫でながら、彼は面目なさそうに小声でいった。九州弁は無闇矢鱈に勇ましいものだと思っていたが、時と場合と、それを喋る人によっては陰気に聞こえるものだということを、わたしはそのときに知った。

「編集長さんによろしく伝えて下っせ。孫兵衛のときにはお世話になりましたけんの」

別れに際して言伝をたのまれた。何のことやらわけが解らぬものの、ともかく相手に伝えればわたしの役目は済む。

夕立が止むと、うさ晴らしに安酒を呑みにいこうと誘われたのをことわって、ぬれた道を宿へ向かった。いくらわたしが酒好きでも、しめっぽい焼酎をつき合わされるのはやり切れない。

7

宿に帰ったのは七時前だった。待望の鮎料理の夕食は、刺身と天ぷら、酢の物と焼魚といったふうにバラエティに富んでいたが、みた目が派手なわりに大して旨くない。たかが川魚ではないか、鮎に目の色をかえる都会人の気持がわからなかった。八時になるのを待って弁護士の自宅に長距離を申し込んだ。森は宿にもどって電話しようとしていながら、その寸前に殺されてしまったのだが、どうやらわたしは無事に帰ることができたわけだ。森のように淋しい道をとおらなかったせいもあるだろうが、わたしの場合は突っ込み方があさくて犯人に脅威をあたえるに至らなかったためかも知れない。では、森がさぐりだした秘密とは何であろうか。森は一体なにを発見したというのか。

ベルが鳴り弁護士がでた。わたしはブロンズの像のこと、賞金の返済方法のこと、きめ手を発見できなかったことなどを報告した。

弁護士はおだやかな声で労をねぎらってくれ、寝首をかかれぬようせいぜい用心をして貰いたいといった。わたしは彼の言にしたがって窓と扉の戸締りだけは入念に点検をしたのち床に入った。もし夜半に誰かが侵入して来たら、自慢の脚力にものをいわせて、相手のアバラ骨を三、四本まとめてへし折ってやるつもりだった。世間ではよく腕が鳴るというが、わたしの場合は脚が鳴るのである。

翌日は朝からよく晴れていた。気のせいか窓からあおいだ南国の空は、東京にくらべて数段も蒼味がこいように思われた。

食事をすませると交通公社に電話して、寝台特急の切符をとってくれるように頼み、受話器をおいて返事を待った。それと入れ違いにベルが鳴ったので、てっきり公社だと思ってでると、意外にも大国氏の声だった。いずれは出発する前に挨拶にいくつもりでいたのである。

「いまニュースが入ったのですが、松浦君が自殺したそうです」

彼の声もうわずっていたが、わたしも驚いた。即座に返事をすることができなかった。松浦が気落ちしていたのは事実だ。だからといって自殺することは想像もしなかった。彼のほそい腕がわたしの眼の前にちらついた。

「酒を呑みに出ていったきり帰って来ないものだから奥さんが心配していたのですが、球磨川に投身していることが判りました。つい先程、屍体が八代（やつしろ）湾で発見されたのです」

「過失ということは考えられませんか」

　思わずそう問い返していた。自殺だとすればわたしにもいくばくかの責任がある。しかし誤って落ちたとするならば、わたしの胸はそれほど痛まないでもすむからだ。

「覚悟の自殺ですよ。昨夜はおそくまで呑んでいたのですが、酒屋の主人の話ではだれが話しかけても返事をしないで、みるからに孤影悄然（こえいしょうぜん）としていたそうです。酒屋をでたあとで橋の上までいくと、そこから飛び込んだわけでして、現場には下駄がぬいでありました」

「なんという橋ですか」

「大橋です」

　せかせかした口調でそれだけいうと、切られてしまった。

　大橋は窓からのぞくと右手の川上にみえている。全長二百メートルばかりの、市内と城趾とをむすぶコンクリートの橋だが、その中央よりこちらに寄ったあたりに通行人が足をとめ、囁き合っていた。そこが現場なのだろう。わたしは公社へ取り消しの電話をかけておいてから、宿をでた。

　近づいていくと、大国が気づいて手招きしてくれた。まだ九時をすぎたばかりなのに、南国の太陽はさすがに強烈だった。大国は麻のハンカチでしきりにひたいの汗をふいていた。

「今朝はやく汽車通学の高校生が下駄を発見しましてね、交番へ知らせたのです。警官はいたずらではあるまいかと思ったそうですが、一応現場の状態を保存しておいてくれました。

それから二時間ばかりして八代湾で屍体がみつかったのです。シャツのネームから松浦君だということが知れて松浦家をたずねると、奥さんは、夜通しまんじりともしないで主人の帰りを待っていたというわけですよ」
そうした説明を、わたしはうわの空で聞いていた。覚悟の自殺となると、それは自分がクロであることを認めたものとみなさざるを得ない。わたしは昨日会ったばかりの、若さの失せた細君の干からびたような顔を胸にうかべ、やり切れぬ思いがした。

帰京したわたしは、弁護士をつうじて出版社に報告を入れた。松浦の自殺で決着がついたこと、問題の下書を検討したものの、森がそこから何を発見したかという問題はついに不明に終ったことが、その報告のすべてであった。
出版社というところは金廻りがよいのだろうか、わたしがもらった報酬は予期したよりもはるかに多かった。小切手を眺めながら、プロのわたしがアマチュアの森に及ばなかったことを思って、どうしても酒盃をあげる気にはなれなかった。

8

弁護士は武井の前でわたしのことを「名探偵」と呼んだ。わたしのバックにあのバーテンがいることを知らぬ弁護士から見れば、数々の事件を解決したわたしが「名探偵」に見えるのは無理からぬことだった。それにこだわるわけではないが、わざわざ旅費を使ってはるか人吉くんだりまで出張していながらまるっきり収穫がなかったことで、タフなわたしもいささか気が重くなっていた。しかも素人にすぎない編集者の森は、プロであるわたしをさしおいて謎を解決しているのである。わたしに面子というものがあるとすれば、それは見事につぶされたことになるのだった。

その心の憂さをはらそうとして、わたしは『三番館』を訪ねる気になった。

小さなエレベーターで最上階に直行する。高所恐怖症のわたしだが下界が見えないと、意外に冷静でいられる。人間の感覚なんて勝手なものだ。

バーテンが一人いるきりでまだ会員の姿はない。もうすっかり掃除もすみ、いつ客が来てもいい状態になっていた。

「おや、お帰りなさいまし」

バーテンは愛想よく挨拶をした。家を出る前にカミソリを当てるのだろう、鼻の下から頰、顎にかけての剃り痕が蒼々としている。ヒゲの濃い男は男性ホルモンがありあまり、その結果髪がうすくなるといわれているとおり、バーテンの頭には生ぶ毛一本残されてはいなかった。眉が黒々としていて眼玉が大きく、これで赤い衣で体をくるめば誰がどう見ても達磨大師そっくりだが、その魁偉な風貌とは違って心のやさしい暖か味のある人柄だった。『三番館』はこのバーテンで持っている、というのは全会員の一致した意見である。

「お仕事のほうはいかがでした」

「それなんだよ、バーテンさん」

わたしはスツールから身をのりだした。そしてF賞の歴史から始って、編集者の武井青年から聞かされたこと、さらに人吉における調査の一部始終をくわしく語って聞かせた。

例によってバーテンは眼を宙にすえて熱心にグラスを磨きだした。白い布がグラスの外側を、そして内側を丹念にこすっていく。だがそうしていながら彼の全神経はわたしの話を聴くことに集中されているのだった。そしてわたしが見落していた一見無意味としか思えないものを拾い上げ、それ等を集め積み上げて思いもかけぬ結論に到達する。そのとき、グラスをこすりつづけていた白い布の動きがぴたりと止まり、わたしは謎が解けたことを知らされるのであった。

だがこの日のバーテンは話が終わるまでグラスを磨きつづけていた。

「……どうも解りませんです」

「弱ったね」

「どうやらデータ不足のようでございますね」

「そうかね。しかし殺された森という編集者にしても、摑んだデータは同じものだと思うよ」

と、わたしはいささか迫力を欠いた調子で反論した。アマチュアの彼に謎が解けたからには、やはりわたしのサイドに見落したものがなくてはならない。

「おっしゃるとおりでございますね。どちらも同じものを見、おなじことを聞かれた。にもかかわらず森さんだけが謎をお解きになったのは、あの方が鍵を持っていらしたからではございませんでしょうか」

「鍵？」

「はい、鍵でございます。もしかすると、森さんだけが所持していた鍵、言い替えますと編集者だから持つことができた鍵といってよいかもしれませんね。つまり、編集者だけが持っております特殊な知識、あの人たちからみればごくありふれた常識とでも申しましょうか」

「話がよく解らないがね」

わたしは正直な感想をのべた。

「はい。わたくし思いますのに、森さんは、F賞にタッチしていた編集者だから解き得たのではないでしょうか」

「ふむ」

「いままで聞き流していた松浦さんの発言のなかに、なにか重大な意味があったのではないか、という気がして参りますが」

わたしは頷いてみせた。

「黙って拝聴してるから喋ってくれ、どんどん」

「そう考えながらご報告を反芻してみますと、ひっかかるものが一つだけございます。もしかすると、それが、わたくしの申します『重大な意味』ではあるまいかと……」

「ひっかかるもの……？」

「はい。たしか松浦さんは『編集長によろしく』といいましたですね？」

「ああ。ブロンズのF氏像をわたそうとして、そういったっけな」

「その前後のところをもう一度……」

「編集長によろしく伝えてくれ……」

「はい、そのところをもう少しくわしく……」

「それからね」

と、わたしは小首をかしげた。宝泉寺が冷たそうな焼酎をすすめてくれ、それを謝絶したときの無念さなどというものはじつにはっきり覚えているくせに、アルコールに関係のないことは……。いや待てよ、あのとき松浦も呑み屋にいこうと誘ってくれたじゃないか……。そう思い返した瞬間に苦もなく思い出すことができたのだから、酒の力は偉大なものだ。

「又兵衛には世話になった……とか、そんなふうなこともいってたな」

バーテンはにこりとした。

「問題はそれでございますよ。たしかに又兵衛さんに……でしたか」

「と思う。どうもねえ、記憶力がにぶったせいか、自信をもって断定する、というわけにはいかないんだ。又平さんだったかもしれない」

「又平さん……でございますか」

「待てよ、又平ではなくて孫平だったかな？　そうじゃない、孫兵衛だったよ。孫兵衛の節はお世話になりましたとか、ご迷惑をかけましたとか、そんなふうだったな」

「解りました。ではまことに恐れ入りますが、編集長にちょっと電話をしていただけないでしょうか。その孫兵衛さんとは誰のことか。もう少し手をひろげまして、孫兵衛さんなる人物がこの事件とどんなかかわり合いがあるのか、という点につきまして……」

「いいとも。電話、借りるぜ？」

ポケットから武井の名刺をとりだしてダイアルした。もう五時を過ぎていたが、交換台はまだ作動していた。同じサラリーマンのくせに出版社は年がら年中時差出勤をしている。ほかの会社が九時出社ということになっているのに、出版社は軒なみに十時だの十時半が始業時刻だ。そのかわり退社時刻は遅い。世の中いいことばかりはないというサンプルみたいである。

「武井です。先日は失礼しました」

駅弁の好きな編集者が礼儀ただしく挨拶をした。

「編集長にちょっとお訊ねしたいことがあるんです」

「残念、編集長はほんの十分ばかり前に退社しましたが。作家の打上式を内輪でやることになりまして……」

打上式というのは連載が終了したときに、作家を中心として担当編集者たちが一夕集って労をねぎらうことだそうだ。わたしが作家だったらあらゆる雑誌に連載をして、のべつ幕なしに打上式をやってもらうだろう。ポルノ小説は得意中の得意——。

「もしもし、明日の十一時頃おかけになれば出勤していると思いますが」

十一時出社とはまた恵まれた出版社だといったら、打上式の翌日は二日酔いになるのが例なのだそうだ。

「武井さんでもいいです、編集長でなくても。あんただって解るんじゃないかな」

森が持っていた知識は、すべての編集者が持っているに違いない。そうわたしは考えた。

「松浦氏は気の毒なことをしました。わたしはその数時間前に会って、F賞の像を返してもらったんです。そのとき彼は編集長によろしくといった後に、孫兵衛さんには世話になったとか、そんなふうなことをいいました。正確なことは覚えていないんですが。事件の調査はまだ終っていないんですけど、もしかするとその孫兵衛さんの件が謎を解く鍵になるのではないか、と考えているんです」

武井は「孫兵衛ですね？」と問い返した。なにやら思い当るものがあるような口吻である。そして自分だけでは即答しかねる、副編集長に訊ねてみるからちょっと待ってくれないか、といった。

そのちょっとが五分以上になった。バーテンが気をきかせてバイオレットフィーズをつくってくれた。

やがて電話口にでたのは中年の男であった。

「お電話かわりました。副編集長の浅田と申します。この度はご苦労さまでした」

律義な挨拶があってから、浅田の声は泥棒の下相談でもするみたいに、一段と小さくなった。

「松浦さんのいう孫兵衛とは、彼の受賞作といいますか盗作といいますか、ともかく《孤雁》に登場するわかい武士の名前なのです。ところが、これが選者の名前と一字違いだったのですよ。作家だの評論家という先生方のなかには物事を気になさる方もおいでですから、自分によく似た名前が他人の小説のなかに出てくるといい気持はしないんですな」

「そんなものでしょうかね」

思わず懐疑的な口調になっていた。仮りにわたしをモデルにした実名ポルノ小説が書かれたとしても、怒ったりしない。その雑誌なり本なりを買い占めて友達に配って歩くだろう。わたしには一字違いの名前に目くじらをたてるやつの気がしれなかった。

「ところが近頃の新人のなかには鈍感もしくは常識の欠如したものがおりましてね。松浦君も、あるいは宝泉寺君もといいますか、その例外ではなかったんですな。あの応募作に登場するのは柳井孫兵衛という侍ですが、いま申したようにこれによく似た名前の評論家が選者のなかにおられるのです。そうなりますと、先輩を先輩とも思わぬ生意気な新人だと思われかねない。ひいては選考の際にそれがマイナスに作用する恐れがないでもありません」

「ほほう」

「そこでわれわれは協議の上で松浦君に至急連絡をとりまして、この登場人物の名を変更するようにすすめたのです。F賞では原稿に一切手を加えないというのが大原則ですから、きびしく申せばこれはルール違反かもしれません。しかし原稿の文章にタッチするわけではありませんので、敢えてしたわけです」

「なるほど、編集部が好意でなさったということはよく解ります」

「そういった次第ですから、このことは他言無用にしていただきたいのですが……」

了解した、とわたしは答えた。口外しようにもわたしの仲間には詩だの小説などを話題にするなんて変人はいないのである。

浅田は、解ってくれてありがたいと如才なくいった。

「松浦君がいった孫兵衛の話はこのことではないかと思います。ほかには心当りがありませんね」

「ちょっと待って下さい」

受話器をかけられそうになったので、わたしは早口でいった。いままでの話が事件解決の緒口になるとは思えない。もっと謎に直結するような何かがある筈である。

わたしがそう訊ねると副編集長は電話口で唸り声をあげた。それが物事を考えるときの癖であるらしかった。

「……どうも申しわけないですが、思い当るものはないのですよ。これがプロの作家でもあれば共通した話題もありますから雑談が五分になり二十分になりますけども、松浦君の場合はいってみれば初対面と同様ですからね、用件をのべて、然らば左様でということで終りました。授賞式のときにおめでとうといっても、はあと答えたきりで、無駄口ひとつ叩きません」

「速達をおだしになったのかと思いましたが、電話なのですね？」

「ええ。まず自宅にかけて、奥さんに職場の番号を教えてもらってから、もう一度ダイアルし直したんです。そして先程お話したようなことを述べまして、かわりの名前を挙げてもらいました。それが隈部儀助なのです」

人吉へいく列車のなかでわたしは《孤雁》を読んだ。ポルノ小説以外には興味のないわたしだったが、仕事となれば好き嫌いはいっていられなかった。

隈部儀助は家老によって殉死に追い込まれる青年武士で、それを拒んだために家老一味の手で斬殺されるという悲劇の主人公であった。作者はそこに美しい許婚者を配し、地味な小説にほんのちょっぴり彩りを付与していた。

「わたしが礼をのべて電話を切ろうとしますとね、松浦君は少し口ごもって迷惑をかけてすまない、好意に感謝するといいました。そして、それだけ気をつかっていただければ選に落ちても本望であるということを、少し羞らうような口調でいったのが印象に残っています」

松浦恒夫とのあいだで交わされた対話はそれがすべてであると彼は断定的に語った。わたしは依然として不満だった。いままでこの副編集長がのべた事柄のどれをとってみても事件の核心に迫るものはなく、謎の解明にはつながらないのである。

更に粘りつづけてみたが、結局得るものはなく、わたしは受話器をもどした。

「いかがでございましたか」

「どうもね、望みはないと思うんだがね」

いま聞いたばかりの副編集長と松浦のやりとりを話して聞かせると、どうしたわけかバーテンは忽ち達磨大師が悟りをひらいたような、明るい笑顔になった。そして背後の棚からドライジンとリキュールの瓶をとり、わたしの前においた。

「ギムレットをおつくり致します」

「おいおい、少し気が早すぎはしないかね？」

「いえいえ、謎は解けたではございませんか」

思わず小首をかしげた。浅田副編集長の話のどこにヒントがあったのだろう？

「さっぱり解らないんだがねえ」

あっさりと降参した。わたしは自分の頭がわるいとは思っていない。バーテンの頭脳がちょっとばかりよすぎるだけなのだ。

バーテンはシェイカーのなかに酒を入れ、キャップをはめると、それを器用に振り始めた。やがてグラスに冷たいうす緑のカクテルが注がれる。そのギムレットを味わいながら講釈に耳を傾けるのは、探偵稼業のなかで最高に楽しい一刻であった。

「さあ、聞かせてもらおうか」

「それがじつに簡単なことでございまして。簡単すぎてお気づきにならなかったのは無理ないものと存じます」

バーテンはわたしのプライドが疵（きず）つかぬよう、つねに配慮を忘れない。だが本当のことをいえばその必要はなかった。いまもいったとおり自分の頭がわるいなどと考えたことは一度もなかったからである。バーテンの推理の才能がわたしに比べてほんの少し良すぎる、ただそれだけのことではないか。

「また宝泉寺さんの下書のことになりますが、雑誌に発表された松浦さんの《孤雁》と比べていかがでしたでしょうか。先程は一字一句ちがっていなかったというお話でしたが」

「そのとおり。句読点まで違いはなかった。だから宝泉寺が雑誌に載った《孤雁》を引き写したとも思えるし、松浦が清書をたのまれた宝泉寺の下書を丹念に写したとも考えられるんだ。なにしろ十年に一篇でるかでないかといわれる秀作だそうだから、松浦にしてもあらたに加筆する余地はなかったのかもしれないがね」

そう答えながらわたしは、バーテンがなぜ駄目押しをするのか合点がいかなかった。わたしの気持が表情にでたとみえ、彼はすぐにその問題に触れていった。

「と致しますと、登場する人物の風貌から性格、名前にいたるまですっかり同じというわけで……？」

「そのとおり」

「するとおかしなことが生じて参りますですね。宝泉寺さんの原稿がオリジナルだったと仮定しますと、百パーセント一致している筈はございませんので」

「なに？」

不意をつかれたように思わず反問した。と同時に彼の発言の意味するところを把握しようとして忙しく頭を回転させていた。

「もし宝泉寺さんのいうとおりだと致しますと、若侍の名前は訂正される前の柳井孫兵衛でなくてはなりませんもの」

うっかり見逃していたのだが、指摘されてみれば正しくそのとおりだった。そしてわたしが見過していたこの点に、編集者の森はいち早く気づいていたことになる。

「おそらくそのために殺されなすったのでしょうね」

急にギムレットがまずくなった。ちょっとばかり頭のいいバーテンに遅れをとったからといって、別段どうということはない。だが、あの素人探偵の森に差をつけられたことを思うと、口惜しさがこみ上げてくる。

「もう一杯いかがでございますか」

「止めておくよ」

わたしは不機嫌に答えた。

青嵐荘事件

1

「変った手紙が来たんだ」

木村敏夫は、ある歌舞伎俳優に似ているという大きな顔に眉をよせ、ちょっと深刻ぶった表情をつくった。昼休みのデートはいつもこの珈琲店ですることにしていた。値段が少したかいせいか若いサラリーマンが敬遠するので、いつ入ってもテーブルがあいている。敏夫たちにとってそこが好都合だった。

「いやねえ」

と、納所明子が応じた。わざわざ話題にするからには、へんな内容の手紙にちがいあるまい。彼女はそう断定していた。明子は眼鼻だちのくっきりとした化粧映えのする顔である。

二人の勤める会社はべつだったが、どちらも日比谷の由比ビルのなかにあるので見かける機会が多く、やがて会釈をするようになり、誰もいないエレベーターのなかで敏夫がデートに誘ったのが、そもそも馴れそめだった。以来、昼休みと退社後を逢引の時間にあてている。

敏夫は首をふった。

「そんな手紙じゃないんだ。雨宮助十という伯父から来たんだよ」

「あら」

拍子抜けした調子になった。伯父のことははじめて聞く話である。明子はアイスクリームのスプーンを皿にのせると、身をのりだした。

「伯父の家は横浜港の近くにあってね、青嵐荘なんて安アパートみたいな名がついている。持ち主は三代つづいた貿易商で、いまは会長の地位に退いているのだが依然として実権をにぎっている。現社長はダミーみたいなもんだそうだ。たいへんな資産家だよ」

資産家のおじさんだなんてお伽噺みたいな話である。明子は黙って相槌を打っていた。

「これが頑固者で、世間ではノーマルな人間でとおっているが家にいるときは典型的なワンマンになる。去年、奥さんがつき合いきれないという理由で離婚訴訟をおこして、家を出ていった。実の娘さんも、娘というとぼくのいとこに当たるわけだが、かねがね父親の態度に批判的だったとみえて、伯母に同調して家出をしたんだ。それ以来というもの伯父は独り暮らしでね、自炊生活をしているのだが、年が年だからかなりこたえるらしい」

「そうでしょうね。わたしの男のお友達は三十代なんだけど、ゴミを出しにいくときが辛いといってたわ。顔を合わせるのは主婦ばかりですものね」

その気持はなんとなく解る、木村敏夫は大きな顔をうなずかせた。頸から上がいかにも重たそうに見える。

「ご老体いよいよ独身生活に我慢できなくなったとみえて、四人いる甥と姪に一緒に住もうと提案してきたんだよ。二階を開放するといっている」

「なんだか居候みたい」

明子がそういうと、敏夫は天井をむいて笑った。

「そんなちゃちな家じゃない。もとは北欧のある国の領事館だったんだ、いまは横浜の中心地に移っていったけどね。それを二代目の雨宮助八（すけはち）というひとが買って、靴をぬいで上がるように改造したのさ。がっちりとした本格的な洋風建築だよ。各部屋の壁や扉があつくできているから、プライバシーも守れるしね」

洋画で見た数々のシーンを明子は思いうかべていた。敏夫がそこに住めば、結婚後は自分も青嵐荘の住人になるのである。小さなマンションに居住することさえ実現のむずかしい夢だった明子にとって、こんな結構な話はない。

「どうやら頑固な伯父貴も弱気になった模様だ。一緒に住むなら部屋代もいらないし、光熱費も食費も一切が先方持ちという好条件なんだ」

「いいじゃないの、行きなさいよ。通勤するのが大変だといえば大変だけど、うちの会社には熱海（あたみ）から通っている人もいるんだから」

横浜から通勤するなんてそれに比べれば朝めし前だ。明子はそうけしかけているようだった。

「でも話がうますぎるな。そのお邸にはお化けが出るんじゃないの？」

「まさか」

と、敏夫は喉をひくひくさせて笑いとばした。

「ほかの甥っ子や姪っ子が辞退しても、ぼくは住むつもりだ。いいだろう？」

「お化けが出ないならいいわよ、大賛成だわ」

明子は早くもうっとりした眸をしていた。駆け足で見物した横浜港や外人墓地、中華街のきらびやかなたたずまいが瞼のうらにうかんだ。

「エキゾチックだわ」

「そりゃそうさ。横浜は大晦日になるとお寺の鐘なんか聞こえないんだ。港に停泊している各国の船がいっせいに汽笛を鳴らして新年を祝うんだぜ」

早くなめろよ、溶けちゃうぜと注意されてわれに還ると、明子は形のいい唇にアイスクリームを運びはじめた。少し上気しているせいかクリームの味がわからない。

「食費はただだといったわね？」

「ああ」

「どんな献立かしら。消化のいい病院食みたいなものはいやだわ」

敏夫はまた大きな顔を重そうにうなずかせた。

「そんな心配は無用だな。伯父は横浜育ちだからね、東京の人間よりも舌が肥えている。かなり贅沢なものを喰わされる筈だぜ」

「それならいいけど」

「だがいいことばかりはない。男性は庭の雑草ぬきとか風呂場の掃除とか、ペンキ塗りなんかをやらされる。一方、女性は室内の掃除だとか伯父のベッドメーキングとかを担当させられるんだ。食糧の買い出しもそのなかに含まれているがね」

「食事の仕度は誰がやるのよ」

「これは全員の交替でやる。女性だけにまかせては気の毒だからね。ぼくもそれに備えて料理学校へ習いにいこうと思ってる」

敏夫も、すっかりその気になっているようだった。

2

この不況な時代にただで住んでただで喰えるというのだから、いやという者はいないのは当然だ。雨宮助十の申し入れは即座に受け入れられ、ある土曜日の午後、四人の甥と姪とが横浜駅近くのホテルに集まった。雨宮屯は伯父とおなじく横浜生まれの横浜育ちで、しかも伯父の会社に勤務しているので、もう引っ越しはすんでいる。身廻品をつめたスーツケースを持っているのは木村敏夫と、二人の女性だった。

敏夫と屯とは、伯父の家で何度か会ったことがある。少年時代には一緒に縁日へいって綿あめを買ったこともあった。が、従妹たちとは初対面だ。殊に関西に住んでいた井上文江は名を聞いたこともなかった。丸顔で頬がふくらんでいて、笑うと眼が細くなって糸切り歯がみえ、いかにも好人物に見える。図鑑で知られた出版社の大阪支社に勤めていたのを、上司を口説いて本社の編集部に廻してもらった。

「昆虫図鑑の編集をするのが望みなんです」

明るい表情で、大阪風のイントネーションで自己紹介をした。

山下千鶴は文江と同じ二十六歳で東京のｄｄｔという会社に勤めている。

「殺虫剤みたいな名前だといってよく笑われるんですけど。大手の会社がおとくいさんで、要望があると出張して、新しく入社した女性社員に電話のかけ方から英語やフランス語の会話、お茶やお華から行儀作法まで教えるんです」

「スーパーウーマンですな」

「そうじゃないんです。それぞれ専門の技能を持った人がいて、注文に応じて出かけていくんです。わたしはフランス語の会話とお琴のライセンスを持っています。山田流と生田流と」

る。

「山田流と生田流とでは爪の形がちがうんだそうですな？」

と、屯が口をはさんだ。敏夫は黙っている。邦楽の知識はゼロである。

「はい、角ばったのと丸いのとの違いがありますわね」

山下千鶴はほそおもてで鼻も細く紅い唇が小さくて、可愛らしいというのが第一印象にな

お茶を飲み終わった四人は揃ってホテルを出ると、東口の近くにある駐車場までいって、屯の車に乗り込んだ。四人がやっとという中型車である。発車すると四人とも急に無口になり、それは青嵐荘に到着するまでつづいた。

車が「港が見える丘公園」の横を通りかかったときに、一度だけ文江が「あ」と小さく声を上げ、「神戸港を思い出しますわ」と懐かしそうにいったのが唯一の例外だった。

車がポーチに停っても、雨宮助十は迎えにも出なかった。屯はともかく、あとの三人はなるほどこれは偏屈者だと思い、これからの生活に一様に不安を感じた。

建物の内部は思ったほど豪華なものではなかった。手すりのついた階段もカーペットなどは敷いてなく、剝き出しのままである。ただ天井の高いことが、日本家屋に慣れた若者たちの眼には異様に映ったとみえて、一様に立ち止まって見上げていた。

それぞれの部屋に荷物をおき階下の食堂で屯がいれてくれた紅茶を飲もうとしたときに、痛む脚をかばうようにして助十が入って来た。小柄で前額部の禿げ上がった、会長というように

は顔も姿恰好もいささか貧相な老人なので、千鶴と文江はちょっと驚いたらしかったが、そこは世慣れているから表情にはださずに、一斉にイスから立ち上がると、敏夫ともども丁寧に頭をさげた。助十は二人の姪にちらと視線を投げたきりで、無言のまま頷いた。疲れたろうともいわないし、これから仲好く暮らしていこうといった挨拶もない。

「めしはまだかね」

と屯に向かって問いかけただけである。

敏夫は月曜日の朝から出勤した。元町の商店街をぬけて石川町駅で国電に乗ると、横浜駅で湘南電車に乗り替える。ここから東京までは立ちつづけていかなくてはならないが、途中ほとんどノンストップだから所要時間が短くてすむ。出版社は十時出勤だし、千鶴のｄｄｔも特殊な会社なので出勤時刻は遅い。だから敏夫ひとりが誰よりも早く家を出なくてはならなかった。

辛いといえばこれが辛いな、と思う。

屯は国電で一つ目の関内（かんない）駅で降りると、野球場をぬけたすぐ先の日本大通りに会社がある。だから彼も悠々たるものだった。気が向けば車で通う。

青嵐荘での生活は、最初に危惧したようなこともなく、まずは円満に送ることができた。甥も姪も、陰ではともかく、面と向かって老人に盾（たて）つくこともなく、どちらかというと相手に一目おいて接していたので、助十も満足しているように見えた。

「うまくやっていけそうだわ。思ったほど頑固でもないし……」

文江がいうと、屯が含み笑いをした。

「いや、以前はあんなものじゃなかった。なにしろ伯母たちが手切れ金なんて一文も要らない、一日も早く別れたいといってたくらいだから、いかに嫌な性格だったか想像がつくでしょう。それを反省したのか、寄る年波で気が弱くなったのかは知りませんけどね、半年ばかり前からかどがとれてきたのは事実です」

夕食のあと、助十が引っ込んでしまうと、若者たちは仲良く談笑してくつろいだ時間を過した。

「伯父さまは?」

文江が老人に気がねしたように尋ねた。

「ああ、伯父はレコードを聴くんです。元気な頃は東京のリサイタルに出かけたものでしたがね。金曜日の演奏会のときは横浜まで帰るのが面倒だといってホテルに泊ることもあったんです。それが脚をわるくして以来レコード一辺倒になってね。前々から金にあかせて集めていたらしいのですが、昨今ではコレクトマニアになってしまった。昼間だってああしてレコードを鳴らしているんですよ。運動不足になるのが心配ですが、関節リューマチが好転しないかぎり外出は無理ですからね」

ときどき音が洩れてくる。

「声楽らしいわね」

「そう。伯父が集めているのは戦前のSP盤です。LPレコードが発明される前の、旧式のやつですよ。片面の演奏時間が三分間か四分間というやつです。だからシンフォニーみたいな長い曲だと、四分毎に立ち上がって表と裏をひっくり返したり、その都度針を交換しなくてはならない。音楽の流れは分断されるしね。だから伯父はもっぱら短い曲を聴くんです。歌の曲をね。シューベルトの『鱒』だとか『野ばら』だとか、有名な曲がたくさんあるでしょう？」

「わたし、歌の曲なんてさっぱり解らない。でもフォーレの『月の光』だとか『夢のあとに』なんかは好きだわ」

「あなたはフランス語がお上手だから」

文江がにこにこしながらいった。それが人徳なのだろうか。彼女が発言すると嫌味には聞こえない。このときも千鶴は笑顔を返して、素直に「ありがとう」と短く応じた。

食器の片づけは全員でやるから十分もかからない。それが終わるとまた食堂に戻って話をしたりテレビを見たりする。土曜日は夜ふかしをするが、ウイークデーの夜は、十時になると全員が寝室に引っ込むことにしていた。

う。

3

「この頃どう？」

半年近くが経過したある日の昼休みに、明子が尋ねた。今日の彼女は化粧を変えたせいか、目鼻立ちのくっきりした顔がより個性的に見えた。耳につけた真珠のイヤリングがよく似合う。

「どうって伯父のことかい？」

「日常生活よ。旨くいってるの？」

「青嵐荘のことかい。ああ、うまくいってるとも。近親憎悪なんていうからちょっと心配していたんだけど、われわれに限ってそんなことはない。土曜の晩なんか皆でゲームをやったり、屯君が持っているアメリカ映画のビデオを見たり、四重唱をやったり、結構たのしんでいるよ。四人で歌うとき、ぼくはバスのパートをやるんだ。それも初見でさ」

「むずかしいんでしょ？」

「そうでもない。バスってのは殆どメロディーは歌わないんだ。ただ上がったりさがったりのくり返しだから、簡単なんだよ」

明子は眉のあいだにたてじわを寄せた。今日は会ったとたん、敏夫のほうから「話があるんだ」と切り出してきたのである。四重唱の講釈はどうでもいいから、早く要点を聞かせてもらいたい。

「なによ、話って」

敏夫は顔をそらせると壁紙の模様に目をやっていたが、やっと決心がついたとでもいうふうに語り始めた。

「ざっくばらんにいうけど、縁談を持ち込まれたんだ」

「ことわればいいじゃん」

「そうとも。きみという婚約者がいるんだからことわるべきだ。だけどね、まずいことに話を持って来たのは伯父貴なんだよ。伯父としてはぼくを喜ばせるつもりらしいんだね。つまり親切心からでたことなんだから、頭からことわることもできかねるんだ。わかるだろ？」

明子は腹立たしげに頭をふった。

「わからない」

「ありがた迷惑な話さ。しかし伯父貴は我儘（わがまま）な性格だから、正面からはねのけたら機嫌をそこねる」

「そんな伯父さんなら喧嘩して飛び出しちゃいなさいよ。早く結婚して、小さなマンションでもいいから借りてさ、そこで生活しましょうよ」

「ところがそういうわけにはいかないんだ。伯父貴が、われわれを気に入ってくれたというよりも、家を出た娘に対する当てこすりではないかという気がするんだが、自分が死んだら遺産を四人の甥と姪にわけるという。一人分の手取りは七千万円にはなる。それを捨てて家を出るなんてとんでもない話だよ」

明子は小さな鼻の孔をふくらませると、深く息を吸った。

「敏夫さん、あなたまさかその女性と結婚する気じゃないでしょうね」

「おい、声が大きすぎるよ。馬鹿なことはいわないでくれ」

「どんな人?」

「まだ見合いはすんでいないから知らないね。そのうちに写真でも見せられるんじゃないかと思ってる。まだその程度の段階なんだ」

「お見合いする気でいるの?」

「いや」

首を横にはげしく振った。

「だけどね、伯父貴を怒らせずに見合いの話をぶちこわすためにはどうすればいいか、明けても暮れてもそのことばかり考えている。今朝の電車のなかでやっと名案らしきものを思いついたがね」

「どんな名案よ」

「お見合いの席で舌を鳴らしながらお茶を飲むとかさ、音をたててめしを喰うとか、不作法なことをやってみせるんだ。最低の男だと思わせれば、向うからことわってくるだろう」

「そんなお芝居ができるかしら。敏夫さんは役者じゃないのよ」

「じゃ悪い噂をたてるというのはどうかね？　目下梅毒をわずらっているとか、バーの女に子供を生ませたとか……」

「いやよ、たとえ噂にせよわたしの大切な旦那さまに傷をつけるようなデマをとばすなんて。それよりわたしを青嵐荘に招待してくれない？　伯父さまに気に入られるよう振舞ってみせるわ。自信あるの」

明子は成算ありげにいった。いまにも胸をポンと叩いて大見栄を切りそうな口調だった。

4

助十の癇にさわるような小事件が彼の周囲につづいて発生した。その一つは、甥の雨宮屯が会社をやめて母校の研究室に戻りたいと申し出たことであった。

そのとき助十は自分の部屋で寝酒のウイスキーを呑もうとしていた。長生きしたければこれ以上肝臓をいためつけないように。主治医からそういわれて一切のアルコールを禁止され、甥や姪たちにまできびしく看視するようにいわれるので、助十はウイスキーを過酸化水素水の茶色の瓶に詰めておき、こっそりとそれを呑むことにしていた。誰も知らない秘密である。

小さなキャビネットの棚に脱脂綿だのバンソウコウ、消毒用のアルコールの瓶などと並べておくと、簡単に人の眼をごまかすことができて、助十は自分の思いつきを内心得意にしていた。

ドアがノックされた。彼はあわてて過酸化水素水の瓶をキャビネットにしまい込もうとしたが間に合わず、仏頂づらをしてイスにかけなおした。就眠儀式を妨害されたことも腹立たしかったのである。

「おや伯父さん、けがをされたのですか」

屯は目ざとく薬の瓶に気づいた。が、陶器のカップに八分目ほど注がれた液体を見ると、すべてを飲み込んだように小鼻のわきにしわをよせて笑った。

「ドクターにいいつけますよ。体を大事にしてくれなくては……」

「寝酒だ、ナイトキャップだよ。睡眠薬をのむと副作用があるから、もっぱらアルコールの力で眠ることにしている。二年来の不眠症でな」

二年来というとリューマチを病んで外出しなくなってからになる。伯父の不眠症は運動をすれば解消できるのだが、と屯は思う。

「いいか、約束してくれ。これは二人の秘密だ。ドクターにも、千鶴や文江にも内証だぞ。知られるとうるさいからな」

「わかってます」

「だが薬の瓶に入れておくのはわれながら巧いアイディアだと思うよ。部屋を掃除されても
これに気づいたものはおらん」
　助十はいたずら小僧のようにくすりと笑った。この偏屈な伯父にこんな無邪気な一面があ
るのか。屯が呆気にとられたぐらい子供っぽい笑顔だった。だがその笑いが、退社して大学
に戻りたいという話を聞いたとたんにかげも形もなくなって、顔色までがどす黒くなった。
「なにをいう。お前は四代目になるんだ、雨宮家の誰かが会社をつがなくてはならん」
「それは解ってますが、ぼくは技術屋なんです。事務の仕事は性に合わないんですよ。大学
に戻って弱電気の研究をやらせて下さい」
「馬鹿者！　お前がやめたら、会社は他人のものになってしまうじゃないか。初代と先代が
どれほど苦労して会社を育て上げたか、知らないわけでもあるまい。我儘なことは許さん」
　声を荒げて一喝した。小さな眼が怒りに燃えている。
「敏夫君のほうが適任だと思うのですが」
「あれは妹の子だ。わしは雨宮家のものに後をつがせたいと思ってる。敏夫だって可愛い甥
であることに違いはないんだから、あの男には嫁を世話してやる。友人の子に持って来いの
娘がおってな、先方もよろこんでいるんだ」
　助十はここまで話してくると、急にまた腹立たしくなったとみえて、とげとげした眼で屯
を睨みつけた。

「さ、出て行ってくれ。わしは寝なきゃならん。お前も寝床に入ってじっくり考えてみろ」

屯は手もなく追い出されてしまった。機嫌のいいときを見てもう一度たのんでみよう。屯はそう思っている。背中にそそがれた悪意に充ちた伯父の視線に、屯が気づく筈もなかったのである。

その土曜日は千鶴が掃除当番だった。掃除といっても二階はいとこ達が各自の部屋を片づけてくれるから、当番がするのはもっぱら一階に限られている。食堂、領事館だった時分には領事の執務室だったレコード鑑賞室、伯父の居間と寝室などが対象になる。ひととおり掃除をするには一時間はたっぷりかかり、疲れてもくる。ときに注意力が散慢になったとしても、それは無理からぬことであった。

夕方ちかく、夕食までにあと一時間という頃に、屯の部屋に訪問客があった。彼は書物をとじた。研究室に戻る場合にそなえて、勉強をしなおしておく必要がある。

「どうぞ」

返事と同時に扉があいて、千鶴が入って来た。

「大変なことをしちゃったのよ」

彼女はおとなしいくせに、どちらかというと楽天的だ。いくら助十から叱言(こごと)をくらっても落ち込むということがない。老人はそれを知っているから、もっぱら千鶴を目標に文句をいったのかもしれなかった。その千鶴が視線を伏せて、いつになく悄然としている。

「どうした？」

「伯父さまのレコードを割ってしまったの」

SPレコードは衝撃に弱い。レコードキャビネットにしまい込んでおいても、いつの間にかひびが入っていたということも、まれにではあるが起るほどだ。

「そりゃまずいことをしたな」

「お掃除していたのよ、レコード室の。テーブルを少しずらそうとしたら脚がカーペットにひっかかって傾いてしまったの。そしたらテーブルの上のレコードが……」

「伯父さんはマニアックだからなあ。何のレコードだい？」

「レーベルを読んだらハーマン・ジャドロフカーと書いてあったわ」

「そいつはヘルマン・ヤドロフカーと読むんだ。それを割っちまったのか」

嘆息するように屯はいった。

「ヤドロフカーの盤は滅多なことでは手に入らないからなあ」

「そうなのよ、それも五枚……」

「なんだって？　そいつは処置なしだ、絶望的だよ」

呆れ返って言葉もない、といった表情だ。Herman Jadlowker は一八七七年にラトヴィヤのリガに生まれてウィーンで学び、一九五三年にテルアヴィヴで死去したテノールである。

主としてドイツ、オーストリーで活躍したから、日本人のなかには彼をドイツ人と思い込んでいる人も少なくはない。戦前のオールドファンのあいだでは神格化されているほどの名歌手なのだった。

「伯父さんが珍重していたレコードだからね、そいつをもろに割ったとなると、脅かすわけじゃないが、ただごとではすむまいね」

千鶴は目を伏せたきり黙っている。

「一緒にあやまりに行ってやろうか」

「もう行ってきたわよ」

「鬼みたいに怒ったろう?」

「顔色が変ったけど、じっと我慢しているみたいだったわ。早く出ていってくれといわれただけ」

「伯父さんも大人物になったもんだ」

皮肉っぽくそういうと、ふと語調を変えて千鶴の眼をのぞき込むようにした。

「でも、怒らないのが不気味だね。ああした性格だから水に流すということはあり得ない。リアクションがきっとくるよ」

「それが心配なのよ、わたし。へたをするとここから追い出されるかもしれないわ」

屯はみじかくフンといったきり黙りこくっていた。

「ねえ、弁償できないものかしら。どこかであのレコードを手に入れる方法はないかしら……」

「むずかしいだろうね。伯父さんも時間をかけて少しずつ集めていたのだから」

5

タイミングが悪かった、というほかはない。敏夫が青嵐荘に明子を呼んで、伯父に紹介しようとしたのは、レコードを割られたつぎの日のことだった。日曜日だったから文江は捕虫網だの毒壺だのを持って、三浦半島へ採集にいってしまい、千鶴はなにやら沈んだ様子で自室に閉じこもっている。同性に明子を引き合わせようとした敏夫はあてがはずれたといった顔つきになり、彼女をつれて屯の扉をノックした。

返事をするかわりに屯がドアを開け、そこに見知らぬ女が、笑みこぼれぬばかりに立っているのを見ると、とまどった表情をうかべて、説明を求めるように敏夫に視線を向けた。

「東京の明子さんだ。オフィスが同じビルのなかにあるから何かと接触するチャンスが多くてね、いまでは仲のいい友達さ」

二人が恋愛関係にあること、それもかなり進行していることは一目みればわかる。屯はとっておきの笑顔になって、改めて明子に挨拶を返した。

「入らないかね、敏ちゃん」

「いや、遠慮しよう。勉強の邪魔をしてはいけない」

机の上に二冊の本がひろげられているのを、敏夫はすばやく眼にしていた。同時に二つの小説を読むものはいないから、一つは原書でもう一冊が辞書であることは察しがつく。

「感じのいい人じゃないの」

敏夫の部屋に戻ると、明子は率直な感想をのべた。独身の男性はえてしてルーズになりがちなものであるのに、その室内はきちんと整頓されていた。ベッドカバーも真白でいかにも清潔そうだ。机の上に女優の写真が飾ってある。そう思ってよく見ると、明子のプロフィルを引伸ばしたものだった。

「ああ、彼は子供の時分からよく気がつく如才ないたちでね。それに勉強家だ。大体、理科系の人間には勤勉家が多いようだけどもね」

「でも学者タイプじゃなさそうね」

「うむ、遊ぶときはよく遊ぶ。外国の古い映画のビデオテープを持っていて、金曜日の晩に映画大会をやったりする。ボリス・カーロフの『フランケンシュタインの怪物』だとか。彼、怪奇映画が好きらしい」

「わたしもこわい映画って大好き。あとでおトイレに行けなくなっちゃうけど」

明子は故意にはしゃいだ言い方をした。これから助十を訪ねるとなると、やはり固くならないわけはないだろう。

「今日のきみはとても綺麗だ。勿論、いつも美人だけれどもさ」

敏夫はことさら優しい声になって相手の緊張をほぐそうとしていた。

「嫌なことは早くすませるに限る。じゃ当たって砕けるとするか」

「そうね」

と、明子も立ち上がった。今日の彼女はフレアのついた淡いブルーのワンピースを着ており、それがういういしくてよく似合っていた。髪も念入りにセットしてあるし、わざと目立たないように化粧しているが、それだけに赤くて形のいい唇がより可愛らしく見えた。気むずかしい伯父も、明子と対座すれば考えが変ってくれるのではないか。

「さあ行こう！」

はずみをつけるようにいって廊下にでた。階段を降りてリビングルームの扉をノックする。返事がない。

「いないらしい。レコード室かな？」

「立派な扉だわね。外国の映画を見ていると、ドアに体当たりをするシーンがよくあるけど、こうした頑丈な扉だと簡単には破れそうもないわね」

明子が呑気なことを呑気な口調でいった。が、それもまた昂(たか)ぶった自分の心をしずめるためであることを敏夫は見ぬいていた。彼は明子の肩にそっと手をおいた。

耳をすませると、どこからかかすかに女声歌手のアリアらしきものが聞こえてきた。壁が厚いせいもあって扉を閉じてしまうとなかの物音はほとんど外に洩れてこない。

「やはりレコード室だね」

と、敏夫は囁いた。

階下の間取りは玄関ホールを中央にして正面に二階へつうじる階段があり、右手がむかしの執務室、つまりいまのレコード室で、左手が食堂と寝室などになっている。

遠慮気味にドアを叩くと、ぶっきら棒の声がした。敏夫が音を殺してそっとドアを開いた。なんという器械なのか明子が知るわけもなかったが、脚のついた大型の蓄音器の前にイスをおいて、助十はくつろいだ恰好で聴いているところだった。薄手の派手なガウン姿である。

こうして面と向かってみると、戦前の古い器械でありながらかなり大きな音を出している。敏夫にはヒステリカルとしか聞こえないソプラノが、窓のガラスを共鳴させるんじゃないかと思うほどに吠えたてているのだった。

「せっかくのところを邪魔してすみません。ぼくの友人が遊びに来たものですから、ちょっと紹介しておいたほうがいいと思って……」

助十は無言のまま明子のほうを見た。明子はこのときとばかり白い歯をのぞかせて、愛嬌たっぷりに笑いかけながらかるく頭をさげた。

「美しいお嬢さんだな。ゆっくり遊んでゆきなさい。休日はどこも混んで大変だがね」

どこが偏屈なのだろうといぶかりたくなるほどに紳士的な態度だ。わたしの魅力に降参したのだわ、きっと。内心そう思って明子はにんまりとした。

「敏夫！」

どきりとする鋭い声になった。

「お前の嫁はもう決っている。このお嬢さんと交際するならその点をよく説明しておくことが必要だな。あとで辛い思いをさせないためにな」

「はあ」

敏夫は歯がゆいほど素直だった。一言も反論せずに再びそっと扉を閉じた。ホールを歩いているときも階段を昇っているときも、部屋に戻ってからも二人は黙りつづけていた。

大言壮語したくせに何よ。明子はそういってなじってやりたかったが、ここで口論しても気まずくなるだけだと考えて、相手が語りかけてくるのを待っていた。

「……ちょっと伯父を甘く見すぎたかな」

敏夫がわざとおどけた調子でいった。照れくさそうでもあった。

「そうかもね」

あたらずさわらずの返事をした。

「でもわたしには愛想がよかったわ。望みなきにしもあらず、ってとこじゃない？」

敏夫は即答しなかった。いつも朗(ほがら)かな大きな声がいまはかげっている。

「よく解らないが機嫌がわるいような気がしたね。きみに対する態度が馬鹿丁寧すぎる」

「そうかしら。機嫌がわるいとすると、レコードを聴いているときに邪魔されたからじゃないかな」

「ラジオやテレビじゃないんだよ、レコードというやつはもう一度聴き直しすることができるんだ。邪魔をされたからといって腹を立てなくてはならんという理由にはなるまい」

千鶴がレコードを割った件は、まだ敏夫の耳に入っていない。屯が退社したがっている話も聞いていなかった。となると考えられるのは明子を連れて来たということ以外にはない。当然のことだが敏夫はそう考えたのである。前途多難だな、と思った。近々写真を見せられるだろう。そして見合いをすすめられる。そのときにどんな断わり方をすればよいのか。敏夫にとってははじめて迎える難問だった。といって、友人や上司に相談して知恵を借りられるような性質のことでもない。

敏夫が沈黙がちなので明子は口をきかずに、窓から港を見おろしていた。それほど大きくはないが、船体を白一色に塗ったスマートな船が横着けになっている。日本の汽船でないことはひと眼みれば判る。船籍はどこの国にあるのかしら。

敏夫さんと結婚してこの部屋に暮らすようになれば、港の四季の移りかわりを見おろすこともできる。雨の日や霧の日の横浜港はどんなにロマンチックなことだろう。

振り返って敏夫に話しかけようとした明子は、彼が難しい顔で壁を睨んでいるのを見ると、言葉をのみ込んでしまった。

明子はまた港を眺めることにした。そして何分間かすぎた頃に、ふと自分が口のなかで呟いていることに気づいて顔色が変わるほどにびっくりした。そして、その呟きが敏夫に聞こえはしなかったかと思い、そっと相手の顔を盗み見た。

幸いなことに敏夫の耳には聞こえていなかったようである。明子は思わず目をつむって、胸をなでおろした。

「伯父さまさえ死んでしまえば……」

明子はそう呟いていたのだった。それも何度となくくり返して。

6

四人の甥姪たちはすべてサラリーマンである。助十はべつとして、彼らにとっていちばん楽しいときは金曜日の夜だった。殊にその夜は全員そろって食卓をかこむことができ、雰囲気が一段と盛り上がった。

ほとんどの出版社勤務のつねとして、原稿の遅い作家もいるものだから、どうしても退社時刻が不規則になりがちだ。そのため文江ひとりは帰宅するのがおくれてしまい、殆ど毎夜のようにあたため返した夕食を黙々と口へ運ぶことが多かったのである。夕食に彼女が顔をみせるのは珍しいことだった。

後から考えると助十は全員の顔がそろうチャンスを待っていたのかもしれなかった。とにかく一同の食事が終わって、文江と千鶴が食器をさげようとしてイスから立ち上がると、

「さげたらすぐに戻って来なさい」と押しつけるような口調でいった。二人の女性は顔を見合わせ、そのまま皿小鉢を盆にのせて炊事室のほうに姿を消した。

屯が一服すると、助十も誘われるようにタバコに火をつけた。彼の喫煙量は一日に三本と決めてある。そして助十はきちんとその数を守っていた。その彼が禁を破って四本目を吸おうとしているのが、屯と敏夫の注目するところになった。

「珍しいですね、伯父さん」

敏夫が声をかけたが助十はそちらを見ようともせずに、うわの空で煙を吐きだしていた。どうやらそれは、気をしずめるためのものであるらしい。

二人の女性がテーブルにつくと、それを待っていた助十は、火をつけたばかりのタバコを灰皿の底にこすりつけた。表情がいつになく固い。

「わたしのいうことをよく聴いてもらいたい。話の内容が不快なものになるか否かは諸君次第だがね」

前置がなにを意味するのか納得できぬままに、全員が助十の顔を注視していた。

「大酒さえ呑まなければ、つまり肝臓をいたわりながら暮らしていけば、わたしは八十五歳

までは生きれるという。弟たちが比較的短命だったので、わたしも六十前に死ぬだろうと考えていたが、そうでもなさそうだ。が、医者のみたて違いということもあるから、案外早く死ぬかもしれない。それにそなえて、わたしの死後に遺産を譲渡できるよう、正式の遺言状を作成した。そのことは諸君も知っているとおりだ」

　感情をおさえようとしているせいか声がかん高くなり、所々でかすれて聞こえた。

「だが最近の諸君のすることなすことがわたしの癇にさわるようになった。まず敏夫だが」

　いちばん離れた席にいる敏夫の大きな顔を、助十は真向から指さした。

「お前はわたしの縁談を蹴って恋愛結婚をしようと思っているらしい。だが、それは許さん。彼女は女子大卒だそうだが、昔はともかく、いまの女子大生にわたしは嫌悪以外の何物も感じない。テレビカメラの前で平気で裸になる。タレントが何かいうと、カメラの外で黄色い声ではやしたてたりする。女子大生の誇りはどこにいったのか」

　敏夫が反論しようとしたが、助十はそのすきを与えなかった。

「それに比べてわたしがすすめる花嫁は友人の末っ子で、いうところの深窓の令嬢だ。ふしだらで無軌道な女子大生とは月とスッポンだ。わたしは自分の一族が不身持な娘と結婚することは絶対にゆるさん」

「伯父さん」

　抗議の声を黙殺して助十は彼が抱いている不満を片端からぶつけていった。屯が会社をやめるとは怪しからん。お前はわたしが敷いた道の上をまっしぐらに進むべきだ。千鶴はわたしの命よりも大切にしているレコードを割った。二度と手に入ることのないレコードだ。わたしの受けた精神的打撃は計り知れぬものがある。

助十は憎々し気に口をゆがめて結論をのべた。近日中に弁護士が来ることになっているから、敏夫はあの女と交際を絶って自分のすすめる女性と見合いをすること、屯はたわごとを引っ込めて、十年後の社長を目標に帝王学を勉強することを誓わぬ限り、遺言状を書き換える。千鶴も同罪だ。彼女が家にいる限り、またレコードを割られるおそれがある。一週間以内に出ていってもらいたい。勿論、今後は姪だとは思わない。赤の他人とみなすからそのつもりでおれ……。

「伯父さん、それは無茶です」

「千鶴君の場合は理屈もなにもない。感情論じゃないですか」

「無茶とは何だ!」

「うるさい、黙れ!」

金曜日の楽しい団欒となるべき夜が荒れに荒れた。名指しの非難を受けなかったのは文江ただ一人であったが、その彼女も顔を蒼白くして身をちぢめ、おびえ切っていた。助十は甥と姪の顔を睨みつけると、一言も発することなく自分の部屋に引っ込んでいった。

残された者はみな虚脱したように黙然としている。重苦しい空気に耐えかねた文江はその場を逃れて炊事室に入ると、熱湯をボールに受けて食器洗いの仕度をした。いつもなら四人のいとこが共同で洗うので手間がはぶけるし、他愛のないお喋りをしていると驚くほど短時間に仕事が進行してしまうのだが、今日は誰も手伝ってくれる者はいない。

こんなに気の滅入る夜はかつてなかった。彼女はそうしたことを思いながら食器についた洗剤を丁寧に洗いおとし、ふきんで水気をとり、食器棚に格納した。

食堂に戻ってみると誰もいない。屯が始末をしたのだろうか、灰皿の吸殻は捨てられ新品のように綺麗になっていた。彼女は急に疲れを感じてテーブルに向かって腰をおろすと、明日の昆虫採集のことを考えて無理にも気をまぎらわそうとしたが、先程の怒鳴り合いの恐ろしいさまが念頭を去らなかった。

立ち上がると食堂を出て、伯父の寝室のドアを叩いた。慰めの言葉をのべたかったし、遺言状の書き換えなどという早まった行動に走らぬように、説得したいと思った。

「入れ」といわれて扉を開けると、ウイスキーの香りが鼻をついた。助十は白い陶器のカップを前において、もうかなり酔っているように見えた。首から上も、ガウンの袖口から出ている手も、赤く染っている。

「しまった、見つかってしまったかな」

老人は強いて快活な調子でいった。入って来たのが文江だったのでほっとした様子が見える。

「あら、過酸化水素水の瓶の中味がお酒ですの？　まあ」

助十は声をたてて笑うと、感情がたかぶっているから神経をしずめる必要があるなどといって、ストレートで一気に半分ちかく呑んでしまった。そして、薬瓶のなかにアルコール飲料をかくしておくのは二人だけの秘密だ、誰にも喋らないようにと口止めをした。同じことを屯にも約束させているのだが、文江がそれを知っているわけもない。

この人の気持をたかぶらせてはいけない。そう考えた文江は、屯や敏夫たちを弁護してやろうという気持も失せると、寝室からホールに出た。

7

肥った弁護士が尋ねて来たとき、わたしは昼食をとっていた。カツサンドに缶ビールというメニューである。パンは上等の小麦を使ったサンドイッチ用で、やわらかくて、えもいわれぬほどうまかった。加えてなかにはさまれたトンカツがまたやわらかく、味がよかった。これは九州産の黒豚かもしれないぞ。わたしはそうしたことを考えながら、天井を向いて喉にビールを流し込んでいた。サンドイッチが美味だと、平凡な味の缶ビールがいつになくうまく感じられるのは不思議である。

「やあ、真っ昼間から酒盛りかい？」

嫌味な挨拶をしたのが彼であることは、見なくても判っている。

「いま食事中でしてね。その辺に掛けて下さい。ただしイスをぶっ壊さないように頼む」

「ぶっ壊れないような家具をそろえたらどうだい。それに見合う謝礼はしている筈だ」

弁護士のむくんだような顔はまだ夏には間があるというのに赤くなり、しきりにハンカチを使っていた。

「イスを買うよりもクーラーを買うのが順序というものじゃないかい?」

「それはそうだ。この夏までには是非そなえつけてくれ。オーストラリアから来た有袋類があんな豪奢な檻で暮らしているのに、万物の霊長たるわたしがなぜこんなオーブンみたいなオフィスのなかに坐っていなくちゃならんのだ。考えたことがあるかね?」

「だからこの夏にはきっと買うといってるじゃないですか。それよりも、今日来た目的はなに?」

黙って聞いていると、肥満した法律家の嫌味はいつまでも続きそうだった。わたしはかねがね考えているのだが、この弁護士は並はずれた恐妻家なのではあるまいか。家庭では奥さんにイビられどおしなので、その反作用としてわたしに対するとサジスチックになるのではないか。

弁護士は脚を組み替えた。なにしろふくらんだ風船みたいにまるまると肥っているものだから、こうした動作をやるにしても結構時間がかかる。

彼の呼吸が乱れていた。弁護士はおでこににじみ出た汗をハンカチに吸いとらせた。

「首都圏の新聞には小さく扱われていたから読み落としたろうと思うが、横浜港のそばの大きな邸で殺人事件が起ってね」

横浜港を見おろす港が見える丘公園。そこに隣接する旧領事館を舞台に当主が毒死したという事件は、わたしも新聞で読んでいた。

「死んだ雨宮助十は寝つきがわるいので、九時半になるとウイスキーの寝酒を呑む。それが最近の習慣だったんだな。で、事件が起ったその晩も、九時のテレビニュースが終わるとスイッチを切って、いつものようにカップに注いだウイスキーを呑んだ。彼の場合はストレートでやる。水分をとりすぎると夜半に手洗いにいかなくちゃならん、それが面倒だ、というのがストレートで呑む理由なんだな」

わたしは黙って頷いてみせた。

「ひとくちかふたくち呑んだ瞬間に悲鳴をあげて悶絶した。それを聞いた若者たちが寝室に駆けつけると、助十はベッドの横に倒れていてすでに呼吸は停止していたというのだ」

「毒殺かな？」

「ああ。青酸が検出された。陶器のカップの中味からも、過酸化水素水の瓶のなかからも」

過酸化水素水というのは傷口を洗うための薬品である。その薬のなかに青化物が投入されていたのかと思ったら、そうではなかった。雨宮自身が瓶の中味をウイスキーに詰め替えて、こっそりたしなんでいたのだという。

「すると犯人は、瓶の中味が過酸化水素水ではなくてウイスキーであることを知っていた男、ということになるね。あるいは女かもしれないが」

「そうだ、それも犯人を焙り出すための決め手になる。しかしその検討は後廻しにして、井上文江から始める。というのは、彼女がいなかったらこの殺人ドラマの幕は上がらなかったかもしれないからだ」

わたしのわけがわからなそうな顔を、弁護士は楽しそうに眺めていた。

「彼女は昆虫採集が趣味だというが、この日曜日も弁当と捕虫網などを持って出かけると、日が暮れてから帰宅した。青酸カリが詰った毒壺を肩にさげてね。この日彼女は虫とりから戻って来ると、採集用具の一式を自分の部屋のテーブルにのせて、シャワーを浴びてから一人で夕食を喰べ始めた。あとの連中は一時間も先にすませていたからね」

わたしがいれた緑茶で喉にしめしをくれると、弁護士は話の先をつづけた。

「最初は心臓の発作で急死したものと素人判断をして、ともかく救急車に来てもらった。救急士は場慣れがしているから屍体をちょっと見ただけでこいつは妙だと思ったらしいんだ。とどのつまり司法解剖にまわされて、青酸カリによる毒死であることが判明したのは翌日のことだった。そのとき井上文江は、反射的に自分の持っている昆虫採集の毒壺を思いうかべたという。なにしろ青酸カリなんて物騒なものを所持しているのは、青嵐荘の住人のなかで彼女以外にいないのだからね」

「ちょっと訊くが自殺ということは考えられないかね」

「雨宮助十ってのはね、自殺をはかるなんてしおらしい男じゃないんだ。それに、毒を入れた寝酒を呑んで悲鳴をあげるなんて、どうみても自殺にふさわしくない死に方だ。で話を戻すが、文江はあわてて自分の部屋に上がっていった。果して毒壺のふたが開いていたばかりでなく、青酸カリの白い粉末が毒壺のまわりにこぼれていたんだ」

「その話、信じていいのかい？」

「一緒にいた千鶴という女性が認めている。さて、雨宮助十が呑んだウイスキーに青酸カリが混入されていたことが判った瞬間、井上文江は、いうところの疑惑人になった。しかも彼女は事件の起る数日前に、雨宮助十の秘密を、薬の瓶の中味がウイスキーにかわっていることを摑んでいた。言い換えれば犯人たり得る三つの条件のうち二つまで持っていたことになる」

「じゃそいつの犯行だ」

弁護士は意外そうな顔をしてわたしを見詰めた。

「どうしたんだ、名探偵らしからぬ乱暴なことをいうじゃないか」

危く馬脚(ばきゃく)をあらわすところだった。わたしは曖昧な笑顔をうかべて何とかその場をごまかした。

「三つ目は何なんだい」

「動機だよ。あとの三人はそれぞれ事情があってね、助十から遺言状を書き換えると脅かされていたのだが、井上文江だけは叱言をくわなかった。つまり遺言状の内容に変化はないということだ」

「それだけで彼女に動機がないと断定するわけにはいかないんじゃないかな。例えば借金の利息がふくれ上がってさ、にっちもさっちもいかなくなっていた、とか」

「その点、彼女は品行方正なんだ。借金とは縁がないし、部屋はいつもキチンと整頓されているし、月極めで女と契約するなんてこともしない」

また嫌味なあてこすりが始まった。わたしは無視することにしている。

「とにかく、いま急に助十を殺して七千万の遺産を貰わなくてはならないような切迫した経済事情もない。彼女には伯父殺しの動機がないのだよ」

弁護士の話の要点を、わたしは手帳に記入した。あとでバー『三番館』のバーテンに相談する際に、このメモは何かと役立つ筈である。

「山下千鶴はお琴の上手な日本風な女性だが、フランス語も達者だという話だ。ところが少々せっかちな女性だとみえて、雨宮助十のレコード室を掃除しているときに貴重なレコードを五枚も割ってしまった。いってみれば番町皿屋敷のお菊さんの現代版だ。それを咎められて、一週間以内に出ていくように求められたんだがね」

「その程度のことで人を殺すものだろうかね。だとすると地上は死屍累々となる筈だ」

「それだけでは動機にはならんさ。だが、あの建物を出ることは同時に、七千万の遺産を放棄したことにもなるんだよ。レコードマニアの気まぐれな宣言で七千万円をふんだくられてたまるものか。千鶴はそう考えたのかもしれない」

「七千万か。貧乏暮らしのせいか実感が湧いてこないが、助十氏の命と引きかえにするくらいの金額であることはなんとなく理解できるね」

「だが彼女の犯行であるとは考えられんのだ。なぜなら、過酸化水素水の瓶にウイスキーが入っていたことを知らなかったからだ。雨宮助十はそれを内証にしていた。人眼を避けてこっそり呑んでいたんだよ。山下千鶴が知らなかったのは当然のことなのだ」

「さあ、それはどうかな。誰かからそっと教えられていたかもしれない。そう思わないのかね？」

弁護士は大儀そうに大きな頭を横に振った。

「一歩ゆずってそうであったとしても、彼女は風呂に入っていたんだ。その後で髪を洗ったり、さらに髪にクリップをはめて形をととのえたり。青酸カリを盗むためには二階の井上文江の部屋に忍び込まなくてはならんのだが、千鶴が浴室から出なかったことは、食堂で遅い夕めしをたべていた文江が証人なんだ。浴室から二階へ上がるためには、食堂を通りぬけなくてはならないのだよ」

「雨宮屯はどうなんです？」

「動機としては立派なやつがある。大学の研究室にもどりたい、会社をやめたいと申し出たところが、退社させるわけにはいかないと反対された。助十老の意向を無視した場合は遺書を書き換えてビタ一文渡らぬようにする、といって脅されているんだな。彼が伯父を殺したくなったとしても無理はあるまい。訊問に対して、雨宮助十が薬の瓶にウイスキーを詰めていたことは知っていた、と答えている」

「じゃ本命はそいつだな」

「そう簡単に片づいたら世話はないさ。ところがこの甥は昼食後に家を出て、夜は横浜公会堂のジャズフェスチバルを聴いていたという、はっきりとしたアリバイがある。帰宅すると家中が大騒ぎしているんで、始めて伯父の死を知ったそうだ」

「彼はオミットしてよろしい、と。もう一人いる筈だね？」

「ああ。木村敏夫という青年だ。彼には毒を盗み出す機会はいくらもあった。文江は階下でめしを喰っているし、千鶴は長風呂ときている。いまいったように雨宮屯は不在というふうに、二階は無人だったから、彼にとってみると時間もチャンスもありすぎるほどあったことになる」

「動機はあるのかい？」

「あるとも。雨宮助十はこの甥に友人の娘を押しつけようとする、敏夫のほうには恋人がいて結婚したがっている。すると助十は例の奥の手を出してきて、おれのいうことをきかないなら遺言状を書き換えると脅かす……」

「じゃこの男の犯行に決ってるじゃないか」

肥満漢はあわれむような眼でわたしを見た。人は、相手が救い難き単細胞であることを知ったとき、しばしばこうした眼つきをする。

「しかしね、木村敏夫は瓶の中味がウイスキーであることは知らなかったと主張して、すすんで嘘発見器にかかったところが、テストの結果はノーとでた。したがって彼は助十が寝酒をたしなんでいたのも知らなければ、瓶のなかに酒が詰められていたのも知らなかったことになるんだ」

弁護士が深い吐息をすると、気のせいか、大きな体が急にしぼんでいくように思えた。

「捜査本部は敏夫の婚約者である納所明子を調べてみたんだが、その夜は女子大を同期にでた仲間と同窓会をやっていた。場所は湯島(ゆしま)天神の近くの料理屋だがね、ここで馬肉の刺身を喰ったり桜鍋をつついたりしていたんだとさ。よくもまあ、あんなうす気味わるいものを喰ったもんだ」

「そんな発想は古いと思うな。女だから喰ってはいかんというのは男女差別じゃないか」

「おや、いつからフェミニストになったんだい？」

弁護士は鼻孔を思い切りふくらませると、軽蔑をこめた目でわたしを見た。

「いいか、わたしはそんなことをいっているんじゃない。生肉に醤油をつければ何でも喰えるという考え方、そいつを非難しているんだ。お互い石器時代に生きているんじゃないのだから、食を選ぶにあたって洗練性が必要だといっているんだよ。それが文明人というものだ。馬肉を生で喰う人々に訊いてみたい、きみ等の文明人としての誇りはどこに行ったのか、と」

さいわいにして馬肉の刺身は喰った覚えがないが、桜鍋は好物の一つである。特に冬場は体が暖まるし、安価だというのも魅力があった。が、そんなことをいってネアンデルタール人と一緒くたにされるのもシャクだから、敢えて黙っていた。

「本題に戻る」

肥った男は自分の脱線に気づいたらしかった。

「納所明子が結婚の邪魔をする雨宮助十を憎んでいたことは、否定できない事実だ。だが、確としたアリバイがある以上、彼女はシロであると断定せざるを得ない。それから……」

と、法律家はわたしの発言をおさえて話しつづけた。

「助十を憎んでいたと思われるものが他に二人いる。別れた妻子がそれだがね。糟糠の妻だった彼女にしてみれば、莫大な財産を元亭主の一存で勝手気儘に処分されては我慢できなかったろう。しかも自分や娘にはただの一銭もよこさないんだからね」

「古女房はともかくとして、娘を無視するとは、助十も依怙地な男だな」

そういう男を、わたしは好きになれない。

「で、どうしろというのかね？」

弁護士は肉のだぶついた顔をつき出すと、辺りに誰もいないのに秘密めかして声を絞った。

「雨宮助十の弁護士はわたしの友人でね、学生時代は納豆を売り歩いて苦学をした仲なのだ。彼の話によると、単独犯か複数犯か皆目見当もつかないが、あの家のなかの誰かが毒を盗み出して、過酸化水素水の瓶に入れたに違いない。だが、遺言状を書き換えないうちに殺されてしまった以上、もとの遺言状のとおりに、七千万という大金は犯人の手にもすんなり渡されるわけなんだ。これでは助十も成仏（じょうぶつ）できないんじゃないか、というんだね」

「そりゃそうだ」

「ところが彼は民事が専門でね、警察当局ですらもて余している事件を、自分に解けるわけがない。そこでまあ、数々の難事件を解決してきたわたしが頼み込まれたのだよ」

わたしがニヤリとすると弁護士はあわてた口調で弁解した。

「実際に謎を解いてくれるのはきみだ。それはわたしとしてもよく解っているけどさ」

わたしはもう一度ニヤリとした。わたしはバー『三番館』のバーテンに解明してもらっているのだ。この弁護士と似たり寄ったりである。

「少し料金が高くなるんだがな。なにしろ難事件だからな」

わたしは他人の弱みにつけ込むのが大好きなのだ。

8

バーテンは剃刀をあてた痕が蒼くみえる。裸になると胸毛なんかものすごく生えているに違いない。わたしはそんなことを考えながら、バイオレットフィズをなめていた。こんなものを呑んでいたら糖尿病になるんじゃないか。もしそんな病気にかかったらおれの人生もおしまいだ。

「なにか難しい事件でも……？」

昨今は女子大学生でもこんな甘いカクテルは相手にしやしない。その酒を敢えてわたしが注文するのは、ヤマを抱えているときに限られていた。加えるに糖尿病のことなんぞを心に思っていれば、顔つきも深刻にみえてくるだろう。

「いや、難しい事件で弱っているんだよ。横浜の港のそばの……」

「ああ、存じております、青嵐荘のことでございますね。なかなか面白い事件でして。わたくしもわたくしなりに考えておりますのですが」

殺人事件の話になると、この達磨みたいなバーテンの顔は一段とかがやいてくる。暗く絞った照明の下にいながら、わたしにはそれがよくわかる。

バーテンは壁の時計を一瞥した。

「おや、そろそろお客さまが見える頃でございますね。細かいことは端折って要点だけを申しますと、わたくし、毒壺のふたがはずれていたことと、粉末がこぼれていたことに興味を感じましたので」

アイスピックで氷を砕きながら、なめらかな口調でつづける。彼のいう「お客」とは会員のことだった。わたしも正会員の端くれである。

わたしは仕方なしに紫色の酒をなめていた。

「わたくしは物事を裏側から見ると申しますか、引っくり返して見ると申しますか、逆の発想が身についておりますものですから、この場合も、青酸カリの粉末がこぼれたのではなくて、犯人が故意にこぼしたのではあるまいかと考えました」

「なぜそんなことをするのかな」

「はい、毒壺から劇薬を盗み出したように錯覚させるためでございましょうね」

いきなりそんな話をされても、わたしにはさっぱり理解できなかった。黙ってカクテルをなめつづける。

「つまり実際には、ほかの場所に保管してある青酸カリを用いた、そう考えられますので」

「でもメッキ工場じゃないんだから、あっちこっちに青酸があるわけでもあるまい？」

「はい。でございますから、今度の事件のために犯人が備えておいたわけでして。建物のなかと限ったものではなくて、自分の服のポケットだったかもしれませんし……」

「よッ」

と声がして、銀行の外為課長が入って来た。

「お早いですね」

バーテンとわたしが同時に挨拶をした。

「先生と一緒ですがね、だいぶ酔っておられる」

先生というのは大学教授のことで、経済学の博士号を持っている。バーテンは頸を伸ばして通路のほうを見やった。どうしたわけか一向に入って来る気配がない。

「わたしが『三番館』は六階だといいますと先生は七階だといってきかないのですな。七階へいくのだといってまだエレベーターに乗っています」

「だってこのビルは六階建てじゃないですか」

「だから酔っているんです。頭のいい人は自信がありすぎて、自分のミスには気づかないのですよ。秀才の悲劇だな」

ではと会釈をしてテーブルのほうへ行った。ホステスが後につづく。

「さて話のつづきだ」

「先生を呼んで参ります」

「放っておきなさい。そのうちに酔いもさめる」

わたしは冷たく応じた。自分の仕事のほうがわたしには大切なのである。

「毒壺のふたのお話でございましたが、ふたをはずしたり粉末をばらまいたりしたことには、もう一つの理由が考えられますので……。つまり、投毒の時間の限定でございますね。砕いて申しますと、あの瓶に毒物を入れたのは、井上文江さんが昆虫採集から戻って来た時点よりも後のことであると、そう錯覚させるためで……」

少し考えてから相槌を打った。ワンテンポずれていた。

「了解」

「では投毒の時間を実際よりも遅くみせかけることによって有利になるのは誰でございましょうか。わたしはそう考えましたわけで……」

「ふむ」

忙しく頭を回転させたが、そう急に結論がでるものではない。

「そうです、雨宮屯でございますね。午後から外出していた彼には、暮れ方に戻って来た文江さんの毒壺には手を触れることができません。文江さんが採集から帰ったのは、夜の七時頃でございましたから……」

「表面上はそういうことになるのですな。するとジャズを聴きに出かけていた彼には、文江さんの毒壺に触れる機会がないから、シロとみなされてしまう」

「はい、それが狙いでございまして。あの人にはチャンスはいくらでもございました。助十氏が前の晩に寝酒を呑んだ午後の九時半から、事件当日の屯が外出するまでのあいだ、いつでも。特に助十氏がレコード室でレーケンパーか何かに聴き入っているときなど、絶好のチャンスでございましょうね」

「すると、毒壺のまわりに青酸カリをこぼしたのは……？」

「はい、それはコンサートから帰宅しまして、すきを狙ってやったことでして。なにしろ上を下への大騒ぎの最中ですから、ちょっと二階に上がって細工をするぐらい簡単なことと存じますが」

そう答えたところにようやく大学教授が入って来た。なんだか狐につままれたみたいな顔をしている。わたし達はなに知らぬふりをして挨拶を交わした。それがこの楽しいサークルのエチケットであり、温かい思いやりなのであった。

材木座の殺人

1

「三浦三崎の灯台を見にいかないか、ついでに城ヶ島の通り矢を案内するがどうだ？　おれの家で夜っぴて将棋を指そうか」推理作家の大迫麦人からこうした内容の誘いの手紙が届いたのは四月一日のことだった。通り矢というのは白秋の「城ヶ島の雨」に出てくる地名だが、それがどんな処であるかを、久木耕一はかねがね知りたく思っていた。大迫は鎌倉に住んで五年になるというから、三浦半島の地理にも通じているに違いない。久木はそう考えて、「通り矢ってどんな場所かね？」と訊いたことがある。「知らないね。判ったら知らせよう」というのが彼の返事だった。そのときのやりとりを、大迫が記憶していたらしいことが今日の手紙で判った。

去年の春になるが、大迫の車で鎌倉をドライヴしたあと、しずかなレストランで夕食をすませた。観光客の気づかないこうした店を知っているのは、住んで五年というキャリアがあるからである。

充ちたりた気持で夜更けの通りに出たときに、腹ごなしにもうひと廻りしてみるかという話になって、相模湾沿いに走らせた。久木は辛うじてトラックと乗用車の区別がつく程度のくるま音痴なのだ、運転するのは大迫のほうであった。

いったん江の島まで往ってUターンすると、再び鎌倉へ向かった。東京の住人である久木にしてみると、夜の鎌倉ドライヴはそうしばしば経験できることではない。

「おい、この辺で停めてくれないか。夜の風景をじっくり眺めてみたい」

稲村ケ崎にさしかかったときに久木がそう声をかけると、大迫は短く「よし」と答えてカフェテラスの駐車場に乗り入れた。

「珈琲を飲む前に浜に降りてみよう」

大迫にうながされて道路を横断した。

汀に並んで立った。海面はあかり一つ見えない暗闇である。ただ波打ち際だけほの白く光って見えた。久木が、かねて話に聞いていた夜光虫と対面したのはそれがはじめてのことだった。少年時代に雑誌で読んで以来、二十年余りが経過している。なるほどこれが夜光虫なのか。久木はとがった顔を夜風になでられながら突っ立っていた。波が打ち寄せるたびに二人の足許があかるくなった。夜光虫は波に攪拌されて刺激をうけ、それで発光する仕組みになっているようだった。

夜光虫の光は弱く、闇のなかで眼をせい一杯に開けて、眸をこらして見詰めていなくてはそれと判らぬほどかすかなものだ。しばらく見ていると眼が疲れてくる。久木は顔を上げた。海に向かって右手はいま往って来た江の島で、港の入口のグリーンのランプが明滅をくり返している。左手は三浦半島が三崎まで黒々と伸びており、民家や街路灯と思われるあかりが、断続して岬のほうまで連なって見えた。注意して眸をこらしていると、それ等の灯のなかに音もなく移動しているものが識別できた。ときどき物陰にかくれて見えなくなることから判別すると、海上を走る船ではなくて、車のヘッドライトであるらしかった。鎌倉の住人ともなるとこうした夜景は見飽きているとでもいうのだろうか、大迫はそっぽを向いてタバコをふかしている。

「珈琲がさめちゃうぞ」

と大迫が笑った。大柄な男だから声も野太かった。久木のほうはどちらかといえば小柄である、それに応じて声も高い。

久木が応じようとしたとき、三浦半島の先端のあたりで白い光がきらりと輝いた。位置の見当をつけようとしているうちに、一瞬のうちに消えた。夜間だからよくは判らぬが、水平線にすれすれのところで光っているようにも思える。興味を感じた久木は、消えたあたりをじっと見詰めていた。

「灯台だよ。三浦半島のとっぱずれにあるんだ。油壺（あぶらつぼ）の先だがね。機会があったら行ってみよう」

大迫は何回か灯台を訪ねたことがあるとでもいうふうに、横からそう説明してくれた。機会があったら出かけてみようという彼の言葉を、久木は信じたわけではなかった。早くカフェテラスに行ってあたたかい珈琲を飲もうという、催促の意味だと解釈して、その場を離れたのである。

いま大迫から誘いの手紙をもらって、久木は、彼がおざなりであいったのではなかったことを悟った。

大迫は推理作家であり、久木は彼とコンビを組んで十年になるイラストレーターだった。どちらも中年で勝手気儘な独身生活を送っているという共通点があるせいか、作家のなかでは比較的親しくつき合っているほうである。だが、そうだからといって相手の気心をすっかり呑み込んでいるわけもない。大迫について作家や編集者のあいだでは、お天気屋だの狡猾だのといわれる一方では、気むずかしい短気な男ということが定説になっていた。どちらかといえば久木も、最初のうちは及び腰であったことは否定できないが、ウマが合ったのだろうか、仕事の上でも私交の上でも、不愉快な思いをしたことは一度もなかった。事実手紙を読んだときの彼は、「舟はゆくゆく通り矢のはなを……」と鼻唄を口ずさんでいたくらいだった。

2

ここ五日ほどよい天気の日がつづいている。約束の四月五日もまずまずのドライヴ日和だった。前回と同じように鎌倉の喫茶店で落ち合ってピロシキと紅茶で昼食をすませてから、大迫の車で三崎へ向かった。逗子、葉山、油壺とすぎて、渋滞することもなくすんなりと三崎の町に入る。まぢかに青い海があった。漁港と聞いているせいだろうか、鎌倉の海では気にならなかった魚のなまぐささが、ここでは車のなかまでにおってくるようだった。

白秋の碑は、城ヶ島の長い橋のたもとに建っていた。碑文を読むためには車を横道に乗り入れて、海辺まで降りてゆかなくてはならない。

「この橋が架って便利になったことは確かだがね、誰もが素通りしていく。きみみたいな好事家は数が少なくなったそうだよ」

そういうと大迫は眩しそうに大きな眼をしばたたき、ついでぶあつい胸いっぱいに海の空気を吸い込んだ。久木はいい加減に相槌を打ちながら画帳をひらくと、スケッチを始めた。財布を忘れることはあっても、スケッチブックと鉛筆を忘れることのない久木である。鎌倉まで来る電車のなかでも、十枚ちかく描いていた。

写生は五分もしないうちにすんだ。

「慌てなくてもいいんだぜ」

「べつに急いじゃいないさ、いつもこうなんだ」

画帳を閉じて、あらためて頭でっかちの碑にしるされた文字を見る。

「白秋はたしか明治十八年の生まれだったと思うが、あの頃の人は総じて字がうまいね。時代がくだるにつれ下手になっていく」

「いまの若者は大半が金釘流だ。なかには作家になっても片仮名のンの字とソの字の区別がつかないやつがいて、編集者を泣かせるって話だ」

悪口をいうだけあって大迫は達筆である。枯れた個性のある字を書くことは、手紙をもらうたびに久木も感心していた。車の運転と文字だけはかなわない。久木はそう考えることがよくある。

「専門の書家も本家の中国には及ばないだろうな」

「いや、わたしは悲観的だね。漢字を簡略化したために変てこな文字があらわれた。あの文字はどうみても書の対象にはならない。中国の書道はほどなく亡びると思っているんだ」

大迫が独断的な発言をすることに久木は慣れていた。まともに反論する気も起こらない。

車が三崎港にのぞむ駐車場につくと、大迫は腕時計に眼をやって、急に慌てた口調になった。船が出るから早くしろ、というのだ。

だしぬけに船の話を持ち出されて半ばとまどいながら、小走りで大迫の後につづいた。港に、小さな白塗りの船が横づけになっている。隅田川のポンポン蒸気をふたまわり大きくしたような連絡船であった。ノンストップで油壺まで行くのだという。

まばらな客を乗せた船は定刻に岸壁をはなれた。つい先程わたったばかりの大橋の下をくぐった頃に、スピーカーから梁田貞作曲の例の歌がながれてきた。山田耕筰も作曲しているがこちらは芸術歌曲を狙って気取りすぎたためと、部分的に高い音を要求されるために歌われる機会も多くないし、一般大衆には受けがわるかった。目黒のさんまの殿様のセリフではないけれど、「城ヶ島の雨」は梁田作品に限る、と久木は思った。

歌が終った。女のガイドの声が「左をご覧下さいませ、船は通り矢のはなを航行しております」と説明している。久木は思わず腰をうかせて窓のガラスに鼻の頭を押しつけた。海中から灰色の岩がつき出ているだけの、格別どうということもない寒ざむとした眺めである。

大迫が船にのせたわけを、久木は理解した。そして膝の上にスケッチブックをひろげた。

「油壺には用がない。またこの船で戻って来よう」

大迫はタバコを横にくわえたまま声をかけた。このあたりの風景は見飽きているとでもいうふうに、乗船した直後から文庫本を読んでいた。

「皆様、右側をご覧になって下さいませ……」

女声のガイドが聞こえた。多くの乗船客はすなおに右舷の窓を見た。

3

再び三崎港に戻ったときには夕方になりかけていた。船を降りた途端に、頭の上を撫でるように太い光芒が走った。

「灯台に灯がともったんだ。めしを喰ったらゆっくり見にいこう」

二人は観光客相手の土産物屋を見てまわった。大半が干物を売る店である。鯵のひらき、鰯の味醂干し、砂のついた生干しのわかめ……。主婦業を兼ねている久木にはどれも欲しいものばかりだった。自炊をしているとどうしても食事がかたより、肉ばかり喰べるということになる。

「魚よりも野菜だな。有色野菜を喰っていれば人間死ぬことはない」

そういわれた久木は、つい干物を買いそびれてしまった。久木は多分に弱気なところがある。相手のアドバイスを蹴とばして自分の主張をとおすことは彼の好みではなかった。干物が欲しければ東京の魚屋で求めればいい。

ひととおり商店街を歩いてから食堂に入ることにした。ウインドウに並べられた蠟細工の魚料理をながめて何軒かの料理屋を物色したのち、比較的大きな店に入った。運転する大迫は呑めないが、遠慮するなといわれるままに久木は刺身と酢の物で銚子を三本あけていい気持になった。

「こういう機会に海草をうんと喰っとくといいぜ。海草も鉄分をたっぷり含んでいるんだ」

そういいながら大迫はわかめのヌタをふた鉢も並べてさもうまそうに口へ運んでいる。

店を出ると待望の灯台へ向かう。あたりはもうすっかり暗くなっており、観光客の姿もほとんどなかった。帰りのバスが眼の前を通過していったが座席はほとんどあいている。灯台は温泉ホテルの前庭をぬけてコンクリートの突堤をわたった先にあった。鎌倉で望んだ灯は心細いほど頼りなげなかすかなものだったのに、いま眼前に見る光は強烈で、立ちはだかる一切の邪魔物をなぎ倒さずにはおかぬような威圧感を持っていた。

風がつよい。酔いがさめてくるにつれ寒気が身にしみる。二人は両手をズボンのポケットに突っ込み背を丸めて、あたりを歩いて廻った。せっかく来たのだからという意地の汚い気持もある。

どのくらいたったろうか、寒さに耐えられなくなって小走りに車へ戻った。しばらくヒーターで煖をとってから、帰途についた。来るときは半島の中央を走って三崎へ向かったのだが、帰途は海岸線に沿ったコースをとることにした。逗子駅に出るまでは渋滞がつづいていらいらしたものの、それから先は一瀉千里といった感じの快適なドライヴだった。暗い海の向うに、いつか眺めた江の島港のグリーンの灯が見えてきたとき、久木はほっとしたように吐息した。七里ヶ浜の大迫の家まで、あと十分とはかからない。ダッシュボードの時計は八時半をさしている。

料金徴収所をぬけて材木座にさしかかったころに、大迫は空地に車を乗り入れて停めた。ヘッドライトに照らされた枯れ草が海風に吹かれてゆれている。

「すまないが待っててくれないか。五分もしたら戻って来る。赤星から本を借りることになっているんだ」

「赤星さん？」

「そう、赤星小二郎。あんたは知らないかもしれないな、ミステリーの評論家だから。いささかの妥協もゆるさない硬派中の硬派でね、多くの作家から敬遠されている。もっとはっきりいうと嫌われているんだ。ぼくも好きじゃないけどね」

家はすぐそこだ、五分とはかからないから。大迫は同じことをくり返して言い残すと背をかがめるようにして側道に入っていった。大柄な彼は鴨居にあたまをぶち当てまいとして、隣室に入るときは体をちぢめる癖がついた。背が丸いのはそのせいだと語ったことがある。

久木はそうしたことを思い出しながら待っていた。

約束の五分がすぎても大迫は帰って来なかった。五分が六分になり七分になり、久木が少しじりじりしてきたとき、先程の側道から大迫がぬっと現われた。どうしたわけか手ぶらである。

「いや、遅くなった。わるかったな」

シートに坐ると大きな声で謝った。

「本は？」

「留守なんだ。窓を見るとあかりがついているから、タバコでも買いに行ったのかなと思ってその辺を探してみたが、いない。もう一度もどってベルを鳴らしたんだが依然として返事がないんだ。今夜訪ねることは伝えておいたんだけどな」

大迫の口調にちょっと不満気な響きがある。

「本というのは？」

動き出してから久木が訊いた。

「推理小説さ。輪堂寺耀（りんどうじよう）という人の長篇でね、《十二人の抹殺者》ってタイトルだ。正味七百七十七枚で文芸図書を出版していた小壺天書房（しょうこてん）の発行なんだ。この出版社にはぼくも一度本を買いにいったことがある。音羽（おとわ）の大木製薬の裏といったら見当がつくんじゃないか」

久木も音羽の出版社はときたま立ち寄ることがあるから、大体のことは判る。

「聞いたことのない作者だね」

「そりゃそうだろう。もっぱらマイナー雑誌に書いていた人だから。この本も、東京大学のミステリー同好会のメンバーが苦心の末に手に入れたものなんだ。赤星氏が持っているのはそのコピーなのだがね。同じ敷地内に立つ二軒の家で連続殺人が起こる。それを江良利久一（えらりくいち）という青年探偵が解決するんだそうだ」

4

由比ヶ浜、稲村ヶ崎を過ぎて江ノ電の七里ヶ浜駅の手前で海岸線と別れると、鎌倉山の方向へ向かう。前に一度来たことがあるから知っているのだが、大迫の家は山裾に建っている。株で大儲けをして建てたという話だからそれなりに部屋数も多かった。離婚した細君が四人の子供をつれて北海道の実家に帰ってしまったいま、大迫は家の広さをもてあましているふうだった。

「ナニ、そのうちにまた結婚して子供を半ダースばかりつくるさ」

車をガレージに入れてポーチに立つと、鍵束をとりだして扉をあけた。久木のように最初から独身でいる者は、待つ人のない家に帰ったからといってべつにどういうこともない。だが、かつて妻帯した経験のある男が空気の冷えきったわが家に戻った姿は、彼がいくら強がりをいっても、哀れっぽく見える。大迫が将棋にことよせて自分を招待したのも、淋しさをまぎらわせるためというふうにも思えた。

ポーチに立った久木は一瞬そうしたことを考えていた。毎晩のように誰彼を呼ぶわけにもゆくまいから、週に一度ぐらいの割で気心の知れた友人を招待しているのかもしれない。

「おい、何をぼんやり突っ立っているんだ、早く入れよ」

大迫に声をかけられた。開いた扉を片手で押え、久木に身振りで先に入るようにといっている。

「いま電灯をつけるからな」

闇のなかで固い音がしたかと思うと、玄関は明るすぎるほどの光で充たされた。

「上がってくれ。体が冷えているようだったら風呂に入るといい。そのあとで何かつまみながら指そう。駒はきみ、去年の暮に天童で買って来たんだぜ」

ドライヴから解放されて気がゆるんだとでもいうのだろうか、彼は急に饒舌になった。車の運転がそれほどまでに精神の緊張を要求するものなら、ハイヤーでも利用したほうがいいだろうに。久木は久木で勝手なことを考えている。

オーバーを脱いで大迫に渡すと、彼はそれをハンガーに吊して洋服だんすに収納した。

「客間で待っててくれ。熱いお茶をいれるから」

かまわないでくれといいたかったが、久木はちょうど熱いお茶を飲みたいところだった。寒い夜の外出から戻ったときには何よりの馳走である。

大迫は先に立ってドアを開けると久木を招じ入れ、すばやくガスストーヴに火をつけてくれた。久木はストーヴに近いイスに腰をおろすと、手をかざして、前こごみになった。

五分ほどして大迫が盆をささげるように持って入って来た。盆は鎌倉彫の豪華なもので、茶器は有田焼だった。久木が愛用している安手の茶碗とは格段の違いがある。所帯を持つと、湯呑一つにも凝るようになるのだろう、と思った。

「お陰で通り矢をスケッチすることができた」

「しかし通り矢という地名のいわれは何だろうな。判ったら知せよう」

大迫はふと思い出したように飾り棚の上の時計を見た。筋骨たくましいプロメテウスが地球を支えており、その地球に文字盤がはめ込まれているという、これも高価そうなしろものである。久木はまたしても自分のマンションの時計と比べていた。彼の部屋にあるのは実用一点ばりの目覚時計であった。正確でありさえすればいい。久木が時計に要求するのはただそれだけのことなのだ。

「九時二分から推理ドラマがあるんだ。《それでも曇って泣いたなら》というのがさ。気がついてよかった。危く見逃すところだった」

「原作を読んだがなかなかよく書けているね。有望な女流だというのがわたしの印象だ。濫作しないのも良心的じゃないか」

推理小説のイラストを手がけているくらいだから、ミステリーの新刊が書店に並べば買って眼をとおすことにしている。

大迫は体重をもてあますようにゆっくりした動作で立ち上がって、スイッチを入れた。画面では近頃よく見かける女性の映画評論家が、いかにも頭のよさそうな早口でこの推理ドラマの見所を語り、演出者や役者の演出力、演技力を評価している。だが久木は画家という職業柄、評論の内容はほとんど聞いていなかった。彼の気をひいたのはブラウン管で喋っている彼女の容貌であり、コスチュームであった。枯れ葉色のハーフコートは見るからに地味だったが、それが彼女の美貌をきわだたせている。赤い宝石のペンダントと小さな金色のイヤリングがいかにも上品に見えた。服飾に計算のゆきとどいた女性だ、というのが久木のこの女流評論家から受けた印象だった。

　CMが始まろうとすると大迫は太い眉をよせて露骨にいやな顔になって、乱暴に音量をしぼった。

「窓のカーテンをあけて見給(みたま)え、夜景がわが家のささやかな自慢なんだがね」

　いわれたとおりカーテンを引くと、人家の屋根越しに三浦半島の灯が見えた。そしてその突端に、つい一時間ばかり前に見てきた三崎灯台のあかりが、辛うじてそれと判るほどに小さく明滅している。

「なるほど絶景だね。近くで見ると圧倒されそうなくらい強烈な光だったのに、ここから見ると気息奄々(きそくえんえん)といった頼りなさだ。一時間走っただけでこうも違うものかね」

「そういうこと」

　大迫にとってみれば見慣れた夜景だ、久木のいうことを聞こうともしなかった。

「おい、始まったぞ」

　大迫がボリウムを上げると《照る照る坊主》の童謡が聞こえてきた。小説では四人の男女が童謡どおりに首をちょん切られていくのである。ともすれば残酷で陰惨におちいりがちなストーリイを、原作者は後味のいいカラッとした作品に仕立てていた。ドラマではこの問題点がどんなふうに処理されているのか。久木の抱いた関心はその程度のものでしかなかった。

郊外の団地風景で幕が上がった。真っ昼間で、小さな遊園地で幼児がシーソーを楽しんでいる。若い母親同士はお喋りに夢中である。急にカメラは正面の建物に接近していった。レンズの焦点は五階のある窓に向けられ、無遠慮にあけられた窓から室内に入っていく。忽ち濃厚なベッドシーンが映し出された。女優の歪んだ表情がアップになり更に唇が大写しになった。口のまわりがよだれで濡れてにぶく光っている。

「この台本作家は誰なんだ！」

いきなり大迫が怒気を含んだ声で叫びだした。

「こんなシーンがなぜ必要なのだ。勝手に変えるのも程度がある。原作者に対して失礼じゃないか」

体が大きいから声も大きい。まるで熊が吠えているようだった。確かに原作にはない場面である。冒頭からこんな調子だと、脚本家は全篇にわたって好き勝手に変えているに違いなかった。

大迫は乱暴にスイッチを切ると、鼻から荒い息を吐いた。彼が前々から脚本家の「越権行為」に批判的な考え方をしていて、テレビを見るたびに腹を立てていたことは久木もよく知っていた。

「まあまあ、そう怒るなよ。ベッドシーンを挿入するのは至上命令というじゃないか。原作にベッドシーンが一つもなくて困り果てた台本作家が、帰宅したヒロインにシャワーを浴びさせたという有名な話がある。とにかく若い女の裸が出てくれれば視聴率があがる、テレビ会社の経営陣のなかにはそう考えているものが少なくないそうだ。だから台本作家はそれに従わざるを得ないのだよ。それよか将棋をやろうじゃないか」

殊更おだやかな口調で相手をなだめた。

「そうだな、ひとつ風呂あびて対局するか。腹が立っているときはいい手が指せないからね、ゆっくり湯に入れば気持もしずまる」

大迫の機嫌は少しずつよくなってくるようであった。

5

伊那(いな)リエ子は一年前まで赤星姓を名乗っていた。鎌倉の材木座に住み、赤星小二郎の妻として主婦業に専念していたのである。

夫の家を出て東京に戻ると独身生活に入った。嫉妬ぶかくて独善的で、しかも我儘で意地悪で……。どんな人間にでも一つや二つは長所があるものだが、赤星だけはどう好意的に見ても長所がない。欠点だらけの男だった。

別れてよかった、とつくづく思う。と同時に、どちらかというと消極的で決断力のとぼしい自分に、よくもまあ家庭を捨てる勇気があったものだと感心することがある。尤も、起爆剤ともいうべきものはあった。些細なことで赤星が怒って、リエ子を叩いたことがそれだった。かねがね、女房をなぐる亭主は最低であるとリエ子は考えていた。赤星は、そのリエ子の前で自分が愚劣な男であることを証明した形になった。

四月五日の金曜日は、リエ子にとって、厄日となった。後から振り返ってみると、どうやらそれは、同僚の池上季代のところにかかってきた電話が発端だったような気がする。

受話器をとった季代の表情が急にひきつったのを見て、リエ子は思わず聞き耳をたてた。

「いつ……？　いつなの？　……そんな」

季代は断片的にそういうだけで、リエ子に理解できたのは「すぐ帰るわ」という一語だけだった。

通話を終えた季代は焦点のさだまらない眸で壁を見詰めている。

「わるい電話だったの？」

「父が急病になったというの。だいぶ悪いんですって。わたし帰らなくちゃ……」

「そうなさいよ。いまのお仕事は校正刷りを見るだけでしょ？　わたしがやって上げる」

季代は去年の秋から古代文学の研究家を担当していた。それがようやく脱稿したので、季代はつい先日その原稿を印刷工場へ入れて、ひと息ついているときだった。明日あたり初校のゲラが出る予定になっている。リエ子はそれを手伝ってやるといっているのだった。

「お願いします。わるいけど」

「いいのよ、お互いさまなんだから。それより神谷さんのOKをとってらっしゃいよ」

リエ子は編集長のほうを鉛筆でさした。神谷は痩せた男で、とがった顎の先を突きだすようにして何事か思案中という恰好だった。

その横に立つと季代は小声で何かいい、神谷は即座に大きく頷いた。話は簡単にかたがついたようである。神谷編集長は若いくせに頑固な老人に似たところがあったが、それを除くと親切でやさしくて、殊に女子社員から好かれていた。

「いいよ、後のことは心配すんなよ」

たぶん神谷はそういったのだろう。肩を叩かれた季代は頭をさげた。彼女は自分の机の上を手早くかたづけてから、リエ子に挨拶をしてロッカールームに入っていった。

部内で女性の編集者はリエ子と季代のふたりきりである。性格や趣味に共通するものがあることもあって、仲がよかった。昼食はいつも一緒にとるし、近くの服屋でおそろいの服を買うこともある。ときには服を交換して、二着分の服を買ったような楽しみ方をすることもあった。リエ子は一人っ子であったが、年下の季代を本当の妹のように錯覚することはしばしばだった。京都に住む彼女の父親とはもちろん面識はない。しかし肩を落として悄然として出ていく季代の後ろ姿を見ていると、病人が早くよくなってくれることを祈らずにはいられなかった。

出版社の多くは一般の会社に比べると始業時刻が一時間程度ずれている。それに応じて退社時刻も六時ということになっているのだが、交通機関のラッシュに会わずにすむことがありがたかった。尤も、六時になったからといってさっさと帰り仕度するものは少ない。殆どのものが仕事のきりがいいところで腰を上げるのだし、多忙になると夜半近くまで机にかじりついていることもあった。だがリエ子は、金曜日の夕方だけは定刻になるとさっさと帰り仕度をすることにしていた。近くの公園で武井秋彦が待っているからだ。

「待たせた？」

「ううん、いま来たところ」

二人の会話はいつもきまった文句で始まる。お互いに少しばかり自分の仕事の話をして、それから公園を出てにぎやかな商店街に向かう。ゆきつけの料理屋やレストランの大半がそこにあるからだった。

ひと月前に、秋彦から求婚された。銀行員だから身だしなみがよく、行内ではまじめな堅物でとおっているが、リエ子と一緒のときはウィットに富んだ話をして笑わせる。十年以内に支店長のイスが廻って来ようという若きエリートでもあった。

その秋彦が出戻りのリエ子に求愛したのである。

「いいお話だと思うわ。でも、ちょっと考えさせて」

リエ子が即答しなかったのは、彼女が極度の男性不信に陥っていたからだ。あの赤星だって結婚する前は思いやりがあって、物事によく気がついて、こんな理想的な男性はいないと考えていた。ところがいざ結婚してみると一夜にして態度が変った。自分は旨いものを食べるのが好きだが、同じものを妻に喰わせるのは嫌いだった。赤星がなみなみならぬ吝嗇家であることも、婚前のリエ子には見抜けなかった。多かれ少なかれ、男は二重人格ではないのか。秋彦もまた仮面をかぶって猫撫で声を出しているのではあるまいか。

その後、デートのたびに返事を求められるが、リエ子は態度をハッキリさせなかった。それが原因で小さないさかいをしたのが先週の金曜日である。

まずかった、とリエ子は反省した。秋彦が怒るのも当然だ、と相手を許す気持になっている。が、秋彦からそれ以来電話もかからないし手紙一本とどかなかった。先方の職場に電話することは禁じられているから、リエ子はひたすらベルの鳴るのを待っていた。

「ぼくのほうはOKだ。きみは？」

毎週金曜日の夕方ちかくになると、秋彦からそう訊いてくる。ときには仕事が山積して定時退社ができなくなることもあるので、秋彦は必ず彼女の都合をたずねることになっていた。

その電話が、今日もかからない。

リエ子はやり切れない思いがした。そして、逢える逢えないはべつにして、いつもの時刻にいつものベンチで坐っていようと考えた。彼女にとってそれは、幸運をうらなう賭でもあった。

6

一時間待って秋彦が現われないと知ったとき、リエ子の顔はゆがみ泣きそうになっていた。釣り落とした魚は大きく見えるというが、リエ子とて同じ思いだった。男性不信になったならなったで、敢然と第二の結婚に挑むべきではないか。もし秋彦が赤星と同じような失望に価する夫であるならば、そのときはもう一度離婚すればいい。リエ子はそうしたことをとつおいつ考えながら、ゆっくりと立ち上がった。事態がこういうふうになってしまうと、いちゃついているカップルの姿ばかりが眼について、いっそう気持が滅入ってくる。

どこかでアルコールを呑みたい。酔って心の憂さを忘れたい。リエ子はそう思って公園を出た。肩を落とし前かがみになる。表情は死んでいて、ただいたずらにルージュだけが朱い。孤影悄然とはこのことだわ、などと思う。タバコ店で店番の老女から百円ライターと細巻のシガーを求めると、ただそれだけのことで、いっぱしの不良女になったような気がするから妙なものだった。

ついでリエ子は通りがかりのスナックバーの前で足をとめた。独りで呑みに入るのはこれがはじめてだから抵抗がある。地下室に降りる階段の上にネオンの看板があった。赤い酒がいっぱいになると、一瞬ブルーのグラスはからになり、再び底からあふれてくるという、単純な動きを繰り返している。下から、若い女性が頬を染めて上がってくると、リエ子のわきを通って外に消えた。それを見送って彼女は、ようやく決心がついたように降りていった。

店内はかなり広く、眼がなれてくると七分の入りであることが判った。大半が若いアベックで、秋彦のことを忘れるためにやって来たリエ子は、ここでもまた彼のことを思い出さなくてはならなかった。片隅のあいたテーブルに坐った彼女に、早速ボーイが注文を訊きに来た。

「ピンクレディ、お願いね」

のろのろとした口調で注文した。口をきくのもうっとうしい、といった調子である。

「かしこまりました」

ボーイは上品ぶった返事をした。鼻が高くて目もとが涼しげな若者だった。

秋彦と呑むときはバイオレットフィーズと決めていたが、今夜は酔うのが目的だった。ピンクレディのほうがアルコールは強いのである。酒がくるまでのあいだを、シガーに火をつけた。

フロアの反対側のコーナーで女がシャンソンらしいものを唄っている。いつか古いレコードで聞いたミスタンゲット張りの唄い方である。ちょっと聞いただけではフランス語のようであり、よく耳を傾けてみるとまぎれもない日本語という、変った発音をする唄い手だった。もみ上げを顎のあたりまで生やした若い男が、ピアノで伴奏をつけている。めしのために仕方なく弾いているのだとでもいいたげの、倦怠感のにじみでた音だ。

リエ子は速いピッチでグラスをからにすると、手を上げてボーイを呼んで、二杯目のピンクレディを持って来てもらった。店のなかは照明をギリギリの線まで絞っている。とんでもない方向から、縦横ななめに色のついた光線が放射され、それが一瞬のあいだだけ客席をあかるく照しだした。どのテーブルの若いカップルも体を寄せ合っている。シャンソンなんてどうでもいいといったふうに、唄い手のほうを見ているものは一人もいなかった。

眼の毒だ、とリエ子は思った。それに酔いもまわってきた。陶然とした気持になり、瞼をあけていることが大儀だった。これ以上呑むと酔い潰れそうだ。そう判断して席を立つと勘定をすませて、ゆっくり階段をのぼった。一段ごとに心臓ははげしく脈を打ち、アルコールは全身のすみずみまでゆきわたるようである。リエ子は一人前の酔っ払いのように酒くさい息をした。

再度リエ子が公園に向かおうとしたのは、やはり秋彦に未練があったからだろう。階段を上がって通りに一歩踏みだしたところで、よろけて人にぶつかった。がっしりとした両腕でリエ子を支えると「大丈夫ですか」といってくれた。見ると肩幅の広い中年の警官だった。ふしだらな女だと思われはしないだろうか。リエ子の頭に反射的にそうした考えが泛(うか)び、逃げるように小走りになった。

もしかすると秋彦が遅れて来て、ベンチに坐って待っていてくれるのではないか。そう思うとリエ子の足はひとりでに速くなってくる。公園に入り、砂利路を歩いて、いつものベンチを眺めた。誰もいない白いベンチがそこにあった。

リエ子はギクシャクした動作で腰をおろした。冷たい風に頬をなでさせて頭をすっきりとさせたい。秋彦が去っていったのはもはや否定することのできぬ事実なのだ、頭をひやして夢からさめることだ。リエ子はそうしたことをぼんやりと考えていた。

芝生に転がりおちたショックで目がさめた。それでも、心の半分はまだ眠った状態だったので、自分がなぜ芝生の上に横たわっているのか判らなかった。最初に感じたのは草いきれのにおいだけだった。リエ子は芝生に手をついて、起き上がろうとした。

「よオよオ、いい体してるじゃねエかよオ」

はやしたてるようでもあり、威嚇するようでもある野卑な声がした。リエ子は反射的に身をちぢめた。自分が危険な立場におかれているということだけは、本能的に理解した。男は足許に立っている。暗いなかで彼のむきだした白い歯だけがよく見えた。

「おかねなら二万円あるわよ、バッグのなかに。お願い、乱暴はよして」

「それっぽっちかよオ」

急に頭の上でべつの声がした。どうやら相手は二人組のようだ。

「そうよ、わたしを何だと思ってるの、ＯＬなのよ。二万円持っているＯＬなんて滅多にいないんだから」

捨て鉢になるとふしぎに度胸がついてきた。まさか殺されることはないだろう。

「それじゃよオ、体で払ってもらおうじゃねエか」

最初の若者が吠えたてた。知性がないと人間こんな声が出るのか。リエ子の体はまた小刻みにふるえ始めた。

「止めて。乱暴はよして。ね、お願い」

「じゃ身ぐるみぬいでもらおう。ブラジャーとパンティは勘弁してやっからな」

「早くしろ！」

暗闇からのびた手が上衣にかかった。なれているのだろうか、ボタンのはずし方も堂に入ったものだったし、脱がせ方のコツも心得ているようだった。

男は手にした上衣をそっとベンチに置いた。それを古衣屋に売ろうというのか、戦利品として女に与えるつもりか、扱い方が丁重だった。

ジャケットは通勤服であり、その下にオフィス用の比較的地味なブラウスを着ている。そのせいか若者はブラウスには目もくれずに、上衣のつぎにスカートを剝ぎ取ろうとした。それまで観念したように静かにしていたのはリエ子の作戦でもあった。ここで彼女は一つ深呼吸をすると、思い切り悲鳴をあげた。

「助けてエ。ここよ、ここよ、早く来てエ」

チンピラは飛び上がりそうになり、落着きなくあたりを見廻していたが、一人が逃げろというともう一人も泡を喰って、ベンチの上衣を抱えると慌てふためいて走り去った。

リエ子の被害は二万円と上衣ということになる。季代とお揃いの色違いの上衣はプレタポルテではあったが、リエ子の気に入りの一つだった。いつも出勤のときに着て来る。そして冷房が効きすぎたりするとロッカーから出して来て、羽織ったりしていた。二万円よりも服を盗られたことのほうがリエ子にとって口惜しかった。

彼らが戻ってくるとまずい。彼女は芝生の上に転がっているバッグを拾うと、足早に公園を後にした。思い出のあのベンチも、いまの彼女にとっては一刻も早く忘れてしまいたい不愉快なしろものでしかなかった。

7

同じその夜、東京在住の翻訳家橋本幾夫（はしもといくお）は鎌倉の赤星小二郎から電話を受けた。橋本はずんぐりした体つきの、顔全体に黒いヒゲを生やした一種異様な感じの男だが、すごいのは見てくれだけで、好人物ということで知られていた。彼が赤星とウマが合うのは出身地が同じ熊本ということのほかに、赤星に叩かれたことがないからでもあった。赤星が批評の対象とするのは創作に限られているからである。

　時刻は七時四十分頃であった。机上の時計に眼をやったから、それは確かだった。時計が狂っていないことも、自信をもって断言できた。

　彼は原書から頭を上げて受話器をとった。どんなに忙しいときに電話がかかってきても、橋本は決して嫌な顔もしなかったし、突っけんどんな応対もしなかった。その意味では、彼も紳士であった。

「はい、橋本でございます」

「おれだ、おれだ、赤星だよ」

　五十キロの彼方で赤星の声が笑いを含んでいた。

「突然だが今度の日曜におれんちで麻雀をやるんだ。メンバーが二人足りないんだが、来いよ」

　橋本は手帳をひらいて、日曜日があいていることを確めた。

「うまい工合に体があいてる。だがもう一人は誰にする？」

　赤星はある推理作家の名をあげて、彼を誘えといい、また含み笑いをした。機嫌のいいときの彼の癖なのだ。

「あいつは麻雀狂いだし、頼めばいやとはいわぬ男だ、たぶん二つ返事で来るんじゃないかな」

「よし、交渉してみる。あとでまた連絡——」

そこまでいいかけたときに、妙な物音がすると同時に赤星は短いうめき声をあげ、それきりウンともスンともいわなくなった。何かあった！　橋本は胸さわぎを感じて上ずった声になった。

「おい、どうしたんだ、おい、赤星！」

返事するかわりに、乱暴に受話器をおく音がした。もう四年前になるが、エープリルフールで見事に騙された苦い経験がある。引っかかった橋本を見て赤星は腹をかかえて大笑いした。田舎育ちのせいか、赤星のいたずらには洗練性が欠けていた。

今夜のことにしてもそうである。麻雀の会だなどとありもせぬことをいって、死んだふりをして友人をぺてんにかける。本気にした橋本があわてふためいて右往左往する有様を眺め、あとで麻雀仲間と笑い者にする、いかにも赤星がやりそうなセンスのないいたずらであった。誰がその手を喰うものか……。

そう思う一方で、頭を持ち上げてくる不安感を抑えつけるのに苦労していた。あれはお芝居でなくて本物なのかもしれない。強盗が侵入して来たが通話中の赤星にはその物音が聞こえない。そのうちに何かの拍子で泥棒が音をたてる。はっと振り返った赤星の背中に兇器のナイフがつき立てられる。あるいは木刀で頭を一撃されたのかもしれない。もし即死でなくて重傷を負っているのだとすれば、一刻も早く病院に連れ込まなくてはなるまい。もしいたずらだったらあの男とは即時絶交だ。仮に謝って来たとしても、断じて許しはしない。橋本はそう考えると、一一〇番して説明し、鎌倉警察署に連絡をとってくれるように頼んだ。

「ただ彼は人を騙したり担いだりすることが大好きな男ですからね、今回も本人は茶番をやってるつもりかもしれないのです。その場合はご迷惑をおかけすることになりますが」

「その点は心配無用です。向うの警察によく伝えておきますから」

歯切れのいい声が戻ってきた。橋本はほっとした顔になると、ヒゲのなかに指をつっ込んでかき廻し始めた。蚤（のみ）がわいたわけでもあるまいに、近頃そのあたりがかゆくてならないのである。

材木座の自宅の仕事部屋で赤星は死んでいた。イスにかけ上半身を机の上に投げだしたような恰好である。後頭部をなぐられ、兇器と思われるクローム鍍金（メッキ）の文鎮が床の上に転がっていた。警察医が旅行中だったため、彼よりも年長の嘱託医がかわって屍体を調べている。

やがて立ち上がると入念に指先をアルコール綿で拭きながら、顔見知りの係長に説明した。

「自殺でもない、事故死でもない、明白な殺しですな。まだ温いところから見ると、死後約二時間というとこでしょう。いまは十時五分前だから、七時半から八時のあいだに殺された。

そう考えられますな。勿論即死です」

肥った医師は酒好きで知られていた。このときも自宅で寝酒を呑み、これから寝床に入ろうとしているところを呼び出されたのである。赤い顔をしているのはそのせいであった。

赤星は仕事をしていたのだろう、机の上にはノンブルを振った書きかけの原稿がのせてあった。五枚を書き、六枚目のなかばまで進んだときにやられたらしい。

医師はポケットに両手をつっ込んだ姿勢で、興味ぶかそうに原稿を覗いていた。

「死んだ人のことを悪くいってはいけないが、この人は悪筆ですな。悪筆というよりも判読に苦しむ文字を書く。彼が殺されてよろこぶのは編集者ではないかな」

「攻撃的な性格なんでしょう、原稿を読むと徹頭徹尾作家を酷評しています。褒めることを知らなかったようだ」

「すると犯人は編集者もしくは叩かれた作家ということになる」

医師は赤い顔をニヤニヤさせていい、出過ぎた発言をしてわるかったと謝った。

医師が帰った後も捜査は続行された。その結果明らかになった重要な点は、犯人は手袋をはめて犯行に及んだらしく指紋が残されていないこと、金品の被害がないところから判断して恨みによる計画的な犯行と思われること等であった。赤星みずからが玄関の錠をはずしていることから見て、犯人は顔見知りのものということも考えられた。だから安心しきって背を向け、電話をかけていたのだろう。

「その電話の内容だが、赤星は麻雀の誘いをかけているんだ。メンバーが二人足りないといったそうだ。そのことからわたしは、犯人と話しているうちに麻雀をやろうということになって、東京に電話をしたのではないかと推測するんだけどもね。だから犯人は麻雀好きの友人ではないかという気がする。見も知らぬ強盗だとは思えないのだよ」

係長のこの考えは捜査本部の容れるところとなって、やがて二人の男女に標的が絞られることとなった。

その一人は同じ鎌倉の七里ヶ浜に居住する推理作家の大迫麦人である。上京した刑事が同業の推理作家や出版社にあたった結果、動機と思われるものが浮び上がった。

「二年前のことですが、ある大手の出版社が現代の推理作家の全集を出すことになったんですな。だが大迫麦人はまだ中堅作家ですから、正式なメンバーにはなれなかった。三人の補欠作家のなかの一人だったんです。最後の編集会議が開かれたときに、大迫の力量を過小評価するような発言をしたのが赤星で、結局それがもとで大迫の作品は全集に入りそこねた。全集に入れば印税がもらえるわけですが、それよりも大迫のような中堅作家にとっては全集に参加したことで評価が定まる。ですから大迫としては何がなんでも全集に作品を採られたかった。それが赤星の心ない発言で落とされたのですから、恨み骨髄に徹しただろうと思うのですよ」

その刑事は湯呑のお茶をすすって喉をうるおすと、自分の発言がどう評価されたかを知ろうとして、出席者の顔を見廻した。

「もともと赤星は大迫の作品を認めていなかった。それというのも、数年前のことですが、大迫がある月刊誌から短期間で短篇を一つ書いてくれるように頼まれたことがある。ところが、どう考えてもいいストーリイが泛ばない。締切り日は迫ってくる、編集者から再三再四催促の電話がかかってくる、だが当人は依然として一行も書けない。苦しまぎれにドイツの雑誌に載ったあちらの作家の短篇を焼き直して編集者に渡したんです」

「ドイツ語が読めるのかね？」

と、署長が感心したように反問した。

「ええ、中学と高校が、英語のかわりにドイツ語を教える学校だったんです。同業者の話では、そのかわり英語がへただったという話ですがね。英語ってやつはドイツ語とちがって名詞に男性女性の区別がないし、定冠詞一つですべてをやりくりするので手応えがない。そんな負け惜しみをいっていたそうです」

「すると赤星はその焼き直しのことを気づいたのかね？」

「ええ。まさか赤星がドイツ語の雑誌を読んでいるとは思わなかったのでしょう。そのとき大迫は謝ってしまえばよかったのですが、戦前は外国作品を失敬することは誰でもしたことではないか、そういって開きなおった」

「戦前にもそんなことがあったのか」

「すべての作家が焼き直しをやったわけではないでしょうが、かなりの大家がやっていたようです。現代物ばかりでなく時代小説までが、ですね」

「それは意外だね。しかしそういう土壌があるなら、一概に大迫を責めるわけにもいくまい？」

刑事は追及されて頭をかいた。

「どうも文士の世界のことは判らないんですが……。とにかくそういう前歴があったがために全集からオミットされた。大迫はそう考えたようですね。となると、今後べつの出版社から各作家の代表作全集を出そうという企画が立てられたとき、またまた赤星が妨害することは眼に見えています。大迫にとっては赤星が生きている限り自分の作品は全集に入らないことになるわけです。したがって彼としては機を見て赤星を排除しなくてはならない。それが動機だと思います」

「ご苦労」

つづいて伊那リエ子の身辺を調査して来た刑事が発言を求めた。

「伊那リエ子は元の赤星夫人だったそうです。離婚したためメイデンネームの伊那姓にもどったという話でした。細面の、古い表現をすれば楚々たる美人ということになります。赤星という男はまことに評判のわるい男でして、リエ子はこうした夫に愛想をつかしたのだそうです。そこでリエ子のほうから三下り半を叩きつけて家を出たんですが、いまも申しましたように彼女は美人です、加うるに非は一方的に赤星のほうにある。彼が再婚もせずに不自由な独身生活をつづけていたのは、リエ子に未練があったのではないかと囁かれているんです」

「その気持わからんでもないな」

「ですから離婚届にも捺印しないで一日延ばしにしていました。ところがリエ子のほうは東京の銀行員とのあいだに再婚話が持ち上がりましてね、早く判を押してくれるよう赤星に頼むのですがいっかな捺印しようとはしない。未練のある女房がほかの男に嫁入りするなんて許せるわけがないのです。だからますます意固地になる。あの晩赤星を訪ねたのはリエ子であったのかもしれません」

リエ子であれば警戒もせずに扉を開けたろう。未練があったというのが本当ならば、むしろいそいそとして前妻を迎え入れたということも想像できるのである。赤星がのらりくらりといい加減な返事をして誠意を見せないことから、リエ子は怒りを爆発させた……。

「伊那リエ子にも作戦があったでしょう。前夫の機嫌をとっておいて捺印させようという……。ですから麻雀をしようなどと言い出したのは彼女のほうだったかもしれないです。未練のある女房からそう持ちかけられれば赤星も乗り気になる。早速ダイアルして東京の仲間を誘った、というふうには考えられませんか」

「有り得ることだな。ところで伊那リエ子が赤星に歓迎されたのは判るんだが、不仲の大迫が家のなかに招じ入れられたと考えるのは少し不自然じゃないかね。東京に電話している最中にやられたものとすれば、時刻は夜の七時四十分頃だ、あたりは暗くなっている。そこに大迫がやって来れば追い返して当然だと思うのだが」

「お言葉を返すようですが、大迫というのは人間が出来ているというか何というか、ああした仕打ちを受けたにもかかわらずニコニコしている。赤星さん赤星さんといって、ときには一緒にお茶を飲んでいる姿を目撃されているのです。どちらも推理作家協会のメンバーだし、鎌倉に住んでいる会員となると数が多くない。東京で開かれたパーティの後で同じ電車で帰って来る場合もあるというわけで、自然に接近したということも考えられます。ですがこういう事件が起ってみると、大迫が赤星に近づいたのは機を見て彼を殺すことが狙いだったのではないか、と考えざるを得ないわけです」

「それもそうだな」

8

「ちょっと話を聞かせて下さい」

鎌倉から来た刑事は丁重な言い方をした。

伊那リエ子は細い眉をひそめると、ちょっと不安そうな表情をした。秋彦との恋の破綻、公園における暴行事件、そして別れた前夫の死というふうに、わずか一日のうちに嫌なことが重なり、そのショックからまだ回復していなかった。

「仕事があるものですから十分程度なら……」

「十分あれば充分です。しかし喫茶店へ行く時間が勿体ない。会社の応接室を使わせていただけますか」

「どうぞ」

リエ子は先に立って一階の応接室に案内した。小さな出版社だから、それにふさわしくこの部屋も小さい。隅の本棚に会社が刊行したハードカバーの書物がぎっしり並べてある。壁には、何人かの執筆者の大きな顔写真が額に入れられていた。豪奢なのはぶあついテーブルクロスだけである。

事件当夜のリエ子の行動を知りたい、と刑事はいった。

「端的にいいますとわたしのアリバイね？」

リエ子は自分が夫殺しの嫌疑をかけられても止むを得ないと考えている。

「あの晩のわたし、近くの公園で人待ちしていました。でも、一時間待っても来なかったものですから、気分転換にと思って、バーに行ってお酒を呑みました。一人でバーに入るなんてこのときがはじめてですけど。七時四十分という時刻には、ちょうどそのお店にいたと思いますわ」

「何というバーですか」

当然の質問をされた。リエ子は店の名は覚えていないがと前置して、ピンクレディを二杯呑んだことを語った。

「ボーイさんが覚えていてくれるんじゃないかしら。わたし、濃いグリーンのサングラスをかけて、おなじうすいグリーンのジャケットを着ていました」

「ほかに？」

「独りでぽつんと坐ってましたから、誰ともお話はしませんでしたわ。シャンソン歌手がアマポーラを唄ってました。ミスタンゲットに似た唄い方をする人です」

「ほかには？」

「そばのタバコ屋で百円ライターと細巻のシガーを買いました。タバコなんて滅多に吸わないんですけど、あの晩はとにかく気分を転換させたくて……」

リエ子はバーの階段を昇ったところで警官とぶつかったことをつけ加えた。

もう一人の刑事は終始黙々としてメモをとりつづけている。

それから小一時間たった頃に、同じ刑事達は麴町のマンションにイラストレーターの久木耕一を訪ねた。赤煉瓦の四角い箱を思わせるシンプルな建物だが、二基あるエレベーターも赤いカーペットを敷いた廊下もなかなか豪華なものだった。こうしたマンションに住む挿絵画家はよほどの売れっ子に違いあるまい。

刑事は芸術家ぶった不愛想な男を想像していたのだが、扉を開けた当人は気さくな性格らしく、刑事を遠来の珍客であるかのように招じ入れた。居間と仕事部屋とを兼ねた大きな洋間である。

「いや、お構いなく、どうぞ」

紅茶をいれようとした久木を手で制した。久木はいつも笑ったような眼をしている。

「赤星さんが殺された件で大迫さんのアリバイを訊きますと、その時刻に、つまり同夜の七時四十分頃にはまだ三浦三崎にいたと主張するんですが」

「ええ、わたしと彼は終始一緒でした。三崎を出発したのは八時頃ですから、七時四十分という問題の時刻には夜の三崎をぶらぶら歩いていたと思います。とにかく三崎でも鎌倉でも、ずっと一緒でした」

「三崎を出発するときの時刻を確めたのですか」

「いえ。ですが大迫家に到着したのが九時ちょっと前でした。それから逆算すれば三崎発は八時になるんです。三崎・鎌倉間はちょうど一時間かかりますからね」

刑事は頷いた。実測してみたところほぼ一時間という数値が出ていたからである。

「あなたの時計は正確ですか」

「いえ、わたしは腕時計は持たない方針なんです。つづけさまに二個なくしたことがありまして、それ以来のことですが」

「時計がないのに、大迫家に帰ったのが九時ちょっと前ということはどうしてわかったのです？」

「その直後に九時二分放映の推理ドラマが始まったからです。SBTテレビだったと思います」

久木耕一はちょっとといって席を立ったかと思うと、新聞を持って戻って来た。四月五日の朝刊である。

刑事は会釈して受け取るとテレビ欄に眼をやった。せまいスペースに小さな活字が肩寄せ合って並んでいる。金曜ミステリー劇場、「それでも曇って泣いたなら・あなたは目を閉じずに正視できるか・美しき乙女の首をちょん切った犯人はだれ？」という長いキャプションの後に、原作・安藤光代（あんどうみつよ）、脚色・大田原喜十郎（おおたわらきじゅうろう）、監督・三井和夫（みついかずお）、解説・山辺美穂子（やまべみほこ）といったスタッフの名が並んでいる。その刑事も、山辺美穂子の名は知っていた。二、三年前からテレビ映画の解説者として登場した美人で彼女があまり美しすぎるために、その後で映写される女優のほうが見劣りするという噂さえある。

「間違いなくこのドラマでしたか」

「ええ。わたしも推理小説のイラストを頼まれたりしますからね、一般人が見逃すようなテロップもしっかり見ています。あのときは冒頭にベッドシーンが出てきたもんだから、大迫君が大した見幕で怒りだしました。テレビの脚本家のなかには原作をいじくりまわして、内容をゆがめたりする者がいて、大迫君がかねがね批判的だったのです。そんなわけでドラマが安藤さんの『それでも曇って泣いたなら』であることに間違いありません」

久木のいうことは先に会った大迫の話と全く変るところがなかった。事実を語っているのか、よほど念入りに打ち合わせをして嘘をついているのか、刑事には判断がつかなかった。

「これは重大な質問だからよく考えていただきたいのですが、三崎から帰る途中で車を停めると、大迫氏は赤星家に立ち寄ったそうですな」

「ええ、十分間ほどですが。いくら呼んでも返事がないといっていました。いま考えるとわれわれが八時に三崎を出る前に、すでに赤星氏は殺されていたわけですから、大迫さんのノックに返事をしたら、それこそ怪談です」

9

「妙な話だね。あの、なんといったっけな、女性編集者の……」

農業大学の教授は目をつぶって思い出そうとした。近頃度忘れがひどくなったとぼやいている。

「伊那リエ子さんです」

と、葬儀屋の若旦那が助け舟をだした。人々のあいだで、ひそやかに囁かれる噂によれば、柩の注文のない日が四、五日つづくと当人が古い浴衣を一着に及んでおでこに三角の紙を貼り、棺のなかに入っておいでおいでをするのだという。するとてきめんに注文が殺到して多忙になるんだそうだ。

「その伊那さんはバーのボーイや巡回の警官や、タバコ屋の看板婆さんと話を交わしたというのに、三人が三人とも、そんな女は知らないと否定している。アイリッシュの長篇にそんなのがありましたな」

アメリカ製のミステリーに似たようなものがある、といったのは外国ミステリーをよく読んでいるプロテスタントの牧師だった。三十歳をやっとでたばかりの若い人だが、職業柄、悟り切った老僧みたいな顔をしている。

わたしはバー「三番館」のカウンターにいた。わたしが冴えない私立探偵であることはわたし自身が認めるところで、だから、依頼された事件の謎がどうしても解けないときはここを訪ねて、バーテン氏のご託宣を仰ぐ。彼は容貌こそパッとしないが頭の中身はコンピューター並みであり、難問をたちどころに解明してくれるのが常だった。しかしわたしもこのバーの会員だから、酒を呑みメンバーと交歓するという本来の目的のためにやって来ることもあるのだ。今夜がそうだった。

「いや、正確にいうと知らないというのではなくて、グリーンのジャケットを着た女性は見たことがないというのですよ」

てっぺんが禿げた税務署長が訂正した。徴税が苛斂誅求を極めるため、区民の怨念を引っかぶって禿げたのだという説がある。

「白い服の女性ならピンクレディを呑んでいたが、みどりの服の女なんて来なかった。バーのボーイはそういっている。だが当の伊那さんは、あくまでグリーンのジャケットだと言い張っておるんですな」

リエ子という女は正直のようでもあり、正直をよそおっているようでもあった。いずれにしてもアリバイを立証できない彼女の立場は不利だった。

「バーテンさんの考えは？」

税務署長に声をかけられて、タンブラーを磨いていたバーテンが手を休めた。

「さようでございますな」

彼はいつも謙虚だった。求められない限り発言はしない。バーテンのおっとりした口調に、その夜のわたしは少しいらいらしてきた。近くの有楽町駅で友人と会うことになっている。その時刻が切迫しているのだ。

「わたくし、偶然が重なり合って伊那さんを不利な立場に追いやったのではないか。そう考えておりますので」

「ぜひ推理を拝聴したいですな。具体的にいうとどういうことですか」

消防署長がおっとりした口調で訊ねた。彼はいつもおっとりと構えている。慌てるのは火事場に立ったときだけだという話である。

「はい。わたくし思いますのに、伊那さんの同僚の池上季代さんのところにお父さんが重態だという電話が入りました。そのことが、すべての発端ではないかと存じます。慌てた池上さんが早退しようとしてロッカーを開けました。気もそぞろの池上さんは自分のジャケットのつもりで、伊那さんのグリーンのジャケットを持って行ったのでございましょう。おふたりは服をとり替えて楽しむこともあったと聞いておりますから、慌てた拍子についその癖がでても不思議はございませんので。伊那さんはそんなこととは知りません。退社時刻になって自分のジャケットを羽織りました。それが池上さんのものだとは気づかずに、でございますね」

「なるほど、色が同じだからうっかりしたわけだ」

「いいえ、お言葉ではございますけど、バーのボーイさんがピンクレディを呑んだのは白服の女性だったと、そう語りましたことを思い出していただきたいのでして。伊那さんは白のジャケットを着て会社を出たのでございますよ。つまりそれは池上さんのジャケットだったということになりますので」

「待って下さいよ。冷静さを失った池上さんが服を間違えたということは理解できます。もしかすると彼女も緑のジャケットを持っていたのかもしれない。だからつい思い違いをしたことにもなります。ですが、夕方になってロッカーを開けた伊那さんはそれに気づいて当然でしょう？　出勤するときはグリーンだった上衣が、退社するときは白になっていたんだから」

「はい、お説のとおりで。でございますから、ロッカーの扉を開けたときの伊那さんはすでにグリーンのサングラスをかけていたというふうに考えたいのでして白いジャケットがグリーンに見えました。したがって、池上さんが間違って自分のジャケットを持って行ったことには気がつきません……」

「なるほど、そういうことですか、それなら判る、判ります。しかしですね、自宅に帰った彼女が服をぬぐときにはいくら何でも気づきそうなものではないですか」

「はい、そこにも偶然性がはたらいておりますので。バーを出た彼女は公園のチンピラに脅かされて、白いジャケットを剝ぎ取られているのでございます。伊那さんの眼からしますと、緑色のジャケットでございますが」

バーテンは言葉を切り、手早くカクテルをつくると四つのグラスに注いだ。だがわたしにはゆっくり味わっている時間がない。

「伊那さんのアリバイが成立したわけですな。となると残るのは大迫麦人だが」

「はい、そういうことになりますので……」

わたしが気が気でないというのに、バーテンは悠々たるものだ。

「バーテンさん、悪いけどさわりの処だけやってくれないかな。待ち合わせの約束があってね。こんな面白い話を聞くのだったらデートなんかことわればよかった」

「艶福家にはかないませんな、ハハハ」

と税務署長が楽しそうに笑った。このバーで酒を呑んでいると、すべての会員が人生を謳歌したくなるのである。

「しかしだなバーテンさん、大迫たちが家に帰りついたのは九時なんだぜ。いいかえると、車で三崎を出発したのは八時なんだ。赤星なる人物が殺されたのは、それより二十分も前のことなんだけどな」

「はい。九時二分からのテレビが始まったものでございますので、大迫家に帰りついたのが九時ということになりました。でございますが、あれが録画されたテープだったといたしましたら……」

「だってバーテンさん、九時に始まるドラマをテープにとって、それを八時に再生して見せることなんて不可能じゃないか」

わたしは時計を睨みながらいよいよ早口になる。

「はい。調べてみましたところ、同じSBTから一昨年の秋にも放映されております。解説も同じ山辺さんで。そのときにとったビデオテープを利用いたしますと可能でございまして」

バーテンがそう答えたとき、わたしは早口で挨拶をすると廊下に飛び出していた。

人を呑む家

1

由木健が金融会社マルキュウに入ったのが三十歳のときで、早くも三年がすぎた。営業マン募集の活字が目にふれて、一つやってみるかという気を起して願書を請求したのは、それまで勤めていた出版社が文庫合戦のあおりを受けて業務縮小しなければならなくなったからだ。退職してあたらしい勤め口をさがしているうちに、失業保険も打ち切られというところまで追いつめられてしまった。

由木健の希望はいままでと同様に編集者になることだった。編集者という、サラリーマンではありながら堅気の勤め人とはちょっとずれた職場が肌に合っていたし、気に入っていた。いったんこの世界の水を飲んだものには、九時出勤の五時退社といった固苦しい職場は息がつまりそうだった。しかし財政が逼迫してくると贅沢なことはいっていられない。あと半年待ってくれ、機をみておれの会社へ引っぱってやるからな。マンガ雑誌の出版で急成長した会社の友人にそういわれた彼は、それまでの喰いつなぎというつもりもあって、はっきりいえば一時の腰かけとして営業マンになろうとしたのである。

　入社試験は楽々とパスし、立川支店に廻された。

　この支店がカバーしているのは国立から八王子、高尾方面にまで及んでいる。一日歩きまわると足が痛くなるほどで、慣れないうちはそれがいちばん身にこたえた。

　この会社は、担当した債務者に対して営業マンが徹底的に責任を持たされることになっていた。つまり、貸金の取り立てまでやらなくてはならないのである。ただ、暴力による取り立ては固く禁止されていた。そこがサラ金業者としては異色だといわれるゆえんであり、その結果女性の顧客が圧倒的に多かった。入社してはじめて知ったことだが八五パーセントまでが女の客で、年齢層は二十歳から八十歳にいたる広範囲にわたっていた。入社式のとき会社の幹部は「外交官のような言葉遣い」に徹することを、何度もくり返した。しかし由木は、サラ金という商売がそんな綺麗ごとで勤まるとは思っていなかった。幹部の話を聞きながら、胸のうちではとんでもない会社に入ったもんだと半ば悔いていた。借金の取り立てなんておれに出来るわけがない。

　研修が終わって支店に配属された彼は、客の八割が女性であることを肌で実感するとともに、その半ばちかくが夫に内証で借金していることを知って複雑な感じを覚えた。女性が開放されるとこんなことになるのか、という驚きである。そして三週間になろうとしたときに、はじめて男性の客と対面した。彼がこの客に対してよい第一印象を受けたのは相手がずんぐりした三十男で、容貌は可もなく不可もない丸顔をしていたからである。三十歳を過ぎてまだ女房のいない彼は、近頃とみに、長身でハンサムな同性に対してやっかみ半分の嫌悪感を持つようになっていた。

客は、申込み用紙に本田卓造(ほんだたくぞう)と記入した。年齢は三十四歳としるされているから由木よりも一つ年上ということになる。プラチナ枠の近眼鏡をかけて仕立てのいい夏服を着ている。彼は職業欄に自由業と記入した。

由木は相手に気づかれないよう、そっと眉をひそめた。貸金業にとって理想的な客は警察官であるとされている。教師、僧侶などがこれにつぐのだが、その理由は貸金の取りっぱぐれがないからだった。夜逃げでもされたことにはサラ金会社のほうが損害をかぶらなくてはならない。だが警察官や坊さんは逃げる恐れがないのである。そうしたわけで、無職だの自由業などという曖昧で得体の知れない人種に対しては、必要以上に警戒心を抱く。

「自由業とおっしゃいますと？」

由木はまだこの仕事に慣れていない。女の客が来れば来るで、そしてまた男性がやって来れば来るでやたらに緊張した。自分では気づかないが、しきりに舌の先で唇をなめていた。

「法律家に見えますかね、ぼくが」

相手ははぐらかすように白い歯をみせた。上衣の衿にバッジがついていないから、彼が弁護士でないことは判っていた。

「すると――」

「早くいえば高等遊民です。あそんで暮らしている。働かざる者はくうべからずというが、あれは貧乏人の寝言ですな」

傲慢な男だな、と由木は反発を感じた。第一印象が裏切られた思いである。それにしても由木は高等遊民が何であるか、よく把握することができなかった。話には聞いていたが実態がわからない。

男は由木の心を読んだらしかった。

「死んだ親爺がある発明をしたもんだからね、その特許料がぼくの口座に入ってくるんです。だからぼくは働く必要がない。いまいったように遊んでいて喰ってゆける」

「それが――」

「そんな金持がなぜサラ金から借金をするのか。あなたはそう訊きたいのでしょう？」

彼はまた由木の心中を読んだように発言した。

「誤解してもらいたくないんだが、ぼくが専門的に研究しているのは江戸中期から末期にかけての軟文学でね、それと並行して絵も集めているんです。ときどき研究論文を書きますが、内容が内容だから発表の場はアングラ出版物に限定されている。その方面では少々は名を知られた存在なのですが、それにもかかわらずきみがぼくの名を知らないのは、いまいったようにアングラ雑誌なんかに書いているからです」

戦前の日本でこうした研究家が弾圧を受けた話は由木も聞いたことがある。戦後は自由になったものとばかり思っていたので、いまの本田の言葉はちょっと意外な気がした。

「物価が上がってくるもんだから本の値段が高くなるのは当然だが、近頃の古本屋は少し図に乗ってるみたいですな。昨日ある古書展にいったら十年来探し求めていた絵草紙の揃いがでていた。それがきみ、いってみればその時代の通俗雑誌みたいなものだよ、何と一千万の値がつけられているじゃないですか。ぼくが古本屋だったら三分の一の値段にするね。それでもかなりの儲けになる」

ここは支店長室よりも上等の応接室である。オフィスの一隅にありながらオフィスの喧騒な物音は少しも聞こえてこない。

本田は「失敬する」と短くいって接客用のタバコをくわえた。

「いくらぼくに定期的な収入があるにせよ、一千万をポンと払うことはできない。ケタが違うからね。それが、借金をする理由です」

「お話はよくわかりましたが一千万は大金ですからねえ」

由木は含みのある返事をした。貸し出す金額が一万であろうとすべて上司の決済を経なくてはならない。場合によっては、というのは相手に返済能力なしと判断したときであるが、ただの一万であっても拒否される。

「一千万円というのはちょっと難しいですね。担保でもあればともかく――」

由木は丸い顔を横にふった。

「八百万でもいい。それがダメならよそへ行きます。だが、少し急いでいるんでね。古本屋には手付金として五十万打ってあるんだが、三日以内に全額を届けないと、手付金のほうは返してくれるが肝心の本は他の希望者に売られてしまうんです」

短くなったタバコを灰皿にこすりつけた。心のいらだたしさがそのまま指先に伝わったような、乱暴な消し方だった。

「大学の研究室とか公立の図書館が買うのなら、しかるべき手続きを経れば閲覧することができるかもしれない。だが、コレクトマニアの手に渡るともう絶望的です。どう頼んでもまず見せてはくれそうもない。文字どおり死蔵です。そして研究家は彼が死んで蔵書が売り払われるまで十年も二十年も、場合によっては三十年も四十年も待たなくてはならない」

べつに由木に責任があるわけではないのに、話を聞いているうちに、これは何とかしてやらなくては気の毒だというふうに思えてきた。

「担保があればという話でしたが、ぼくの家ではどうかな。そう広くはないけど一応はわたしの持ち家でね」

「登記所へいって登記簿を見なくてはならないですが、それにパスすればなるべく早くお貸しできるようにします。尤も、上司の決済を得なくてはなりませんが……」

まず大丈夫だろうと思う、由木は表情でそう語ってみせた。

「間に合いさえすればいいんです。今夜喰う米がなくて借金するのとわけが違うんだから」

ほっとした面持になった彼は、あたらしいタバコをつまんで応接室の豪華な純金のライターで火をつけた。

「決ったところでぼくの家を見に来ないですか。いま暇だからバーボンをご馳走しますよ」

2

八百万円を受け取った彼は、首尾よく絵草紙を手中にすることができたといって礼の電話をかけて寄越すと、よほど嬉しかったとみえて由木を鮎料理に招待してくれた。

本田は一日の遅滞もなしに、一週間毎に利息を銀行から送金してきた。几帳面な男だ、上司はそういって上機嫌だった。

五週間がすぎ、気温が急にさがってめっきり秋めいた頃に、本田から電話が入った。折柄、外歩きをしていた由木は帰社してメモを読むと、ただちに本田家にダイヤルした。

「用というのはほかでもないんだが、少し節約しなければならない事情になってね。いままでのように銀行送金は止めにして、直接ぼくの家に取りに来てもらいたいんだ。銀行の手数料が無駄だからねえ」

客にそう頼まれればセールスマンとして異をとなえるわけにはいかない。即座に由木は承知した。毎日のように八王子、高尾のあたりを歩いているのだから、ついでに本田家に立ち寄るのは簡単なことであった。

「家はすぐ判る。公衆電話が二つ並んでいてね、その百メートルばかり先の右側だ。ああ、それからお願いを一つ。ご近所の手前ということもある。制服は止むを得ないこととして、衿についているバッジははずして来てくれないかな。それから、一見して集金人とわかるアタッシェケースね、あれも困る。コインロッカーにでも預けておいてくれるとありがたいんだけど……」

本田は大口の取引客でもあるのだから、否も応もない。彼の要求は尤もなことでもあり、由木はそれを全面的に呑むことにした。制服云々というのはブルーのお仕着せのことで、男性社員はブルーの背広を、そして女性社員はブルーの上衣とスカートを着用することになっていた。テレビのCMでも、マルキュウはブルーのイメージをしきりに強調しているのである。

利息の支払いは金曜日にする。午後の二時から三時にかけて来てくれるように、そういった注文に応えて由木は、その日のその時間になると、立川の支店から、あるいは八王子の客廻りを一時中止して、高尾にある本田の家を訪れた。なにしろ彼が払ってくれる利息の額は一般家庭から集める金額の一日分以上になるのだ、多少のやりくりをしても別にどうということはない。

本田家はバス通りに面して建っている。通りに面して高さが一メートル三、四十センチの石塀をめぐらし、赤煉瓦を貼った門柱がたっているが門扉はついていない。そのせいか開放的な印象をうける。家そのものは四角い灰色をした石の箱の上に屋根をのせただけといった感じの、いってみれば愛想のない建物だが、ちょっとやそっとの地震がきてもビクともしそうにない頑丈なつくりになっていた。もちろん、洋風である。

由木はちんまりした居間にとおされると毎回サラミソーセージとバーボンをすすめられた。そしてホロ酔い気分になったところで、本田に同行して駅のそばの銀行に赴くと、現金を受け取るのである。ただこの秋は雨が多く、金曜日が三回つづいて雨天になった。本田家を訪ねる日がつねに降っているので、きみは雨男だなあと本田は呆れ顔でいったものだ。こんな日に銀行にいくのは億劫だが、仕事とあれば不平はいえない。

「蔦のからんだ家はいいですね」

「外観で判断しちゃいかんよ。春から秋にかけて毛虫が発生してね。そうかといって蔦をとっ払うと壁がいたむ。家を買うときぼくは欠点としてそれを指摘した。前の持主も毛虫には悩まされていたとみえて、案外すんなりと折れてね、売り値を大幅にまけてくれたもんだ」

幾らで買ったのか関心があったが、由木はあえて口をつぐんでいた。そのときのことを思い出したのだろうか本田は満足そうに笑った。

「じつをいうとね、売り値が安かったことについてはもう一つ理由があるんだ。以前の持主の奥さんがね」

　そこでふと気づいたように手頸の時計に目をやった。

「悪かった、きみが仕事中だということを忘れていた。出かけるとするか」

「はあ」

「ぼくみたいな物書きはどうしても運動不足になる。散歩すればいいことは解っているが、相棒がいてくれないと退屈でね。つい面倒になる。きみに来てもらうことにしたのは銀行の送金手続きが高いからもあるが、本音は一緒に散歩したいからなのだよ」

「はあ」

　しかし由木は相手が話しかけて止めた、家を安売りした「理由」が気になった。極上の鰻のかば焼を喰おうとした途端に夢から目がさめたような不満を感じていた。

「今日は暇です。いまの話、なかなか面白そうじゃないですか」

「当事者にとっては面白くもおかしくもない話だろうけどね」

　立ち上がりかけた腰をおろすと、本田はあたらしいタバコに火をつけた。由木には喫煙の習慣がない。

「また聞きだから、細かい点では事実と違っているかもしれない、そのつもりで聞き流してくれ。前の住人、というのはこの家を建てた公務員なんだが、その奥さんが奇妙な経験をしたのだそうだ。ぼくがこの家を買って五年になるから、事件が起ったのはその前の年の、つまり六年前の話なのだ」

何やら思わせぶりの話なので、由木は身をのりだした。

「この夫婦には子供がなかったそうだ。だから奥さんは、仮りに名前をA子さんということにするが、A子さんは手芸を習ったりボランティア活動に加わったりしていた。その六年前の晩春だったそうだが、近所の奥さんがA子さんを誘いに来た。つれだってカルチャーセンターに出かける約束だったからね」

彼女たちは二つの講座をとっていた。一つは「源氏を読もう」というもので、もう一つは「カード遊びのすべて」だった、と本田は説明した。

「ババ抜きは教えなかっただろうが、オークションブリッジを始めとして外国映画や外国の推理小説などでしばしばお目にかかるカードの遊び方を覚えよう、そうすれば映画を鑑賞したり小説を読んだりする際に一段と理解が深まる、そういうキャッチフレーズで会員をつのったのだそうだが、講座のなかでこれが最高の人気だったという話だ。A子さんがいちばん興味を示したのは独り占いでね、友達がそのわけを訊くと、オペラの『カルメン』のなかでジプシー女がカード占いをやるシーンがある。それを見て独り占いに関心を持つようになったと答えたそうだ。だが、これから起る彼女自身にまつわる事件を、そのカード占いでは予知できなかったのだろうかね」

そう訊かれても返事ができるわけもなく、由木は曖昧にうなずいてみせた。

「会場は、われわれの銀行とワンブロックはなれたところにあるんだそうで、この家の前の通りを横切って原をぬけていくんだが、しばらく歩いたところでA子さんが忘れ物を思い出した。そこで近所の奥さんをその場に待たせておいて戻っていったんだな。A子さんはバス通りを抜けてこの家に入ったんだが、二分が三分になり四分たっても出て来ない。待たされた奥さんが業を煮やしてとって返すとドアを叩いて声をかけたが、返事がない。それきり彼女は消えてしまったというんだ。知らせを受けた公務員の旦那さんは慌てて帰宅すると家のなかを隈なく探したが、このとおり階下がふた部屋、そして二階がふた部屋という小さな家だからね、奥さんの隠れているような空間もありはしないのさ。職場の仲間や世間の連中は妙な噂をたてるし、旦那さんも住み心地がわるくなったんだろうな、退職すると家を売りに出して、自分は郷里へ帰っていったというんだ」

その話を、由木はあまり身をいれて聞いていなかった。途中まではともかく、人妻が自分の家で消えたなどという馬鹿馬鹿しいことが現実に起るわけがないと思っていた。

「ははあ、あなたは信じないんですね？」

「話としては面白いですが」

「そう、ぼくも信じたくない。でも、近所の人たちがこの家を化け物屋敷あつかいしているのは事実でね、それに近い出来事があったのは間違いない。そうでなきゃ格安の値段で手放すわけもないじゃないですか。さて、そろそろ出かけるとするか」

ひとりごとのように呟くと、本田は短くなったタバコを灰皿に捨て、丹念に火をもみ消した。

3

外出する前の本田の戸締り点検は入念をきわめた。裏口の扉、一階と二階の窓に一つ一つ触れて、錠のおりていることを確認する。そのあとで灰皿の吸殻が完全に消えているかどうかを調べ、さらにそれをキッチンの流し台に持っていく。

「蒐集した絵はしかるべき処に預けてあるから心配はないんだが、それでも泥棒に入られたり火事をだしたりしたくはないからね」

本田は玄関の扉にも施錠して、しっかりかかったかどうかを神経質なほど入念にチェックした。こうなるともうヒポコンデリアだ、由木は心のなかでそう呟いた。

本田は由木の表情を読んだようである。

「ははあ、笑ってるね？　無理もないが、じつをいうと昨夜だれかに電話線を切られたんだよ」

「それは用心しなくてはいけませんね」

かすかに赤面しながら由木はそう応じた。

二人は銀行へ向かった。車で行くときは道路をコの字に走らせなくてはならないが、歩いて行く場合は原を突っ切るのが近道になる。原はいまススキが盛んに穂をだしているし、ところどころにノコンギクがうす紫の花をつけていた。由木たちの姿におどろいたモズが、鋭い声をだして飛び立った。

二人が最初の林の手前までさしかかったとき、本田は短い声をあげて立ち止まった。つられて由木も足を止めるとふり返った。本田は胸のポケットを撫で、ついで上衣のポケットに指を入れてなかを改めている。つづいてズボンのポケット……。

「しまった、銀行のカードを置いて来た。テーブルにのせておいたんだが、戸締りに気をとられてつい忘れてしまったんだ」

もう三時を過ぎているから、窓口を利用するわけにはいかない。

「待っててくれるね？　すぐに取って来るから」

そう言い残して小走りに戻っていった。由木はその後ろ姿を見送りながら穂が出盛っているススキの根本に腰をおろした。風が吹くたびに頭の上で銀白の穂がゆれている。本田は国道の手前で立ち止まり車をやり過しておいて、身軽に横断した。門をぬけポーチに立って鍵をさし込む。そうした彼の動作は離れた由木の位置からも手にとるように見えていた。扉が開いて本田はその向うに吸い込まれるように入っていった。

本田の家の前の道路は国道だけあって交通がはげしく、バスやタクシーやチリ紙交換の車までが通る。歩道の上をゆく人は圧倒的に女性が多くて、その大半は家庭の主婦と思われる中年婦人だった。双生児なのだろうか乳母車（うばぐるま）に二人の幼児をのせて押していく母親もいた。

由木はそうしているあいだも、本田家のドアから目をはずしたことはなかった。

「なに三分とはかからない。一服しているうちに戻ります」

本田はそう言い残して行ったのに、時計をみると五分を経過してやがて六分になろうとしていた。少し時間がかかり過ぎるのじゃないか。由木は丸顔をくもらせてなおも本田家を凝視していた。

先程聞いたあの話が胸中によみがえってきたのはその瞬間のことだった。まさか彼まで消えてしまうわけではあるまい。そう思う一方で、本田もまた家に呑み込まれるようにいなくなるのではないか、という気がした。由木は、あの馬鹿気たつくり話を信じかけている自分に気がつくと、急に腹が立ってきた。

早く戻って来い、何をしていやがる。客に対しては金輪際（こんりんざい）いうことのできないセリフを、由木は何度となく心のなかで繰り返していた。そうするうちに七分たち八分たち、由木はいよいよ不安になってきた。彼は決然として立ち上がるといま来た道を戻り始めた。本田がやったように自分も小走りになっている。

国道まで来たところで立ち止まると、気をしずめて左右を見渡した。そして、車の流れが切れていることを確認してから、大きな歩幅で横断した。

門をとおりぬけてポーチに立ち、ベルを押しながら声をかける。が、返事がない。何度か同じことをくり返してみたが依然として答はなかった。妙だな。

ノブを引くとドアは抵抗もなしに開いた。

「本田さん、本田さん……」

声をかけながら踏み入った。床の上に、見覚えのあるスニーカーが乱暴にぬぎ捨てられている。銀行で現金の授受をすませたあと、本田は軽いジョギングをしながら家に帰ることにしている。だからいつも軽装で、足にはスニーカーをはいていたのである。

「あがらせて頂きますよ、いいですね？」

手応えのない相手に向かってそうことわっておいて、自分も靴をぬぐと、スリッパをつっかけた。

せまい家だから階上はべつとして、階下の様子はおおかた解っている。最初に居間を覗くと、丸いテーブルの上には先程のバーボンのグラスやチーズクラッカーをのせた皿がそのままになっている。その横に今月号の美術雑誌が一冊。これは本田が玄関まで出迎えてくれた際に、手に持っていたものであった。先程まで彼が吸っていたタバコのにおいが部屋いっぱいにこもっている。由木は一、二度咳払いをした。

「わたしです、由木です。返事をして下さい、本田さん」

扉をあけてキッチンを覗き浴室に顔を突っ込み、二階の寝室にまで入っていった。トイレは勿論のこと各室の押入れまでチェックして廻ったが、姿はなかった。裏口の扉も各室の窓も施錠されているから、本田が外に脱出しなかったことは明らかである。

本田の身になにかが起ったのだ。そう判断した彼はともかく事態を会社に報告しておこうと考え、受話器をとった。が、発信音が聞こえない。おかしいと思いながらダイヤルを回転させたが何の手応えもなかった。ようやく由木は電話線が切られているといった本田の話を思い起し、急に不安になってきた。本田はこの正体の知れぬ邪悪な敵によってかっさらわれたのかもしれない。

由木の丸顔から急速に血の気が失せていった。これ以上じっと坐っていることができなくなって、慌てて立ち上がると後も見ずに玄関に突進した。彼が人心地をとりもどしたのは、門の外の国道を、一台のバキウムカーが何事もなかったようにのんびりと走っている姿を見たときであった。

4

わたしはせまいキッチンにいた。新宿裏通りにある安ビルの一室だから、キッチンといったって小さな流しと小さなガス台があるきりの貧弱なしろものでしかない。が、お茶好きのわたしにとってみれば、とにもかくにも湯がわかせるということは何よりもありがたいのだ。しかしこのときは茶を飲むつもりではなく、煮立った湯をカップラーメンに注ぐのが目的だった。

その頃わたしの財政は逼迫していた。先月の始めに浮気の調査依頼が一件あったきりだ。収入がなければ手元不如意になるのは理の当然で、したがって一週間ほど前から明け暮れカップラーメンばかり喰っている。まとめて買うとお安くしておきますなどと酒屋のおやじが揉み手をしていうものだから、ついその気になって配達させたのが悪かった。一食ならばいいだろうが、こう朝昼晩インスタントのラーメンばかりを喰わされているとゲンナリして、テレビのCMでラーメンの宣伝を見ただけで消化不良を起しそうだった。だから久々で客が入って来たときのわたしは、恵比須様が蜂蜜をなめたような笑顔になっていただろう。

「さあどうぞ。どうぞそこに掛けて下さい。おや、ホコリがたまっているな。あの掃除のばあさんは手を抜くのでいかんです」

わたしは架空の掃除婦に対して舌打ちをしてみせながら、雑巾でイスの上を拭いて相手を坐らせた。キッチンとの境のドアは閉じたので、ここまでにおいが漂って来ることはない。が、それにしても盛大に音をたてて喰っているときでなくてよかったと思う。もしそんな有様を目撃されたなら、名探偵たるわたしのイメージは忽ちのうちに崩れ去ってしまったことだろう。

客は、やっと中年の域に足を踏み入れたばかりの男だった。丈は高からず低からず、丸くて柔弱な顔をしている。商売柄わたしと出会う相手は大半はとげとげした人相の持主であったから、たまさかこのようなにこやかな顔付の人間に向かうと好感を抱かされる。気分が落着いてくる。

「おや、出版社の方ですか」

わたしは名刺に目をやってから、そういった。

「いえ、いまは社をやめてべつの処に勤めております。ただ、名刺をその……」

言い淀んだところから察するとあまり自慢になる勤め先ではないのだろう。そう思って衿のバッジに眼をやった瞬間、彼がマルキュウの社員であることが判った。サラ金としては大手の会社だ。そのマークはテレビのCMなどで頻繁にお目にかかっている。

「じつはその……」

と、由木健はためらいがちに自己紹介をした。

「金融会社の立川支店に勤務しているのですが、妙なことからお客さんを失うという羽目になりまして」

「つまりしくじったということですな?」

「上司もそのように解釈しております。じつはその、本田さんというそのお客さまに大金をご融資いたしましたところ、利息を三、四回分お払い頂いた時点で急に姿をお消しになりました。残りの金額がかなり高額なものですし、姿をお消しになった事情が事情なものですから、会社がわたしの報告を信じてくれないのも無理はないのですが、上司ばかりでなく同僚まで妙な眼でわたしを見るようになりまして。……いえ、それは我慢できるのです、ほんの一時の腰掛けのつもりで入った会社ですから。でも、この事件は本田さんとわたしが共謀してやったことに違いない、後で大金を山わけする気だろうなどといわれますと口惜しくて……」

口惜しいのはいいとして、この分では間もなく馘首されるだろう。いやクビになるのはいいとしても、背任横領で告訴されることは間違いない、と彼はいうのだった。

「証拠があるんですか」

「ないと思います。ですから獄舎に下るということはないでしょうが、横領の容疑で訴えられただけでも、わたしの前歴には大きな汚点が残されることになります。ひいては、今後のわたしの人生が灰色のものとなるであろうことは明らかで……」

さすがに元編集者だけあってゴクシャにクダルなんて洒落たことをいう。もっと平明な表現をしてくれないと、こちらにはわけが解らないのである。

「すみません、気をつけます」

素直なたちなのだろう、わたしがいちゃもんをつけるとすぐに謝った。

「いや謝ることはないんです。謝ることはないんですがね、告訴されるおそれは多分にありますな。よろしい、ここはわたしにまかせて下さい。はばかりながらこうした種類の調査には実績があるんです」

オフィスがみすぼらしいもんだから、つい言わずもがなのことを口にして、あとで自己嫌悪に陥ったりする。もっともわたしの自己嫌悪なんてチュウハイをひと口呑めば途端に雲散霧消してしまうのだが。

「しかしね、上司があなたを疑いの眼でみるのも仕方がないですな。何といっても証人がいないとね。消えたことを証明できるのは当事者であるあなたと、本人である本田氏だけなんだから」

「そうじゃないんです。あの家の前は国道ですので車がひっきりなしに走っています。それに、午後の二時から夕方にかけて家庭の主婦が買い物に出かけるでしょう、ですからあの家から出て来るものがいれば必ず誰かの目に触れるはずなんですが、目撃した人はひとりもいないんです」

「ですけどね、たまたま人通りがと切れる場合もあるんじゃないですか」

「それが考えられないのです。だってわたしがその家を飛び出して会社に電話をかけにいく姿は、十人前後の人に目撃されているんですよ。タクシーの運転手、ハイヤーの運転手、下校する女子学生、スーパーから帰って来る家庭の主婦が五人。それにライバルのサラ金会社の営業マン、ガスの検針員などです。調べたのは刑事さんなんですが」

「なるほど、なるほどねえ」

わたしは小首をかしげた。

「庭にかくれていた、なんてことはないですか」

「ありません。わたしが調べましたから」

彼の話のなかでわたしの興味をひいたのは、以前も同じ家で住人が消えたということだった。まるで神隠しだが、ジェット機が飛び廻っている現代にそんな奇天烈なことがあるだろうか。

「わたしもそう思います。本田さんからその話を聞かされたときは、心のなかで探偵さんと同じことを考えました。でも、本田さん自身がわたしの目の前で消えてしまったとなりますと、これはもう否定することができないわけでして……」

丸い顔が一段とかげって見えた。

「なるほどね、解りました。とにかく問題の中心は本田さんが消えたというところにあります。自分で消えたのか、それとも誰かが無理矢理に消してしまったのか、そこまでは見当もつきませんが、その、本田さんが消えたもしくは消されたメカニズムを調べるためには、数年前の公務員の奥さんが消えた事件を無視するわけにはいかないと思うんです。まあ、くよくよしないで吉報を待つことですな」

わたしのバックにはあの『三番館』のバーテンが控えている。にっちもさっちもゆかなくなったら彼に相談することだ。そう思うと、わたしの口調はおのずと自信満々になってくるのである。

わたしは前金として三万円を払ってもらった。調査が成功した時点で残りの三万円を請求するのが、わたしのオフィスの「規定」ということになっている。

翌日の午後、わたしは高尾へ向かった。途中の立川駅で求めた駅弁を喰ったせいであろうか、急に元気が湧いてきたような気がした。この不思議な事件の真相は何か、背後にどんな狙いがあるのか、それをみきわめないで何とする、といった気負いに似た気持が全身に満ちてきた。とはいうものの、五百円也の弁当一個を喰っただけでファイト満々になるなんていかにも欠食児童みたいで、あまり自慢にはならない。

八王子まで来るとこれが東京かと思うほど眺めが一変する。まだ紅葉には間がありそうな山が、すぐ鼻の先に迫っている。わたしはわけもなく感激して、引退してこの辺りに住めたら文句はないな、などと思ったりした。

高尾は東京というよりも、隣りの山梨県の町だといってもおかしくはない。原っぱや麦畑や丘があっちこっちにあって、これが近代化された東京の一画だとは俄（にわ）かに信じられぬくらいである。

昭和ひと桁時代の東京に戻ったような気持さえしてきた。

由木が書いてくれた略図のおかげで本田家はすぐに判った。警察がしたのだろうか、門柱のあいだに古ぼけた木のベンチがおいてあり、さらにロープが渡されて門扉のかわりになっていた。角ばったちんまりとしたその洋風の家は壁を蔦にからまれ、わたしの眼には陰気な建物というふうに映った。二度にわたって住む人が消えても不思議はない、という思いさえ抱かされた。

本田がまるで気体のように跡形もなく消えたなどという夢みたいな話を、わたしは信じることはできなかった。家のなかにいないとすれば外に脱出したのに違いないのである。

わたしは先ず、本田がどんな人間であったか、それを調べてみようと考えて、早速すぐ隣りの家から始めた。隣りといっても敷地に余裕があるから、東京みたいに庇と庇をくっつけ合って建っているわけではない。

その家の主婦は五十半ばで瘠せていた。銀ぶちの老眼鏡越しにジロッと見られると、女学校の意地のわるい教師から睨まれたようないやな感じがした。しかし彼女は、話を聞いているうちに判ってきたことだが、見かけとは違ってなかなか親切なたちらしく、わたしに三十分ちかくつき合ってくれたが嫌な顔はただの一度も見せずに、質問に答えたり自分の意見をのべたりしてくれた。

そのなかでわたしが注目したのは、前の住人である公務員夫人が消えたときの話だった。それは由木が語ってくれたものに比べるとずっと精しかった。連れ立ってカルチャーセンターへ出かけたのがこの主婦だったからである。

5

眼を細めると、彼女は六年前のことを追想するように黙っていた。わたしも黙々としてただタバコをふかしながら、話し始めるのを待っていた。

「……連休が終わったばかりの頃でした」

と、主婦は語りだした。わたしはメモ帳をひろげて、大正時代のカビの生えた表現をまねすれば、「ペンを斜にかまえ」た。

「桜はとうに散っていましたが花曇りとでもいうのでしょうか、どんよりとしたお天気の日でした。誘い合って、国道の向うの原を横切っていますと、急にアヤ子さんが立ち止まりました。筆記具を忘れたからお待ちになって、とおっしゃって取りに戻られました。わたくし、アヤ子さんが通りを横断してお宅に入るまでじっと見ていたんです。だって、車にはねられでもしたら大変ですもの」

公務員の妻の名がアヤ子であることを、このときはじめて知った。

「失礼ですが視力はいいのですか」

「いまは老眼がすすみましたが当時は左右とも一・〇でしたわ。アヤ子さんが門を入ったところでふと郵便受けのほうに寄っていって、手紙を取りだすところまでハッキリと見えましたもの」

「家に入るところまで見届けられたのですか」

「ええ、片手に郵便物を持って、ドアを開けるとなかに入っていきましたが、それから後が本田さんの場合とそっくりなのです。あのサラ金の人と同じようにわたしもまたその場に五、六分ほど立っていたでしょうか、愚図愚図していると遅刻してしまいそうで、とうとう我慢ができなくなって戻り始めたのです。何をしていらっしゃるのかと思って……。ベルを押しますとすぐに返事がありまして、アヤ子さんの妹さんが出ておいでになりました」

「留守番がいたのですか」

「はい、髪をショートカットにした見るからに活発な方で。いま二人そろって出ていったばかりのわたしが一人で戻って来たものですから、びっくりなさったらしく、アラといったきりでした。わたくし、アヤ子さんが帰られたでしょうと申しますと、誰も来なかったとおっしゃいます。自分は居間の窓際に立って、野鳥が餌をついばんでいる姿をじっと眺めていた、眠っていたならともかく、お姉さんが入って来たら気づかぬはずはないと」

わたしの手帳には由木が説明した本田家の間取りが書いてある。玄関を上がったところが板敷の小ホール、つき当たりのドアを開けると居間になっている。

「玄関ホールとの境のドアは閉まっていたのですか」

「いいえ、開いていたそうです。だから、玄関から人が入って来れば物音はすぐに聞こえるし、人の気配がすればわからぬことはないとおっしゃいます。話が少しも嚙み合いません。そのときわたくしが下駄箱の上にのせてある郵便物に気づきました。出かけるときには綺麗に片づいていましたから、この封筒やハガキはアヤ子さんがいま持って入ったものに違いありません。わたくしがそう申しますと、妹さんもようやく真剣になりまして、二人して家中を探しまわりました。でも、アヤ子さんの姿はどこにもありません。居間には妹さんがいたのですもの、そこを通りぬけて裏口から外に出れるはずもないのです。それに、裏のドアにはしつかりと施錠してありましたし」

わたしはメモをとりつづける。

「妹さんがとつおいつ考えていらっしゃるものですから、わたくし、ご主人に電話をなさったらと申しました。ご主人は早退してお帰りになったのですが、やっぱりアヤ子さんは消えたままで。そうした話が世間に拡まりましたので無責任な噂がながれました。あの家は人間を呑み込むんだとか、アヤ子さんは殺されて庭に埋められているのだとか、夜中に塀の外を通りかかると庭から啜り泣きの声がしたとか……」

こんな愚にもつかぬ噂をするなんて、住民のアタマの程度がわかるじゃないか、とわたしは思った。仮りに妻の死骸を庭に埋めたなら、本田が家を買いに来たときに公務員は必死になって反対して、絶対に手放すまいと抵抗するのが当然だ。本田が家庭菜園でもおっ始めたら忽ち旧悪が露見してしまう。また、啜り泣き云々の件にしてもとうてい信じるわけにはいかない。臆病な男は芒をみても亡霊だと錯覚して腰をぬかすからだ。一歩ゆずって啜り泣きが聞こえたとしても、それは地面の下でミミズが鼻唄をうたっていたに違いないのである。彼らだって生き物である以上、泣きたくなる日もあれば唄いたくなる夜もあるだろう。

「それ以来、お隣りはお化け屋敷だのビックリハウスだのといわれて……」

「そこに本田さんが引っ越して来たわけですか」

「はい。大胆な方だといって皆さんそれこそびっくりなすって。わたしも心強くて大歓迎でしたのよ。主人が出張で留守の晩など、こわいもの見たさで真っ暗なお隣りを覗き見しては、ふるえ上がっていたんですもの。本田さんはどのお部屋にもあかりをつけて、とても陽気に見えましたわ」

「公務員の人は、つまり以前の持主はどうしたんです？」

「朱田川（あけたがわ）さんですか、あの方はショックが大きすぎたのでしょうね、職場をやめてお家を処分なさると、郷里にお帰りになりました。一度、年賀状をいただいたことがあります」

幸いなことにその賀状が破棄されずにあったので、わたしは移転先をメモに取った。

主婦の協力と好意に礼をのべて出た。わたしは手当たり次第にその一帯を訪ね歩いて、本田がこっそり脱出する姿を見かけた者はいないかということに力点をおいて調べた。だが、目撃者は一人もいなかった。

その昔、わたしが神楽坂署の刑事だった頃のコネを利用して担当の刑事に会い、話を聞いたのはその翌日だった。

「わたしが徹底的にチェックしましたが本田を見かけたものはおりませんな」

坊主頭の初老の刑事は、わたしがデカだったと聞いて親近感を抱いたのだろうか、ひどく親切だった。

「サラ金会社の由木氏のいうとおり、通りすがりのタクシーの運転手やハイヤーの運転手、個人タクシーの運転手にトラックの運転手などに会って証言を得ました。そのほかに、毎日のように本田家の前をとおってスーパーにいく買い物客の主婦、その時間帯に下校する学生たちに会いましたが、由木さんが慌てふためいて赤電話の方面へ走っていく姿を見かけたものがかなりいたのに対して、本田氏を目撃した人はただの一人もいないのです。このことから考えてわたしは、矛盾するようですが、本田氏はまだあの家に潜伏しているのではないかと疑っているんですよ。徹底的な捜索の結果、誰もいないという結論がでているにもかかわらずね」

彼が親切に交通関係者のリストを写させてくれたので、わたしは根気よく彼らを職場や自宅に訪問して、刑事と同じ質問をしたのだが、くたびれただけで収穫はゼロだった。

ただ一つ意外だったニュースは、本田家に酒を配達していた酒屋の主人の話だった。

「うちの店員で今年の春にやめて群馬の郷里へ帰ったのがいるんですけどね」

わたしはスルメの足をかじりコップ酒を呑みながら、主人の話を拝聴していた。時刻は夕方の五時になろうとする頃だった。いま酒を呑むと晩めしのときに酒がまずくなるな、そんなことを思いながらなおもスルメをしゃぶっていた。

「その子がこの夏に久し振りで遊びに来ましてね、一週間ばかり店を手伝ってくれて帰っていったんですが、面白い話を聞かせてくれましたよ。朱田川さん……、あの奥さんが消えちまってがっくりきた公務員の朱田川さんですね、この人の郷里も群馬県利根郡月夜野町なんですが、朱田川さんは奥さんをもらって第二の人生を歩んでいるんですな。ところがその奥さんというのが消えたアヤ子さんなのですよ」

「なんだって?」

思わず声が大きくなった。

月夜野は明治の毒婦として知られた高橋お伝が生まれた土地である。亭主に保険をかけて殺しちまうなんてことが流行している現代からみれば、お伝のしたことなど大したものではなく、毒婦呼ばわりされるのが気の毒なくらいだ。

カップラーメンばかり喰っていたわたしは、また駅弁を賞味できるというので、朱田川訪問が大きな楽しみとなった。

6

朱田川和彦が住むアパートは上下あわせて六戸の小さな建物だった。小高い丘の中腹にあって東向きの窓からは銀色にひかる利根の流れが一望できる。周旋屋ならば「眺望絶佳」と謳うに相違なかった。

ノックに応じてドアを開けたのは細君で、主人は役場にいって不在だという。これが話に聞くアヤ子なのか。わたしは期待と好奇心のいりまざった思いで、相手の顔をつくづく見つめた。年の頃は三十半ばで細面の、そのくせ眼の大きな、ちょっといける女だった。わたしが東京から来たというと懐しそうな笑顔をみせたが、私立探偵だと名乗るとたちまち表情を固くして、露骨に警戒するそぶりを見せた。家に入れとはいわないので立ち話という形になる。

「高尾のあの家で本田さんが消えた話はご存知でしょう？」

「新聞で読みましたわ」

「それを調べているんですが、参考のためにぜひ、あなたが消えた前後の体験談をうかがいたいと思いましてね」

彼女は目を伏せた。まつ毛が長く、付けまつ毛ではないかと思ったくらいだ。瞼をあわくブルーに染めている。

観念したように室内に入れてくれた。ふた間きりの小さな部屋だが掃除がゆきとどいていて、アパートのわたしの万年床の部屋とは雲泥の違いだった。つつましくはあるものの幸福そうな雰囲気がただよっている。

二人はダイニングキッチンのテーブルをはさんで向き合った。わたしの前には湯気のたつ珈琲カップがおいてある。窓が大きいのでキッチンのなかは明るかった。

「信じて頂けないかもしれませんけど、あのとき家に駆け込んだ瞬間に気がとおくなりましたの。それから後のことは何一つ覚えていません」

それはわたしが予想していた返答だった。忘れました、記憶にありませんというセリフは国会の予算審議の席なんかでもしばしば聞かれる決り文句でもある。

「ご主人とは何処で再会されたのですか」

「四年ほど前の春の夜中のことですけど、わたし、福井県の海沿いの国道を一人でとぼとぼ歩いていたんですって。トラックの運転手さんが見つけて保護センターに連絡して下さったのだそうです。お医者さんは逆行性記憶喪失症だろうと診断されたと聞いていますけど、過去の記憶が完全に失われていて、自分の名前すら思い出せません。ただ、話すことはできたという話です」

「どうぞつづけて」

「……わたしのことが土地の新聞にでて、それを読んだ主人の友達が連絡をとって下さったんだそうです。主人も、これはどうも女房らしいというので飛んで来てくれました。ひと目みてわたしということが判ったそうですけど、アヤ子と呼ばれてもポカンとしていて……」

「保護されたときの所持品は？」

「何も持っていなかったそうです。ですから遠い土地で車に乗せられて来て、捨てられたのだろう、皆さんそうおっしゃっていました」

「服装はどうでした？」

「白地に赤い花模様のワンピースでかなり汚れていたそうですわ。あとで主人が、見覚えのない服だといっていました」

彼女はよどみなく答えた。事実を語っているのか嘘をついているのか、ベテラン探偵を自認するわたしにも全く見当がつきかねた。

こうしてわたしは何の収穫もなしに月夜野の町をはなれたのである。上り列車を待つプラットホームには早くも蛍光灯がともっていた。

わたしには、どういう手を打てばいいのか皆目見当もつかなかった。そろそろ「三番館」のバーテンに相談すべき頃合いではないか。列車にゆられて弁当を喰いながら、わたしはそう考えた。

翌日の夕方、少し早目にバー「三番館」の小さなエレベーターに乗った。わたしにもプライドがあるから、のべつ幕なしにバーテンの知恵袋を借りているところは見られたくはない。できれば誰もいないときにこっそり謎解きをして貰いたいのである。

バーテンは清潔そうな白い布を片手に、せっせとグラスを磨いていた。

「おや、お久し振りで……」

笑顔のいい男だ、といつもわたしは思う。髪は頭の周囲を残してすっかり禿げ上がり、血色がいいのでてかてかと光っている。残された毛は真黒で、それがポマードで綺麗に撫でつけられている。

わたしは事件について自分の知っているすべてのことを、なるべく主観をまぜないように気をつけながら語って聞かせた。バーテンは眼を半ば閉じて一心にグラスを磨きつづける。

「月夜野までおいでになられたのですか、それはご苦労さまでした」

バーテンはわたしの労をねぎらうと、磨きぬかれたグラスを棚に伏せた。

「一つ質問をいたしたいと存じますが」

「いいとも。知っていることなら何なりと」

「ありがとう存じます。ではうかがいますが、本田家の門柱は太うございますか」

いきなりとんでもないことを訊かれ、わたしはちょっと面くらった。

「ああ、ずんぐりしている。赤煉瓦を貼ったやつでね、かなり太い。向かって左側の柱には標札がかけてある。右側の門柱は郵便受け兼用で、金属の受け口がついている」

バーテンは愛想のいい笑顔で頷いた。

「よく解りました。わたくしも人間が消えるなどということは信じられません。したがいまして、これは錯覚ということになりましょうね」

「たくらまれた錯覚かな？」

「はい左様で。巧妙にたくらまれましたドラマでございましょう。そう考えるほかには説明がつきませんから」

わたしはいつもの紫色のカクテルをなめる。

「わたくし思いますのに、アヤ子さんのケースは、留守番の妹さんと二人がかりでやった、入れ替り劇ではあるまいかと存じます。口実をもうけまして目撃者を原の真ん中に残しますと、自分ひとりが家へ戻ります。門の内側に入ったところで、いかにもいつもの習慣というふうに身をかがめて郵便受けを覗きます。あとで確認なさったほうがよいと存じますが、郵便物の取り出し口は少し下のほうについている筈でございます。上体をかがめて一瞬、目撃者の視野からアヤ子さんの姿が消えまして、再び立ち上がったときは妹さんの後ろ姿に入れ替っていた、そう考えたいのでございますが」

「すると同じ服を着て待機していたことになるね？」

「はい、計画的にしたことでございますから、洋服からヘアピースから靴にいたるまで、すっかり用意をしておいたのでございます」

「アヤ子の髪型に似たかつらをかぶって、門柱の陰にしゃがんでいたわけか」

「はい。郵便物を手にした妹さんの後ろ姿を遠くから眺めますと、そこは姉妹でございますから、いかにもアヤ子さんのように見えましょう。家に入りました妹さんは手紙の束を下駄箱にのせて、居間でヘアピースをはずします。あとはお隣りの奥さんがやって来るのを待てばよろしいわけで」

それ以上のことを、くどくどしく訊くことは自分の器量をさげるばかりである。

「解ったぞ、つまりこういうことではないかな。隣りの奥さんが家のなかを点検しているあいだに、アヤ子はそっと脱出したのだろう。服装を変えサングラスでもかけて、アタッシェケースかなんかをさげて門から出れば、もし目撃者がいたとしても、保険の勧誘員ぐらいに思って気にもとめまい。多分、そうだな、彼女の行先はあらかじめ用意しておいた秘密のアジトだろう」

「はい」

「とにかくどこかに潜伏してほとぼりのさめるのを待っていたんだ。そしてある期間が経過したところで福井県に赴いて健忘症をよそおったんだよ。裸足になって歩いていたなんて芸が細かいね」

「はい、わたくしも似たようなことを考えておりました」

「おかげで謎がとけた。ありがとさん。ついでに、といってはわるいが、第二の事件の解明を聞かせてくれないかな」

「はい。本田さんは、朱田川夫婦にまつわる事件をよく承知していたものと存じます。ことによると真相まで打ち明けられていたのかもしれません。もしそこまで知っていなかったものといたしますと、暇なときに飽きずにその謎を検討していたものでございましょう。わたくしに解けた問題でございますから、本田さんもいつかは謎解きに成功いたしました筈で。そして、おれも似たような手でいこうと決めたのでございましょうね」

なぜ朱田川夫婦が消失劇の秘密を本田に語ったというのだろう。納得のいかぬまま、わたしはバーテンの話を聴いていた。

「本田さんがマルキュウに白羽の矢を立てたのは、由木さんという理想的な社員がいたことと、ブルーのユニフォームを着用しているサラ金はマルキュウ以外にはなかったせいだと存じます。本田さんはその制服に似せた服を用意して待っておりました。今年の秋は雨が多うございましたから、雨天の日は由木さんも長靴をはいて来るでしょう。レインコートを着て来ることも考えられます。でも、長靴がどんな色をしているのか、レインコートがどんな色でどのような型をしているのか、本田さんには予測できません。由木さんがコートを二着持っておいでだとすれば、最初の日とつぎの日とべつの色のコートを着て来られたかもしれません。つまり本田さんには適確な予想ができないわけでして。ですから晴れた日が来るまで待たなくてはならなかったのだろうと、こう推測いたしますので」

「待ってくれよ。本田が似た色の服を用意していたとすると、彼もまた入れ替わるつもりだったのかい？」

「はい、アヤ子さんの例にならいまして。ただし今回は単独でやりましたので……」

アヤ子の場合は妹がいた。だが本田は独力で消えてみせたというのである。ハテ……。

「前回と同じ要領で自分だけ家にとって帰りますと、ただちに服をぬぎまして、用意しておいたブルーの服に着更えます。そしてしびれを切らしてやってきた由木さんと入れ違いに外に出まして、電話ボックスの方角へ足早に歩き去るのでございます。途中で道からそれますと、人目のない場所で再びもとの服装に着更えました。これで万事終了です」

「ふむ」

「由木さんは何はともあれ会社に急を報じなくてはなりません。電話は不通ですから、もちろんあれは本田氏が自分で切断したに相違ございませんけれど、由木さんは外の電話ボックスに駆けつけます。いちばん近いあの電話ボックスに」

「ふむ」

「二人の姿は複数の通行人に目撃されていますが、本田さんを見た人たちは彼がブルーの服を着ていたのと体つきや顔の輪郭が由木さん同様の丸顔だったために、てっきり由木さんだと錯覚してしまったというわけでして。もちろん、本田さんは近眼鏡をはずしていたものと存じますが」

「なるほど、よく解った。だがなぜそんな真似をやったのかな？」

「はい、そこまでは解りかねますが、わたくしはふと、数日前の夕刊の記事を思い出しました。麻薬王といわれるペルー生まれの日系三世で、三十五歳の男性です。偽のパスポートを持ってマレーシア人になったりします。もしかするとこの男が本田ではございますまいか」

「ふむ」

「当局の内偵がすすんでいるとしてありますから、人間消失の奇術を演じて人々の眼をそちらに釘づけにしておいて、こっそり日本脱出をはかったのではあるまいかと……」

「面白い仮説だね。では朱田川のほうはどう説明するんだい？」

「はい、これも想像にすぎませんが、家の売買の際の税金を安くするために、朱田川と本田が手を組んだのではございませんでしょうか。格安の値段で取引きしても怪しまれないためには、お化け屋敷にするのがよろしいのではないかと存じます」

バーテンはそこまで語ると、わたしのために慣れた手つきでギムレットをつくってくれたのである。

同期の桜

1

「相変わらず汚い部屋だな」

肥った弁護士は入って来るなり眉をひそめてそういった。

「タイミングがわるかった。いま掃除をしようと思っていたところだ」

言いわけがましく聞こえたかもしれないが、事実わたしは部屋を片づけようと思っていたのである。一週間前から心のなかではそう考えているのだが、生憎なことにホウキがすり切れて役に立たない状態にあった。ホウキを買って来れば問題は簡単に解決する。しかし昨今はホウキの値段がかなり高いものになっている。ホウキを買いに出かけてわたしははじめてそのことを知り、愕然となった。と同時にホウキを買うよりも缶ビールに投資したほうが安上がりであることを悟ったのである。ついでにもう一つ悟ったのは、ホウキでは酔っ払うわけにはいかないがビールを呑めば確実に酔えるということだった。その日以来わたしは幾度か室内をきれいなものにしようと考え、そのたびに缶ビールを呑む結果になった。

「このぶんだと夜中にはさぞかしゴキブリが出て来ることだろうな、何十匹となく」

「そんなことはないさ。こう見えてもわたしは潔癖症の気があってね、一週間毎に殺虫剤をぶっかけている」

「きみが潔癖家だとは思えんが、まあ信じておくことにしよう」

弁護士はハンカチをとり出すとイスのほこりを当てつけがましく拭っておいて、重たそうなお尻をやっこらしょというふうにのせた。

「イスを買い替えるようにアドバイスしておいた筈だが、わたしの忠告は無視されているようだな。わたしはこいつに腰をかけるたびにいつぶっ壊れるかハラハラしているんだ。釘がもろにわたしのお尻につきささって、真っ赤な血がふき出すんじゃあるまいか、とね」

被害妄想の気味がある、と思ったが黙っていた。なんといってもわたしはこの弁護士の雇われ探偵なのだ、ときにはじっと耐え忍ぶことも必要だろう。

あつい珈琲をいれてすすめた。ゴキブリがなめた茶碗じゃあるまいねなどと嫌味をいうのではないかと思ったが、案に相違して素直に口にもっていくとひと口のんでから、旨いと褒めてくれた。

「まさかこんな処でこんな上等の珈琲を飲めるとは予想もしなかったよ」

いうことにトゲがあるけれども、わたしは神経質な人間ではないから平気だった。いちいち気にしていたらこの肥満漢とつき合ってはいられないのである。

半分ほど飲んで一服つけると、弁護士は煙がしみたように手の甲で眼をこすると、肥った体をやおらわたしのほうに向けた。

「三Kスチール事件のことは聞いているだろうね？」

「うちはおめかけさんの素行調査が専門でね、背任事件だの横領なんてことはおことわりしているんだが」

一瞬弁護士はちょっと出鼻をくじかれたような表情を、その血色のいい大きな顔にうかべた。

「三Kスチールが二部に上場している中クラスの鉄鋼会社であることぐらいは知っているだろうが、そこの社員のあいだで起った殺人事件だ。しかも殺されたのは男女ふたりの社員なんだぞ」

「四月のはじめ頃に起った事件ではないのかな。その頃はタイに旅行中だったもんでね」

ちょっとした臨時収入があった上に暇ができたものだから、わたしは一人でタイに十日ほど旅行していた。人には、お寺を訪ねて仏像を見るのが目的だなんて殊勝なことをいっていたが、本当の狙いはチェンマイを尋ねて、美女を侍(はべ)らせてこの世の極楽を垣間見るつもりだった。だが彼女たちは揃ってバンコクへ出稼ぎにいって残るはバアさんばかりというていたらくで、わたしは終始腹をたてどおしで成田に降り立ったのである。三Kスチールの事件なるものは、その留守中に起った出来事なのだ。

「珈琲をもう一杯くれんかね」

弁護士はよほど喉がかわいているとみえ、珍しく追加を所望した。そして熱い茶色の液体をゆっくり味わいながら、三Kスチール事件について説明していった。

「きみがいうとおり事件が起ったのは四月一日の夜のことなんだ。被害者は渉外部の課長補佐をやっていた梅谷満夫、二十九歳という男性で、社長のお嬢さんとのあいだで婚約が成立していた。今秋に挙式をする予定のエリートコースを驀進中という羨ましい若者だった。頭がよくて英語とドイツ語とフランス語を流暢に話すという語学の才能を持っていた。その上に近代的な美青年というわけで、女子社員たちの憧れのまとだったんだ」

「美男子もエリートも嫌いでね」

「黙って聞け。この青年は女子社員ばかりでなく、大半の男子社員のあいだでも好かれていた」

かつてわたしの顔を指さして、ぶっこわれたブルドーザーといった女がいた。相手が酔っていなかったら、わたしはこの女をぶん撲ったに違いなかった。あきらめることを知った中年男であっても、不細工な顔を嗤われるといい気持はしないものなのだ。と同時に、いまもってわたしは、美青年なるものにはある種の反感を抱きつづけている。

「それはお互いさまだ。わたしも美男子には反感を抱くものの一人だが、商売となれば選り好みはしていられない。我慢して先を聞いてもらおう」

皮肉っぽい口調で法律家がいった。

「売れてくると天狗(てんぐ)になるという人間はしばしば見かけるものだ、なにもサラリーマンに限ったことではないがね。さてこの梅谷という男も例外ではなかった。彼は自分と同期に入社した三人に対して、ことある毎に自分の優越性を誇示するようになったんだ。ひらたくいえば三人の同期生を蔑視したというか、無視する態度にでたのだ」

「いやな野郎だね」

「それが反発を招いて命とりになったのだとすると、自業自得とはいえ気の毒なものさ」

「しかしそんなことが引き金になって殺人をやるだろうかな。どうしても我慢ができないというなら会社をやめればいい」

「そりゃどうかね。きみみたいに女房も子供もいない呑気(のんき)な身の上なら安直にルンペンになるのもいいだろうが、妻子がいたり親がいたりすれば腹が立っても我慢しなくちゃなるまい。それが限界にきてとうとう爆発した、というのが当局の考えなんだ」

わたしは一匹狼で生きていることを心のなかで祝福した。この世界には派閥もなければ上司もいない。もし気に喰わぬやつがいたとすれば張り倒してやればいいのだ。快々(おうおう)としてたのしまずなんていうペシミスチックな人生とは全く無縁だから、わたしにはストレスがたまるわけはなかった。もしかするとおれは百歳ぐらいまで生きられるんじゃないか、と思うことがある。

「殺されたのは銀座のバーがたち並んでいる一画でね、後ろから頭をなぐられて即死だった。取引先を招待して一席もうけた後、おひらきになって、いい気持で店をでた。ところがライターを忘れたといって戻ったきりいつまでも帰って来ない。妙だというんで仲間が探しにいったら、路地の片隅にたおれていたんだそうだ」

「…………」

「当局にマークされた人間が三人いた。いずれも社員で、さっきいった同期入社の男たちだ。相手が社長の娘と結婚するということになると、酒の勢いをかりて喧嘩をふっかけるなんてわけにもいかない。どんなに腹が立っても反論一つできないんだ。なんといっても未来の社長だから、せいぜい睨まれないように小さくなっている他はなかった。だからこの三人が捜査の対象となったのは当然なことだ。任意同行という形でしょっぴいて来て、人権無視すれすれのきびしい訊問をやったにもかかわらず、落すことができない。こうして当局がいらいらしていたときに第二の事件が発生したんだ」

言葉を切ると肥った弁護士はさっきのハンカチでおでこの汗を拭いた。彼は冬のさなかでも汗をかくので、麻のハンカチを切らしたことがないのである。わたしは三杯目の珈琲をいれるために立ち上がった。

2

三河島(みかわしま)駅から東へ九百メートルほどいった二階建ての木造アパートに、姫野勝代(ひめのかつよ)は住んでいた。十年前に建造されたこのアパートの住人のなかで一貫して住みつづけていたのは、彼女ひとりであった。

階下の一DKの部屋は小さいながら女性の住居らしく小ぎれいに整頓されており、壁には外国の映画俳優の写真が幾枚も貼ってあった。女優の写真やヌード写真が一つもないところがいかにも独身女性の部屋にふさわしかった。

部屋は和室で、中央にやや小さめの座卓がある。窓を背にしてそのテーブルに坐ると、正面の位置に古い型のテレビがおかれていた。彼女はそのテレビの前で、あたかもスイッチを切ろうとして手を伸ばしかけた恰好でうつ伏せに倒れていた。屍体が発見されたときはテレビがついたままになっていて、側面に向いた彼女の顔は死んでもなおブラウン管を見つめているようだった。

発見者は隣室の主婦である。勝代が出勤する前に預かっていた宅配便をとどけようとして、入口のドアを叩いた。内部からテレビニュースの音声が聞こえてくるにもかかわらず返事がない。妙だなと思ってノブを廻すと施錠されてなかったとみえ、扉はすっと開いた。

「姫野さん、お早う、宅配便が届いているわよ。……ヒーッ」

彼女は派手な金切り声を上げ、これを聞いた夫がワイシャツにネクタイをだらりとさげたままの姿で飛び込んで来た。そこは何といっても男だから、屍体と直面したからといって慌てふためくことはしない。倒れている女をよく観察して、すでに息絶えていること、頸部にビニール紐が喰い込んでいて後ろで固く結ばれていることなどを確認してから一一〇番した。

姫野勝代は若葉色のワンピースに大型のルビーのペンダントをつけ、長い髪を赤い細目のリボンでたばねていた。隣人たちの話によると、ふだんの彼女は、会社から帰宅するとすぐ紺のジーンズにはきかえていたという。その勝代が盛装していることからみて、客の来るのを待っていたのではないかと考えられた。だが昨夜の客が男性であるか女性であるか、遺留品もなければ指紋一つ残していないため、はっきりしたことは判らなかった。判ったのはゆきずりの犯行ではないということぐらいである。

座卓の上にうすっぺらな電卓と二本のボールペンがのっていた。ボールペンのインクは青と赤の二色である。日記を書くのにふた色のペンは必要ないから、彼女は客を待ちながら帳簿でも記入していたのではないか、ということになった。だがその帳簿らしきものはどこにもなかった。

タタキの犯行に見せようとしてか簞笥（たんす）のひきだしや洋服だんす、押入れなどが徹底的に荒されている。発見者である隣りの主婦に見てもらうと、そそけだった顔でおそるおそる現場を見廻していたが、そのうちにポツリとひとこと「金庫がなくなっています」といった。

「濃緑の小型の金庫で洋服だんすの奥の隅にそっと隠すように置いてあったんです。ふたりでスーパーの特売にいこうとしたとき、姫野さんがオーバーを着ようとして扉をあけたときにチラッと見えたんです」

尤もその金庫は犯人が持ち去ったのか、それともなにかの理由があって勝代が処分してしまったのか、そこまでは判らない。しかし荒された現場の様子からみて、犯人が盗み出したと判断したほうがよさそうだった。

キッチンの一隅に、収集日に出すつもりだったのだろうか、口をしばった紙のゴミ袋がおいてある。いちばん年若の刑事が床に敷いた新聞紙の上に中味をあけて、なかのゴミを点検していた。出てきたものはフライパンの油を拭った紙だったり、くしけずられた髪の毛だったり、裁断された布の切れ端だったり、ろくな物はなかったが、唯一つ刑事の関心をひいたのは無造作に突っ込まれていた何枚かのチラシだった。新聞にはさまれて配達される色刷の宣伝ビラである。全部で五枚あって四色刷が三枚、赤と黒との一色刷がそれぞれ一枚ずつ。多色刷のほうは厚手の上質紙を使っていて化粧品とスーパーと、世界の特選品をあつめたというバザールの広告だが、一色刷のほうは建売住宅と特売日のビラだった。刑事が注目したのは、どのチラシにも四角い孔(あな)が幾つかあけてあったからである。魚屋のそれは一個所しかあいていないが、四つ折りにされたバザールのほうは五十個所あまり切りぬかれていた。いずれもカッターナイフのような鋭い刃物を用いたとみえて切り口が鮮やかで、切り取られたのはすべて文字であった。

「先輩、これは何だと思います？」

若い刑事はそういって手にした五枚のチラシを相手にわたした。

姫野勝代が最初はタイピストとして三Kスチールに入り、いまではコンピューター室の長老的存在であることが判った途端に、居合わせた捜査員のあいだで呻き声というか唸り声というか、一種異様な声が上がった。同社のエリート社員が殺され、いまだに犯人の見当すらついていないという話は、三河島署の刑事たちも知っていたからである。ただちに先方の捜査本部に対して連絡がとられた。

3

「姫野勝代は十人並の器量なんだが気のつよいところが男たちに敬遠されてね、三十を過ぎても独身だった」

と、三杯目の珈琲をのみながら弁護士は語りつづけた。

「そんな女を女房にすれば尻にしかれるのはわかりきったことだ。男性にしてみれば、長い一生を押えつけられて暮らすなんてまっぴらだろうからね。で、縁のないことを悟った彼女は金をためることに専心した。同僚社員を対象にサラ金を始めたんだよ。マージャンの賭け金を貸してやるとかデートの晩めし代を用立ててやるとか、最初のうちは親しい仲間だけを相手にしていたのだが、それがクチコミで知られるようになるとお客さんも次第にふえてきてね、近頃ではかなりの額が動いていたんだそうだ。彼女が金を貸す相手は社内の人間に限られていたから、貸金の回収は百パーセント保証されたことになる。会社に出入りする業者などから借金の申し入れがあっても、こちらのほうはニベもなく断わっていたという話だ」

「すると現場から発見された電卓だの赤いボールペンなんてものは、営業用の小道具だったんだな」

「当局ではそう見ている。犯人がやって来るまで帳簿の整理をしていたんだろう。犯人が犯行のあとで持って逃げたとすると、彼もしくは彼女の名もそこに記入されていた、莫大な金額とともにね。そうなるとホシは三Kスチールの社員のなかにいる、と考えられてくるんだ」

わたしは黙って頷いた。わたしが現役の刑事だったらやはり同じ結論に達しただろう。彼女がジーパンをはかずにワンピースを着ていたのも、同僚にみっともない恰好を見せたくなかったからではないか。

「そこで目標を三Kスチールの社員にしぼって徹底的に洗ったところが、予期しないものが見つかった。勝代のゴミ袋から出てきた広告ビラ、あの切りぬいた文字を貼りつけた脅迫文がロッカーから発見されたんだ。そのロッカーを使用していたのが木ノ江芳夫という男で、前の梅谷殺しのときに疑惑の中心人物としてマークされた三人組のなかのひとりだったから、古いたとえだが合同捜査本部は鬼の首を取ったみたいに凱歌をあげた」

「本人は自白したんですか」

「否定している。自分は姫野から督促状を貰ったことはない、自分は彼女を殺したりはしない、と。だが、当局は頭から彼がシラを切っているものと思っているんだ」

「脅迫状の内容はどうなんです」

弁護士は上衣の内側に手を突っ込んで手帳をとりだそうとして、いまいましそうに舌打ちをした。

「わたしも齢だね、事務所の金庫に入れたまま忘れて来た。しかしおおまかな内容は覚えている。わたしは目撃者、というのが書き出しで、銀座で映画をみたあと、たまたま屋台のラーメンを喰べていたときに何気なく路地のほうを見やると、ふたりの男がもみ合っている。そのうちに一方が他方を撲り倒して逃走したが、それがあなただったというのだ」

「それだけじゃ脅迫にはならないでしょう」

「勿論。だからその後に具体的な指摘が箇条書にされている。木ノ江芳夫の服装とか兇器がハンマー様のものだったとか、逃げた方向が路地の奥のほうだったとか。あそこは三軒のバーとスナックが一つのトイレを共同に使っている、といっても磨き上げたピカピカのトイレだがね。犯人はそのトイレに入って逃げたに違いないとか、犯人が読んだらギクリとするようなことばかりだ。そして、沈黙をまもって貫いたければ十万円を持って来いということが事務的な文句で綴られていた」

「沈黙の代金として十万円也は決して高くはないね。なんたって殺人の目撃者だからね」

「そう、殺人の代償としては安すぎるくらいだ。つまり、彼女がひきつづきこのことをネタに金をむしってやろうという魂胆が見え見えなんだな。当局もそう考えた。禍根を絶つためには本人の息を止める以外にはない。木ノ江がそう決意したのは当然だ、とね」

「木ノ江は否定したということですが、これだけ具体的に服装まで述べられたのではどうしようもないでしょう」

「いや、この手紙の差出人が姫野勝代だったとすると、彼女は会社で事件当日の木ノ江がどんな服を着ていたか見ているわけだから、ネクタイから靴下の模様まで知っていたとしても当然のことなんだ。木ノ江がトイレに逃げ込んだと見ていたようなことをいっているのもハッタリにすぎない。彼はそう反論している」

ひとしきり額に吹きでた汗をぬぐうと、弁護士は急に疲れたような、のろのろとした口調になった。

「わたしは真犯人はべつにいると思う。そいつが姫野勝代を殺して、自分あてに届いた脅迫状を彼のロッカーに入れておいたのだ、というふうにね。しかし当局はそう考えていない」

「なぜです」

弁護士はわたしを見つめた。彼の大きな顔が急にしぼんで小さくなったような気がした。

「同期に入社した若者が四人いた、といったっけね。一人は殺された梅谷でもう一人が木ノ江だ。彼は任意出頭の名目で逮捕されて連日取調べられている」

「………」

「残った二人は井中洋一と蟹沢渡といって、同じ大学出の先輩後輩の関係なんだ。蟹沢のほうが一年おくれて入学している。井中は一年ちかく他の会社にいて、改めて三Ｋスチールに入った。それで同期入社ということになったんだけどね。そういった関係からふたりは仲がいい。一応は調べられたんだが、それ以上の進展はなかった。姫野が殺された晩の彼らにはどちらもアリバイがあったからなのだ」

弁護士の「注文」は木ノ江がシロであることを証明して貰いたい、ということだった。

「仮りに証拠不充分で釈放されたとしても彼は生涯うさん臭い眼でみられなくてはならない。潔白であれば俯仰して天地に愧じることはないだろう。理屈はまさにそのとおりだがサラリーマンの社会ではそれは通用しない。出世コースからはずされて、やっと課長かなんかで停年退職を迎えるということになるんだ。木ノ江にとってみれば降って湧いた災難だが、それを災難でなくするためには犯人の正体をつきとめる以外にはない。そこできみに一肌ぬいで貰いたいんだよ」

弁護士はひと息ついて顔の汗をふくと、急に声をセーヴした。人が見たなら、コソ泥に入る相談でもしているように思っただろう。

「大きな声ではいえないが、わたしは井中か蟹沢のどちらかが犯人であってもおかしくはないと考えている。親友同士なんだから、なんとか知恵を出し合えば、アリバイをでっち上げることもそう難しくはあるまい」

話を聞き終わったわたしはタバコに火をつけて、思いきり深く吸い込んだ。よく寝起きの一服がうまいとか食後の一本がうまいとかいう人がいるが、わたしの場合はこの肥った弁護士の長話のあとでのむタバコが何にもましてうまかった。

「まあ、やれるだけはやってみるけどね」

「おいおい、そんな逃げ腰じゃ困る。いつものファイトはどこへいったんだ」

弁護士はハッパをかけるように声を大きくした。

「で、井中洋一と蟹沢渡のアリバイってのを教えてくれないか」

「それはきみ自身で調べることだな。それがきみの商売じゃないか」

と彼はそっぽを向いて答えた。そして思いついたようにつけ加えた。

「姫野勝代の部屋から消えた金庫は、近所の小学校の校庭に捨ててあった。発見したのは三年生の生徒だったがね。だが中味はからだった」

4

わたしが蟹沢と井中に会ったのは翌日の夕方のことだった。

井中洋一とはその日昼めしどきに、会社の近くのレストランで話を交わしている。食事に出かけた井中を尾行してわたしもその店で食事をし、頃合いを見て声をかけたのである。そうした呼吸は、自慢ではないがキャリアが二十年になるわたしだ、名人の域に達しているといっても言い過ぎではないだろう。こうした場合、わたしは、相手によってこわもてになることもあれば、千年の知己に対するときのような笑顔になることもある。そのときのわたしは、井中のハートがとろけるんじゃないかと思うほどのとっておきの笑い顔で話しかけたのだが、彼はそれには応えずに、逃げる以外に身をまもるすべのない小動物のような眼でわたしを見た。見ず知らずの男からいきなりアリバイの有無を訊かれるなんてことは無礼この上ない話だ。わたしの経験からすれば、こうした場合に威丈高になって質問をつっぱねるほうが多いのだ。が、井中洋一は違っていた。そういう話なら蟹沢君と一緒のほうが具合がよさそうだ。あらためて退社後に近くの喫茶店で会いたいと思うがそっちの都合はどうか。彼のほうからそう提案してきたのである。

その喫茶店というのは大通りからちょっと入った目立たぬ店で、珈琲だのショートケーキといったありきたりのものはなく、抹茶に和菓子だけをサーヴしている。

「雰囲気が落着いていますからね、こういう話をするときは持って来いの店なんです」

蟹沢渡が人なつこい調子でいった。さがり眼のせいかいつも笑いかけているようで、愛想のいい男という印象を受ける。がっしりとした体格に似つかわしく顔の輪郭も角張っていて、剛毛というのだろうか髪はポマードに反抗するかのように天井をさして逆立っていた。陽に焼けたのか顔色が黒い。

井中洋一のほうも中肉中背で、肩の張ったスポーツマンタイプの男だったが、色が白くて眼鏡がよく似合う典型的なインテリづらをしている。彼が、どちらかといえば消極的な性格の男であることは、昼食時にかわした会話から判っていた。しかしそうした性格の人間のほうが土壇場に立たされた場合に信じられぬほど行動的になることを、わたしは自分の体験からよく知っているつもりだった。

「全社員がまだショックから回復していませんね。梅谷さんが殺されたというだけでびっくり仰天しているのに、追い討ちをかけるように姫野さんまで殺されたんだから」

「姫野さんといえば」

それまで黙っていた井中が発言した。彼はわたしのほうは見向きもしないで、もっぱら同僚に話しかけた。

「あの日、退社する直前に用があってコンピュータールームに入っていったんだ。若い女の子はみんなこれからデートをするというんでお化粧したりしてはしゃいでいる。だけど姫野さんはああいった性格だからデートを申し込む酔狂なやつもいない。彼女だけが浮き上がった感じで、淋しそうだったよ」

「そりゃ気のせいだよ。気の強い彼女のことだ、絶対に弱味は見せないと思うな」

「いや気のせいなんかじゃない。笑顔をうかべていないのは姫野さんひとりだったから。派手な赤いブラウスを着ているだけに、いっそう淋しさが浮き立って見えた。殺されてみると可哀相な気がしてならない。一度ぐらい食事に誘えばよかったと思う」

「あんたは思いやりがあるからな、彼女に同情したくなるのも無理はないけど、一度でも一緒にめしを喰ったら最後だ、自分に気があると思って喰いついたきり離れやしない。ほら、シンドバッドの冒険談のなかにそんな話があっただろ、弱々しい老人を背中にのせてやったらダニのようにくっついて、振り払おうが振り落とそうがしがみついて離れようとはしない。シンドバッドがほとほと閉口したというエピソードだよ。あんたも危くそうなるところだったんだ」

蟹沢のこうした言い方に対して井中はべつに反対するふうでもなかったが、彼の翳った表情は最後まで晴れることがなかった。

蟹沢は相棒の気持なんかを気にするようなたちではないとみえて、黙り込んだ井中をそっちのけにしてわたしに話しかけた。

「推理小説や新聞の社会面を読んでいるとやたらに人殺しの話がでてきますが、身近で事件が起って、べつに親しくはないにせよ、朝晩ことばを交わした人がむごたらしく殺されたとなると、これはもう青天の霹靂でしてね、わたしにしても仕事が手につかないという有様です。しかも、われわれは犯人じゃないかと妙な目で見られて、警察へ呼ばれたりしたものですから、正直のところかなり参っています。刑事なんてものは……」

言いかけ口をつぐむと、蟹沢はとってつけたように抹茶茶碗を手にして緑色の液体を飲んだ。彼が苦い表情をうかべたのは、梅谷事件の際の警察から受けた苛酷な取調べを思い出したせいか、それとも抹茶が苦かったせいだろうか。

元来が口数の少ないたちなのだろうか、必要以外のことを、井中はほとんど喋らなかった。気がついてみると抹茶にも、そしてピンクの花をかたどった和菓子にも手をつけていなかった。尤も、そういうわたしもネリキリなんて見るのもいやというたちだから、井中も酒党なのかもしれない。

わたしは木ノ江のことをちょっと話題にした。

「木ノ江さんはシロです、わたしはそう確信しています」

井中が短く答えた。黙っていて妙に勘ぐられては困るから答える、といった口調だった。

「近々ふたりで面会にいこうといっているんです。会わせてくれるかどうか知りませんが、なんといっても同期入社の仲ですから。多分、やつれているでしょうな」

「シロだと確信する理由はなんですか」

井中は口のなかで何かつぶやくと視線をそらせた。心にもない発言をしたのを悔いているのか、口下手で咄嗟にうまく説明できないのか、そのどっちかだろう。それ以上はどちらも木ノ江のことを口にしないので、わたしは本題に入ることにした。

「姫野さんの家は北区だか荒川区だったと思いますが、事件のあった時分わたしたちは、新宿で呑んでいたんです。どちらも中央線の沿線に住んでいるもんだから、新宿で途中下車することはちょくちょくあります」

方角が同じということで二人は一緒に帰ることが多い。休日には誘い合って海釣りにいくこともある。蟹沢はそう説明した。二人が揃って行動するのは半ば習慣的なことであり、たまたま事件が発生したときに一緒に呑んでいたからといって不思議でもなんでもない。妙な眼つきで見ないでくれ。おそらく蟹沢は言外にそういいたかったのだろう。

小料理屋にでも上がって呑んだのかと思ったらそうではなく、屋台の梯子をしたのだという。

「屋台でありながら鬼殺しという旨い酒を呑ませるところがあるんです。そこでおでんを一皿喰ってお銚子を三本ずつ呑んで、かなり出来上がった頃にラーメン屋の屋台に首を突っ込んで、チャーシューめんを一杯ずつ喰いましてね、その後近くの喫茶店に入ると珈琲を飲んだんです。梅谷さんの事件があって以来、警察からは疑似犯人にされるし、毎日が不愉快で仕様がなかった。どちらからともなく、パーッと発散しようじゃないかということになったんですよ」

あの肥った弁護士の説明によると嫌疑は一瞬にして晴れたかのようであったが、そうスピーディにはいかなかったらしい。

「屋台の人が覚えていてくれるといいんだが」

「覚えていると思いますね。刑事がウラをとりにいってるんだから、印象に残っているはずです」

刑事の調査結果はシロと出たのだ、と蟹沢は語った。酒好きの彼は両刀使いとでもいうのか、甘味にも目がないらしく話のあいだに旨そうにネリキリを喰ってしまうと、隣りの丼中の皿にも手をだした。二人が遠慮のない親友同士ということがよく解った。

「話が変わりますが」

わたしは言葉を切って抹茶を飲んだ。わたしみたいながさつな男には、こんなときでもないと抹茶なんてしろものを味わう機会はない。

わたしはひと口ふくんだきりで茶碗をテーブルにのせた。そしてわたしの舌には焙じ茶（ほうじちゃ）のほうが向いていることを改めて認識した。こんなへんてこなものをいつだれが発明したのだろうか。もしかするとこれは中国から渡来したもので、あちらでは漢方薬として飲んでいたのではないだろうか。

井中たちはわたしが何を言い出そうとしたのか摑みかねた表情で、話のつづきを待っていた。

「……姫野さんは小金を貸していたという話ですが、あなた方はどうです、借金しているんじゃないですか」

二人ともとんでもないというふうに早口で否定した。が、帳簿の行方が不明になっているいまの時点では、彼らのいうことを信じてよいのかどうか解らない。

「早速あたってみますがね、屋台には屋号もなければ看板を上げているわけでもないからなあ」

わたしのオンボロの事務所は新宿の伊勢丹裏にある。だからこの辺の地理には明るいつもりでいるが、無数の屋台を探してまわるとなると簡単にいくかどうか自信がなかった。

「大体の位置は判っていますから略図を書きます。しかしですね、屋台のおやじにこんな男が呑みに来なかったかと訊ねても、顔写真がなくては話にならんでしょう」

「そう。だからポラロイドカメラを用意して来たんです。ここでスナップを一枚——」

「いや、写真はおことわりしたいですな。特にぼくは写真うつりが悪いたちでしてね。間抜けづらの写真を持って歩かれるのはどうも気がすすまないです」

わたし自身が不細工な顔をしているものだから、蟹沢の気持はわからぬわけでもない。

「社員名簿から複写したものを上げます。あれは何枚か写したもののなかでいちばん美男子にとれたやつを提供したんです」

男にも見栄があるんだ、蟹沢はそういっておかしくもないのに声をたてて笑った。だが井中は黙りこくってニコリともしなかった。

5

写真のコピーを受け取ったあと、入口のホールにさしかかったとき、音もなく、まるで忍び足のように近づいて来た男がいた。浅黒い精悍な感じから、スポーツマンではないかと見当をつけた。資材課の盛岡雪彦(もりおかゆきひこ)という者だ、と彼は自己紹介した。

「いままでわたしもあの喫茶店にいたんです。蟹沢君たちがいく鬼殺しのおでん屋には、わたしもちょくちょく立ち寄ります。案内して上げましょうか」

案内してもらえば呑み代は当方持ちということになるが、経費の一切は弁護士が払うしきたりになっているので、わたしの財布が軽くなることはない。メートルが上がればこの男の口も軽くなるだろうし、社内の情報が聞けるかもしれない。すばやくそう打算的に考えて、盛岡の申し入れを受けた。

「一緒にいるところを見られるとまずいんで、ぼくは先に出ます。少し離れてついて来てくれませんか。探偵さんだから尾行はお手のものなんでしょう?」

返事も待たずに歩道へ出ていった。

彼のいうとおり尾行することには慣れている。尾行は探偵術の初歩であり、琴でいえば「六段の調べ」に、川釣りでいえば鮒釣りに似ていた。易しいようでありながら気を抜くことができないのだ。ときにはベテランの刑事でさえ振り切られて地団駄ふむことすらある。尾行のいちばんのポイントは相手につけていることを悟られぬ点にあるのだが、この日の尾行は相手がそれを承知しているのだから、こんな楽なことはなかった。適当な間隔をおいて歩道から地下に降り、地下鉄で新宿へ向かった。

わたしが連れてゆかれたのは花園神社に近いバス通りだった。屋台はその通りを背にして、歩道に店をひろげていた。電灯をともした赤い提燈に墨黒々と「おでん燗酒」と書いてある。おでん屋のほかにラーメン屋、ホルモン焼、冷凍のとうもろこしを焼いているの、屋台はほかにも沢山あるから、盛岡という水先案内人がいなかったらわたしは苦労したに違いなかった。

「おじさん、鬼殺しをたのむ」

「あいよ」

屋台のおやじは五十がらみの瘠せた男で、小ざっぱりしたワイシャツを着て、角刈りの頭に手拭で鉢巻をしめていた。おでんの鍋はきれいに磨かれていて気持がよかった。とりたててきれい好きというわけではないが、喰い物は清潔さが第一だとわたしは考えている。もう一つ、わたしが気に入ったのは鍋の中味が保守的なことだった。ジャガイモもなければ串刺しにされたウインナソーセージもない。

「あれは邪道ですからね。若いお客さんのなかには結構注文する人があるんですが、しがない屋台のおでん屋でも、わたしにはわたしなりの心意気ってものがあります。ソーセージを煮ると豚くさくなって他のネタがまずくなるんですよ」

わたしがちくわぶとがんもどきをくれというと、おやじは一段とはずんだ口調になった。

「旦那は江戸の生まれでしょう。東京生まれの人はちくわぶを注文してくれるんですぐに判るんです。ところが地方出身の人にはどういうわけか人気がなくてね、こんなうどん粉の化け物みたいなものは喰えねえと、こうくるんですよ」

地方の人がうどん粉を固めたようなちくわぶに馴染めない気持も理解できないではないが、なんの変哲もないあの味が、幼い頃から喰べなれている人間にはこたえられないのである。うまいというよりも懐かしい味なのだ。

「しかしなんだね、われわれからすると関西のうす味に煮たおでんは物足りなく感じるみたいに、子供の時分に覚えた味というものはどうしようもないんだね」

「ですがね旦那、近い将来東京でもおでんのことを関東炊きなんていうようになるんじゃないかと、わたしは心配してるんですがね。関東の人が炊くというのは、めしを炊くとき以外にゃいわねえんだが、この頃テレビや新聞を見てみなさい、料理の先生だの研究家なんて連中がしきりに炊く炊くといってやがる。カボチャと筍の炊き合わせだとか、お豆さんのやわらかな炊き方とかね。スキヤキだって関西語だというじゃないですか。それまでの東京じゃ牛鍋とかなんとかいってたんでしょ。そのうちに何から何まで関西語に征服される。わたしはそう心配しているんですが」

「そういえばテレビのクイズ番組の司会者は九〇パーセントが関西系の落語家だね。すでに征服されている」

一皿喰いおわった盛岡がタバコに火をつけながら話に加わった。選手交替だ、わたしはそう考えてがんもどきを「征服」しにかかった。まだ時刻が早いせいだろう、客はわたしたち両人だけであった。

しかし、いつ三人目の客が入って来るか知れたものではない。わたしは皿の上に箸をのせると、上体をちょっと折り曲げて上衣の内ポケットから先程のコピーをとりだした。

「酔っ払わないうちに確かめておきたいんだけど、この人に見覚えあるかな」

わたしは写真をおやじの鼻先につきつけた。彼は老眼鏡をとりだしコピーを電灯の真下に持っていった。そうするときの彼は急に十歳もふけたように見えた。

「覚えてます。このあいだも刑事さんに訊かれたからね。何かやったんですか」

「当人たちは何もやらないっていってるんです。それを確かめる必要があってね」

客商売の人々によく見られる例だが、彼も記憶力はよかった。姫野勝代が殺された頃に写真の男たちがここに来て飲食していたことを、おやじは自信に充ちた口調で明言した。

「刑事さんにもいったんですけどね、この眼鏡をかけている人のことを井中さんと呼んでたね。井戸の中の蛙ってことをよくいうでしょ、それで覚えているんですよ。尤も、どんな字を書くのか知りませんがね」

わたしは、彼が思ったとおり井戸の中と書くのだと答えた。

「井中さんは相手をどう呼んでいたんですか」

「さあ、そこまではね。ニックネームなんかじゃなしに苗字を呼んでいたことは確かだが、そこまではね。あたしがもう一つ覚えているのは警察を批判していたことだな。依然として前近代的だ、新庁舎ができても中味は古いってね。それからもう一つ、鬼殺しは何処の地酒かって訊かれた。これは岐阜県の酒なんですがね」

わたしは日時についてくどいほど念を押した。が、彼の答は明確で嘘をついているとは思えなかった。

再び略図をたよりにラーメンの屋台を探した。あたりは一段と暗くなり、ラブホテルのネオンがいやに目についた。

ラーメンの屋台は眼に入るだけでも四軒あって、略図のそれがどの店を示しているのか判然としなかった。わたしは元祖サッポロラーメンを当たり、長崎名物チャンポンラーメンを当たり、三軒目の普通のラーメン屋が目指す店であることを知った。中年の主人は白衣を着て白い帽子を斜めにかぶっていて、わたしなんかよりも遥かに知的な顔付をしていた。脱サラをしたものの、ことが計画どおり運ばなくて、心ならずも屋台を引きながら再起のチャンスを狙っている。わたしはそんなことを空想した。

彼もまた刑事が尋ねて来たことで井中たちの記憶が鮮明になっており、わたしがさしだしたコピーの写真を見て、間違いなくこの人だと言明し、それが姫野勝代の殺された犯行時刻にダブっていることを語った。ここでの収穫はラーメン屋が二人の姓を覚えていたことで、井中、蟹沢と呼び合っていた、と記憶力のいいところを見せてくれた。

「蟹沢さんはチャーシューを余分に入れてくれといいましたね。井中さんに『そちらさんは？』と訊きますとシナ竹をふやして貰いたい、自分はあれが大好きなんだといいました。そうしたことも覚えていますね」

「それじゃわたしもスペシャルメニューをたのむ。チャーシューをふやして……」

「ぼくは井中君のまねをしよう、シナ竹を沢山入れて」

われわれはそんな注文をして、できたての熱いやつを胃の腑に送り込んだ。

「姫野さんも可哀相なことをしました。一日おきに銀座のヘルスセンターに通って、減量に励んでいたそうですがね」

と、丼を抱えた盛岡がしんみりと述懐した。

「勝気な女性だったそうですな」

「ええ、社内の評判はそうでした。名は体をあらわすというがその通りだなんて。でもそれが持って生まれた性格ですからね、自分の欠点は本人がよく知っていたろうと思います。ただ、知っていながらどうすることもできなかった、というところじゃないですか」

彼は音をたててスープを啜った。わたしは塩分の摂取を控えることにしているから、そのまねをするわけにはいかない。若いことはいいことだ。ラーメンを喰いながら痛切にそう考えた。

「そのルビーは似合うねと彼女にいったのが、最後の会話になったんです」

ちょっと口をつぐんだ。

「あの日の午後、会社の廊下ですれ違ったときのことでね。人間の命ってわからないものだなあ」

二人でダブルスを組んでテニスの対抗試合にでたとき、彼女がいきいきとして非常に楽しそうだった。盛岡は懐かしそうに語ると、スープを一滴のこさず啜って丼をおいた。

井中たちが珈琲を飲んだという店は、名前が判っていたのですぐに見つかった。その前まで来て思い出したのだが、通りすがりにわたしも二度ばかり入ったことがある店であった。新宿という喧騒な街にありながら、店のなかは静かでテープの音楽もながれていない。客の誰もが、ここに来ると生き返ったようなほっとした思いになるに違いない。前回ここに来たとき、そう思ったことだった。

この夜も、店のなかは静寂そのものであった。三組の客はテーブルの上の蠟燭に頬をよせるようにして、声をひそめて語り合っている。三十半ばのマスターは鼻の下に美事な八の字ヒゲを生やし、細身のズボンに象牙色のチョッキという洒落た恰好だが、それが店の雰囲気にマッチしていた。

こうばしい珈琲のにおいに誘われたわたしは、キリマンジャロを注文した。盛岡もそれにならった。

盛岡が手を洗いにいくのと入れ違いに、マスターが珈琲を持って来た。わたしの顔を覚えているとみえて彼は愛想がよかった。わたしは、コピーを取り出すと、このチャンスを利用して早速「訊問」にとりかかった。

「ええよく覚えています。刑事さんからも同じ質問をされたものですから。お二人はとても仲がよさそうで、蟹沢さん、井中君と呼び合っておいででした」

わたしは日付や時刻をなぜ記憶しているのか、と反問した。

「その点も刑事さんからも訊かれたのですが、片方のお客さんがライターを忘れられた。百円ライターですけど、忘れ物である以上は保管しておかなくてはなりませんわけで。そうした次第でノートにテーブル番号や日時を記入しておいたんです。ですから、簡単に判ったんです」

筋はとおっている。井中と蟹沢のアリバイはこれで確立した、とわたしは思った。

マスターとの話が終わった頃に盛岡が戻って来た。

「きれいなトイレですよ。豪奢なトイレといったほうが当たってるな。まるで王様ご専用といった感じで。後学のために探偵さんもいってみたらどうです?」

「わたしはいい。あんたほどスープを飲まなかったから」

と、わたしは答えた。

6

喫茶店を出たところで盛岡と別れた。わたしの事務所はここから歩いて十分とかからぬ目と鼻の先にある。珈琲を飲みなおして、一時間ばかり調べ物をしようと思った。

汚れた事務所に戻ると心から安らぎを覚える。やはりわたしは乱雑な部屋のほうが性に合っているようだ。が、金庫から書類をとりだして机の上にひろげてみても、一向に没入することができない。心のなかに何かひっかかるものがありながら、その正体を把握することができないのだ。何が気にかかっているのか。

わたしは書類を金庫にしまい込むと、上衣を脱ぎネクタイをゆるめ、ワイシャツの袖をたくし上げておいてから、貰いもののワイルドターキーを机にのせた。薬くさいウイスキーよりもバーボンのほうがはるかに旨い。わたしの場合は、アルコールがまわるにつれて頭の回転がはやくなる。勿論、適量を越えなければの話である。

　さて、わたしを釈然としない気持にさせたのは何か。わたしはまず、それが自分の眼に触れたもののなかにあったのではないかと考えた。職業柄わたしは見たもの聞いたものをかなり正確に掴んでいるし、またそれを再現することができる。そこで今日接触した三人の男、つまり井中洋一と蟹沢渡、それに盛岡雪彦に対象を絞って、「心のカメラに焼きついたもの」を頭のなかで再現してみた。三十分間ちかく考えていたが、これはと思うような発見はなかった。

　ついで耳から入った会話のすべてを順を追って再生することにした。井中の眼鏡がよく似合う知的な顔、髪の濃い蟹沢の角張った顔を心に描いて、彼らの語ったことを逐一思い出してみる。その後で盛岡とのやりとりを検討したが、別段おかしなところもなかった。尤もその頃はバーボンが効いてきて、適量をいささかオーバーしたためいい気持になり、同時に脳の働きもいくらか鈍くなったものだから、仮りにそこに何らかの矛盾点があったとしても気づくことができなかったのかもしれない。

　わたしは瓶に栓をすると蛇口をひねってグラスを洗い、ついでに頭から水をかぶって酔いをさました。

　盛岡たちの発言に引っかかる処がないとするならば、問題は屋台のほうにある。そう考えておでん屋、ラーメン屋におけるやりとりをチェックしてみたが、やはり収穫はなかった。

残ったのは喫茶店のマスターだけである。この、わたしの胸にひっかかっているのは一体何物なのか。

マスターの語った言葉がわたしの頭のなかで再生され、聞こえてきた。そして終わりの部分にさしかかった瞬間、わたしは自分を悩ましつづけた矛盾点に気づいたのである。

見るからにスタイリストらしいあのマスターは、チョッキの縁に指をひっかけたポーズで、いささか気取った口調でこういったではないか。「とても仲がよさそうで、蟹沢さん、井中君と呼び合って……」と。蟹沢と井中は同期の入社だが、大学では井中のほうが一年先輩だという。したがって蟹沢君、井中さんと呼ぶなら理解できる。それをなぜ蟹沢さん井中君と呼んでいたのだろうか。なぜ立場が逆転したのだろうか。

われながら意地が汚いと思うが、わたしはまた立ち上がってバーボンを取って来た。そして濡れたグラスに酒を充たした。

まず考えられるのは、マスターが聞き違えた、あるいは彼の記憶が違っていた、もしくは言い間違えたことであった。つぎに考えられるのは、「井中が先輩だ」と語ったのは弁護士の発言が間違ったのであり、蟹沢のほうが先輩だったのかもしれない。そしてこの解釈が当たっているかどうかを知るには、もう一度当人に電話してみればいい。簡単にかたがつくことなのだ。

だが、わたしみたいなベテラン探偵はもう一段深い読みをする。弁護士も喫茶店のマスターも正しいことを語ったとしたらどうなるのか。その場合の答は一つしかない。あの夜蟹沢と行動を共にしたのは井中洋一ではなく、顔や姿が似ていることからおしはかって、洋一の弟であった……。

仮りにこの弟の名を洋二ということにしよう。洋二と蟹沢は高校あるいは大学が同じだったのかもしれない。だから蟹沢はこの後輩を井中君と呼んだ。兄の親友である蟹沢は、弟の洋二に対しても親近感を持ったろうし、ときにはゆきつけのおでん屋に連れて行ってご馳走することもあったろう。

洋一のアリバイは崩れた、蟹沢と呑んでいたのは替玉の弟のほうであった。わたしの推測が当たっているとすると姫野勝代に恐喝されていたのは木ノ江ではなく、井中洋一ではなかったかというふうに考えられてくる。彼が自分の計画を蟹沢に打ち明けたとは思えないが、なにか口実をもうけて蟹沢と洋二がおでん屋に行くようにお膳立てしたということは推測できる。蟹沢が洋一と口裏を合わせて、鬼殺しを呑んでいたのが洋二でなくて洋一である如く偽証したのは、相手が親友であり同学の先輩であったためかもしれないし、もっと深い利害関係が介在していたのかもしれない。

この仮説が当たっているか否かを確かめるために、わたしは翌日になるのを待って井中の家に電話をかけ、ある会社のセールスマンだと嘘をついて、受話器をとった母親らしい人に弟の存在を訊ねてみた。汚いやり方ではあるけれど、こんなことはプロの探偵にとって日常茶飯事なのだ。わたしの言葉を信じた老婦人は次男がいること、洋一と同じように眼鏡をかけていること、名前は精二（せいじ）ということを答えてくれた。

「相済みません、どうやら同姓同名の別人のようです」

わたしは丁重にこういって通話を切った。

7

「そういうわけでホシは井中洋一だと信じてね、大いに意気込んで当人に会ったんだが、三度目にやっと本当のことをいってくれた。梅谷に水をあけられて嫌気のさした彼は、コネを利用して別会社に入ることを画策した。梅谷がいなくなった以上いまの会社に勤めつづければいいわけだが、いまさら断わるわけにはいかなくて、先方の部長と浅草の料亭で面談していた。それがたまたま姫野勝代が殺された頃だったんだよ」

なかに一日おいた日の夕方、わたしは数寄屋橋の三番館ビルのてっぺんで、マスターと向き合っていた。

「その話は成功しなかったので、何事もなかったような顔で三Kスチールに居残ることにした。ところがここに、姫野殺しの疑惑人にされるという予期しない事態が出来した。井中洋一としては浅草で呑んでいたという当夜のアリバイを持ち出すわけにはいかない。だが天の助けというか、弟と後輩の蟹沢がおでんを喰ったりラーメンを喰ったりしていたという話を聞いて、これ幸いとばかり自分が呑み歩いていたようにすり替えたというんだ」

早目に来たのでこのバーにいるのは『三番館』のバーテンと数名のホステスだけで、会員の姿はなかった。わたしも誰はばかることなく彼の知恵を借りられるというわけである。

「井中洋一が『面接試験』をうけていたのが事実であることは、当の部長が立証した。こうなると八方ふさがりでね、木ノ江以外に犯人はいない、そう考えないわけにはいかないんだよ」

バーテンはときどき相槌を打つきりで、黙々としてグラスを磨いている。それも、一度磨いたやつを飽きもせずに磨きつづけるのだ。そのうちにグラスがすり減ってなくなってしまうんじゃないかと心配になるくらいである。

わたしは彼のご託宣を仰ぐときは細大もらさず一切合財を語って聞かせることにしている。自慢を繰り返すわけではないが記憶のいいわたしは、関係者と交わした会話の端々まで覚えているのだ。そのなかのどうでもいいような詰らぬ些細な断片からバーテンが真相に到達するのが毎度のことなのであった。

バーテンは目をかるく閉じて沈思し黙考すること三分間……。

ついでわたしのためにバイオレットフィーズを二つつくると、「一つはわたしが頂きます」と珍しいことをいって、アザレヤの鉢に水を与えていた丸顔のホステスに声をかけた。藤色の服がよく似合って、彼女を上品で清楚なひとに見せている。頸の細い笑顔のきれいな人で、わたしもこの女性には好感を持っていた。

「なんでしょうか」

「ちょっと意見を訊きたいんだけどもね、このカクテルを持ってポーズをとるというのはどうだろう？　そう、右手でグラスを持って左手でそっと添える……」

「いやだわ、このお洋服のときはピンクレディかなにかにして頂きたいですわ。バーテンさん、服飾のことご存知ないのね」

問題にならないというふうにころころと笑うと、わたしに会釈をしてテーブルの鉢へ戻っていった。

「駄目か」

バーテンの口のあたりがひくひくと痙攣すると思うと、微笑とも苦笑ともとれる笑いがうかんだ。

「では失礼して頂きます」

彼はグラスを目の高さに上げてちょっと頭をさげ、かるく口をつけてから卓上においた。わたしは無言で甘いカクテルを呑んでいた。グラスを白布で磨きながらわたしの話を聴いていたバーテンが、その手の動きをとめた瞬間に、彼の美事に禿げ上がった頭のなかに何かがひらめいたに違いないことを、いままでの経験でわたしは悟っていたのである。黙ってうす紫の液体を呑みながら、彼の講義の始まるのを待っていた。

「もう一度うかがいますが、最初の事件の被害者である梅谷満夫さん、この方に恨みを持つとか、金銭的な貸借関係にあるとか、つまり動機のあるものは、木ノ江さんたち三人以外にはいないのでございますね？」

「ああ、いない。それは警察の調べではっきりしているんだ。木ノ江、井中、蟹沢の三人にとっては不倶戴天（ふぐたいてん）の敵だったが、他の社員からは好感を抱かれていた。頭は切れるしハンサムだし、やがては社長になるものとして女子社員は尊敬している。男性の社員は一目おいていたんだな」

「解りました。では申し上げますがわたくしの解釈はこうでございます」

わたしはイスの上で居ずまいを正した。わたしが仮りにキリスト教の信徒で牧師さんの説教を聞くとしても、こんなに真剣な顔をすることはないだろう。

「この事件の犯人はなかなか頭がよろしいですね。警察も、こう申しては失礼でございますがあなたさまも犯人の偽瞞（ぎまん）にまんまと落ち込んでおいでです」

そういわれても、わたしには何のことだかさっぱり解らない。

「犯人の本当の狙いは姫野さん殺しのほうにありますので。動機のない梅谷さんを殺したのは当局の眼をよそにそらせるための目くらましであると共に、嫌疑を木ノ江さんたち同期入社の人々に向けるのが狙いでございましょうね」

「…………」

「計画はうまく運びまして、木ノ江さんたちに捜査の網が絞られました。犯人は本命である姫野さんを殺しますと、あたかも梅谷事件を目撃していたような脅迫状をこしらえました。そして木ノ江さんのロッカーに入れておきましたわけで……。その脅迫状作成に用いた広告を、姫野さん殺しのあとでゴミ袋につっこんでおいたのでございます」

「…………」

「動機は、姫野さんから借りたお金で首がまわらなくなったためと存じますが、たぶんあの日は『今夜は全額をそろえて持っていくから』とでもいっておいたのでございましょう。ですから姫野さんはそれを真に受けて、ふだん着でなしにいい服を着て、お気に入りのペンダントをつけて待っておりましたので」

なるほど。わたしは無言で頷いた。犯人が室内を荒したのは自分の名が記入されている帳簿の類を持ち去るためだったろう。何冊あるかわからないから徹底的に探して……。

「で、犯人は誰？」

「盛岡雪彦ではないかと存じますが。犯人としては捜査の進展が気にかかるのは当然なことで。でございますから、退社後にどこそこの店で私立探偵と会うなどという井中さんと蟹沢さんの会話を耳にしますと、それがどんな内容か気にかかります。そこで先廻りしてその店で抹茶なんぞを飲んでいたのでしょうね。そしてコピーを受け取って出ようとするあなたを、会社の出口で待ちかまえていて声をかけたと、要約すればそういうことになりますので。事件当夜の井中さんたちのアリバイが実際にどんなものであったか、その点にも関心があったでしょうからね」

「了解。しかしね、犯人が彼だということがどうして断定できる？」

「はい、些細なことですが嘘をついておりますので」

「気がつかなかったなあ」

「はい。中華そばの屋台で、姫野さんのペンダントが似合っていたという話をいたしましたですね？」

「ああ、覚えている」

「そして、それは会社の廊下ですれ違ったときのことだとつけ加えました」

「ああ」

「先程の実験で確認いたしたのですが、ブルーの服を着ている女性はブルー系のカクテルに拒否反応をみせますので。ですから会社で赤いブラウスを着ていた姫野さんが赤いペンダントをつけているわけはございません」

色彩が相殺（そうさい）されて効果が上がらないことはわたしにも理解できる。そんなことは常識として承知していたのだけれど、姫野勝代のペンダントと赤いブラウスを結びつけることまでは思い至らなかった。

「あの人がルビーのペンダントを見ましたのは、事件の晩に、姫野さんを尋ねたときのことでして、うっかり喋ったことに気づいたあの人は慌てて、しかしさり気ない顔で誤魔化しました。その日に会社で見かけたのだ、と。結局それが命取りになりましたわけで……」

バーテンは落着いた動作でドライジンとライムジュースをベースにした辛口のカクテルをつくってくれた。淡い緑色をした、わたしの好きなギムレットである。氷がさわやかな音をたてた。喉がなる。

「まことに失礼でございますが、わたくしのおごりでして。事件は解決致しました、どうぞ祝盃を」

ブロンズの使者（初出版）

1

「武井君、ちょっと」

編集長の声がした。暇をもて余していたわたしが、鉛筆で作家の似顔をかいているときだった。編集長はみるからに福徳円満な顔つきの、おとなしい中年男だ。職場でも家庭でもいまだ怒ったことがないという。だが、漫画をかいている最中に声をかけられると、どきりとせざるを得なかった。

「そうだな、第二応接室があいている筈だ。先にいって待っててくれませんか」

わたしも同僚も、一様におやという表情をした。吐言を云うにせよ昇給の話をするにせよ、応接室で語るというのは大袈裟にすぎた。わたしが立ち上ると、手刀で頸を叩き片目をつぶってみせるものもいた。

廊下をわたり、云われたとおり第二応接室に入って待った。天井と壁をまっ白い漆喰でぬりたくったこの部屋は、初夏だというのに空気が冷えびえとしている。入社試験のときに、わたしはここで社長じきじきに口頭試問をうけた。それ以来、どうにも馴染めない部屋であった。

待つほどもなく編集長が入ってきた。丸い大きな木のテーブルをはさんで坐ると、低い声できりだした。

「他でもないのだが、熊本県の人吉というところへ出張してもらいたいのです。編集部のなかで暇なのはきみだけですからね」

編集長が皮肉を云うような人でないことは判っていたが、正面きって「暇な男だ」といわれると、腋の下をくすぐられるような妙な気持がした。わたしは、二週間ばかり前の異動で美術編集部から月刊誌の編集部にまわされてきたばかりである。まだ担当する作家も決っていない。この半月の間、ていのいい使い走りばかりやらされていたのだった。

「人吉というと、例の森さんの事件ですか」

わたしが月刊誌にまわされた二日目に、森という編集部員が人吉へ出張を命じられ、そこでどんな事情があったのかは知らないが、球磨川のほとりで撲殺屍体となって発見された。なにしろ二日間しか顔を合わせたことのない相手だから、言葉をかわすという機会もなかった。したがってその死を、他の同僚が悲しむほどに悼む気持はおきなかったけれど、社葬の席上で、わかい未亡人のひどくやつれた蒼白い横顔をみたときはこたえた。

「そうです。それについて少し説明しておいたほうがいいでしょう。うちの編集部が新人の原稿募集をやっているのは知っていますね？」

知っていると答えた。

「〆切は年末で五〇枚から一〇〇枚程度の短篇です。内容は要するに中間小説であればいい。現代物であると時代物であるとは問いません」

「その辺のことはよく知っています」

わたしは話の先を折ってうなずいてみせた。おなじような企画はよその社の中間小説誌でもみかけることだが、うちの社は戦争直後からつづいているから、歴史はいちばん古いわけである。それだけに、賞金の額は五万円という微々たるものながら、対世間的にはよく知られていた。

「先月号にその当選作がでていますが読みましたか」

「いえ」

「あとで読めば判りますが、人吉の相良藩を舞台に、殉死というぎりぎりの場にたたされた三人のさむらい、青年と中年と老年という三人の武士の心理を対応させた心理ドラマです。同時に適度のロマンやサスペンスの味も織り込まれた近頃めずらしく実のある作品で、四人の選者が一致して推選しました」

「…………」

「同人誌で文学修業をやった人ですから一応の筆力はあるのだけれど、素人だけにちょっと筆の足りないところがあった。そこでぼくと担当の森君のふたりが三個所ばかり補足した上で、活字にしたわけです。お陰ですこぶる好評だった。評者のなかには、いままでの入選作品のなかの最高作ではないかと云う人もいるくらいです」

「好評であることは聞いています」

「入選したのは人吉市に住む松浦恒夫（まつうらつねお）というひとです。ところが授賞式もぶじに済んで一カ月ほどした頃に、予期しないことがおきましてね。掲載された作品をよんで、それはおれの作品だといって文句をつけてきたものがいるのです。おなじ人吉の住人で久保寺宏（くぼでらひろし）という男ですが」

「盗作だというわけですか」

「そう。題名は変更されているが内容は自分のものだと主張しているのです」

「すると、同人誌にでも載ったやつを盗んだのですね？」

「この場合はそうじゃない。久保寺君の言によると、書き上げた短篇をある作家に送って批評を乞うつもりでいたのです。彼は悪筆なものだから、その下書（したがき）を松浦君のところに預けて浄書（じょうしょ）してくれるように頼んでおいた。ところが松浦君はその題名を変えて、自分の名前でうちの雑誌に投稿してしまったというのですね。久保寺君から二、三通の手紙がとどいていますが、なるほど彼の云うとおり悪筆でね、ひとに清書を依頼したのもむりのないことだと思いました」

「松浦は筆耕でもやっているのですか」

「いや、どちらもおなじ同人雑誌の仲間だから知り合いだったんです。松浦君のほうは形のととのった読みやすい字をかくので、アルバイトをさせるつもりで書かしてやったと云っています」

出版界の人間にとって、こうしたトラブルは必ずしも珍しいことではない。特にうちの雑誌は当選発表が陽気のいい春先にあたっているせいか、盗作されたと称してねじ込んでくる頭のおかしい連中がちょくちょくあるというのだった。

「久保寺の云い分を信じたのですか」

「それだけでは信じませんよ。ところが人吉で同人誌を主催している大国さんというひとが、この久保寺君の主張をバックアップしているのです。大国氏は五、六年前まで東京で文芸雑誌の編集長をしていたのでわたしとも面識があってね、この人が下書に目をとおしたが間違いないという手紙をくれたとなると、久保寺君の抗議を無視するわけにはいかないのですよ」

「松浦はなんと云っているのですか」

「勿論、否定しています。あの作品は自分の創作に違いないとつよい言葉で断言しているのです。だが、なにしろ離れたところだから文書の往復では埒があきません。そこで担当の森君にいってもらったわけです」

円満居士の顔がにわかにくもったかと思うと、編集長はふいに声をおとして居心地わるそうに体を動かした。部下を死地へ追いやったことを思うたびに、冷静ではあり得ぬようであった。

「犯人はまだ捕まっていないそうですな」

「そう。森君の上衣から所持金がぬかれているのをみた警察は、強殺の線で捜査をすすめています。だが、ぼくはゆきずりの強盗の仕業だとは思わない。金をとっていったのは偽装なのではないか、という気がしてならないのです」

「かもしれませんね」

当らずさわらずの合槌を打っておいた。編集長はわたしの返事は聞えなかったように話をすすめた。

「松浦、久保寺両君の云っていることはどちらが正しいか判らないけれど、森君を襲った犯人はこの二人のなかにいるんじゃないか、森君はそいつに肉迫したためにやられたのではないか、ぼくはそう考えているのです。しかしいくら田舎の警察であっても、そうさし手がましいことは云えないからね、黙っているわけです」

「はあ」

「そこで、きみに行ってもらいたいのです」

行ってこいというのはどういう意味だろう。地方の警察にかわってわたしが犯人を探しだせと云うのだろうか。

「いや、そうじゃない。これは局長と話し合って決めたことですが、松浦君に面会して、事情が明かになるまでは正賞と副賞をこちらで保留しておきたいからと云う口実で、返還してもらってほしいのです。松浦君の潔白であることがはっきりすれば、ただちに授賞式をやりなおします。いままでの不快な思いをねぎらい名誉を恢復するために、市の名士を招待して現地で盛大な宴をはることになっているのです」

「判りました。お易いご用です」

「しかし、せっかく九州の果てまでいったのだから、森君が歩いたあとをきみの目でよく眺めてきてほしい。森君のつかんだものが何であるかが判れば、松浦、久保寺両君の云い分のどちらが正しいかという問題も解決するだろうし、ひいては森君を殺した犯人の正体も明かになるのではないかと思うのです」

編集長はそこまで云うと、ふとわたしの身が心配になってきたらしかった。

「尤も、判らなければ判らないでいいです。深入りして森君の二の舞をやられたのではぼくがかなわないからね」

「はあ……」

わたしには自信がない。推理小説が好きでたくさん読んではいるけれども、だからといって推理の能力がするどくなったわけでもないのだ。正直云って、今度の出張に期待をかけられるのは大いに迷惑なことであった。

2

関門海峡をわたって九州の土をふんだのは、このときが初めてのことである。八代で肥薩線にのりかえ、球磨川沿いに一時間ちかく溯上すると、四方を山にかこまれた小さな盆地にたどりつく。それが人吉だった。まぶしい初夏の蒼空のもとに白い煙がひくくたなびいているのは、ここが温泉地だからだ。

タクシーは二、三分間はしると、灰色のペンキをぬった木造の建物の前にとまった。わたしはここの応接室で事件を担当している那須という刑事と会い、その後の調査情況を話してもらった。目撃者と兇器の発見に全力をそそいでいるものの、目下のところは進展をみない。しかしそのうちには逮捕してみせるから待っていて欲しいということを、ところどころに荒っぽい熊本弁をまじえて刑事は語った。彼は頭の鉢のひらいた大男で、ひらべったい顔一面に不精髭をはやしている。顔によって能力をおしはかるつもりはないが、この刑事から多くのことを期待するのはむりではないかと思った。

屍体が発見されたときの様子を訊いてみると、刑事は立って壁の地図を鉛筆の先で示した。地図でみる人吉は、鉄道と球磨川との間にひろがった小さな都市であった。川をわたったところに城跡や野球場や公園があり、そこから先は丘畑になっている。暇になったらその辺りを歩いてみたかった。

「町の南側に球磨川がながれています。森さんはこの川の堤防の上で後頭部をなぐられて死んでおったわけです。殺されたのは前の晩のことで、旅館で夕食をすませると町なかの喫茶店へいって、人と会っています。そのあと、一人で旅館へ帰っていく途中を襲われたのですな」

夜の現場はあまり人通りのないところなのだと云った。森の旅館に帰るには、大通りをいくよりも川沿いの土手を歩いたほうが近い。それに加えて河原では河鹿がしきりに鳴いていた。森はそれをきくためにあの道を行ったのではないか、と那須刑事は憶測した。

「あの蛙の声のどこがいいのか知らんが、都会からきたお客さんは珍重しますな。だから森さんも、蛙をきく目的であの道を歩いていたのかもしれんです」

蛙のことを、この刑事はビキと云った。

犯人は森の背後を追っていき、恰好の場所まできたときに襲撃した。頭骸骨を粉砕された森は即死だった。

「旅費の大半は帳場にあずけてあったとですが、ポケットのなかにも三千円ばか持っておったのです。それがまるまる盗られていたことから、強盗殺人であることが判るのですよ。前科のあるやつは全部あらいつくしました。現在の段階は町の不良どもを虱つぶしに調べているところです」

　わたしは間をおいてから、できるだけさり気なく質問した。

「ご存知のように森は例の盗作事件のけじめをつけに出張したわけですが、それが動機となって殺されたとは思いませんか」

「思わんですな」

　那須刑事は不愛想に応じた。重たそうにたれた瞼がひくりと上ると、とがった目が刺すようにわたしを睨んだ。

「森さんは優秀な出版社員ではあったかもしれんが、刑事ではなかですもんな、そう簡単に黒白が判るわけはなかでしょう。したがって、それが動機で殺されたとは考えられんです」

　刑事は押えつけるような調子で否定した。

　わたしは川向うの河畔にある小さな古い旅館に泊ることにした。温泉はひいていないが、窓をあけると目の下が球磨川の清冽なながれであった。居ながらにして河鹿がきけるという寸法である。

　一服するとふたたび外にでた。警察があの調子だから期待をかけることはできない。そうかと云って編集長がのぞんでいるような名探偵みたいな真似はできかねたが、旅費をつかってはるばるやって来たというのに、ブロンズの像を持ち帰るだけでは能がなさすぎた。一応、関係者を歴訪して話を聞くぐらいのことはしなければならない。

わたしはまず、被害者の立場を主張している久保寺宏をたずねてみることにした。地図でみると、彼の住所が宿からいちばん近いからである。

大橋をわたり、青井神社のほうにむかって二〇〇メートルほどいった「球磨の宝」製造元がそれだった。この盆地一帯で生産される焼酎を蒸溜して瓶につめる商売である。

女の体臭のような、焼酎独特のあまい香りのただよう入口に立って声をかけた。小暗い土間をぴたぴたとはだしで踏む音がして、汚れた前掛をしめた若い衆がでてくると、怪訝そうに見慣れぬわたしの顔をながめている。

「久保寺宏さんはおいでですか」

何度くり返しても意味がつうじない。いい加減いらいらして、つい声高になったのが仕事場まで聞えたらしく、カーキ色の兵隊服を着た丸顔の青年がでてきた。それが久保寺宏であった。

目尻のさがった彼はいつも笑ったような顔にみえた。事実、楽天的なほがらかな男で、なにか云うたびにさも可笑しそうに自分の太股(ふともも)をぴしゃりと叩いて笑うのだった。

一・八リットル瓶が十本つめてある木箱をかるがると抱えて通路をあけると、先に立って奥へ案内してくれた。間口をみただけでは平凡な商家としか思えなかったけれど、奥行の深いのには驚いた。土間の両側に居室がならび、やがてヒマワリの伸びた裏庭にでたと思うと、そこから再び屋根の下に入る。そして左右には部屋がいくつも連っているといった有様だった。多分、最初は小さな家で出発したのが、家族がふえ資産ができるにつれて裏の畑を買収し、建て増したに違いなかった。

久保寺宏の部屋はそのいちばん奥まったところにあった。裏庭は一〇アールばかりのキャベツ畑になっており、片隅に豚をいれた小屋がある。焼酎のしぼり粕を始末するためには豚が必要なのだそうだ。

赤いカーペットをしきつめた部屋にとおされた。豪華なステレオと洋酒をのせたしゃれたキャビネットが並んでいる。壁によせて手垢のついた電気ギターが立てかけてあった。

「警察は強盗殺人の線を追っていますね」

しばらく雑談をしたあとでわたしは云った。

「田舎の警察はだめですよ。いくら云っても聞こうとはしない。犯人はですね、金銭ではのうてあのノートを狙ったとです。それが証拠に、現場にはノートがなかったではないですか」

話がそのことになると忽ち久保寺は興奮したように赤くなり、唾をとばした。頸のふといこの男は多血質のたちらしかった。

「ノートと云うと？」

「小説の下書のあのノートですよ。森さんが来られた日に、わたしは早速あのノートをお見せしたとです。森さんは宿に持って帰ってノートをみると、一も二もなくわたしが作者であること認めてくれたですたいな。すぐに電話でそのことを知らせてくれました、それから喫茶店で落ち合って三十分ばかり話をしました。話といっても雑談が主で、あとは松浦君の人物論をやったぐらいですが、そのとき森さんは持ってきたノートをとりだすと、できればしばらくの間拝借したい、これを東京に持ち帰って編集長にみせたいのだと云われました。勿論、わたしは承知しました。これでわたしの主張が承認されるのだ。そう思うとうれしくて、なにを話したのだかさっぱり覚えておらんです。そして三十分ばかりすると、森さんは疲れたから帰って寝るのだと云って立ち上られたのです。店の前でわかれたわけですが、ノートをクラフト封筒に入れて、大切そうに抱えていたのを覚えています。それが見おさめでしたたい」

久保寺は言葉をきると二個の茶碗をとりだし、できたての焼酎をたっぷり注いですすめてくれた。焼酎なるものは酒の粕や芋からつくるのが普通だが、人吉の球磨焼酎は肥後米を原料にしているからウイスキーよりも旨い。彼はそう自画自賛するとほそい目をさらにほそめて呑んでいたが、わたしには国産の水わりのほうが遥かに上等のように思えた。

「あのノートはわたしの主張を証明してくれる大切な品です。そこで知っている新聞記者にたずねてみると、現場にはノートなんて落ちてなかったと云うではないですか。正直の話がっかりしました。二三日は酒ばかり呑んでいたです。尤もいままでは運がなかったものと諦めて、来年も再来年も応募する気持でおるとです」

彼はそう云うと大切れのチーズを頰ばり、茶碗の酒をひと息で呑みほしてしまった。わたしにはそのような豪快な真似はできない。ちびりちびりとやりながら、この男の云うことが事実か否かを胸のなかでそっと検討してみた。

あの作品は松浦恒夫のものであり、盗作されたという久保寺の主張が嘘であったとしてみる。人吉へやってきた森は、なにはともあれ久保寺をたずね、下書の提出をもとめたことだろう。だが久保寺には、そんな下書のあるはずがない。慌てた彼はあり合わせの古い習作のノートを下書だと称して手渡し、その場を切りぬけた。

さて、宿に戻った森は夕食をすませ、くつろいだ気持になってノートを開いてみると、これがとんでもない偽物であった。焼酎屋の小伜になめられたと知って森は激怒しただろう。すぐさま久保寺を喫茶店に呼びだし、ノートをつきつけて難詰（なんきつ）する。勿論、久保寺は一言もない。

森が、編集長に報告するための資料としてノートを持って帰京することを告げたときも、久保寺は諾々として相手の云いなりになっていた。だが、いざ森がノートを抱えていってしまうとにわかに口惜しさがこみ上げてくる。何がなんでもノートを取り戻し森の口をふさがなくてはならない……。

わたしのそのような仮定の話を聞くと、久保寺は茶碗の液体がこぼれるほど体をゆすって笑った。

「なにを想像するのもあなたの勝手ですが、そんなことは事実無根ですたい。わたしはあの下書のノートをまず大国先生にお見せして、大国先生の口添えで編集部あてに抗議の手紙をだしたとですよ。ですからわたしのノートが本物であったか偽物であったかちうことは、大国先生に訊いてみればすぐ判りますたい」

そう云うとむっちりとした太股を叩き、また声をたてて笑った。

3

地方紙の通信員をしている大国茂和(しげかず)氏は、商店を改造したという小さな建物の座敷に、ステテコとちぢみのシャツといった開放的な恰好ですわっていた。もう六十才を越しているはずだが、肉がしまって見るからに元気そうだ。ブラシのような大きな髭がニコチン色に染まっている。

おりしも同人雑誌のわりつけをしているところだった。誌名の《纖月(せんげつ)》というのは、人吉城の異名をそのまま失敬したのだという。彼は手際よく机の上の原稿を片づけると、女房が外出中だからと云って、自分で茶をいれてくれた。茶は、盆地をとり囲む山でとれるのだそうだ。

「東京の人たちは知らんでしょうが、結構いい味がしますよ」

生憎なことにわたしはお茶が嫌いだった。すしを喰うときは止むを得ず茶をのむけれど、緑茶というやつは、どうも性に合わない。飲むとかるい吐気がするほどである。

わたしはひと口のんだだけで茶碗をおき、久保寺のノートのことを切りだした。

「それは武井さんの考えすぎですな。久保寺君の云う下書はちゃんと存在していましたよ。久保寺君から持ち込まれたとき、わたしも無責任な発言をするわけにはいきませんから、掲載誌を買ってきて比べました。題名こそ違っていますが、内容はおなじです」

「間違いなく同じですか」

と、わたしは念を入れて訊いた。

「ええ。一字一句ちがいません。女房に雑誌のほうを音読させて、わたしはノートの文字を追いました。ですからはっきりと断言できます」

「漢字の使い方には個性があると思いますが、その点はどうですか」

「お互いの癖はわたしもよく心得ているつもりです。しょっちゅう生原稿をみておりますからね。雑誌に発表された文章の漢字は松浦君流になおされています。久保寺君はどちらかと云うと原稿が黒いほうで、制限漢字の枠にこだわらずに書くのですよ」

そう説明されてみると、わたしが抱いた疑惑はたちまち消滅してしまうのである。

「なぜ松浦さんに浄書をたのんだのですか」

「それは、久保寺君が稀代の悪筆だからですよ」

「わたしが云うのはそうではなくて、松浦さんという特定の人に依頼したのは、特別の理由があってのことかというのです」

「こう云っては悪いのですが、松浦君が貧しいからですよ。焼酎屋の息子というのは例外なく金廻りがいいのですが、久保寺君も経済的にはめぐまれている。そこで、かなりはずんだ額の清書代を払って、松浦君の窮状をすくったというわけですよ。彼のこうしたやり方について、お坊ちゃんの気まぐれだと批評する同人もいないではありませんがね」

そう云うと、ふっと広いひたいのあたりに翳りをみせて、今度の一件はじつに困ったことだと声をくもらせた。

「二十人ばかりいる同人が二派にわかれましてね。松浦君が正しいの久保寺君が正しいのと云い合っているのですよ。東京とちがって刺激のない小都会のことですから、彼等にしてみれば大きな問題でしてね。同人が二人寄ると、すぐにその話がはじまるといった有様です」

下手をすると雑誌が空中分解するおそれがある。それを心配しているのだと、この主幹は云った。

「創作上の主義主張がちがうために分裂するのは止むを得ませんが、こんなことで瓦解するのはつまりません」

「どちらの派が多いのですか」

「それは云うまでもなく、松浦君が盗作をしたとみなす一派ですよ」

「なぜですか」

「久保寺君には動機がないからです。彼にとって五万円などという賞金はほんのはした金でしょう。ところが松浦君は違う。同人費すらとどこおり勝ちの人ですから、五万円という金は喉から手がでるほどに欲しい。今回の小説はあのとおり出来のいい作品ですので、松浦君は清書をしながら、ひょっとすれば入選しないでもないぞと思ったことでしょう。そうした誘惑に負けてですな、つい自分の名前で投稿したのではないかと云うのです」

「反対派の根拠はなんですか」

「これは久保寺君という人間に対する反撥ですな。その人達に云わせれば、久保寺君のすることなすことが、いかにも金持のドラ息子らしくて、鼻持ちならないと云うのです。わたしが子供の頃、あの人の祖父は、荷車をひいて味噌醤油をあきなって歩いていました。それが小金を溜めて焼酎屋をはじめたのが成功して、今日のような大をなしたのです。三代目というのは、とかく親の苦労を知りませんから、ドラ息子になるのも仕方ないことだと思うのですが……」

どちらかというと、大国氏自身も松浦恒夫をくろだと見ているようであった。

腹にひびくような音がきこえた。鹿児島と宮崎の県境のあたりで、遠雷が鳴っているのだった。

4

松浦恒夫は町はずれの市営住宅にすんでいた。板を叩きつけたような四軒つづきの棟割長屋である。どの家も申し合わせたように庭に棚をつり、蔓をからませていた。稚ないヘチマがなったり、ヒョウタンが下ったり、夕顔のつぼみがついていたりするなかで、松浦の家だけは実用第一主義なのだろうか、唐茄子の黄色い花がくっついていた。

赤茶けた六帖の間にとおされた途端に、沛然（はいぜん）として雨がふってきた。顔色のわるい細君が茶をだしてくれたが、おとなしい性格だとみえて、口のなかで挨拶の言葉をのべると、すぐに引っ込んでいった。

松浦にしてみれば、初対面ということになるのだろうが、わたしのほうは授賞式の会場で遠くはなれた席から顔をながめている。そのときに受けた小柄な体つきの陰気な男だという印象は、間違ってはいなかった。

話が当選作におよぶと、彼は世間をはばかるように顔を伏せ、こちらが耳をつきださないと聞えないような小さな声でぼそぼそと語った。スレートの屋根をたたく雨の音が大きかったせいでもある。

こんな騒ぎをひきおこして申し訳なく思っている。森さんが追剥（おいはぎ）におそわれてあのような不幸な目に会われたのも、もとはといえば自分の小説が原因なのだから、それを思うと眠れない夜がある。そのようなことを抑揚にとぼしい声で、とぎれとぎれに云うのだった。松浦恒夫はどこからみても、およそ九州男児らしからぬ九州男児だった。

森の死を、当局と同様ゆきずりの強盗にやられたように云っている点にわたしは抵抗を感じた。事実そう思っているのか、それともそう信じているように見せかけたのか、松浦の生気のとぼしい表情から探りだすことは不可能に近かった。

「しかし、あの作品があなたの創作であることは事実でしょう?」

「そうですとも。久保寺は嘘をついています。彼があれほど卑劣な男だとは知りませんでした」

声がやや大きくなり、たれ下った髪をやたらに掻き上げた。彼の長髪は作家を気取ってポーズをつけているのではなく、床屋にいく回数を節約してのことだと想像した。

「久保寺君の訴えが根もない嘘だと仮定してみます。すると、あなたと久保寺君の間には文章の個性があると思うのですが、その相違について久保寺君はどう説明するつもりだったのでしょうか」

「そう仰有られると恥しい気がしますが、わたしも久保寺も鷗外が好きで、自分でもかなり影響を受けていると思います。ですから、同人誌に発表された小説を読んでも判ることですが、文章が似ています。そうしたわけで、ああした云いがかりをつけるには非常に都合がいいことになるのです」

「すると、下書のノートの浄書をたのまれたというのは――」

「そんなものは見たこともありません。久保寺がいま云われたようなデマを流していることは聞いていますが、とんでもない話です」

「それにしても、久保寺君が賞金に目がくらんだとは思えませんね」

「賞金じゃないです。彼はいま、もと市長の娘と恋愛関係にあるのですが、むこうの態度が煮えきらないものだから、結婚まで漕ぎつけるに至らないであせっているのです。だから久保寺としては、箔をつけたかったのではないかと思います。田舎では賞に入ったとなると、一夜にして名士になりますから」

しかし彼の否定にもかかわらず、ノートは確かに存在していたのだ。そしてそのノートが紛失してしまったのも事実なのである。追剝が古ぼけたノートを持ち去ったとは考えられないから、犯人はその下書に何等かの価値をみとめていたと解釈するほかはない。それを松浦に当てはめてみるならば、立派な理由があるのである。久保寺の主張を裏書するノートを奪って破棄することが、自分の立場を有利な方向へみちびく結果になるからだ。

ノートが間違いなく本物であることが証明されている現在、久保寺がそれを奪い去ったという考えは成立しなかった。疑惑の目を松浦にむけさせるために持ち去ったということも一応は考えられるのだけれど、自説を裏書してくれる唯一の証拠をかくしてしまったのでは、寧ろ結果はマイナスになる。松浦に嫌疑をかけようとするならば、例えばナイフを盗みだしておいてそれを兇器として用いるというふうに、もっと積極的で効果的な手段がいくらでもあるのだ。そうした結論に達すると、この打ちひしがれたような男に賞の返還を申しでるのも気が楽であった。

松浦恒夫は、さすがに顔色をかえた。しばらく黙りこんでいたが、やがて痩せた肩をがっくりおとすと、後ろをふり返って、本箱に手をのばした。電灯がついていないので気がつかなかったけれど、茶色にぬられた粗末な本箱の上に、正賞のブロンズの獅子像がのせられているのだった。

わたしは、浴衣の袖からのびた細い腕に目をやった。松浦は見るからに非力だった。この貧相な男に、森の不意をついて斃すということが可能だろうか。体力に限っていうならば、それはむしろ久保寺にふさわしい仕事であった。

「云いにくいことですが、賞金は全部つかってしまいました。一度に返金しろと云われてもこの有様ですからむりです。月に幾らかずつ返すことにして頂けませんか」

獅子の頭をいとおしそうに撫でながら、彼は恥じらうように云った。

松浦が盗作者ということになれば、森を殺したのも松浦恒夫だというふうに考えられるのである。にもかかわらず、わたしの心に怒りの感情がいっこうに湧いてこないのは、松浦が尾羽うち枯らした哀れっぽい男にみえたことや、わたしが森という人物をほとんど知っていなかったことにも依ると思うが、彼を犯人であると断定するような決定的な決め手がまったくないことも、その理由となっていた。

「返済の方法については社に帰ってから検討します。できるだけあなたの負担にならないように取り計らいますよ」

「そうして頂ければ有難いです」

松浦はそう云うと、卑屈に思えるほど深く頭をさげた。

間もなく夕立が止んだ。

「うさ晴しに酒をのみたいのですが、一緒にどうですか」

そう誘われるのを断ってぬれた道を宿へむかった。酒は嫌いでもなかったが、しめっぽい空気のなかで呑むのは真っ平だった。

5

宿にもどって待望の鮎をくった。都会育ちだからむりもない次第だけれど、わたしは三十三才のこの齢まで、鮎なるものの味を知らなかったのである。箸を手にしたときは思わず胸がはずんだ。刺身と天ぷらと酢の物、それに焼魚とフライといったふうにヴァラエティに富んではいたが、期待が大きかったせいかちっとも旨くない。たかが川魚にすぎぬ鮎を喰って感激している人の気持が、わたしにはさっぱり理解できなかった。

八時になるのを待って編集長の自宅に長距離を申し込み、ブロンズの像のこと、賞金の返済方法のこと、奪い去られたノートから推論して松浦の犯行らしいこと等をかいつまんで報告した。編集長は持ち前のおだやかな声で労をねぎらってくれ、寝首をかかれぬようせいぜい用心をするようにと云った。わたしは彼の言にしたがって窓と扉の戸締りだけは入念に点検をしたのち、床に入った。

翌日も朝からよく晴れていた。気のせいか窓からあおいだ南国の空は、東京にくらべて数段と蒼味がこいように思われた。

食事をすませると交通公社に電話して、急行の指定券をとってくれるように頼み、受話器をおいて返事を待った。それと入れ違いにベルが鳴ったので、てっきり公社だと思ってでると、意外にも大国氏の声だった。いずれは出発する前に挨拶にいくつもりでいたのである。

「松浦君が死にました。自殺らしいのです」

彼の声もうわずっていたが、わたしも驚いたあまり即座に返事をすることができなかった。松浦が気落ちしていたのは確かなことだけれど、だからといって自殺するとは想像もしなかったのだ。

「酒を呑みに出ていったきり帰ってこないものだから奥さんが心配していたのですが、球磨川に投身していることが判りました。つい先程、屍体が八代湾で発見されたのです」

「過失ということは考えられませんか」

思わずそう問い返していた。自殺だとすればわたしにもいくばくかの責任がある。しかし誤って落ちたとするならば、わたしの胸はそれほど痛まないでもすむからだ。

「覚悟の自殺ですよ。昨夜はおそくまで呑んでいたのですが、酒屋の主人の話ではだれが話しかけても返事をしないで、みるからに孤影悄然としていたそうです。酒屋をでたあとで大橋の上までいくと、そこから飛び込んだわけでして、現場には下駄がぬいでありますよ。それから、あなたにお見せしたいものがある」

「何ですか」

「それは………、いや、それはお出でになれば判ります」

せかせかした口調でそれだけ云うと、切られてしまった。

大橋は窓からのぞくと右手の川上にみえている。全長二〇〇メートルばかりの、市内と城趾とをむすぶコンクリートの橋だが、その中央よりこちらに寄ったあたりに人垣ができていた。そこが現場に違いなかった。わたしは交通公社へとり消しの電話をかけておいてから、宿をでた。

近づいていくと、大国氏が気づいて手招きしてくれた。まだ九時をすぎたばかりだけれど、南国の太陽はさすがに強烈だった。大国氏は麻のハンカチでしきりにひたいの汗をふいていた。

「今朝はやく通行人が下駄を発見しましてね、交番へ知らせたのだそうです。警官はいたずらではあるまいかと思ったようですが、一応現場の状態を保存しておいてくれました。それから一時間ばかりして八代湾で屍体がみつかったのです。シャツのネームから松浦君だということが知れて松浦家をたずねると、奥さんは夜通しまんじりともしないで夫の帰りを待っていたというわけですよ」

そうした説明をなかばうわの空で聞いていたわたしは、ふと、警官がビニール袋にいれて持っている白い紙片に目をとめた。

「あなたにお見せしたいと云ったのは、あのことです」

大国氏が警官のところにいって耳打ちをしている間、わたしは手すりにつかまって水面をのぞいてみた。球磨川は、このあたりに中州があるためたてに二分された形になっている。それだけ川幅も狭くなり、橋の下はいかにも深そうに蒼々としていた。ここから投身すれば、まずほとんどの場合が目的を達することができるはずであった。

大国氏はビニール袋のなかから二、三片の紙きれを手にしてもどってくると、わたしの前にさしだした。どれも鉛筆で走り書がしてあり、なかには赤インクでなにやら書き入れたものもあった。ブルーの細い罫が入っているから、ノートの一部であることが判る。

「そうです、ノートの切れ端です。大部分は川の上に散ってしまいましたが、この辺り一帯にもおちていました。わたしには見覚えがあるから断定できるのですが、これが例の小説の下書です」

その一片を手にとってみた。まわりの人垣の連中も、好奇にみちた目でこちらを眺めていた。久保寺の筆蹟というものはまだ知る機会がないから何ともいえないが、下手な文字でつづられている文章は、間違いなくあの当選作の一部であった。赤インクで書き加えられた部分も同様である。

「久保寺氏の筆蹟ですか」

「そうです」

わたしは、自殺を前にした松浦が深夜の橋に立ち、万斛(ばんこく)の涙をのんでノートをずたずたに裂いている姿を想像すると、哀れに思うよりもこわいような気がした。それが久保寺のような大男であればユーモラスな感じすらするのだけれど、松浦は小柄で貧弱な男であるだけに、することが陰にこもって印象はいっそう凄絶であった。

「あのノートは自宅にしまっていたのでしょうか」

「そう。しかし奥さんに見つけられるとまずいですから、どこか秘密の場所にでもかくしておいたのではないですか。お城の石垣の間だとかお堂の縁の下だとか、手頃のかくし場所はいくらでもあります」

大国氏は眉をくもらせて答えた。

6

通夜の席につらなった。どう考えても松浦恒夫を自殺へかりたてたのはわたしである。なんとも居心地のわるいのには閉口した。久保寺が列席していれば怨嗟のまとになるのは彼のほうだったろうが、さすがの楽天家も来にくいとみえて顔をださなかった。

人を殺して自殺したということになると誰も同情するものがない。出席したものはほんのお義理でやってきた隣近所の主婦たちと、雑誌の同人たちであった。彼等は土地言葉でひそひそと囁き合ってはわたしのほうを眺め、また語っては頷き合った。わたしが何よりも辛かったのは、ハンカチを目にあてて声をしのんで泣きくずれている細君をみることだった。

久保寺の笑顔に送られて人吉を離れたのは、翌日の午前である。八代で急行にのり、指定席に腰をおろすと、ほっとした解放感と睡眠不足とから、すぐに瞼がおもたくたれてきた。途中で検札の車掌にゆり起されたのは鳥栖のあたりだったろうか、それがすむとまた前後不覚の眠りにおちてしまった。

空腹をおぼえて目がさめた。列車は本州に上陸して柳井のあたりを走っていた。わたしはつぎの停車駅で弁当とお茶をもとめ、それを喰いながら、編集長に報告する内容を頭のなかでまとめてみようとした。列車は満席でわたしの隣にはみるからにやんちゃな男の児が坐っているが、それが指をくわえて羨しそうに覗き込むのはうるさかった。なんとも気になって考えがまとまらない。両親はわれ関せずといった様子で酸っぱそうな夏蜜柑をしゃぶりながら、しきりに株の話をしていた。

わたしは通夜の席のいたたまれぬ疎外感をふり返ってみた。ついで那須刑事のなんとものんびりした口調とひらべったい顔を思いだし、宿の鮎料理の期待はずれだったことを心にうかべた。人吉における三日間の出来事が前後の脈絡もなしに断片的にひらめき、消えた。小さな支局の建物の座敷にすわった大国氏は、机に肘をつき、ニコチン色に染った口髭をつきだすようにして、断乎とした口吻で云うのだった。女房に雑誌を音読させてわたしはノートの文字を追いました。一字一句として違ったところはありませんな……。

弁当を膝において茶をのもうとしたわたしは、何気なく聞き流していた大国氏の発言に大きな意味のひそんでいたことに気がつくと、思わず容器をおとしそうになった。大国氏は、久保寺の下書と雑誌に掲載された小説とを比較して、いささかの相違のないことを力説しているのである。だが、久保寺のノートがあの小説の下書であったとするならば、一字一句も違っていないということはあり得なかった。

あの当選作を発表するにあたって編集部が三個所にわたって文章を補足したということを、編集長から聞かされている。だから久保寺のノートが本物の下書であったとするならば、活字になった作品に比べて三個所の欠けたところがなくてはならない。であるのに、一字の相違もない完全におなじ内容だったとすると、このノートは久保寺が主張しているような下書ではなくて、雑誌に掲載された松浦の作品をまる写しにした偽物であったと断じなくてはならないのである。

　多くの同人たちは松浦の作品が当選したことを知るや、文学修業が実をむすんだことを心から祝福したに違いない。だが久保寺はそうではなかった。この機会をとらえて自分に箔をつけ、市長の娘をなびかせることを思いついたのだ。そして書棚のなかから古ぼけたノートを探しだすと、松浦の小説を手本にして写しはじめた。本物らしくみせかけるために故意に部分的に文章を脱落しておき、あとから赤インクでその分を挿入して、いかにも推敲の跡であるようによそおったりした。松浦とべつの題をつけたのも、盗作説を本当らしくするための工作であるに相違なかった。

　わたしは、盗作されたと主張する久保寺の言葉がいわれなき嘘であることをようやくにして知った。そしてそこまで判ってくると、森が殺された事情にもおよその見当がついてくるのだった。

　人吉に到着した森は、なにをさておいてもまず久保寺に会い、ノートを調べようとしたことは容易に想像ができるのである。一読して、下書にかかれている筈のない三つの文章に気がつき、久保寺の邪心を見破った。喫茶店に彼を呼びだすとノートをつきつけて釈明を求める。

久保寺にとってそれはあまりにも突然の敗北であった。一言の云いひらきもできない。森から、このノートを証拠として持って帰ると宣言されたときも、それを拒否することはできなかった。拒否するかわりに殺して奪い返す決心をかためたのである。喫茶店の前でわかれたあと、久保寺は気づかれぬように森を追いかけていった……。

久保寺は、わたしが人吉をおとずれた目的が松浦の賞をとり返すことであったとは知るわけがない。わたしの訪問をうけた彼は胸中に漠然とした不安を感じ、自分の立場をより確固たるものとするために、犯人の製造に踏み切った。そしてひそかに松浦とわたしの行動を監視して機会をうかがう。やけ酒をあおった松浦が蹌踉として酒屋からでてくるのを見るとチャンス到来とばかり、甘言をもって現場へおびきだした。

あのぺてん師が松浦の怒りを封じる手は、ただ一つだけある。迷惑をかけたことについて深く詫び、事実を世間に公表して松浦の名誉を恢復しようと申し出ることがそれだ。久保寺は、二人でわたしの宿をたずね、わたしの前で一切を告白しようという尤もらしい口実で松浦をさそったのではなかっただろうか。現場の橋がわたしの泊った旅館にいたる道筋だったことから、わたしはそのように考えてみるのである。この場合も、久保寺の人の心にとり入るような笑顔が効果をあおったことはまず間違いのないところだが、人を疑ることをしないですぐに丸めこまれてしまう松浦のお人好し加減がどこかわたしにも似ているようでもあって、その軽率な行動を嗤う気にはなれなかった。

松浦が泳げるか否かについては聞きもらしたけれど、たとえ泳ぎができたにしても、ずぶずぶに酔っていれば水死することは判っている。いや、溺れて死ぬ前に、心臓麻痺をおこして死ぬことも充分に期待できたであろう。下駄をぬがせたのは、云うまでもなく自殺らしくみせかけるためだ。

その後で久保寺はノートをとってくるとこれを引き裂いて、あたりにばら撒いておく。このことによって松浦は盗作をした張本人であり、森を殺害した真犯人であることが、人々の心により明確に印象づけられるのである。森に指摘された例の三個所を、下書のノートから前以って除いておいただろうことは云うまでもない。

ノートといえば、唐突にひらめいたことがある。いまのいままで気づかずにいたが、もし松浦が盗作したとするならば、その証拠となるノートは篋底ふかく秘めておくか、さもなければ焼却してしまうであろう。むざむざと久保寺の手に渡すわけがないのだ。それが如何なる経路をたどって久保寺の手に戻ったのか。わたしに語るに当って彼は一言の説明もこころみていない。

思うに、久保寺の犯罪計画のなかでもいちばんのウィークポイントはここだろう。それを見逃していたわたしは、どうみても名探偵の器ではない。それにつけても、話がノートに及んだときに興奮して唾をとばし、巧みに弱点をカバーしてみせた久保寺の演技力には感心せざるを得ないのだ。

いや、待てよ。ひょっとすると久保寺自身もこのミスは見逃していたのかもしれない。とするならば、彼もまた大犯罪者の器ではなかったことになるだろう。小悪党ではあるにしても。

わたしは人吉駅のフォームに見送りにきたあの男の、目尻をさげた嬉しそうな笑顔を思いだしてみる。そしてそれがわたしとの別れを惜しむためにみせた社交的な笑いではなくて、してやったりという北叟笑み(ほくそえみ)であったことに思い当ると、なんとも興ざめな気持になってくるのだった。

列車の速度がおちた。わたしは喰べ残しの弁当を座席の下に入れた。そして、つぎの駅から人吉へもどるべく立ち上ると、網棚のスーツケースに手を伸ばした。

茜荘事件

【登場人物】

神田(かんだ)　栄(さかえ)　芸能雑誌記者
野原(のはら)　進(すすむ)　映画俳優
碧川(みどりかわ)　三郎(さぶろう)　流行歌手
石井(いしい)ちず子　テレビ女優
谷崎(たにざき)れい子　サラリー・ガール。当時は学生アルバイトのウエイトレス
元村(もとむら)　和彦(かずひこ)　茜荘の支配人
係　官

●依頼人　谷崎れい子の言葉●

「夏になりますと、あたくしが学生時代にアルバイトをしていました山のホテルの、いやあな事件を思いだします」

ゆかた姿にうちわを手にしたわかい女、谷崎れい子はそう語りだした。さして美人ではないけれども、清潔な感じのするいい娘である。いくら山奥のホテルではあるにしても、接客業であるからには、従業員に不潔な印象をあたえるものがいては困る。谷崎れい子が他の三人の競争者のなかから選ばれたのも、彼女のその清潔感がホテルのマネジャーに好まれたからにちがいない。

「……もう三年にもなりますが、そのホテル、茜荘（あかねそう）と申す小さなホテルでございますけど、そこで殺人がございました。……でも、一見簡単なような事件でありながら、あまりに簡単すぎたためでもございましょうか、当局は犯人の見当をつけることができなくて、迷宮入りとでも申すのでございますか、ともかくそのまま今日に至っております。

今夜はその事件を皆様方におきき願って、もし出来るこ、こ、こ、ことならば犯人を教えて頂き、年来のもやもやした疑問に解決をつけたいと存じております」

谷崎れい子は手にしたうちわをクルクルともてあそびながら、「もし出来ることなら」という部分に変に力を入れて云った。もちろんそれは何の意味もないのだろうが、聴いている側にしてみると、いかにもその事件とやらが難解なような気がしてきて思わず緊張させられたのである。

1

ホテル茜荘は一階がサロンと調理場からなり、客室はすべて二階にあった。ホテルという名で呼ぶのがてれるくらいに小さなもので、軽井沢あたりにゆけば、この程度の洋風の建物はいくらでもあるはずだ。しかしまあ、客を泊めて料理をくわせ、それで営業目的を達しているのだから、規模はどうであれ、ホテルであることに相違はない。

支線の駅をおりて途中までバスでゆき、そのあと二キロあまりを歩かなくてはならないので、シーズンの夏場でさえ八つある部屋が満員になったためしはないのだけれど、小鳥の種類が豊富なことが唯一の魅力となっていて、野鳥を聴こう会だとか愛鳥友の会だとか、そういったグループの客が比較的よく利用してくれた。朝、ベッドに腹ばいになったまま寝起きの一服をやっている耳に、ホトトギスや筒鳥(つつどり)、カッコウにジュウイチなどの声が混然となってきこえてくるのは、ある鳥キチの口をかりれば、正に「こたえられねエ」のであった。鳥キチというのは、このホテルに泊りにくる連中がよく使う言葉である。

茜荘は入口のドアをあけたところが八十坪ほどのサロンになっていて、正面に二階へのぼる階段と隣りの調理室へ通じる扉がみえ、一方にソファ、テーブルなどがおいてあって、さらに壁ぎわに純白のテーブルクロスをかけた食卓がしつらえられている。全体が食堂兼談話室といったふうになっていた。

いまこのサロンに坐っているのは、わかい二人の男と一人の女である。そのしゃれた服装から判断すると、決して鳥の声を聴きにきた、いわゆる鳥キチでないことがわかる。鳥キチたちは、野鳥の生態をキャッチするために藪や林のなかにもぐりこんでもさしさわりのないよう、山男スタイルをしているのが常だからだ。

男たちの前にはアルコール飲料のグラスが、女の前にはのみかけのサイダーがおいてあり、特に女は屋内であるにもかかわらず濃みどりのサングラスをかけている。昼間から酒をのんだり、室内で色めがねをかけたりする習慣は、健全な人種の集団である野鳥グループの中にはいないはずであった。

果して、谷崎れい子の説明をきいてみると、彼等は野鳥とはなんの縁もなかったことがはっきりするのである。

「……この扇子を使っていらっしゃるかたは、映画俳優の野原進さんです。いまでは人気をもり返して日の出の勢いにある野原さんも、当時はいい役がもらえなくて、このままスクリーンから忘れられようとしておりました。いわば焦慮と失意の時代にあったわけです。

もう一人の男性は、流行歌手の碧川三郎さん。何ですか、いまはたいそう有名のようですけど、当時はデビューしたばかりの新人で、芸能界の風俗習慣にまだそまらず、どこかういういしい感じがいたしました。

三人目は、テレビ女優として皆様もよくご存知の、石井ちず子さんです。石井さんはこのときすでに各放送局から引っぱりだこになっていたタレントです。その二、三日前もあたくしはテレビで石井さんのドラマを拝見しまして、小柄な石井さんのそ
そ
と
した演技に大変感心させられたことを覚えております」

そう言った谷崎れい子の紹介は、なかなか要領を得たものであった。各人の特長や、経歴や地位を、非常に簡潔な言葉で、むだなことは一言もなしにのべている。たしかに野原進はいらいらした調子で、のべつまくなしに扇子をバタバタしていたし、碧川三郎は新人らしい希望にもえた目をしていたが、その態度にはどこか不安そうな、また遠慮がちなところがみえた。ハイティーンの役で売り出し、それが齢をくって、いわば端境期にきた二枚目と、ポッと出の新人歌手とは各々立場が違うはずだが、ただ一つ共通したものは、人気というものに対してとても神経質になっていることであった。

「……ところで、この日はもう一人のお客様がおいでてございました。碧川さんたちよりも一日先にお着きになって、ほかのかたのご到着をお待ちになっていらっしゃったのです。神

田栄さんとおっしゃいまして、芸能雑誌の記者としてはかなり古い、顔のうれたかただそうでございます。四十五、六歳の年輩の、どっしりとした大柄のおかたで、肩で風を切ってあるくようなな横柄なところがございました」

2

神田の部屋は淡いクリームの壁紙をはりめぐらし、ベッドと洋服ダンスを置いただけの、きわめて簡素なものだった。そのクリームの壁がいくぶんグリーンがかって見えるのは、窓の外の木々の葉の色を反映しているからである。

ドアが開いて神田栄がのっそりと入ってきた。この男は大柄なせいか、肩をいからせた巨人ゴーレムのような歩き方をするのが特徴だ。

神田のあとから俳優の野原進がつづいて入り、ドアをしめた。

「かけたまえ」

神田はイスをあごで示し、自分は立ったままで、野原がすわるのを待って話しはじめた。

「じつはね、きみに買ってもらいたいものがあるんだよ」

「…………」

野原はだまって彼をみた。ポール・アンカに似ているというその特異なマスクに、怪訝そうないろがうかんだ。神田が鞄をひきよせ、なかからとりだすノートを、一方では興味をもってみている。

「これだよ」

神田はノートをパラパラとひらいてみせた。

「なんだ、それ」

「忘れたかい？　きみの自筆の原稿だ。ほら、ここにちゃんと署名もしてある」

「なに？」

顔色がかわった。

「きみが学生時代にかいたものだよ。なかなか元気のいいことを言ってるね。だが、こいつをぼくの雑誌に発表すると、どんな結果になるか判るだろう？」

「…………」

唇をかんでいる。鼻の孔をヒクヒクさせていた。

「きみのような優秀な俳優がさ、映画界からほうむり去られるということは、ぼくとしても見るにしのびないし、大きく言えば、日本映画のための損失だからな」

「……ゆすりだな？」

しばらくして彼は言った。つっかかるような言い方だ。

「おいおい、人聞きの悪いことは言いっこなしにしようぜ。俺はあくまで親切心から言ってるんだ」

「…………」

「ただできみの手許に返してやりたいのはやまやまだが、こいつを手に入れるときに若干の金をつかった。だからよ、その金をきみに払ってもらえばそれでいいんだぜ。どうだね、五百万……」

「じょ、冗談言うな！」

声がふるえている。とたんに、神田の態度ががらりと変った。ゴロツキ記者らしいすご味のある調子になった。

「おい、冷静になって考えてみたらどうだ。野原進の人気は目下くだり坂にかかってるじゃないか。この半年間、役らしい役もついてない。いまがいちばん大切なときだ。わずか五百万の金をおしんだために、二度と立ち上れないようになってもいいって言うのか！」

「よこせッ」

野原は立ち上りざまに上体をひねって、ノートを掻っぱらおうとしたが、神田にかるくいなされて、とんとんとたたらを踏んだ。

「おい、ばかなまねは止しにしようぜ。買うか、買わないのか、そいつをはっきりさせたらどうだ！」

ゴロツキ記者がどなった。野原は横をむいたまま、肩を上下させてあえいでいた。

3

調理場ではマネジャーでありコックである元村和彦が、谷崎れい子に手伝わせて、夕食の仕度をしていた。今晩のメニューは冷肉の盛り合わせにマセドアンサラド、トウモロコシのポタージュ、それに珈琲だから、それほど忙しくはない。

「牛の舌（オックス・タン）なんて、気味がわるくていやですわね」

「そんなことないさ。しこしこして、うまいもんだぜ。ひと切れたべてご覧よ」

大きな包丁でそいだやつを、れい子の前にぬッとさしだしたものだから、彼女は大袈裟に悲鳴をあげてとびのいた。山家（やまが）のホテルの主人ともなると、やはりどこかのんびりしている。

「ねえ元村さん」

れい子は、とびのいた拍子に壁にかけてある写真に目をつけた。戦闘帽をかぶった青年の肖像である。顔は陽やけして黒々としているけれど、どこかおもやつれして見えるのは、はげしい日夜の戦闘からくる苦労のためであろうか。

「この写真のひと、どなたなの？　前からお訊きしようと思っていたんだけど」

「弟だよ」

「どうかなすったの？」

「ああ、ビルマで死んだ」

元村のほりの深い目に、ちらっと悲しみのいろがうかんだようだ。

「戦死なさったのね、お気の毒だわ」

「戦死じゃない」

元村はソースパンに目をおとして、うなるように言った。

「まあ！」

「手柄を独占しようとした分隊長に、斥候（せっこう）にでた途中で射ち殺されたんだ」

「酷い」

「そう、ひどいやつさ。しかもそいつはとうとうカスリ傷ひとつ負わないで、ぶじに復員しているんだ。いつかはその男にめぐり逢うこともあるだろう、俺はそれを待っているんだよ」

パンのなかではトウモロコシのポタージュが、噴火口の溶岩のように煮えたぎっている。いつもは料理の味つけをやかましく言う元村だけれど、いまは何かに憑かれたようにしゃべりつづけていた。

「……俺は待ってるんだ。そいつに出逢ったら、そのときこそは唯（ただ）じゃおかない。弟の……、弟の仇をとってやる。きっとだ、きっと……」

「名前、わかってますの？」

「いや。だが肉体的な特徴があるんだ」

「…………」

「左の手の甲にいれずみがしてあるんだよ。いれずみがね」

「まあ……」

ふつふつと煮えたぎるソースパンを間にはさみ、元村とれい子はなおもしばらく立ちつづけていた。

4

神田栄の部屋——。

碧川三郎は机にむかって、小切手にサインしている。髪をいい恰好になでつけた好青年だが、顔が紅潮しているのは怒りのためか屈辱のためか。かたわらに立った神田がつめたいうす嗤いをうかべているのをみると、この流行歌手が彼の要求をのんだことは明かである。

やがて雑誌記者は、碧川から小切手をうけとると、インキにふーッと息をふきかけ、記入された文字を吟味するようにしげしげとみた。

「不渡りじゃねえだろうな？」

「とんでもない。不渡りだったらそれをネタにまたゆすれるじゃないですか」

図星をさされた神田は、大きな体をひとゆすりすると、ふてくされたようなにが笑いをうかべた。

「新人にしちゃ気前がいいじゃねえか。出世するぜ」

「ぼくの全財産なんだ」

「かせぐんだよ。レコードが一枚ヒットすりゃ、この二倍の金がころがりこむじゃないか」

小切手をおりたたみながら神田が言った。碧川は唇をかんだきり、何も答えない。

「それに比べて、俺みてえな雑誌記者はつまらねえものさ。しがねえ暮しにつくづく愛想がつきるね」

「ぼく、失敬します」

突然に言うと、碧川はあとも見ずにでていこうとした。これ以上ゴロツキ記者のなぶりものにはなっていたくない。そう言わぬばかりの荒々しい態度であり靴音であった。

「おいきみ、石井君をよんでくれないか」

その背中にむけて神田は声をかけた。

5

サロンのソファに坐ったまま、二枚目俳優は考えこんでいた。先程から顎に手をあてて、ロダンのあの有名な彫刻にそっくりのポーズだった。

「どうかなすったの？」

テレビのスイッチを切って、石井ちず子がこちらを見た。

「いや、べつに」

「お顔の色がわるいわ」

「なんでもないですよ。ただね、神田に呼ばれたら注意をしたほうがいいですよ」

「あら……」

ちず子は心配そうな表情になり、身をのりだしてなにか訊ねようとするふうだったが、思い返したように腰を沈めた。

「……そう」

目を伏せている。彼女にもなにか思いあたるものがあるような、おびえた表情をうかべた。

二階から碧川がおりてきたのはそのときである。足音に気づいて、野原が顔をあげた。

「石井さん……」

碧川が声をかけた。

「え？」

「神田が呼んでますよ、部屋にきてくれって」

「そう、ありがとう」

立ち上りながら、ちず子は思わず野原と顔を見合わせた。唇をきっとむすび、覚悟をきめたような固い瞳をしている。野原の前を会釈してとおると、恰好のいい脚の線をみせて二階へ上っていった。

「碧川さん、あなたも脅喝されたんでしょう？」

「……ええ」

あまり気の進まぬ返事をして、流行歌手はイスにかけた。

「あきれた男だ。ああまで下劣なやつとは思わなかった」

「あなたも……ですか」

「そう、脅された。むかしのノートを買えと言うんです」

「幾らでした？」

「いや、いま金がないからね」

「そうですか。わたしは払いましたよ。小切手で」

碧川は手にした古手紙のたばをたたいてみせた。むかし、つまらぬ女かなにかに宛てて書いた恋文にちがいない、表書きが女性の名になっている。

「ほう、景気がいいですな」

「いや、全財産をはたいたんです」

碧川は立って火のない暖炉の前にゆくと、手紙のたばにライターで火をつけた。それは全財産を火にくべたのもおなじことでもあった。ほのおが指をやきそうになると、彼は指をはなした。火床におちたもえかすはしばらく青い煙をあげていたが、やがて燃えつきて、そのあとに長方形の層をなした黒い灰がのこった。

6

石井ちず子は窓を背にして、立ったまま脅喝者を凝視している。小さなからだから、強烈なにくしみの感情が火のようにもえ立っていた。とびこんで相手の喉笛をくい切ってやりたいのだけれど、それができない自分の非力を知っているから、なおさら口惜しくてならないのだ。

「まあ坐れよ」

せせら笑いをうかべて神田が言った。

る。
「ふむ、好きなようにするさ」
冷たい一瞥をあたえて、例の鞄をひきよせた雑誌記者を、ちず子は心配そうに見やってい
「いやよ」
「わかるかね、これ」
とり出した一枚の書類を、彼はひらひらさせた。
「判るわ、あたしをゆする材料だということだけはね」
「ふむ、なかなかかんがいいじゃないか。テレビの名女優のことだけはあるな」
ゴロツキ記者が鼻の先で冷笑した。
「うれしいわ、褒めてくれて」
「おれも感激するよ、きみみたいな美人から礼を言われてね。さて、判らなければ説明する
が、これはきみが結婚したことを証明する書類なんだ」
どうだ？　というふうに、彼はちず子をみた。ちず子は真蒼になって血の気がない。ぽか
んと開いた唇の間から、白い歯がちらりとのぞいてみえる。いままで彼女はたかをくくって
いた。ゆするといっても、それはテレビのプロデューサーとお茶をのんでいるところを撮っ
た写真ぐらいのものだろうと、相手をのんでかかっていたのである。そうしたものは別にス
キャンダルにもならないけれど、有名税のつもりで小額の金ならばあたえるつもりでいた。

ところが、いま神田が手にしている書類は、彼女が予想もしなかった重大なものであった。

ちず子は息がつまった。

「きみは結婚に失敗したことがある。と同時に、それをかくしておく必要もあったのだ」

相手のぺたぺたと動くあかい唇を、ふしぎな生物でもながめるように、ぼんやりと見ていた。ショックがあまりにも大きすぎたためか、自分が現にゆすられているのだという実感がわいてこない。

「……きみは純情型の女優だ。ぎすぎすした女優ばかりウヨウヨしている今日、きみみたいなタイプの人は少ない。聴視者もプロデューサーも台本作家たちも、みんなきみの乙女らしさに魅力を感じているんだ」

「………」

「いいかい、世間の人はきみの演技力よりも、きみのその清純なパーソナリティに魅惑されているんだぜ。その石井ちず子がだ、いまは独身でいるにしろ、かつては結婚をして、しかも子供まで生んだ経験があるということが知れたら――」

「嘘、うそです！」

「ちッ、女ってやつはあきらめがわるいな。どたん場になってもじたばたしやがる。ほら、これだよ、これ」

神田がみせびらかした一枚の紙片を、ちず子はとび上って奪おうとした。小柄だから、柳にとびつこうとする蛙みたいな恰好だ。

「だめだよ、三百万で手をうとう。二、三日待ってやるからよく考えるんだな」

「ろくでなしッ」

「ばかやろ！　気をつけて口をきくんだ。おれは癇癪もちだからな、腹を立てさせたらおしまいだぞ。三百万が六百万になろうが知ったことじゃねえ。てめえのことは一切ぶちまけてやる」

なおも続けようとしたところに、ノックの音がきこえた。ちず子ははッとした面持で目をそらせた。

「お入り」

するとドアが開いて、谷崎れい子が盆にウイスキーソーダを持って入ってきた。それとすれ違うように、ちず子が出ていく。

「お待たせいたしました」

「あ、そこにおいてくれ」

神田はテーブルを指さして、財布から千円札をぬきだし、ぽいとなげてよこした。

「これ、とっといてくれ」

さしだした左の手の甲に、桜の花びらのいれずみのあるのを見たとたんに、谷崎れい子はおもわず息をのんだ。つい先程、階下の調理室で話にきいた男が、まさかここの客であろうとは！

「どうした？」

「はあ、いいえ、こんなに沢山……」

「いいから取っておけよ」

と彼は恩をきせるように言った。れい子は女中ではない、女子大生のアルバイトなのだ。チップなどを貰うのは、なにか誇りがきずつけられるような気がして、不愉快であった。だが、そうかといって無闇にことわって客の気分を害してはいけない。相手の優越感をすなおに満たしてやることが、ホテル従業員のサービスの一つであるからだ。

「ありがとうございます」

谷崎は頂いて、盆を片手に部屋をでた。目の前で、あの桜の花びらがくるくると舞っているような気がした。元村はこのことを知っているのだろうか。

7

時計は夜の十時をさしている。サロンのソファには野原進がひとり坐って、バタくさい顔にほおづえをつき、だれかを待っているふうだった。と、やがてドアが開いて、調理室から元村がでてきた。

「お待たせいたしました」

彼はコック服をぬいで、きちんとした背広にきかえ、手に水をいれたコップを持っている。

「あたらしいのがなくて、わたくしの呑みかけでございますが」

錠剤の入った茶色の小瓶をわたした。

「ああ、ありがとう。それで結構」

「野原さまは、不眠症でございますか」

「いや、そうなら薬をもって歩きますよ。ただね、今日みたいに興奮すると眠れなくなるんです」

「おや、食後の珈琲がいけませんでしたでしょうか」

ちょっと申しわけなさそうにたずねた。

「いやいや、珈琲は上等でしたよ」

立ち上りながら、野原は答えた。

「失礼だが、こんな山の宿であああした旨いものを呑ませてくれようとは思わなかった」

「はあ、わたしも好きなものでございますから、豆だけは吟味いたしております」

「道理で。では、お休み」

「お休みなさいまし」

たがいに一礼すると、野原はしずかな足取りで階段をのぼっていった。

8

場所はおなじくサロンである。あけひろげた窓から、朝の陽のひかりとともに、小鳥の声がきこえてくる。あれが三光鳥、これがキクイタダキ、そして遠くで鳴いているのがキビタキと、鳥キチならば歓喜するはずのところだが、ちず子には小鳥の鳴き声など少しも興味がない。ないというよりは、判らないのだ。ひと声きいてすぐ識別できるのは、スズメとウグイスとカナリアぐらい。

ちず子がぼんやりラジオをきいているところに、野原がおりてきた。目にかがやきがない。

「お早う」

「お早うございます。お眠りになれて？」

「ぐっすり」

「まあ」

「ここの主人に睡眠剤をもらってね」

ソファに並んで坐ると、彼は言った。

「睡眠剤ならあたしも持ってますの。でも、熟睡というわけにはいきませんわ。いやな夢をみて……」

「そう、ああした事件があったあとは、やはり気がたかぶりますからね」

二人がそんな話をかわしていると、いきなり入口のドアがあいて、ワイシャツの袖をたくし上げた散歩姿の碧川が、そそくさと入ってきた。なにかひどくあわてたように、心ここにないといった様子である。

「お早うございます」

「あ」

ちず子などまるで眼中に入らぬ如く、あたふた二階へ上っていった。

「どうしたんでしょ？」

「妙だね」

野原も小首をかしげている。バタのこげる香ばしいにおいが、調理室のまどからながれてきた。

9

食事がはじまったのはそれから三十分ばかり後のことである。いまは碧川も平静にもどって、食卓をかこんだ三人が、しきりに談笑していた。東京にいるときは、テレビやラジオで姿をみたりきいたりすることはあっても、互いに未知の間柄だったが、こうした山の小さなホテルに泊り合わせてみると、都会人は都会人同士で、やはりなにかと話が合う。それに、三人ともが脅喝された被害者なのだ、神田をにくんでいる点でも気持が一致している。

「用もすんだんだし、どうです、帰るときはご一緒しませんか。来るときはひとり旅だったが、どうも退屈でよわりました」

野原が、ふたりの同意をもとめるように言った。調理室から盆をもったれい子が出てきて、食卓に皿をならべる。

「あの、神田さまはまだでございますか」

一同は顔を見合わせた。だれも神田のことは知らないといった表情である。

「お料理がさめますから、あたくしお起しして参ります」

谷崎れい子は盆をもったまま、階段を上っていった。神田みたいなゴロツキの顔をみると食事がまずくなるから、起さぬほうがよい。偽らぬところ、それが人々の本心だった。

「どうです皆さん、先にはじめようじゃないですか」

「ええ、はじめましょうよ」

たちまち衆議が一決した。ガツガツしているわけではなく、あのゴロツキが起きてくるまで待ってやるのが業腹（ごうはら）だったのである。

10

階段をあがり、神田栄の部屋の前に立ったれい子は、ドアをそっとノックした。コツ、コツ……。

「お早うございます。……お早うございます、神田さま」

しかし、いくら声をかけ扉をたたいても返事がない。おかしなことにドアにはカギがかけられてなく、ほんの二寸ほど内側にあいている。れい子は急に不安な気持におそわれた。扉の向側になにかまがまがしいことが起っているような、理由のないおびえを感じた。

「お早うございます、お目ざめでいらっしゃいますか」

声をかけて、耳をすませて返事をまった。それでも応答がないものだから、思いきってそっとドアをおしてみた。

窓にはカーテンがひいてあり、サイドテーブルの上の電気スタンドは点灯されたままになっていて、ブルーのシェードのなかから淡いひかりを投げていた。れい子は、いつか友人と江の島にあそんだときに訪れた水族館の、蛍光灯にてらしだされたアクアリウムの一つを思いだした。その水槽は、やがて到着するアメリカ産の魚類をいれるために新しく作られたもので、底には砂がしかれ岩がおかれ海藻がうえられていたが、肝心の魚がいないせいか妙にさむざむとしてみえた。光線のいろも、客の姿がない点でも、この部屋は水族館のあのアクアリウムによく似ていた。

床の上になげだされている大きな枕に、れい子の視線はまずひきつけられた。ついで、その白いカバーの一隅にべっとり付着している赤黒い汚点をみた瞬間に、彼女は目を大きくみひらき、いまにも泣きだしそうなひきつった顔に変った。

最悪の事態がおきたことを、れい子は直感した。夜中に、ここで恐しい事件が発生したことは、もはや疑う余地はないと思った。もし神田が負傷したにしても生きている限りは、当然救助をもとめて出てきたはずである。もしそれが身動きのできぬ重傷であったにしても、声をだすことぐらいはするであろう。だが実際には神田は、這いだすこともせず、うめき声ひとつあげるでもないのだ。

おそるおそる彼女は室内を見まわした。一方では恐怖のあまり気がとおくなっているくせに、あの図体の大きな男の血まみれ屍体がものかげに転がっていることをなかば期待しながら、そろそろと室内を見まわした。

そのときのことを谷崎れい子は、徳川探偵局に対して、つぎのようにのべている。

「あたくし、殺人だということがピンときました。床にはながれおちた血を布かなにかでふいた痕がありますし、神田さんの片方の靴がほうりだされていて、おまけにお部屋のなかは格闘でもしたように滅茶苦茶になっていたからです。

それから三十分ほどのちに、神田栄さんは、ホテルから五〇〇メートルほど離れた草むらのなかに屍体となって倒れているのを発見されました。検視にみえた警察医のかたは、兇器は鋭利なナイフであること、神田さんは即死であること、などを推定なすったのです。わたくしどもが係官の取調べをうけましたのは、陽がかなり高くのぼった、かれこれ十時半にちかい頃ではなかったでしょうか……」

11

サロンには、係官と向き合ってすべての関係者が坐っていた。流行歌手の碧川三郎、映画俳優の野原進、テレビ女優の石井ちず子の三人の客と、ホテル側のマネジャー元村和彦、谷崎れい子の五人である。

碧川はなぜかおどおどした神経質な態度だった。もともとテノール歌手らしい線のほそい男だが、それにしても今朝のおびえたさまは、なにか理由がありそうであった。

野原進はそれとは反対におちつきはらっている。冷静というよりも、むしろそのバタ臭い顔はふてぶてしさを感じさせた。潔白だから平然としているのだとも思われるし、どうにでもなれと開きなおっているようにも受け取れるのである。

石井ちず子は目をふせて両手をきちんと膝にのせている。元村はひどく興奮して、色の黒い顔を褐色にそめ、視線をきょときょとと動かしつづけていた。それは、夜中に神田栄をおそった犯人が彼であったと考える根拠にもなるが、また、殺された神田の屍骸をみたときに、それがながいこと探しもとめていた弟の仇敵であったことを知り、思いがけぬ事件にショックをうけたためとみなす材料にもなった。

「はじめに我々の手のうちをお見せしときましょう。被害者の部屋と階段にしいてある絨氈とから、被害者の血液が検出されました。引きずった痕跡がないので、被害者は部屋からかつぎだされて、現場の草むらにすてられたものと思われます。どなたか、犯人が被害者をかついで出ていく姿をご覧になられたかたはいませんか」

中年の係官は、物なれた調子で一同に問いかけた。だが、だれも答えるものはない。

係官はもう一度念をおすように言った。

「ありませんか」

レースのエプロンのひだをのばしていた谷崎れい子が、思い切ったように顔を上げた。

「ございます」

「ほう、あなたが」

「はい。かつぎおろすところではございませんけど、夜中にのどがかわいたものですから、水差しの水をのもうとして、なに気なくカーテンのすき間から庭を見ましたときに、男の人の姿をちらりとみかけました」

「だれです？」

「判りません」

れい子が首をふると、係官は落胆したようにがっかりした顔つきになった。

「ほんのちらッと見たきりですもの、すぐ暗闇にかくれてしまいました」

「なん時頃ですか」

「そうですわね、十二時を少しすぎていましたかしら」

「もどってくる音はききませんでしたか」

「はあ、床に入って眠りかけているときに、ドアの開く音をきいたような気がします。はは
あ、いまお帰りだなと、夢うつつで思いました」

「ふむ。ほかのかたは如何です？」

「知りませんね、わたしは。睡眠薬をもらって、ぐっすり眠っていましたから」

野原進がこたえた。ほかの連中も一様にあたまを横にふった。

「ふむ、ではうかがいますが、このボタンはどなたのものです？」

ブリッジをする人がスペキュレーションをつきつける要領で、彼はそれまで大切に秘めて
おいた切り札を、一同の前にさしだした。グリーンの服のボタンである。

「碧川さん、先程そうっと拝見したんですが、あなたのズボンの後ろのボタンがとれており

ますな？」

　言われて彼は反射的に立ち上り、言われたポケットのボタンを手でさぐった。ない。

「ほかに、みどり色のボタンをつけておいでになるかたはおりません。するとこれは、碧川さんの後ろのボタンに相違ないということになる」

　流行歌手は立ったまま、言葉に詰って低い声でうめいた。

「ど、何処にありました？」

「二階の被害者の部屋ですよ。たんすのそばに落ちていたんです」

「………」

「ご説明ねがいましょうか」

　いどみかかるふうでなく、穏やかな口調で係官は言った。碧川はなんとか言いのがれをこころみようとして口先をとがらせたが、咄嗟のこととてうまい口上がうかばず、しきりに鼻の孔をひくひくさせてつっ立っていた。

「さあ、どうです」

「言いますよ。じつは今朝、散歩にでたときに神田の屍体をみつけたんです。あの小道をとおったらすぐわきに転がっているんですから、いやでも目に入ります」

「それで？」

「もちろん同情の念なんかうかびません。正直のところ、ざまァ見やがれ、いい気味だって思いました。つぎの瞬間、昨日あの男に脅喝されて払った小切手のことが頭にうかんだのです。よし、すぐホテルへ帰って取り返してやろう、そう思って小走りでもどってくると、すぐさまあいつの部屋にとびこんで鞄のなかをさがして、みつけだしました。脅喝という非合法手段でまき上げられた大金ですからね、わたしがそいつを非合法手段でうばい返したって、べつに悪いことをしたとは思いませんよ。ボタンはそのときに落ちたんでしょう。糸がゆるんでいたとは少しも知りませんでした」

彼はひと息にそう喋ると、係官の返事もきかずに、どさりとイスに腰をおろした。

「非合法手段でとり返すというのは、被害者にナイフをつき立てるということですな？」

「そ、そうじゃない。わたしが言ったのは、あいつの部屋にしのびこんで無断で小切手をもちだしたことです」

「ふむ」

うたがわしそうないやな目つきで彼を一瞥すると、しばらく黙って顎のあたりをなでていた。流行歌手はソファの上で小さくなっている。だれも彼もが、一刻も早くこの不愉快な場面をきりぬけてしまいたいと念じていた。

12

「係官の訊問にあって、人々はひとたまりもなく被害者にゆすられていたことを白状させられてしまいました。しかし、では誰が犯人かということになりますと、どなたもお一人でおやすみになっていた真夜中の出来事ですので、アリバイというものがございません。いえ、神田さんの左手の甲に桜のいれずみがあったことはマスターに黙っておきましたし、警察のかたにも申し上げませんでした。ですけど、アリバイのない点では、マスターもほかの三人のお客さまとおなじことです。はっきり申しますと、動機のないのはこのあたくしだけということになります。

あたくし、あんな脅喝者なんて殺されたほうが社会のためだとは存じておりますものの、あのまま迷宮入りになってしまいましては、なんだか割り切れない気持でなりません。如何でしょうか、もし謎をお解きになることができましたら、あたくしに犯人の名前をそーっと教えていただきとう存じます」

谷崎れい子は、うちわでゆかたの胸のあたりに風を送りながら、「もし」という一語に妙なアクセントをつけて、そのながい話をおえたのであった。

■私だけが知っている……

雑誌記者神田を殺害したのは誰か。

まずアリバイがハッキリせず、犯人を指し示す決定的な物的証拠も見当らない以上、われわれは事件の追求にあたって、その犯行の痕を再考する必要がある。

ここに、事件の真相をほのかにうかがうことのできる窓が一つあいている。——なにが故に犯人は屍体を戸外に運びだす必要があったか、ということである、その意味は……

かりにこのうちのある男Aが犯人であるとしてみよう。

もし彼が神田を殺害したら屍体はそのまま部屋においておけばよいはずである。もう少し悪智恵がはたらいたなら、誰か他の人物の部屋の前にでもおいておけば嫌疑をその人物にかけることができて、いっそう有利になるはずである。一歩ゆずって部屋の外へ運びだすにしても、わざわざ人目にふれる危険を犯して重い屍体をかつぎ、階段を下り、庭に捨てる必要がどこにあったであろう。

しかも神田のような巨大漢をかかえて歩くことは女性には不可能であると考えれば、彼Aなる男は、わざわざ犯人が男のなかにいるという暗示まで残してしまったことになるのである。

すべて殺人に動機がなくてはならないように、そのあとの工作或いは偽装にも、何等かの意味――必然性が伴うはずである。

にもかかわらず屍体を屋外に運びだしたと思われる犯人の行動には、この必然性乃至（ないし）必要性がまったく見られない。これをどう解釈すべきであろう。

結論を急ごう。話は簡単である。屍体の移動に必然性がなければ屍体を移動しなかったと考えるほかはないのである。部屋が荒され、血痕がその部屋から廊下に続いていたのも、すべては、屍体をかつぎだしたようにみせかけるための工作であった。

殺害現場は、もともと屍体が発見された庭である。それをこのように偽装した犯人のねらいはただ一つ、犯人は、巨大な神田の屍体をかついで庭へ下りることのできる男性であるが如く暗示するにあった。換言すれば、女性ではないことを印象づけるにあったのだ。

然り、犯人は石井ちず子である。甘言をもって神田を庭によびだして殺害の後、とってかえして血液のついた布で神田の部屋の床をこすり、あたかもはじめからそこに血が落ちていたのをふき取った如く見せかけ、靴の片方とひそかに切り取った碧川の服のボタンをおいたばかりでなく、さらに廊下にも血液をなすりつけておいたのだ。

谷崎れい子が夜中に見とめた男の姿は、石井ちず子にさそわれて出かけようとした被害者のものにほかならなかった。

解説

山前(やままえ)　譲(ゆずる)
（推理小説研究家）

初出順にまとめるという光文社文庫独自の構成によって、三番館のバーテンの謎解きを集成する全四巻の全集は、第一巻が『竜王氏の不吉な旅』、第二巻が『マーキュリーの靴』、そして本書『人を呑む家』が第三巻となる。私立探偵と仕事の依頼主である弁護士との掛け合いはますます快調だが、本書では論理的な解決までこれまでとはちょっと違った展開を見せている作品があるのが注目だ。

三番館シリーズの短編集をオリジナルの刊行順に列記すると、①太鼓叩きはなぜ笑う（一九七四・八刊　四編収録）、②サムソンの犯罪（一九七六・二刊　七編収録）、③ブロンズの使者（一九八四・七刊　六編収録）、④材木座の殺人（一九八六・九刊　六編収録）、⑤クイーンの色紙（一九八七・九刊　五編収録）、⑥モーツァルトの子守歌（一九九二・十二刊　七編収録）となる。

本書には『ブロンズの使者』から二編、『材木座の殺人』から六編、そして『クイーンの色紙』から一編と、九編が収録されている。そして最後に二編、参考作品として原型となった短編も収められているので、読み比べる楽しみもある。

その二編以外の九編は一九八二年から一九八六年にかけて発表された。この期間の鮎川哲也作品で特筆されるのはやはり長編の『死びとの座』だろう。「週刊新潮」に一九八二年十月から翌一九八三年五月まで連載された。それまで中短編を週刊誌に連載したことはあり、そしてそのなかには『人それを情死と呼ぶ』の原型となったものもあったが、長編の連載は初めてのことである。鬼貫（おにつら）警部シリーズのひとつであるその『死びとの座』は、残念なことに刊行された最後の長編となってしまった。

長編の執筆に忙しかったせいではないとは思うけれど、本書の収録作には原型作品のあるものが目立つ。とはいっても、原型のそれぞれが作者にとって思い入れのあるものなのは間違いない。

まず「棄てられた男」と「青嵐荘事件」は、ＮＨＫテレビの人気謎解き番組だった『私だけが知っている』の脚本を小説化したものである。

一九五七年十一月から一九六三年三月まで二百六十六回放映されたこの人気番組のために、脚本として執筆された鮎川作品は三十作ほどあり、特番では探偵役となって出演したこともあった。かつてないミステリーブームのなか、本格推理を代表する作家として話題作を次々と発表していた時期だったから忙しかったはずだが、この番組の脚本執筆は楽しんだようだ。

　いかに人気番組であったかは、一九六一年三月、脚本を小説化したアンソロジーが番組と同題で早川書房から刊行されたことでも窺える。そこに鮎川作品は三作収録されているが、「棄てられた男」はそのなかの「茜荘事件」を改稿したものだ。『私だけが知っている』バージョンの「茜荘事件」は本書に収録したので、番組の基本的な構成を知ることができるはずだ。ただ「棄てられた男」として発表される前、一九七九年六月刊の「鮎川哲也短編推理小説選集2」に星影龍三ものに改稿された「茜荘事件」が収録されていた。読者はちょっと混乱したかもしれない。

　一九六〇年十月のミステリー専門誌「宝石」に、探偵として出演していた面々が『私だけが知っている』について語った座談会が収録されている。そこに「青嵐荘事件」のかなり簡単な粗筋が載っていた。だから三番館シリーズの「青嵐荘事件」も『私だけが知っている』の脚本がベースとなっていることは明らかなのである。歌曲好きの作者らしいストーリーが特徴だ。NHKが所蔵しているレアなレコードを流してもらおうという企みがそこにはあった。そしてその座談会で「茜荘事件」が自信作であると語っているから、この作品を何度も改稿したことは納得できるのだ。

　ほかにも『私だけが知っている』の脚本をもとにした短編が書かれている。ミステリー界での親友だった渡辺剣次（健治）氏が脚本執筆の主要メンバーだったこともあり、同番組への愛着は並々ならぬものであったのは疑いない。かつてを思い出しつつの三番館シリーズへの改稿は楽しいことだったろう。

一方、旧作短編の改稿である「ブロンズの使者」には少々複雑な経緯がある。本書に収録した原型作品は日本推理作家協会発行の「推理小説研究」の創刊号に掲載されたものだ。一九六六年七月のことである。当然のことながらそこには三番館のバーテンは登場していない。三番館シリーズに改稿されたのは③への収録のためだったが、それが大幅なものだったのは言うまでもない。

その短編集の「あとがき」に、「推理小説研究」は無報酬だったので、〝いずれは商業誌に載せるという条件つきであった。後年いざ雑誌に発表されると、果たして「あれは原稿の二重売りや」というものがいた〟と書かれていた。「ブロンズの使者」が「推理ストーリー」に再録されたのは一九六六年九月――後年どころか初出から実質的には一か月くらいしか経っていなかったのだから、事情を知らない人たちが奇異に思ったのも無理はないのである。

一九六八年十二月に日本文華社から刊行された短編集『白い盲点』に、そして一九七八年十一月に角川文庫・鮎川哲也名作選の一冊として刊行された『金貨の首飾りをした女』にも「ブロンズの使者」は収録されている。そしてさらに三番館シリーズとして装いも新たにしたことになるのだが、いずれのバージョンも犯人の作為を証明する謎解きの鍵に変わりないとはいえ、登場人物の名前の変更や手掛かりの示し方など、かなり加筆されている。また削除されたところも少なくない。そうした改稿の流れはいかにも鮎川作品らしく興味深いはずだ。

そこまでこの作品にこだわったのは、やはり事件の現場が熊本県の人吉(ひとよし)だからに違いない。作者は太平洋戦争末期に人吉にほど近い町に疎開し、終戦後はしばらくそこと東京とを行ったり来たりの生活をおくった。結核の療養生活のなか、『黒いトランク』をこつこつと書きすすめたのもその町である。中編「呪縛再現」、あるいはエッセイの「球磨川(くまがわ)奥の山村物語」や「鮎と湯前線」などでも人吉やその地のことが書かれていた。

一九五〇年に結果が発表された「宝石」の懸賞小説に入選した『ペトロフ事件』の賞金は満額もらえなかった。また、「宝石」以外の新人賞にも応募していたが入選はしなかった。作家としての将来に不安を抱いていた頃のことが、新人賞をめぐるトラブルを描いた「ブロンズの使者」に投影されているのではないだろうか。なお、私立探偵は人吉の宿で食した鮎料理について、〝みた目が派手なわりに大して旨くない〟という感想を抱いているが、天然鮎が今も人吉の名物料理となっていることは明記しておきたい。

「秋色軽井沢」はいつもの三番館シリーズの謎解きのパターンとはかなり異なっている。三番館のバーテンがカウンターを離れ、つまり安楽椅子探偵の立場を離れて自らアリバイ崩しに動き回っているからだ。そして私立探偵と彼の事務所前で待ち合わせて(バーテンの愛車は赤いオースチン!)、三番館とは違ったところで謎解きをしている。これぞまさしく異色作だろう。

短編ながらも舞台はヴァラエティに富んでいるのも特徴的だ。急行内で死んだ男の周辺を探るため、私立探偵は新潟を訪れている。『死びとの座』でもそこは舞台となっていたし、いわゆる幻の探偵作家のひとりである蟻浪五郎（ありなみごろう）氏へのインタビューのために訪れたこともある。エッセイの執筆のため、しだいに「旅」をする機会が多くなっていくことを示唆した作品と言える。

事件のタイプはまったく異なるもののトリックにひとつの共通項がある「塔の女」と「停電にご注意」、長く鎌倉に住まいを構えた作者らしい展開の「材木座の殺人」、好きな人間消失をテーマとした「人を呑む家」、鮎川作品ならではのアイテムをちりばめた「同期の桜」と、シリーズの制約のなかで作者自身がさまざまなヴァリエーションを楽しんでいることが窺える。「材木座の殺人」の謎解きの場面での、三番館の常連総登場といった趣向も楽しい。

それはつづく第四巻『クライン氏の肖像』に収録された作品でも同様である。

初出誌と底本一覧

①塔の女「問題小説」一九八二六月号
②停電にご注意「小説推理」一九八二年十月号
③棄てられた男「小説推理」一九八三年八月号
④秋色軽井沢「別冊小説宝石」一九八三年九月号
⑤ブロンズの使者『ブロンズの使者』(トクマノベルズ 一九八四年七月)収録時⑩を改稿
⑥青嵐荘事件「小説推理」一九八五年四月
⑦材木座の殺人「別冊小説宝石」一九八五年五月号
⑧人を呑む家「小説推理」一九八五年十二月号(「人をのむ家」改題)
⑨同期の桜「小説推理」一九八六年五月号
⑩ブロンズの使者(初出版)「推理小説研究」第二号 一九六六年七月
⑪茜荘事件 『私だけが知っている』(早川書房)一九六一年三月

*①⑤の底本は『ブロンズの使者』(徳間文庫 一九八七年三月)、②③⑥⑦⑧⑨は『材木座の殺人』(双葉ノベルズ 一九八六年九月)、④は『クイーンの色紙』(光文社文庫 一九八七年九月)、すべて著者の生前に刊行された本を使用しました。

光文社文庫

本格推理小説集
人を呑む家　鮎川哲也「三番館」全集 第3巻
著者　鮎川哲也

2023年7月20日　初版1刷発行

発行者　三宅貴久
印刷　ＫＰＳプロダクツ
製本　榎本製本

発行所　株式会社 光文社
〒112-8011　東京都文京区音羽1-16-6
電話 (03)5395-8147　編集部
8116　書籍販売部
8125　業務部

ISBN978-4-334-79558-0　Printed in Japan

組版　萩原印刷